本书为山东大学文艺美学研究基地的重大研究项目“马克思主义文艺美学观念对中国当代文艺学建设的影响研究”（05JJD750.11-44006）结项成果之二

金元浦　等著

继承与反思

马克思主义文艺美学观念对中国当代文艺学建设的影响

群言出版社 QUNYAN PRESS
·北京·

图书在版编目（CIP）数据

继承与反思：马克思主义文艺美学观念对中国当代文艺学建设的影响 / 金元浦著 .— 北京：群言出版社，2015.12

ISBN 978-7-5193-0000-5

Ⅰ. ①继… Ⅱ. ①金… Ⅲ. ①马克思主义—文艺美学—影响—文艺学—研究—中国 Ⅳ. ①I0

中国版本图书馆 CIP 数据核字（2015）第 285282 号

责任编辑：朱前前
封面设计：美信书装设计

出版发行：群言出版社
社　　址：北京市东城区东厂胡同北巷 1 号（100006）
网　　址：www.qypublish.com
自营网店：http://qycbs.shop.kongfz.com（孔夫子旧书网）
http://www.qypublish.com（群言出版社官网）
电子信箱：qunyancbs@126.com
联系电话：010–65267783　65263836
经　　销：全国新华书店
法律顾问：北京天驰君泰律师事务所

印　　刷：北京鑫瑞兴印刷有限公司
版　　次：2015 年 12 月第 1 版　2015 年 12 月第 1 次印刷
开　　本：710mm × 1000mm　1/16
印　　张：20
字　　数：348 千字
书　　号：ISBN 978-7-5193-0000-5
定　　价：45.00 元

前言[1]

影响研究是关于历史、关于承传、关于接受、关于变异、关于创新的研究。当代解释学（阐释学、诠释学、释义学）和知识考古学（知识谱系学）告诉我们，人类所有的文化与学术从来就是在历史中生成、发展的，可以说，任何哲学、美学与文化艺术理论，都通过理解的发生而进入历史，进入存在。无疑，历史与当代之间价值、意义以及时空上必然存在着距离。传统的历史主义认为，此一时代的人，可以越出他的历史存在的局限，通过复原历史的“正确”、“客观”的中立的方法论，消除自身的现在性，克服乃至去除他的历史存在局限，由理解进入另一历史时代，重现那个时代的本来面目。在这种传统的历史主义看来，历史上的许多研究，由于没有采取“客观”“中立”的方法，摒除自己的偏见和主观局限，才无法重现那一失去的时代，那是方法的无能和掌握方法的无能。在这种看法中，历史被认为是方法运用的对象，而这一命题中本身就先在地认定了方法与历史、认知主体与历史之间的分离。

而在哲学解释学看来：“时间距离并不是某种必须克服的东西。这种看法其实是历史主义的幼稚假定，即我们必须置身于时代的精神中，我们应当以它的概念和观念，而不是以我们自己的概念和观念来进行思考，从而能够确保历史的客观性。事实上，重要的问题在于把时间距离看成是理解的一种积极的创造性的可能性。时间距离不是一个张着大口的鸿沟，而是由习惯和传统的连续性所填满，正是由于这种连续性，一切流传物才向我们呈现了出来。”[2]所以，解释学认为，历史不可能通过所谓客观、中立的方法去达致，历史本身通

1　山东大学文艺美学研究基地的重大项目“马克思主义文艺美学观念对中国当代文艺学建设的影响研究”（05JJD750.11-44006）成果之一。

2　伽达默尔：《真理与方法》，中译本，第381页。

过语言无所不在地浸透于每一个人的理解和方法的应用中，它表现为主体的前理解，由前理解而形成的理解和理解的角度、理解的方法以及应用的个人方式或特色。每个人对意义的理解都不可能使自己站在历史之外，视历史为与自己分离的对象，从而用方法去加以把握，在历史属于我们之前，我们早已属于历史，这是任何人都无可逃遁的宿命。历史就是由存在上的关系——语言、传统、历史文化而进入每一时代，也规定着、影响着人们的理解活动。所以当代解释学的意义观是将影响与历史、影响与现实、影响与当下人自身的存在放在一个共同点——时间性上来考虑，这就是人的历史性，也即影响研究的历史性。它揭示了前此盛行的“历史主义”中的非历史性，为我们研究人与历史的关系提供了新的视角。

马克思主义文艺美学观念对中国当代文艺学建设的影响

学术在历史的变革中发展形成了影响史——解释学称效果历史。今天我们任何一个关于文艺美学文艺理论的阐释都不可能逃逸于影响史/效果历史之外。它同时也与每一个当下的阐释发生对话，影响并改变着当下的学术视野和研究进路，并构成影响史/效果历史的一部分。在这里，影响史并不是阐释所面对的对象，而是一种既定范式下学术共同体谋划、选择、取舍历史的结果，是理解发生于其中的一种主题与对象之间的交互作用的成果。伽达默尔认为：“真正的历史对象根本就不是对象，而是自己和他者的统一体，或一种关系，在这种关系中同时存在着历史实在以及历史理解的实在。一种名副其实的解释学必须在理解本身中显示历史的实在性。因此我就把所需要的这样一种东西称之为‘效果历史’。理解按其本性乃是一种效果历史事件。”[1]

当代解释学的影响观是动态的历史观。它认为，历史的基本特征之一在于：历史永远是一个不完整体。但我们从来就是把历史作为“过去”来理解而忘记了它是一个永远不可完结的过程。黑格尔就曾把历史真理规定为整体性。我们也一直认为，我们只要能够把握过去了的历史，我们便可从中把握历史的真理，而我们对历史真理的把握，就是对历史整体性的把握。

然而这是一个历史的“误会”。历史作为过程是未完成的，并不具备作为整体的资格，世界上恐怕还没有任何人可以断言，他们已然到达历史的终点。在

1 伽达默尔：《真理与方法》中译本，译者序言，第8页。

每一代人的前面，都绵延着无尽的历史的未来。历史永远指向未来。它之所以总有未来，就因为历史永远处在未完成状态。易言之，历史只有在与现代和将来的联系中。才成为历史。这就是历史的本质：未定性。然而，历史的阶段性和部分已然性又总是使每一代人自觉不自觉地相信，他们能够把握历史的完整性，自信他们能够在历史走向未来的过程中，把握住包括未来在内的历史的整体性。这是由于实证主义时代以来自然科学的巨大胜利使人们忘记了历史作为人文科学的极端复杂性和特殊性的缘故，科学的霸权同时把机械反映论与唯心历史观引入精神领域。人们忘记了历史的过程性，也就是忘记了每一代人与历史之间的两极关系：人与历史之间永远包含着过去与未来这两极、两重关系或两个指向，他们作为现时存在不得不居于历史与未来之间。但他们自己却始终以为，他们在做着完结历史的事业，声称已了然历史的全过程，并把这种知识视为历史自身的真理。黑格尔就是这样，他在精神现象学中，就曾将历史的运动过程描述为一个向创造它的绝对精神复归的逻辑运动。黑格尔似乎坚信，他那一代人的理解与智慧终能将历史的整体性——过去、现在与未来全部彰显无遗。然而，曾几何时，历史自身对黑格尔任意切割的历史作出了否定。

西方史学和中国史学一直都患有一种非历史的幼稚病，以为历史及其意义是永远不会发生变化的某种客观存在物，它先于解释者而存在。然而历史绝不是一个被现代远远抛在鲁滨逊的荒岛上的自在的过去，历史总是我们现在所认为所理解的那个历史。易言之，历史是为我们的现在与将来而存在的历史。我们之所以要解释历史而不可能将之斩断，就因为历史具有这种关系。我们把历史的过去解释成什么，我们也就可能把历史的现在和将来解释成什么。历史永远是未完成的，因为它绝不可能封闭，而必然永远处于开放状态。它总是等待着后人去完成。

所以，作为影响史 / 效果历史的一个环节，我们来了，我们试图以自身的理解来描述这一过程，成为观念变革发展的一个小结，一个节点，一种话语，一种学术的假设，立此存照。而影响史则永远是过程，它总是处于未完成状态，处于未决状态。

作为中国文化的主导力量，马克思主义一直是中国共产党、中国革命、中国建设、中国文化发展的指导思想，是中国特色社会主义的理论基础。作为不会完结的影响史的过程，我们也试图不断地去研究和接受西方当代马克思主义文艺美学理论家面对新世纪的最新的探索，因为，一是这种影响是在实实在在的发生之中，它与全球化语境中的中国当下文化艺术的现实有着密切的相关性和共同性；一是这些理论观念体现的探索的创新的精神，对于我们有着很强的启迪和借鉴意义。

我一直坚持认为，当代世界的社会科学、人文科学、文艺美学研究，从来就没有，将来也不可能与马克思主义完全斩断联系。在当今西方，马克思主义美学理论依然在迅猛发展，成为近年来西方学术中最具活力的推动力量之一。而一代一代新/后马克思主义者也在不断诞生、成长，或被发掘。

是的，马克思主义美学思想发展的过程始终贯穿着“马克思之后的马克思主义的可能性”的问题，可以说，自马克思主义思想产生之后，对其命运的重新思考就一直没有停止过。世界情境在不断发生变化，如何在新的形势下保持马克思主义的适用性，是西方马克思主义学者无时无刻不在面临的问题，也是我国学者热切关注的焦点。

历史总保持着一定程度的未定性，因而总具有模糊性。历史保持了它不可穷尽的未定性，并不说明解释历史的方法无能（但人们一直是这样认为的），使我们无法对历史作终极性洞察。而是因为历史的未定性植根于人的经验的不可重复性之中，而人经验的不可重复性则正是人的历史性的生动体现。

意义的历史观自然还包含与文化传统的关系，包含意义资源的承传选择的特定方式，以及意义增生衰减的效应史的运行过程。

意义是人类全部文化文明的人类学历史成果。意义的历史性首先表现为意义与传统的关系。哲学解释学告诉我们，意义永远处在一种历史文化的承传之链中，任何一个阐释者，不管他自己是否意识到，他都必须从已有的传统这一具体的立足点进入解释，即使是与传统观点彻底“决裂”，也须从这一基础开始，而不能“天马行空”或建筑“空中楼阁”。任何意义也都不可能是无米之炊。这是历史的实践性决定的，除了已先在拥有一种前理解结构外，它还必须先期拥有足够的思想资源，这包括前人的各种历史文本，对历史的陈述，对历史意义的阐发或再阐发，其发生演变的历史，此即所谓解释的境况。任何当代意义的生成都是对历史的意义资源承传、选择、判断和创造的结果。我们属于传统远远大于传统属于我们。我们有不理解传统的自由，但我们没有不生活于其中的自由。前一种是认识上的自由，后一种是存在上的不自由。但是，从传统出发是说我们无法拆除我们所据以立足的土地，而不是说解释传统就是翻拣古典、复活死物，无关当下，无关个体，无关今日的生存。解释传统包含着过去与今天乃至与未来的联系，包含着解释者对自己以及现时境遇的解释、判断、反省与思考。解释传统就是解释现在，解释自我。解释就是传统存在的方式，承传的方式。解释不仅仅是接纳、肯定、阐扬，同时包括选择、批判、否定和舍弃。意义在历史中的生成既包括正面的理解历史也包括负面地批判历史。在这里，哈贝马斯的批判解释学从社会历史角度强调解释对历史和传统的批判具有重要启示意义。

“一种真正的历史思维必须同时想到它自己的历史性。只有这样，它才不会追求某个历史客体(历史对象乃是我们不断研究的对象)的幻象，而将学会在客体中认识它自己的他者，并因而认识自己和他者。真正的历史客体根本就不是客体，而是自己和他者的统一本，或一种关系，在这种关系中同时存在着历史的实在以及历史理解的实在。一种名副其实的解释学必须在理解本身中显示历史的实在性。”[1] 因此伽达默尔就把所需要的这样一种东西称之为“效果历史”。在这里，理解按其本性被看作是一种效果历史事件。

传统认识方式中，主客体两极分立，视“客体”完全独立于“主体”的历史客观主义，实际上忽略了也掩盖了历史意识本身正参与了历史的构成和“制作”这一事实。理解本身即为历史之一部分，因为任何历史都不可能是独立自在与他者绝缘的客体，而必须同时包含他者的理解史。也就是说，在效果历史意识中合理地存在着一种两重性：它一方面用来指在历史进程中获得并被历史所规定的意识，另一方面又用来指这种获得和规定本身的意识。

在分别考察了意义的语言性和历史观之后我们看到，当代解释学坚认，意义的语言性和历史性之间有着基本的内在联系。能把历史、传统与当下现实联系在一起的是书面本文。本文只要诞生就已是过去的东西，它只要被阅读，就在不断地生成意义。在阅读中阐释者和本文之间的关系弥合了当下与过去之间的历史间距。这一关系是解释性的。解释的关系是一种语言现象，或者说是语言性的现象，而这一语言现象总是历史的。你所见到的本文语言必然在说着什么，这一说着什么的特定语言只要在说，它就必然与某一特定历史情境相联系。这里的“语言”就是历史情境与当下际遇的方式，是阐释者对其设问并找到回答的方式，也是在背景中将主导前景凸现出来的方式。然而这一“语言”都是由说不同语言的不同历史时期的阐释者在同一篇本文中发现的。这时，其历史差异便同时是一种语言的差异。在这里，我们可以清楚地看到一个悖论：一方面，不通过语言，过去与当下的历史差异便无从比较，另一方面，通过语言，过去与当下又必然衍生新的差异，一方面不通过语言，历史与现在的理解

1　伽达默尔：《真理与方法》，中译本，第384—385页。

会通也就无从产生，而另一方面，通过语言又不能完整复现历史原象。语言既不是历史差异的完全克服，也不是过去与现在的截然分裂。在阐释者与本文在语言中际遇时，阐释总是一种揭示，一种彰显，一种揭幕，使其原本模糊的本文特征显示出来；但同时，一种当下的特定阐释也只是彰显本文的“这样一种”意义，而将其他的特征或意义掩盖起来或使之隐入背景。因此，历史发展中的语言阐释由于它总是具体的特定的阐释，因而才是自我确立的，有独特内涵的，但又由于它总是具体的特定的阐释，因而它不可能穷尽本文，揭示全体，而总是需要进一步的揭示与掩蔽的行为，也就是说，语言又作为历史的本质而为历史开辟道路，开放历史理解无限的可能性。

在文学中，正是这种意义生成的语言性和历史性的内在关联，使我们便于洞明诗的本文的内涵性解释与历史性之间的根本冲突。一方面，我们习惯于坚持本文总是有其自己的完整内涵，有其形式风格的独特创造，从而是自足自律的语言本体；另一方面，对本文的解释却总是多样的、偏颇的或人言人殊的，从而阐释总是历史的、变动的。二者的沟通正在于本文解释的历史过程之中。解释学不承认绝对不变的本文固有内涵，它主张诗的本文和释义的本文都是由历史增删变异的。诗的本文一旦由书写固定，本文的语言便从两重束缚中释放出来，其一是本文语言从作者的意图、心理中挣脱出来，成为向一切合理阐释开放的本文；其二是从共时语言系统中释放出来作为一种话语存在向一切时代的理解的语言开放。诗的本文总需阅读，阅读总是阐释。任何一种阐释都会产生涨破作者期待的本文内涵和打破共时语言系统的意义生成。这些意义就不再是作者的预期，也不再是读者的期待。作为一种意义成果它又会产生对相应行为的需要。在意义阐释中符合诗的本文的，也就符合阐释本文。常常是阐释本文似乎为诗的本文提供了新解，但在时间流程中，它可能逐渐成了诗的内涵的一部分。在意义史的沉积和筛选中，阐释的历史性逐渐“刊落铅华”，成了诗的本文的内涵性，它似乎不再是历史上的特定阐释理解了。而实际上，它永远是语言与历史对话的产物，是诗与阐释者的对话，它们总要彼此成为语境，彼此进入对方。因为，诗的本文宴想“活着”，想被理解，就必须从事生成意义的对话——阐释。

问题一：文学在不同的范围和层次上可以对所谓本质、本体进行概括与抽象，但它是否拥有一种永远确定不移的唯一的本质？是否只要我们掌握了科学的方法，辩证地概括，正确地认识，就一定能揭示文学的确定不移的本质？真理是否只有一个，所以这种本质是统贯一切文学现象的，与之相应，必然有一种一统的文学理论体系来揭示文学唯一的本质？

问题二：文学的本质是文学固有的属性，是否恒久地存在于那里，像地下的矿藏，等待你的发掘。只要你去找，就一定能够找到。如果你没能发掘到它的本质，那是你的认识的失误和你的方法的无能？

问题三：文学是否是一种“永恒的真理”，是超越时间的亘古不变的东西？如果文学拥有真理，那么它是否是一种放之四海而皆准的真理，能够超越地域、超越国度、超越民族和超越文化，而具有面对一切文学难题都迎刃而解的能力？

文学并不拥有一种确定不移的唯一的本质，这并不是说文学不可以进行抽象的概括，而是说文学一直处于内外两个维度（现实与本体）的变动中，处在常态与转型两种形态的发展中。因此，文学理论史也从来没有真正找到文学唯一的本质，也不可能找到一种真正统贯一切的一统的文学理论体系。我们今天文学领域的所有知识体系和理论框架，都不是天生就有的，不是唯一的，不是亘古不变的，不是放之四海而皆准的，如同人们理解的那样，它是由人所建构的，是人们在一种历史的过程中发现创立的，是在一种文化传承机制和知识传播构架中阐释、选择和构建的。它不是客观的物质构成，而是主体间交互对话并约定的产物。

真理是永不完结的过程，真理是无尽真理性的集合。文学永远在过程之中，文学的过程永远不会完结，所以文学理论史上没有永恒不变的真理或最后的真理，而多元主义文学观展示了“范式多元、话语丛集”的历史的和现实的合理性。

文学当然有其自身发展的路径与方式，作为其理论掌握形态的文艺学的发展也有其相应的发展轨迹。当代文学是在不同的文艺学范式指导下的发展史，也是一部文艺学话语的演变史、更替史和丛集史。

绪　论｜观念的变革

创新是文学理论与批评始终保持强大生命力的动力源。对于传统理论的质疑，是改革创新的起点，而理论探索的开放则是一切创新和改革的前提。

文艺学的问题意识

人类对于对象世界的认识解释总是以一种有限的框架去对无限时空中生生不息的对象世界予以框定，唯其无限，才只能以这种有限的方式去把握，否则世界无以认识，而一旦框定又只能是对无限世界的割裂、剖分与固着，失却了其无限发展的本态和解释方式的无限多样性。人类的这种认识、把握、解释只能通过解释实践的无限的试错性而永远趋于接近世界本身的过程之中。在伽达默尔看来："人类生活的历史运动在于这样一个事实，即它决不会完全束缚于任何一种观点，因此，决不可能有真正封闭的视野。"（伽达默尔：《真理与方法》，第 390 页，译文有改动。）文学像其他所有学科一样，不可能拥有固定不变的本质，这就是解释学给我们的深刻启示。

为什么？因为在文学研究中，任何一个研究者、解释者，任何一个共同体（作家共同体、读者共同体、批评家共同体）都不可能以清明无染的"白板"状态去"忠实"地反映生活、表现生活，或映照文学作品本身，而必然以一种前理解状态或前理解构架进入理解与研究。也就是说，他（他们）必然已经先在拥有某种关于文学的理念、范式、话语、范畴（不管他自己是否自觉意识到），并只能依照这种框架来理解和解释文学。不懂某种语言文字，不了解某一国度、某一历史时期的文学背景与特征，不具备有关文学的基本知识准备，不了解某一范式的游戏规则，就不可能进入文学的理解、解释或研究，就不能或无法玩这种游戏。一句话，前理解展开了理解的可能性，没有前理解构架就不可能有理解。而每一理解都是向文学对象提出问题，抛出问题，是理解主体(前理解)向对象的一种抛掷、投射，对对象的一种设计或曰筹划。人们读文学，理解、解释或研究文学，总是因为什么并把文学当作什么来阅读、来寻找、来幻想、来享受的。这种“因为什么”、“要做什么”，就是提问的根本性、首要性。文艺学的研究就是向着文学对象的理解或解释的可能性寻找或成就它的本己的存在。所以伽达默尔不无感慨地说：“柏拉图关于苏格拉底的描述提供给我们的最大启发之一就是，提出问题比回答问题还要困难——这与通常的看法完全相反。”[1]。这就是说，一种文学批评的范式总是首先向文学对象抛出问题，并等待着对这一问题的回应、回馈或回答，这种回拨的反弹是被问题所制约和限定的，有什么样的问题，就有什么样的回答。

从文艺学的发生发展史角度来看，对文学的理解解释从来都是依据一定历史条件下的范式规定性、方法论要求或各不同话语之间的游戏规则来进行的。我国长期以来形成的从属论、工具论的一统论独断论文学观，依循一种黑格尔式的“绝对知识”的终极性主张，怀着对人类“无限理智”的绝对信仰，对文学采取一种删略前提、删略语境、删略条件的绝对论文学观，对认识和解释文学对象的多种可能性，即多种范式多种话语采取坚决排斥的态度，只允许一种文学理论“独裁”或“专政”。大大阻碍或延缓了我们对文学的解释和理解。20世纪80年代以来，我国文学界对于文学本质的反独断论或非本质主义思考，就是通过重新提问或转换提问角度来实现的。所谓“重新提问”就是将文学“作为不同于过去设定的理念的另一种新的什么”或“当作新意识到的某种东西”来认识。一方面，任何“重新提问”都是对过去既成理念、规范和定义的怀疑和重审。怀疑或“重新提问”需要提供理由。另一方面，“重新提问”又表明文学自身发生了重要的变革或转折。重新提问使作为提问对象的文学再次处于悬而未决的状态，使它保有再次拥有各种解释的可能性。文学研究中的每一个真正的问题都要求具有这种敞开性。

每一种新的文学范式，都是一种新的向世界提问的方式。选择了一种提问方式，就选择了一种区别真假命题的标准与尺度，也就选择了一种回答问题的方式。范式的实质即在于它是一种根本性的提问活动。过去时代不同文学范式间的不可通约性首先就表现为问题群的不同，其中此一范式的问题不构成他一范式的问题(不进入他一范式的视域)，或者此一范式的核心问题不构成他一

1　伽达默尔：《真理与方法》，第466页。

范式的核心问题(不构成他一范式的主导因)。比如传统批评中的倾向性与典型论，作为在19世纪批判现实主义文学基础上产生的对文学本质的认识论的反映论的理解，它们无疑是传统社会—历史批评的核心问题。但是在20世纪语言论转向的现实条件下，对于俄国形式主义、英美新批评、结构主义等批评话语来说，它们就变得无足轻重或湮灭不彰了。独断论时代的“我们认为……”，是一种代表真理和公众的标志语式，是建构黑格尔式的宏大叙事的“导语”，是发现规律和揭示规律的过程。这种观念下的“我们认为它是这样”，就意味着可以推断它就是这样，这就是“真理”，这就是“规律”。而在当下范式多元共生、话语多样并存的多元语境中，“在我(或任何一个人)看来……”它——文学——并不能被断定它被所有的人认定就是这样。所有的理论、范式、话语都只是一种理论假设、假说或预设。“在我看来”已变成一种对自己所采取或遵循的何种范式何种话语的说明，是拥有何种“先见”或前理解框架的“夫子自道”，它成了一种对理论前提的设定，成了一种不可或缺的预程序。

当代文学的范式理论

文学的发展有其自身的规律，作为其理论掌握形态的文艺学的发展也有其相应的发展轨迹。当代文学是在不同的文艺学范式指导下的发展史，也是一部文艺学的演变史与更替史。

范式，英文为Paradigm，该字源出于希腊文，含有“共同显示”之意。由此引出模式、模型、范例等义。库恩认为，任何一种常规科学都是一种模式，“这是任何一个科学部门达到成熟的标志”。库恩所说的范式，是指特定的科学共同体从事某一类科学活动所共同掌握并必须遵守的一般原理、模型和范例。

同自然科学研究相似，过去时代作为人文科学的文学研究也有本学科的主导范式。它是一定时期一定国度(民族、地域)内从事文学研究的文学共同体所共同遵守的文艺学的理论体系、方法论规定、价值标准、符号系统、逻辑运演程序和模态范例。文学研究在进入成熟的科学化形态之后，便拥有了占据批评主导地位的文艺学模式。每一种新的范式都必须对全部既定的文学原则进行重新的解释，同时还必须确定批评、研究文学的基本方法论程序，也即创造一套解释文学作品的技巧和规则，由此也创造了解释的对象。

同科学范式具有自身的规定性一样，文艺学范式也具有自身的特殊规定性。它不同于文学中的一般流派或风格群，它是对全部文学现象进行的总体观照，是一定时期内文学共同体总的“看问题的方式”，是规范整个文学研究活动的整体框架。它以不同的哲学美学思想为其基础，但又具有具体学科所固定的范围和内涵。不同的文学范式又规定了不同的概念体系、核心范畴和价值功能取向；同时也就确定了不同的批评的方法论程序和逻辑运作模型，并据此产生不同的文学史。

以往大一统的文学理论只允许有一套文学批评的核心范畴和概念体系，但文学批评的现实已经打破了这一藩篱，展示并现实地运用着多种文学批评的话语体系。这就形成了不同的核心范畴的并展共陈，我们将之称为关键词。一套关键词不仅是文献检索的根词，也不仅是当下互联网超文本链接的漂移的能指，而且是内在地揭橥着一种话语体系的构架、趋向与适用域。

每一种文学范式都须通过经典范例进行示范教育和本范式的理论学习，赢得并形成相当范围的文学共同体。文学共同体是某一文学批评流派推出的理论模型因重大的学术成果成为公认的主导范式后受到多数研究者拥护而形成的范式圈。它是一种具有共同范式的无界限的专业知识集体。其成员一般来说具有共同的文学理论原则，采用共同的批评模型，具有大致相似的前理解或期待视野。共同的目标或理论指向使他们具有较多的共同语言、更充分的互相交流。他们关注同一类文献、文本或文本中的要素，有共同的提出问题和解决问题的方式。不同的文学共同体专注于文学中不同的对象，或同一对象中不同的侧面。即使不同范式中所具有的相同概念，其涵义和在各范式中的地位也是不同的。

文艺学的发展有着与自然科学发展大体相近的发展进程。文学研究并不是依靠一代代研究者不断积累文学事实和考据结果逐步接近文学本质的过程。文艺学的发展既有量变的常态研究时期，也有质的飞跃和范式的突变时期，而正是这种质的飞跃和范式的突变极大地推进了文艺学的发展。

在文学研究中，也不存在亘古不变的一统的批评范式。文艺学范式依据文学的发展、变革而移易、转型以至更替。在文学理论与文学批评中，某一曾经指导过文学研究的批评范式，不管它曾经如何有效如何成功地推进了文学研究的发展，也不管它是否曾经为文学共同体公认为“金科玉律”，只要它不再能够指导人们面对文学的现实问题去“解难题”，不再能够满足批评共同体大多数人的研究需要，它就必然会被扬弃，而被一种新的批评范式——一种更适应于文学的现实发展的，独立于旧范式的新范式取而代之或包而容之。

文学研究的转型期

纵观文学研究的历史，文艺学范式的运作有这样一个逻辑程式：

文艺学前科学→常规研究（形成范式）→反常→危机（非常态时期）→文艺学范式变革（新范式取代旧范式）→新常规研究

随着文学的前科学阶段的结束，文艺学在多种理论长期论辩和竞争的基础上，由于重大理论成果的突破或引进，形成了公认的范式，进入了常规研究时期。文学的常规研究本质上是文学共同体在某一范式支配下的“解难题活动”。这是一种基于其范式本质观的高度确定的活动，其研究定向聚焦于范式内部肯定有解的难题，而不是所有问题不论巨细一概研究。范式规定了研究的理论框架和方法论程序，常规研究进行具体对象的运演和操作。在这一过程中，常规研究须以文学批评实践和文学史研究的实绩验证、充实和扩展范式。常规研究追求量的积累和系统的精确化，不断扩大文学共同体的范围，努力排除或消化溢出范式的反常现象。常规倾向于聚敛式思维，这种思维要求研究者严格遵守范式，完全依据理论原则和运演规范，着力于范式提出的“疑点”研究，以求研究之“深”。

当文学创作和批评的现实越来越突破常规范式囿定的界限，出现大量使文学共同体无法依照原范式解释的难题时，当一种曾经相当完善的理论范式在新的历史条件下，面对新的文学对象显示出重大缺陷时，文学研究便出现了反常。反常逐步增多，引起人们对原有范式的整个概念体系的怀疑，激发研究者打开思路，开拓新的视野，去检验长期信奉的观念是否绝对正确，从而导致新的发现。

原有的范式则力图保持自己的主导地位，它往往不能容忍反常现象对理论的冲击，总要千方百计抵抗和消融反常。而且，旧范式的追随者由于视野和前理解的局限，对那些溢出旧范式的现象，实际上根本看不到，而对无法回避的反常则力图通过对范式的修补而达到消弥。反常引起发现，发现引起新的探索性的模糊的理论设计，发现越多，探索性的理论构想就越多。当反常积累到一定程度时，文艺学范式的危机时期便到来了。文学进入非常态的范式交替转换期。这时，人们纷纷开始向原有范式发难，检讨、审视其固有原则及各种概念，激烈否定其中已被淘汰的内容。随后各种竞争新的主导范式的预选模式竞相设计出来，各种理论往往以崭新的体系形态昭告于世，一一在文学研究所面临的现实问题上初试身手，形成"百家争鸣"的异彩纷呈的热烈局面。

在非常态的危机时期，原有的文艺学范式的中心或主导地位丧失或被消解，文学研究呈多元或多中心状态。其表现为：

1. 对方法论的迫切需求与高度重视。由于原有范式已无法对现实生活中的文学现象作出令人满意的解答，曾经显赫一时的经典教条面对新的文学思路束手无策，因此人们转而到一切能够找到的理论武库中去搜寻合用的利器，尽力拓展研究的视野，探索各种新的方法。这首先表现为大量翻译和引进国外的最新理论成果；其次是展开学科的边缘交叉研究，移植包括自然科学在内的新方法；而跨国的比较理论研究有了特别重要的意义。

2. 更新观念，破除既定的陈规惯例。危机时期是文学观念发生巨大变革的历史转折时期，原有的观念体系和价值系统丧失了往日的权威，研究者的思维方式由先前的聚敛式思维转变为发散式思维，学科的批判与否定意识空前高涨。人们从历史巨人的庞大身影中走出，开始了对观念本身的叩问。与此同时，社会的理论创造机制异常活跃起来，众多流派纷呈，研究者们面对历史的契机，表现出一种强烈的"体系情结"，他们对创立新理论、新体系，对提出新观念具有异乎寻常的热情。新（新颖、新奇、创新）被推为文学的重要特征。

3. 建构新的概念系统的话语方式。在危机时期的创新热潮中，新名词、新术语扑面皆是，新概念、新话语层见迭出。形成了概念术语大爆炸的学术局面，出现了严重的"读不懂"现象。这一方面源于不同范式理论间的不可通约性，人们各遵其法，各称其事，如操不同方言的人互相交谈，双方难以会意；另一方面源于对引进理论的生吞活剥，未加消化。名词大轰炸和新话语方式造成思维短路和理解障碍，批评在热过后留下深长的困惑。

4. 文学共同体的分化与重组。危机时期，原有的文学共同体解体，其成员分化为两部分。一部分人已形成僵化固定的旧范式的思维模型，并真诚信奉自己原有的理论范式。尽管他们无法否认旧范式中频繁出现的反常现象，但总是企图修补、完善或重新解释旧范式，以消融或弥合反常，形成滞后的旧范式变形期。而另一部分人则不再盲目迷信旧范式，他们勇于探索，积极寻找、借鉴和创立新理论、新范式，以重新解释和吸收反常。在文学批评发展中，往往是一批年轻的批评家以卓越的理论贡献赢得普遍赞同，从而逐步形成新的文学共同体。

综而观之，从范式危机到变革的完成一般要经历一个相当长的时期。危机之后必须全面、深入、系统地消化、选择、改造、删汰各种引进的和新创立的学说，在认真比较、综合的基础上寻找对立学派间的融合与互补，建立一种更为包容的宏大开放的理论范式。在思维方式上，必须在发散式思维和聚敛式思维间保持必要的张力，既要有打破传统勇于创新的革新精神，又要严格遵守理论的逻辑运演规范，踏踏实实做细致严密的常规研究，将范式的实践引向深入。

需要特别指出的是，文艺学范式的转换绝不是一种范式打倒另一种范式，不是线型的因果替代，也不是全盘否定旧范式，而仅仅是否定或抛弃其为现实证明不合理的部分，其中合理的部分理所当然地已包容在新范式之中。这种变革实质上是主导因素的移易，是文艺学各要素重新调整，以形成新的“背景—突前”关系：原先处于背景地位的因素上升为突前的中心地位，而原先的突前的主导因素则隐入背景。正如雅各布森所言：“诗的形式的演变，与其说是某些因素的消长问题，不如说是体系内种种成分之间相互关系的转换问题，换句话说，是转换主导的问题。通常在某套诗的准则中，尤其是在对某种诗的类型有效的一套诗的规范中，原来处于次要地位的诸因素成了基本的和主要的因素。另一方面，原来是主导的诸因素成了次要的和非决定性的因素。”[1] 在这里，文艺学作为人文科学，迥然相异于自然科学，充分表现了其特殊性。

多元主义的文学范式观

我国当代文艺理论与批评经过30余年的引进、选择、删汰，已经形成了范式多样，话语丛集的多元共生的总体格局。十余种批评话语经过改造、融合和重建已经在当代批评中发挥着重要影响。它们是政治—意识形态批评、社会—历史—审美批评、心理—精神分析批评、人类学—原型—神话批评、审美—形式主义批评、结构主义—叙事学批评、解释—接受反应批评、后现代—后殖民批评以及日见热烈的女性主义批评、新历史主义文化诗学、西方马克思主义批评与文化研究等众多的批评话语，另外比较文学与比较文化批评也有广泛的运用。这些批评话语有各自的概念体系、核心范畴、方法论要求和逻辑运演程序，而且还在运用于中国批评实践中创造性地建立了经典范例，并逐渐赢

1　雅各布森：《主导》，《文艺理论研究》，1992年第1期。

得了日益广泛的批评共同体。

多话语共生的批评形态是由文化和文学本身存在的多样性与文学的全息性生成的。人类的文化由于种族、地域、社会生活、语言、历史的不同，产生了多样化的社会形态、生活方式、语言交往规范、日常习惯和文化适用域。所谓世界上没有两片完全相同的树叶，人不可能两次涉过同一条河，讲的就是这个道理。多元化是世界文化的本然状态。

文学的多样性还在于文学本体自身是多向度、多层次、多侧面、立体的、复合交叉的、有机融合的，它原本无所谓形式内容。形式与内容的划分起因于人认识与把握对象的需要，它是一种主体的假设，一种筹划或投射，一种框架的设定或到达对象的途径、角度的选择。实际上，它的每一要素在本质上都具有形式内容的直接同一性。内容与形式是相对的，其确定不仅相对于二者自身，而且还相对于所处层级、相位，相对于何者，居于什么语境，处在什么历史时段。居于不同层级中的不同的位置，面对不同历史时段不同语境中的不同的对象，从而生成不同的关系。文学要素中的每一要素都既可能是形式，又可能是内容。

文学的全息性是说，文学中全息地包含有所有人类生活中的全部要素，有机地凝缩了人类文化属人历史的全部成果，实际上，只要人类有过，曾经有过以及现在拥有的，从最形而下到最形而上，从“下半身”到“上半身”，从日常生活到终极关怀，都会以或隐或显的形式在文学作品中呈现出来。这就如同人的十月怀胎浓缩地经历和呈现了生物界从单细胞到高级灵长类的全部进化过程，儿童从出生到成人凝缩地再经历人类文明特别是大脑进化的过程一样。

但是这种全息性又不是全部社会生活要素的并置或平行呈现，那样就取消了文学，也取消了文学研究（文艺学），取消了一事物区别于它事物的独异性与特殊性。于是，全息性与主导，背景与突前，视野与主题构成了主导要素与其他要素间的基本关系。主导、突前和主题，确定了此一事物区别于它一事物的特殊性。这种特殊性是在历史中作历时状流动演化和变动的。突前构素的凸现和各层次间构素的升沉、移位与交换，构成了此一时代、此一种族、此一地域、此一语境下文学的主导品质。而各构素与突前构素间的关系是在历史中运动的：一种要素上升并凸前，成为主导的要素，曾经作为主导的要素则可能退居幕后，处于“二线”了，文学的变革、转换或转型就发生了。

据此可见，当线形的历史观被立体、多元、复合的历史观所代替，文学的独断论绝对论被多元范式和话语丛集所代替，多元批评便成为一种当下的现实。

多元批评是历史地形成的，是随着文学理论与批评的深化，本体研究的细化，社会、历史的发展，政治和文化的变异，甚至经济和国际关系的变革而显现、生成和构建的。

多元批评是文学批评的本然状态。它既对应于文学构成的多向度、多层面、交叉性和复合性，又开启了批评创造的多样性和阅读阐释的无限可能性。它既源于文化的、社会的、民族的、地域的多样性，又源于个体主体因精神娱乐需要而做出的文学范式选择的多样性。这种批评的多样性正是符合当代现实的合理形态，我们不必也不可能把它们一概统一于一或整合于一，甚至回到一种涵盖一切的大一统的批评模式中去。

因此，我以为，原先统贯为一的文学概论教学应当有重大的改革。多话语共生的批评构架可以也应该进入批评教学。多年来呼吁的理论的批评化应当具备实践性品格。批评实践的教学（教学生自由选择多种不同话语对作品进行批评）应当成为文学理论与批评教学的新的方式。

文学批评话语的不可通约性的消泯

20世纪的西方是一个真正“旋转的世界”。在文化转型的世纪性氛围中，各种新奇独特的理论频繁创立，各种文学理论范式迅速更迭，各种文学批评话语多样纷呈，争奇斗艳；各种文艺思潮涛推浪涌，高潮迭起。特别是60年代以后，当代文学批评愈益加快了转换的步伐，进入了一个话语急剧膨胀的时代。在后现代文化断裂的时代氛围中，各种理论话语如旋转的迷彩灯，使人目眩神迷。而各种理论之间又相互对立，相互拒斥，各种范式固持一端，互不通约，传统文学理论与批评的大厦几被拆为零落的断片。如何在各种对立的文学范式与话语中寻找沟通与交流的契机，在被拆散的零落的“断片”上进行诚实的对话与建设，这是历史摆在当代美学面前的严峻课题。

毫无疑问，当今世界文学理论与批评已不可能固着于一种批评范式，而必须面对多话语共生的转型期的基本现实。在西方哲学家批评家看来，在当代走向后现代的历程中，传统理论中那种作为对科学、道德、宗教、艺术的本体论问题或认识论问题进行裁决的哲学已悄然遁形。美国哲学家理查·罗蒂指出：在当代解释学与解构哲学影响日深的世界中，仍坚持认为存在一门只关心具有根本性问题的超级科学确实令人怀疑，那种在人类生活的思想和艺术实践中存在着一种涵盖一切、永世不移的第一原理的看法，已与飞速变幻的现实实践不相吻合。再固守独立于社会和历史发展之外的“永恒不变”的哲学问题，固守非历史的永恒模式，已不能解释现实世界向我们提出的课题。因此，从总体上来看，追求差异和特殊，反对“本质主义”，反元话语、反中心性以及反对二元论是当代西方批评的共同视野。但这并不是说，当代文艺学已完全听任各种范式、话语的“割据”、对垒和相互拆解。的确，在当代哲学与文艺学的多元世界，一方面，无数相互竞争而又不能互相改变的“理论”进行着无休止的战斗；另一方面，人们又在社会科学中到处都听到另一个声音：不存在什么“硬事实”，相反，似乎“什么都行”。一方面是绝对主义的偏执与封闭，只要我们关注哲学中的那些固有主题，我们马上就面临着许多不可通约的范式、理论、概念框架或思维方式；另一方面是相对主义对一切中心、一切框架的否弃，对一切沟通和交融的拒绝。相对于后结构主义、解构主义采取的拆除、消解的虚无主义立场，当代解释学美学、交往行动理论、巴赫金的对话主义、托多洛夫的对话批评，以及后期接受美学等都采取了一种积极的建构姿态，力图超越绝对主义与相对主义，在后现代碎裂的理论断片中高扬建设的旗帜，开辟一条通达未来的道路。这条道路就是对话与交流。

1990 年代初笔者曾说过：“当代中国的文化转型、文艺学范式转换的呈现出极其复杂的样态，形成了一种前现代、现代与后现代文化杂然并陈，纠结交错的现实景观。一方面，两种‘堂皇叙事’：注重人性的自由解放和启蒙文化观和黑格尔式的整体思辨真理仍然具有其存在的有效性与合理性；另一方面，多元并立、多话语共生的转换期特征又呼应了反中心、反体系、反元话语的后现代思潮。”同期，笔者还曾在与陶东风先生的对话《在悖论中开辟道路关于中国文化发展战略》[1]一文中，谈到：“如果说西方文化一直沿着‘之’字形两极摆动的方式发展的话，那么今天的中国文化则是多极摆动，一个潮流与另一个潮流交错并进，多头多向运作。实际上我们今天至少面对着三重传统：中国古代文化传统、马列主义传统，西方欧美文化（特别是当代）影响，这三极时刻以自己的轨道交叉运作，形成前现代、现代与后现代三元并举的文化现状。这种突破了一统取向的文化体现了中国当代文化现实的复杂性与独异性。”从几年来文化发展的现实看，这一我国当代文化转型与文学范式转换时期的主要特征依然存在并且依然有效。但同时我们又想到，我国当代文化文学又发生了新的重

1　见《中国文化报》1993-9-11。

要变化：这就是对当代多范式多话语的“狂欢化”共生现实的日益增长的不满和交流与对话的迫切需要及呼吁。

由八十年代新方法热肇端的中国当代文学与文化的“狂欢化”历程，对西方百年来哲学、美学、文化理论及文学潮流作了大量的引进和翻译，打破了中国文学文化的独断论封闭局面，开创了众声喧哗的文化新纪元。但是这种文化输入，一方面完全忽略了每种文化存在于西方世界的当下语境和其发生发展的社会历史必然性，成为一种纯粹工具性的所谓“方法论”；另一方面，又忽略了其作为一种过程的一百余年的历史性发展，成为一种平面的共时性输入的所谓“结论”。

“狂欢化”的“喧哗与躁动”，是一个关于文化转型时代的历史隐喻。它是西方人从巴赫金的理论中发掘出来并加以发展的重要概念或范畴。它很形象的描述文化转变时期众多话语、众多范式争相推出，杂然并陈的现实状况，也反映了那种激扬蹈厉、浮泛躁动的时代范围。八十年代狂欢化的直接效应是“术语大爆炸”和“读不懂”的特异现实，而其后留下来的严峻课题，则是多文学文化范式（或话语）间的不可通约性。

所谓不可通约性，是指遵循各种不同的文学文化范式的共同体之间难以互相理解和交融的特性。我们知道，范式是一定时期一定国度（民族、地域）内从事创作或研究的文学文化共同体的共同遵守或采用的文学文化的理论体系、方法论规定、价值标准、核心范畴、概念系统、逻辑运作程序和模态范例。它们建立在自身文化发展的基础上，是自身文化承结之链上的一个环节。不同的范式之间，由于先在理解框架不同，目标对象不同，即使是面对同一对象，所看到的也可能是不同的侧面，此一范式的视野很难进入另一范式的视野。在九十年代的我国文学创作和研究中，既存在着关注于政治、意识形态的批评，也存在着注目于审美形式的创作，既存在着追逐低给感官刺激的“经济效益”运作，也存在着高雅艺术境界的不懈追求；既存在着对现实生活的原生态的摹写，也存在着对历史原型的苦求索。持多种不同理论的批评家，由于对文学本质的不同看法、批评过程的不同操作，特别是概念体系和核心范围的不同，造成了相互沟通、理解的巨大的障碍和困难。

有趣的是，范式不可通约性的提出者托马斯·库恩后来接受了解释学的理论影响，发现了不同话语间对话、沟通、交流的可能性，它们多样互补，构成了对文学的多层次、多侧面、多相位的认知与批评新模式。

对话主义的历史性出场

我国文学多范式多话语共生的现实迫切需要相互间的交流和沟通，热烈呼唤着相互理解和融合，而当代理论的发展也为对话主义的历史性出场提供了现实可能性。可以说，我国文学文化在九十年代中期进入了对话与交流的新阶段。

从西方哲学和美学来看，交往（Communication）和对话（dialogue）已成为当代世界全力关注的重要问题之一。交流（交往、沟通）（Communication）[1] 和对话（dialogue）就日益凸现出来，当然地成为当今西方美学全力关注的重要问题。它既是哲学与美学对当代世界现实实践的迫切需要的应答，又是理论自身内在逻辑运演的必然趋向。

20 世纪西方哲学与美学经历了一场“语言论转向”，许多不同传统的哲学家都阐发了语言与交流和对话在本体论上的极端重要性。语言被认为是人类知识的可能性和有效性的决定性前提，而美学则被看成一种在历史中动作的语言行为，一种社会的交流（交往）活动，一种具有特定形态的人类对话方式，是建立在主体间交往关系之上的意义的交互理解行为，是由人的存在状态确定的社会历史实践活动。本世纪初，马丁・布伯就关注人类相互关系的交往与对

1　Communication 的汉译很不一致。通常被译作交流、交往、交际、沟通、传达、以及传播等。本论文一般译作交流，也在与论题相应情况下使用交往或沟通。Communication 的译名不一致，实际上源于该术语本身定义的多种歧义。几十年前，西方世界刚刚开始以一种“人类基本问题”的角度研究它的时候，就有不少讨论其定义的文章。如 R.N. 托马斯的《关于 Communication 的定义》（1957）；米勒的《关于 Communication 的定义：另一尝试》（1966）；G. 格柏纳的《关于 Communication 的定义：又一透视》（1966）。1976 年，美国威斯康星大学的 F. 丹斯教授就曾统计过，人们关于 Communication 的定义，已达 126 种之多，面对 Communication 的众多定义，丹斯进行了归纳，指出 Communication 的众多定义中，至少包含了 15 种概念因素：1. 符合、言店、讲述；2. 理角；3. 互动、关系、反馈；4. 不确定性的减少；5. 过程；6. 传输、传递、交换；7. 联系；8. 共有；9. 信道、载体、手段、线路；10. 复制记忆；11. 辨识性反应，行为修正反应；12.（可辨识）刺激；13. 意愿、意向；14. 时间、状态的转换；15. 权力行使机制。（见丹斯《人类交流功能》1976 英文版）丹斯认为，上述 15 条概念要素的不同，源于三种不同的观点。一是“观察层次”的不同：有的抽象概括的程度高一些，宽泛一些；有的则具体，狭窄一些。二是要看其包括不包括“意愿、意向”因素。就是说有的定义只是把意向性讯息的发送和接受视作交流；有的定义则不考虑这种意愿因素。三是有涉于“判断评价”因素。即有的定义，包含了对交流的评价；有的则并不包括。

话问题。他的哲学体系将人类关系归结为两种基本的关系模式，这就是“我—你”关系和“我—它”关系。当人们摆脱功利的“我—它”的工具关系，便可能进入审美的艺术的“我—你”关系。60 年代，德国哲学家美学家伽达默尔将“对话”建构为人类存在、思维与经验的普遍原型。将“我们属于对话”的本体论作为其哲学解释学的基础。在他看来，真正的人类理解定然是一种主体间的对话与交流，它直接构成一种效果历史的“我—你”关系。在人与他人、人与传统、人与文化之间，“对话”所展开的就是我们的可能，“对话”的终结这处就是我们的界限。其后法兰克福学派的著名理论家哈贝马斯创立了交往行动的理论体系，在他从意识哲学转向语言哲学以后，把凭借语言进行的人类交往（交流）当作理想的交往模式，进而建立了他的交往合理化的理论体系。在他与伽达默尔之间进行的长期论辩中，语言的交往与对话一直是他们沟通关注的中心。与他们同时，法国人文主义哲学家列维纳斯（Levinas）也以语言交往与沟通的思路来检讨西方哲学传统里“主体”与“客体”之间的知识模态。在传统的知识模态下，人与人之间只是主体对客体的占有、解析和消化，是化彼为此（the reduction of the other to the same），是“我”的独裁，这里没有真正的“彼—此”（你—我）关系。而列维纳斯主张的彼—此关系是一种伦理关系，它的原型是“面对面”的交谈，它不是“知的支配关系”，也不是那种“与延缓之题保此不变”的“自由”。这种“面对面”不是接触，而是“直接 / 无媒介”（immediate），因此彼此不相互归属或占有，也不受媒介的遮蔽操弄。彼此在言语交谈中相会，超越彼此原有的界限，却不必否定彼此的独立性。另一位同期的德国哲学家卡尔—奥托 • 阿贝尔（Karl-Otto Apel）则进一步拓展了对于交往的语用学探讨。他提出一套以“语言交往共同体”为核心观念的先验解释学理论。在他看来，人类知识的可能性条件和人类伦理与审美活动的主体间有效性这一“先验”问题，必须在人类语言交往共同体的观念中寻找答案。人类必须把一个理想的无限无往共同体设为先验前提。人类知识和伦理生活所面临主的种种困难，根本上可以归结为现实与理想的冲突，即现实的（实在的）交往共同体的语言游戏与理想的交往共同体的语言游戏之间的冲突。这就要通过“意识形态批判”在二者间实现“中介化”。

如果说伽达默尔的“对话”、哈贝马斯的“交往”、列维纳斯的“面对面”和阿贝尔的“交往共同体”多偏于哲学美学的探讨的话，那么以巴赫金为代表的对话主义美学则更为关注文学实践，更具文学批评的特征。巴赫金将其全部文学理论奠基于“对话”之上，从语言的开放性入手，主张生活的本质即是对话，人类最基本的相互关系就是对话关系。而小说则是一种多声部的全面对话。

历史上常有这种情形：一种理论思潮在其诞生和传播中，总会产生众多的误读与曲解。人们从不同的视角来观察同一对象，结果却得到迥然相异的结论，这就是解释学上讲的阐释多样性的必然性，以及在误读中进行选择与命名。前苏联历史上备遭颠沛流离之苦的巴赫金，到了七八十年代，却声誉鹊起。当代许多哲学家、美学家、批评家、小说理论家、语言学家似乎在一夜之间一齐发现了这块沉埋已久的真金，竞相趋骛。他们根据不同的理论期待、知识结构和现实需要去解读巴赫金；或关注他的哲学建构，或倾心于他的美学思想，或注目于他的宗教论述，或留意于他的语言学创见。而更多的批评家和学者则在推崇他的复调式多声部的对话理论上达成共识。可以说“对话主义”是对原生态的巴赫金的一种选择、一种制作，也是误读的产物。

其实巴赫金从未使用“对语”或“对话”“主义”来命名他的任何一部著作。但他在法国和美国最有影响的权威解释者托多洛夫和赫奎斯特则都选取“对话”作为巴赫金理论的核心标志。托多洛夫用《对话的原理》来评介巴赫金的著作，而赫奎斯特则将他编先的巴氏论文集命名曰《对话的想像》。他们都将巴赫金的理论翻译、传释、介绍给他们的国人，并影响了后来的许多学者。所以有位名叫贝洛斯托斯基的巴赫金专家曾断言：“对话”的巴赫金是一个近年来为巴赫金学的学者们所提升的形象，对话批评则是以他为名制造出来的一个学术“企业”。

当然，巴赫金确曾反复论述，并从根本上认定人类生活的本质即是“对话”，人类最基本的关系就是一种对话关系。巴赫金颠倒了历来人们视对话为手段、方法的成见，断然宣称“一切都是手段、对话才是目的。单一的声音，什么也结束不了，什么也解决不了，两个声音才是生命的最低条件，生存的最低条件。”巴赫金以这种对话观来分析陀思妥耶夫斯基的作品，发现了不同独语（独白）时代的精神领域内的众多对话层次：作者与人物，人物与人物，作者与读者，人物与读者，人物与读者等一系列的交往方式。这是一种复调式多声部的对位性的全面对话。在“时空交融”的变异中，多重声音，多种解题方式“共展并陈”，形成众声喧哗、百家争鸣的“杂语”局面。这种转型期的文化特征在民间文化中表现为“狂欢节”形式。狂欢节是一个没有观众也没有导演的自由平等的乌托邦，它嘲笑一切等级差异，亵渎神圣，颂扬平等。这种狂欢化实际上是对巨大的历史转型时期权威话语失去绝对统治地位而趋于多元、对话的现实景观的一种隐喻。

巴赫金的这一系列思想近年来迅速得到了西方理论界青睐。这一方面当然来自于巴赫金对话理论自身的包容性和启发性。另一方面却在于西方理论界批评界内生手紧迫需要。二十世纪以来，西方批评在经历了独标异说的片面深刻和理论创建期的轰动效应之后，又都不可避免地暴露出各自理论的局限与缺憾。而当代批评也的确已疲惫于无穷无尽的话语创造与拆解的游戏，转而寻求一种相互沟通、相互对话、相互交流与融合的新的建设性姿态。正是这种理论发展和文化实践的需要，使巴赫金翻旧如新。实际上，如果没有巴赫金，也会有另一个什么“金”出现。

巴赫金的对话美学产生了广泛的世界性影响。他在法国最权威的解释者托多洛夫，在其思想影响下提出了“对话批评”的美学理论。八十年代中期以后，在广泛译介各种理论（包括巴赫金对话理论）之后，一直身处文学批评理论前沿的法国理论家托多洛夫第一次明确提出了对话批评的主张。在托多洛夫看来，批评即是对话，是关系平等的作家与批评家两种声音的相汇。对话批评从文艺本身的异质性出发肯定了美学与批评史上多种理论与批评话语共存的合理性及其各自的部分真理性，强调批评作为一种交流行为，意味着共同价值基础上主体间理解的可能性。

随着当代文艺学与批评的多元发展，众多范式、流派和话语间日益迫切地需要对话与交流，以打破长期形成的相互间的不可通约性。同时许多美学派内部也随着理论视野的扩大，逐步放弃了各执一端的褊狭与局促，而转向对话与交流。如曾经登高一呼应者云集的接受美学，便从发轫初期的以读者为中心的立场逐步走向对话与交流。这当然与其当代哲学解释学的理论基础有关，但也可从中窥见美学发展的一种历史与现实的必然性。

当代对话主义是一个有着十分丰富理论资源的哲学美学文艺思潮，它并不仅仅囿于个别流派或话语，而是一种由理论和批评的现实发展呼唤而来的当代趋向。有鉴于此，对它的研究就有了更为重大的意义。对话主义的历史性出场是当代文化现实走出困境的必然要求，是实践运作的必然结果，也是走向新的文化建设的必由之路。

同样，九十年代的中国文化和文学批评也进入了一个复调式多声部和全面对话阶段。多种范式多种话语的“多元并陈”，迫切呼唤各种范式和话语间的沟通、交流与对话。其现实特征为：

首先，这种对话始终保持着复调式多声部的特征。不同于我国历史上用某一种钦定意识形态来代替、取消或横扫其他理论范式或话语的唯一论模式，对话主义和基点在于肯定、承认当代各不同范式话语存在合理性和必要性。正因为每一话语具有自身切入文学或理解文学的独特角度或框架，因而它才具有深入理解对象把握对象的部分真理性和片面深刻性。取消了此一理论的独特视角，也就取消了它借以立足的根基，实际上也就取消了对话。托多洛夫在谈到文学批评时特别强调了这一点："批评是对话，是关系平等的作家与批评家两种声音的相汇。公开承认这一点是很有益处的，不过，许多流派的批评家在拒绝承认对话批评上不谋而合。教条批评家、'印象主义'评论家以及主观主义的信徒们都只让人听到一种声音即他们自己的声音，而历史批评家又只让人听到作家本人的声音，根本看不到批评家自己的影子；'内在论'批评中的认同批评把与作家融为一体直至以作家的名义讲话奉为理想，而结构主义又以客观描述作品为金科玉律。孰不知，这样禁止与作品对话，拒绝评判作品所阐述的真理无异于削弱了作品的主旨所在：探索越理。"在这里，对话主义的基本精神表现为两种声音的"相汇"，而不是一种声音的"独白"，是相互平等的对话，交流，而不是一方吃掉另一方。

其次，我国当代对话主义表现为以文化交流与综合为特征的全面对话。所谓全面对话是指对话具有人类生活的根本性。它是"一种无所不在的现象，浸透了人灯的语言，浸透了人类生活的一切蕴含着意义的事物。"（巴赫全语）我国近年一文化批评的兴起，就是在努力寻求中国与西方之间，现代与传统之间，理论与创作之间，市场规律与道德理想之间的对话和交流，寻求冲突中的相互作用，撞击中的新的契机，否定中的新的希望与新的可能。在更深的层次上，这种全面对话又表现为跨越学科界限的科际对话。而它们又都体现出当代的文化批评的综合的宏观视野。

其三，这种当代对话主义又表现为历史转折时期人类自身思维的内在冲突与内部对话。当代相对主义的兴起，以一个侧面启发人类重新检视其认识世界的有限性。对话的语言性表明，我们不能把狭义地语言看作是对话与交流中理解的工具，因为文学文化传统本身的存在即是语言或主要是语言方式，人所能理解的存在就是语言，世界只有进入语言，才能表现为我们的世界，语言的局限，就是历史和对话的局限。人类所有对话中的理解、语言、历史以至整个个人的存在，实际上都是未完成的，也是不完全的。所以传统的终极真理的绝对观以及由此产生的两极对立非此即彼的独数式思维与对话主义有着本质上的区别。在文学理论思维中，不仅作者与作者、作者与读者、作者与本文、本文与读者、读者与读者之间存在着对话与交流，而且在作者思维内部、作者与其人物，人物与人物之间、在读者自身思维内部（如读者“原我”与进入本文角色之“我”之间）都存在着极为丰富多样的对话。正是这种对话展示了人类精神世界的无比丰富性和人类存在的深刻危机。

第四，当代对话主义作为一种过程又体现着人类精神视野的不断融合。从当代社会生活和文学实践来看，文学对话主义包含着主体间互相作用。互相否定、互相协调、互相交流的主体间性。这种主体间性是对话实践所达到的主体之间共同拥有的协同性、有效性和合理性。作为一种主体—主体间的精神交往，文学对话主义更多的表现出审美情感交流的可传释、可互换（互相激发）、可再创造的物质。在这种主体—主体的精神交流中，两条不同的地平线（horizon）交汇形成了一个更为广阔的人类精神的无穷天地。

文学研究的“间”性的凸现

因此，建设并进入合理的对话交往语境，关注和寻找“间”性，重建文学—文化的公共场域，就成为逻辑的必然。所以，文学的“间”性，文本间性，主体间性，文学交流中的理论共同体批评共同体及阅读共同体间性（群体间性），后殖民时代的文学的民族间性，以及学科间性、文化间性就成为我们必须研究的东西。不同于撷取合理要素后的“整合”、“融合”为一，找出统贯一切的本质，构造涵盖一切的宏大体系，也不同于前期解构主义的完全消解、拆除，间性的研究是要探寻不同话语之间在历史语境中的约定性，相关性和相互理解性，找出联系和认同的可能性与合法性（客观性）。间性秉持一种建构的姿态。

当代对话主义的历史性出场既是当代社会变革现实发展的必然要求，又是历史转折时期人类自身思维的内在冲突与内部对话。当代文化相对主义的兴起，从一个侧面启发人类重新检视其认识世界的有限性。对话的语言性表明，我们不能狭义地仅仅将语言看作是对话与交流中理解的工具，因为文学、文化传统本身的存在即是一种语言的存在，或曰主要以语言的方式存在，人所能理解的存在就是语言，世界只有进入语言，才能表现为我们的世界。语言的局限，就是历史和对话的局限。人类所有对话中的理解、语言、历史，乃至整个个人的存在，实际上都是未完成的，也是不完全的。所以，传统的终极真理的绝对观以及由此产生的两极对立非此即彼的独白式思维与对话主义有着本质上的区别。在比较文学的理论思维中，不仅作者与作者、作者与读者、作者与文本、文本与文本、文本与读者、读者与读者之间存在着对话与交流，而且在多种学科之间、各个民族或国家之间、不同种类的文化之间，都存在着极为丰富多样的对话。正是这种对话展示了人类存在的深刻危机和人类精神世界的无比丰富性。

所以，文学作为学科的一种根本特质是对话、沟通和交往。对话交往理性作为一种过程体现着人类精神视野的不断融合。从当代社会生活和文学实践来看，这种对话交往包含着主体间、学科间、文化间、民族间互相作用、互相否定、互相协调、互相交流的间性。这种间性是对话实践所达到的主体之间、学科之间、文化之间、民族之间共同拥有的协同性、约定性、有效性和合理性。作为一种“主体—主体”、“学科—学科”、“文化—文化”、“民族—民族”间的精神交往，“间”性体现了文学—文化中的对话实质，更多的表现出文学—文化交流的可传释、可互换（互相激发）、可再创造的特质。在这种精神交流中，两条不同的地平线（horizon）交汇，形成了一个更为广阔的人类精神的无穷天地。

在这里，主体间性的研究具有重要意义。它打破了长期以来文学研究主客两分的基本格局，而将文本作为准主体，实现文学作者与读者、作者与文本、文本与读者以及作者与作者、读者与读者、文本与文本的主体间交流。它的重要意义在于，恢复了文本的主体本位和人文创造成果的性质，而不是仅仅将之视为一个由纸张和印刷符号构成的客体。

因此，建设并进入合理的对话交往语境，关注和寻找“间”性，重建文学—文化的公共场域，就成为文学—文化内在逻辑发展的必然。所以，文学的“间”性：文本间性（intertextuality）、主体间性（intersubjektivity）包括文学交流中的理论共同体、批评共同体及阅读共同体间性——群体间性、文学与不同学科间的学科间性（interdisciplanariaty）、后殖民时代的文学的民族间性（internationality）、各种不同文化之间的文化间性（interculturality）就成为文艺学和比较诗学必须研究的对象，和可以运用的方法论道路。

当然，不同于那种撷取合理要素后的“整合”或“融合”为一，找出统贯一切的本质，构造涵盖一切的宏大体系，也不同于前期解构主义的完全消解、拆除，间性的研究是要探寻不同民族、不同文化、不同理论范式和不同批评话语之间在历史语境中的约定性、相关性和相互理解性，找出联系和认同的可能性与合法性（客观性）。间性秉持一种建构的姿态。

但是，间性的寻求，并不泯灭一切区别。相融性、共同性、交往性并不消泯各自的独特性。实际上，间性的存在正依存于文学—文化的多样性，而文学—文化的多样性则只能通过创新来实现。只有主体的、学科的、文化的、民族的不断创新，才可能保持持续的更加丰富的文化多样性。只有持续的更加丰富的文化多样性，才能激发主体的、学科的、文化的、民族的进一步的创新。创新是在历史中继承和在历史中衍化的，创新是一个变革的过程。

然而，创新又是一个竞争的过程，创新必然通过竞争来实现。因而那种将文化相对主义绝对化，将其推到极致的观点也是不可取的。文艺学学科的建设只能超越传统的客观主义和相对主义二者，在创新与竞争中曲折前行。

和而不同，同则不继。文化范式与话语的不同主体、不同学科、不同民族、不同文化的多样化引发了它们之间的比较、对话与竞争，比较、对话与竞争又进一步催生了创造的多样性。没有比较，就不能显现差异；没有对话，就没有彼此间的共同性，也就没有交流的基础；没有竞争，就没有创新的动力，也就没有创新。求同存异，学术文化通过竞争发展，竞争是优化发展的基本途径，而创新—创意、筹划、设计、投射，则是竞争中制胜的法宝。因此，在多样化现实中，当对话建立了同一性基础时，竞争就会倏然莅临。

文化范式与话语的竞争是一种博弈的过程，是一种各种要素的综合的角力，是一个赢得学术和社会认同，赢取学术共同体的过程，它不再是一言独大，一花独放，而是共赢，双赢，多赢的。当然这一切的展开或进行必须依赖学术民主的制度环境和学界氛围。

第一章　关于美是生活
——50—60 年代

以马克思主义的唯物论的反映论为最高原则的审美反映论的客观美学观是影响中国当代文艺学的最重要的理论观念，这一观念部分地源于中国美学界第一次美学大讨论。

20 世纪 50、60 年代，中国马克思主义美学展开了前所未有的历史大讨论，对中国当代美学史做出了重要历史贡献，并对中国当代文艺学产生了至关重要的影响，甚至直接确立了文艺学意识形态论或审美反映论的基本走向。特别是蔡仪先生居于中国建国后的重要学术地位，他从其客观论美学出发主编的《文学概论》，曾经影响中国 50 年代到 70 年代末的高等教育中的文艺学的主导取向。而其文艺的意识形态论、文艺的阶级性、党性、民族性，文艺的真实性（本质真实与现象真实），生活是文艺家最根本的源泉等一系列基本观念，均与“美是生活”的观念影响有关。

我们从车尔尼雪夫斯基的“美是生活”的理论谈起。

之所以如此是因为这一理论是上世纪中叶中国马克思主义美学及文艺学建设的历史逻辑起点。然后，我们再深入到 50、60 年代的美学的论争及其对文艺学的相关影响进行深入研究。

由中国文化艺术界曾经的领袖式人物周扬所翻译的《生活与美学》，这本专著在中国实际上已成为从事马克思主义美学研究的“入门书”。作为俄国革命民主主义者、哲学家、作家和批评家，车尔尼雪夫斯基在 1855 年初版的这本书的原名为《艺术对现实的审美关系》抑或《艺术与现实的美学关系》，这是他在 1853 年所写的硕士学位论文。经过周扬的经由柯甘的英译本之妙笔转移，《生活与美学》的书名恰恰提炼出了车尔尼雪夫斯基的核心美学思想——“美是生活”——这个著名定义的两个关键词：“生活”与“美学”。这种古典化的“生活美学”的思想内核，被翻译成如此这般的经典文本：“任何事物，凡是我们在那里面看得见依照我们的理解应当如此的生活，那就是美的；任何东西，凡是显示出生活或使我们想起生活的，那就是美的。”[1]

从历史的角度来看，周扬翻译这本《生活与美学》最早在1942年由延安的新华书店出版，与此同时，周扬选编的《马克思主义与文艺》的部分内容从1942年始也陆续刊载，1945年由延安解放社正式出版。《生活与美学》的影响在20世纪40年代就已经开始，当时车尔尼雪夫斯基旧译为“车尔尼舍夫斯基”，香港的海洋书店1947再版此书，上海的群益出版社1949年又版。[2]在共和国成立之后，人民文学出版社再度出版了这部广为流行的著作，仍沿用《生活与美学》的书名，其中1957年的版本影响最大。[3]当1979年人民文学出版社出第二版的时候，又将书名改回《艺术与现实的审美关系》，但是此时，这本由蒋路据俄文本重校一遍的专著的影响力却逐渐缩减了。

从20世纪50年代开始，《生活与美学》当中所提出的“美是生活”的观念广为播撒，对于中国美学界和文艺界产生的广泛和重要的影响远远超过40年代，这既是主流意识形态（马克思主义美学成为主导话语）使然，又是当时中国知识分子的集体性的选择（接受马克思主义乃是与时俱进的历史主潮）。“有意思的现象是，在西方美学史上排不上位置的车尔尼雪夫斯基的理论却成了中国现代美学的重要经典。原因是在于对它作了革命的改造和理解，舍弃了原来命题的人文主义和生物学的‘美是生命’的含义，突出了‘美在社会生活’等具

1 车尔尼雪夫斯基：《生活与美学》，周扬译，人民文学出版社1957年版，第6—7页；车尔尼雪夫斯基：《艺术与现实的审美关系》，周扬译，人民文学出版社1979年版，第6页。

2 在《生活与美学》翻译出版之前，周扬已在1937年3月出版的《希望》杂志创刊号上发表了《艺术与人生——车尔尼雪夫斯基的〈艺术与现实之美学关系〉》一文，具体介绍了车氏的美学思想。同时，普列汉诺夫（1856—1918）的重要美学著作《艺术论》（由鲁迅译出，光华书店1930年版）和《艺术与社会生活》（由冯雪峰译出，水沫书店1929年版）均已出版，1934年瞿秋白翻译发表了列宁论托尔斯泰的两篇重要论文《列夫·托尔斯泰是俄国革命的镜子》和《列·尼·托尔斯泰和他的时代》。

3 在共和国成立后的20世纪50年代，出版的车尔尼雪夫斯基的相关专著还有：《车尔尼雪夫斯基论文学》上卷，辛未艾译，新文艺出版社1956年版；《美学论文选》，缪灵珠译，人民文学出版社1957年版；《车尔尼雪夫斯基选集》上卷，周扬等译，三联书店1958年版；《哲学中的人本主义原理》，周新译，三联书店1958年版；《资本和劳动》，季谦译，三联书店1958年版，该书是根据苏联国家政治书籍出版局1950年版三卷集的“车尔尼雪夫斯基哲学选集”的第二卷译出的。

有社会革命意义的方面。而这也就与马克思关于‘社会生活在本质上是实践的’（马克思《关于费尔巴哈的提纲》）的基本论断联系了起来，而使现代中国美学迈上了创造性的新行程。正是在这行程中，严肃地提出了如何批判地继承和发扬本民族的光辉传统，以创建和发展具有时代特色的中国的马克思主义美学的任务。”[1]

这说明，其一，车尔尼雪夫斯基在中国美学界看来占据了核心的地位，《生活与美学》成为了20世纪50、60乃至到70年代当中美学的“经典中的经典”，甚至占据了西方美学史的重要位置，许多“西方美学史”的中文专著就以车尔尼雪夫斯基的思想作为终结。其二，车尔尼雪夫斯基的思想成为了当代中国美学的“历史起点”，中国美学家致力于对其进行改造，一方面抛弃了其身上的费尔巴哈的“自然性”倾向，另一方面凸现了其与马克思主义的“社会性”关联。其三，从车尔尼雪夫斯基美学出发，根本目标是为了建设“中国化”的马克思主义美学体系，这种思想体系的建设要既立足于本土又与时协行地发展。

具有标志性的事件是，在1958年的“大跃进”期间，周扬在北京大学中文系作了题为《建设中国马克思主义美学》的演讲，这是第一次提出“中国化”的马克思主义美学的口号。这也证明，当时的中国美学界对同时代流行的苏联教科书模式并不满意，中国人要建构属于自己的、具有中国特色的、适合中国国情的美学体系。但是，任何建设都不是空创，都需要某种模本作为建设的前提，“美是生活”的确是当代中国美学家广为接受的“前提性”的美学理论，下面就从当时的美学论述当中来看这种影响的主要取向。

首先，“美是生活”关系到“美的本质”问题的解决，这在当时被视为“符合唯物论”的正确的解决方式，同时也是马克思主义美学建设的出发点。

在当时的学者当中，叶秀山这样的看法带有普遍性：“提到什么是美，我们当然不能忽略车尔尼雪夫斯基的著名的定义：‘美是生活’。车尔尼雪夫斯基批判了德国古典美学，结合了俄国艺术历史和当时的艺术实践，并且坚持唯物主义观点，提出了这样的定义。这个定义影响非常深远，可以说，它几乎是以后一切马克思主义文艺批判家、艺术理论家的出发点。”[2]叶秀山也部分赞同朱光潜的“美是主客观的统一”论，并认为如果这一定义与“美是生活”论建筑在

---

1 李泽厚：《李泽厚哲学美学文选》，湖南人民出版社1985年版，第236页。

2 叶秀山：《什么是美？》，《文艺报》编辑部编《美学问题讨论集》（第二集）. 作家出版社1957年版，第99—100页。

同一的基础上，那么二者之间也是不矛盾的。尽管列宁在《唯物论与经验批判论》当中认定，由于“俄国生活的落后”，使得车尔尼雪夫斯基不能发展到“马克思和恩格斯的辩证唯物论”，尽管这种情形也体现在其美学理论上面，但是他关于美的原则性的定义“美是生活”，在20世纪中叶的中国仍具有活生生的生命力，并且是成为了中国美学更向前进的踏脚石。

然而，尽管大多数论者接受了“美是生活”的观点，蔡仪这样的持“静观的唯物主义”的美学家却并非如此，自他从1947年读到《生活与美学》时就将该书的思想作为《新美学》曾经批判的对象，[1] 因为他并不能认同“美不能脱离人类社会生活”的基本观点，当然后来的蔡仪受到大势所趋的影响也部分承认了车尔尼雪夫斯基理论的合理性。尽管蔡仪早在共和国成立前年就看到车尔尼雪夫斯基观点与自己的差异，但在成立后的1956年发表的文章当中，蔡仪又试图用车氏的观点来作为自己观点的佐证，这也是一种悄然的转变。回到“形式美”论上更能看清这种思想差异，车尔尼雪夫斯基认定“喜欢和厌恶一种颜色”，关乎它是“健康的、旺盛的”还是“病态的和心情紊乱”的“生活的颜色”，[2] 而蔡仪则将颜色的美丑关系到“震动状态和放射微粒”的属性条件，所以，前者将颜色美丑关乎生活的内容，而后者则只将之关联于自然属性的形式规定性。但是，多数的论者认为，离开了“美是生活”的认识，专从事物的形式的特征去寻找美的本质只能陷入混乱，因为形式的特征并不能说明事物的美，它们只是美的形式的因素而已，所以还是要结合生活来理解形式美，因为“形式美的秘密就在于：这些形式的特征与生活发展的基调的内在的和谐，从形式本身是无法理解形式美的，只有把形式的特征与生活的特征联系起来时，才能深刻的理解它。”[3]

其次，既然“美是生活”被大多数论者作为建构中国马克思主义美学的起点，那么，不同的论者就从不同的角度来发展车尔尼雪夫斯基的唯物论美学，但是，发展出来的观点却既可能是彼此接近的，又可能是相互对峙的，但他们基本上都认同车尔尼雪夫斯基所论的生活就是“社会生活”，而相对忽视了车尔尼雪夫斯基原本所说的生活还包括“生命”的底蕴。最近，也有论者如钱中文在与笔者交流中认为，车尔尼雪夫斯基所用的“生活”的俄文原文，按照

1 蔡仪：《唯心主义美学批判集》，人民文学出版社1958年版，第2页。

2 车尔尼雪夫斯基：《美学论文选》，缪灵珠译，人民文学出版社1957年版，第121页。

3 曹景元：《美感与美——批判朱光潜的美学思想》，《文艺报》，1956年，第17号。

其本义其实可以翻译成“生命”，尽管车尔尼雪夫斯基所用的“生活”包括此意，但是如果单单翻译成“生命”，那么，“依照我们的理解应当如此的生命”这句话就变得难以理解了。那么，当代中国美学思想究竟是如何从车尔尼雪夫斯基的“美是生活”的思想当中发展出不同的路数来的呢？

第一种发展的观点最切近车尔尼雪夫斯基本人，这种观点认为“生活就是美的真正本质，也是美的唯一标准”[1]，车尔尼雪夫斯基也曾说过“生活就是美的本质”[2]的原话，但是他自己更倾向于认定美就是生活本身。

这种观点直接从“生活”的界定出发，并接受了进化论式的人与环境互动的观点，认定生活首先就是人与人的相互关系，其次也指人与自然的相互关系（因为人不与自然作物质变换就不能生活），“生活就是人类生存与发展的过程，就是人与环境交互作用的过程，就是人与自然、人与人的关系的过程的总和。人的生活总是社会的生活。”[3]既然生活本身是具有社会性的，那么，按照当时中国马克思主义的理解，“无限丰富多彩生动具体的生活”是劳动创造出来的，劳动才是生活的基础，在劳动基础上的“社会进步”才是生活的保证，可见，这种视野当中的生活乃是一种健康的生活（其特征包括新生、青春和朝气，创造和智慧，勤劳、勇敢和人道主义等等）。按照这种具有积极价值取向的观点，人们既认识了“现实中的美”，又同时按照“美的法则”改造着现实。

依据这种基本思路，蒋孔阳认为，“美这种社会现象……它是从生活的本身当中产生出来的。……因此，和生活联系在一起的美，就必须像生活本身一样，是具体的、感性的……因此，美不仅以人们客观的社会生活作为它的内容，而且也以生活本身那种具体的感性形式，作为它的形式。”[4]所以，人类的带有目的性的、创造性的、能够引起美感和满足审美需要的活动就构成了美的活动，这种美的活动便构成了美的客观社会内容。洪毅然认为，“美是事物处于人类生活实践关系中，首先基于它对人类生活实践所具有的意义和所起的作用，决定它是好或坏的事物，”[5]即使是色、线、性、音等形式要素也是充满着丰富的社会性内容的。曹景元同样认为“事物的一定特性本身并不是美，只是由于它与生活发生了特定的关系，由于它表现了生活才成为美。……因此，事

1　曹景元：《美感与美——批判朱光潜的美学思想》，《文艺报》，1956年第17号。

2　车尔尼雪夫斯基：《美学论文选》，缪灵珠译，人民文学出版社1957年版，第64页。

3　曹景元：《美感与美——批判朱光潜的美学思想》，《文艺报》，1956年第17号。

4　蒋孔阳：《简论美》，《学术月刊》1957年4月。

5　洪毅然：《美是什么和美在哪里？》，《新建设》1957年5月。

物由于它具备有一定的自然特性，而由于这种特性使它对人生有着积极的意义或表现了生活，所以才是美的，”[1]这些以生活作为美的本质的观点之间都是非常接近的。

第二种观点尽管也来源于车尔尼雪夫斯基，但居然走向了车尔尼雪夫斯基唯物论的反面，从而认定美就是一种观念，这种观点以“主观派”的吕荧为代表。

吕荧这样评价“美是生活”的理论：“彻底的唯物论者车尔尼雪夫斯基，他不是从抽象的一般的美的标准或事物的属性条件来谈美的，他从现实生活出发，两只脚坚实地站在生活的基础之上。”[2]这种理解与多数的论者保持了高度一致，但是吕荧归依这种理论是为了与蔡仪的《新美学》的客观化取向划清界限，因为美不是物的属性，也不是超然的独立存在，它随着历史和社会生活的变化和发展而变化发展，并且反作用于人的生活和意识。吕荧称车尔尼雪夫斯基为“战斗唯物论者”，认为他在 1853 年的《现代美学观念评论》里面完全否定了当时流行的德国唯心论美学的“观念（或典型）完全实现在特殊的事物上”就是“美”的理论，而把美安置在生活的基础上，创立了唯物论的美学理论。

吕荧进而认为，“美是生活本身的产物，美的决定者，美的标准，就是生活。凡是合于人的生活概念的东西，能够丰富提高人的生活，增进人的幸福的东西，就是美的东西。”[3]然而，在行文的最后，吕荧将生活与意识“互文”使用的时候，已经开始走向了观念的另一面，直至最终将美定位为“社会观念”，但有趣的是，他强调的始终是“社会的”观念，而非个人的观念。这种观点来自于车尔尼雪夫斯基“依照我们的理解应当如此的生活”来解释生活的思路，吕荧最终认定，美是人的社会意识，是社会存在的反映，它是第二性的现象，尽管他也赞成必须从社会科学观点和历史唯物论的观点来说明美。但具有悖谬性的是，美一方面被吕荧视为社会化的“观念”，但是又被认定绝非超现实、超功利、无所为而为的，这无疑是一种思想的内在矛盾。

第三种观点更直接来自于车尔尼雪夫斯基，可以说，早期已初具实践论萌芽的李泽厚的美学，也是脱胎于“美是生活”的理论的，李泽厚本人也亲口说过“实践美学”其实就来自当时的“生活美学”。

1 曹景元：《美感与美——批判朱光潜的美学思想》，《文艺报》，1956 年第 17 号。
2 吕荧：《美学问题——兼评蔡仪教授的〈新美学〉》，《文艺报》，1953 年第 16 号。
3 吕荧：《美学问题——兼评蔡仪教授的〈新美学〉》，《文艺报》，1953 年第 17 号。

按照李泽厚1959年7月24日完成的《蔡仪〈新美学〉的根本问题在哪里》的理解，该文在收入《美学论集》之前并未公开发表，“美是生活”说不但是反对“唯心论”的有力武器，而且也还是反对“机械唯物论”和“形式主义”美学的有力武器。[1]一方面，李泽厚并不满意吕荧借助车尔尼雪夫斯基美学的“漏洞”而走向了观念论，另一方面，更不满意蔡仪回到直观的唯物主义的趋向。“马克思主义美学的任务就在于：努力贯彻车尔尼雪夫斯基的这条唯物主义美学路线，用历史唯物主义的关于社会生活的理论，把‘美是生活’这一定义具体化、科学化”，[2]李泽厚就是从这一逻辑起点出发来建构他的美学的。按照当时这种新构的美学思想来加以返观，车尔尼雪夫斯基的美学正如其哲学一样，没能完全摆脱费尔巴哈的人本主义的影响，所以，生活在他那里仍是抽象和空洞的“人本学的自然人”的概念，关键是要在其中充实进唯物主义所推重的那种丰富和具体的“社会历史存在”的客观内容。但车尔尼雪夫斯基这种说法却是一切所谓“旧美学”中最接近马克思主义美学的观点，它基本符合李泽厚的“客观性和社会性相统一”的早期观念，因为它肯定了——美只存在人类社会生活之中，美就是人类社会生活本身。

这样，美学的改造，在李泽厚那里就从“社会生活”直接入手，他依据马克思的理解，将这种社会生活理解为“生产斗争和阶级斗争的社会实践”，“人类社会在这样一种革命的实践斗争中不断地蓬蓬勃勃地向前发展着、丰富着，这也就是社会生活的本质、规律和理想(即客观地发展前途)。”[3]李泽厚还引用了康士坦诺夫主编的《历史唯物主义》的相关论述，证明社会生活是一条长河，它滔滔不绝地流向更深更大的远方，它是变动的；但是，追本溯源，生活又有着它的继承性，在“变”中逐渐累积着“不变”的规范和准规。在早期李泽厚那里，生活与实践两个词往往可以相互替换并常结合为“生活实践”这个新词，因为只有“从生活的、实践的观点”出发才能根本解决问题：“如果说美感愉悦是人从精神上对自己生活实践的一种肯定、一种明朗的喜欢的话；那么美本身就是感性的现实事物表现出来的对人们生活实践的一种良好有益的肯定性质”，

1 李泽厚：《〈新美学〉的根本问题在哪里》，李泽厚，《美学论集》，上海人民出版社1980年版，第120—125页。

2 李泽厚：《论美感、美和艺术(研究提纲)——兼论朱光潜的唯心主义的美学观》，《哲学研究》，1956年第5期。

3 李泽厚：《论美感、美和艺术(研究提纲)——兼论朱光潜的唯心主义的美学观》，《哲学研究》，1956年第5期。

"当现实肯定着人类实践(生活)的时候，现实对人就是美的"。[1]

由此出发，李泽厚在《论美是生活及其他——兼答蔡仪先生》这篇文章当中，直接对"生活论"加以发展并区分了自身的观点与蔡仪、朱光潜的差异。针对客观派，他认为车尔尼雪夫斯基对黑格尔的批判基本适用于批判蔡仪，因为美被视为观念(一般性)在具体形象(个别)当中的显现，而蔡仪的典型论也是要在个别具体物象当中显现"种类一般性"(车尔尼雪夫斯基也曾批驳蛙能表现娃的理念但到底是丑陋的，这个观点被通俗化地用来批驳典型论：最美的癞蛤蟆对人而言也是丑的)。针对朱光潜的主观取向，李泽厚明言："否认美的客观性，否认美是生活，把美仅看作艺术的属性，这一方面就会把艺术性、文艺特性与美等同起来，另一方面就会把艺术(艺术美)归结为主观意识的产物，从而就会否认深入生活中去的根本意义，"[2] 由此可见，李泽厚利用车尔尼雪夫斯基的生活观两面出击，分别批驳了对手的两种思想倾向。

总而言之，车尔尼雪夫斯基著名的"美是生活"论，直接将生活与美相互同一，而未对"生活"的本身复杂的内在结构加以区分，按照当时的眼光来看，"生活本身自有其复杂性，有属于物质的，有属于精神的；有属于基础的，有属于上层建筑的"，[3] 而容易模糊了生活本身的意义。[4] 实际上，将"美是生活"解析为本身、本质和本源的三种理解是更为适宜的。第一种理解为：美就是生活"本身"，反之亦然，美的本身也就是生活；第二种理解是：美以生活为"本质"，或者说，生活构成了美的本质性规定；第三种理解则为：生活是美的"本源"，反之则不必然，美并不能成为生活的本源。由此出发，才能对从古典到当代的"生活美学"的不同形态给予更为细致与深入的辨析。但无论怎样说，李泽厚本人在新的世纪与笔者的对话当中，也曾明确表示，实践美学最早就来自于生活美学，但是究竟"什么是生活"，关键还是要引入《费尔巴哈提纲》当中的实践观点，这是实践美学的真正缘起的地方。

与此同时，"美是生活"论的内在缺陷，从理论上看不仅仅在于对于"生活"

---

1 李泽厚：《〈新美学〉的根本问题在哪里》，李泽厚译，《美学论集》，上海人民出版社 1980 年版，第 143、146 页。

2 李泽厚：《论美是生活及其他——兼答蔡仪先生》，《新建设》，1958 年第 5 期。

3 孙潜：《美是意识形态.文艺报编辑部编.美学问题讨论集》(第二集)，作家出版社 1957 年版，第 117 页。

4 刘悦笛：《生活美学——现代性批判与重构审美精神》，安徽教育出版社 2005 年版，第 176—179 页。

的模糊理解，而且，还在于如下的方面：其一，“人本学”的倾向：车尔尼雪夫斯基的整个哲学及美学并未摆脱费尔巴哈人本学的深入影响，特别是对“生活”的理解仍未摆脱生物学的意义，往往将生活解释为低级意义上的“生命”状态（不曾想从20世纪80年代开始生命化的美学在中国又开始回潮）。其二，“反映论模式”及其自身矛盾：“美是生活”的理论最终被归结在机械直观的摹仿论，要求艺术去再现和摹仿生活（这与50年代开始中国艺术所渐成的“社会主义的现实主义”主潮是相互匹配的）。车尔尼雪夫斯基一方面强调“艺术不过是现实的苍白的复制”，但又要求艺术“说明生活”而成为“人的生活的教科书”。问题在于，艺术既然是如此的苍白和贫弱，又如何能对“对现实生活下判断”呢？其三，“自然美”难题：车尔尼雪夫斯基试图否定艺术美（因为按照他的观点，“真正的最高的美正是人在现实世界中所遇到的美，而不是艺术所创造的美”[1]），也无法解释自然美的难题，但自然美并非只令人想到生活才是美的（而自然美难题在50、60年代的中国仍被视为解决“美的本质”问题的钥匙）。其四，“认识论”视角：车尔尼雪夫斯基所心仪的“生活”具有一种理想主义的乐观意味，他“所说的美主要是指对生活的一种认识，指生活的理想或理想的生活”，[2]从而仍囿于认识论的框架来理解生活，从而不可能走出古典而展现出本体论的维度。由此可见，车尔尼雪夫斯基的生活美学仍是不彻底的，在本质观上试图采取了回到现实生活的主张，却在具体问题上仍然滞留于传统思想里，这样就既没有也不可能一以贯之地解决生活的问题和美学的难题，这与21世纪初叶方兴的“生活美学本体论”是迥然不同的。

1 车尔尼雪夫斯基：《生活与美学》，周扬译，人民文学出版社1957年版，第11页。
2 孙潜：《美是意识形态》，《文艺报》编辑部编：《美学问题讨论集》第二集，作家出版社1957年版，第116页。

第二章 关于美学大讨论

如果说建国后一系列文艺学的基本观念与当年的美学大讨论有着千丝万缕的关系，那么这又是一个什么样的大讨论呢？它是怎样展开的，它又提出了哪些重要的论题，这些观念又是怎样影响我国文艺学的基本构成的？

确切地说，从1954年开始，中国美学界启动了著名的“美学大讨论”。这场论争的最初的焦点就在于——唯心主义与唯物主义之争，大部分的论争者，无论归属于哪一派别，都争当唯物论者。这种思路主要还是来自“哲学基本问题”的论争，“对马克思主义理论家来说，评论某一美学观点的主要标准，要看它如何回答美学中的哲学基本问题，以及看它如何对待反映论。马克思列宁主义美学根据这一特征，来区分唯物主义美学和辩证唯物主义美学，主观唯心主义美学和客观唯心主义美学，”[1]这个判断基本上是符合历史事实的。

一般认为，美学大讨论是来自于朱光潜刊登在《文艺报》1956年第十二号上的自我批判文章《我的文艺思想的反动性》[2]，当时的“编者按”指出：“我们在这里发表了朱光潜先生的‘我的文艺思想的反动性’一文，这是作者对他过去的美学观点的一个自我批判。大家知道，朱光潜先生的美学思想是唯心主义的。他在全国解放以前，曾多年致力于美学的研究，先后出版了他的‘文艺心理学’、‘谈美’、‘诗论’等著作，系统地宣传了唯心主义的美学思想，在知识青年中曾有过相当的影响。近几年来，特别是去年全国知识界展开对胡适、胡风思想批判以来，朱先生对于自己过去的文艺思想已开始有所批判，现在的这篇文章，进一步表示了他抛弃旧观点，获取新观点的努力。我们觉得，作者的

1 亚·伊·布罗夫：《美学：问题和争论——美学论争的方法论原则》，张捷译．文化艺术出版社1988年版，第11页。

2 朱光潜：《我的文艺思想的反动性》，《文艺报》，1956年第12期。

态度是诚恳的，他的这种努力是应当欢迎的”，这就已经展示出美学论争发端的历史背景与社会语境。

但是，在此之前，美学论争就已经开始了。实际上，美学大讨论并不完全来自于对朱光潜这个所谓的“资产阶级学术权威”的批判，而最早来自于对蔡仪这个坚定的马克思主义美学家的批判。吕荧连载于《文艺报》1953年第16、17期上的《美学问题——兼评蔡仪教授的〈新美学〉》才理应是论争的起点，也就是说，批判公认的唯物论美学而非唯心论美学才是真正的起点，蔡仪较之朱光潜更早被批判（被批的根本理由在于蔡仪只是表面的唯物论者实乃唯心主义），只不过，对朱光潜的批判形成了“以一对多”的攻势，论争由此引发了广泛的参与。在此之前，更早的美学文章则都是关于现实主义的，并没有上升到“美的本质”的高度，这些文章诸如郑为的《现实主义的美学基础》（《新建设》1951年第6期）、蓝野的《关于现实主义与美学》（《新建设》1952年第1期）和蔡仪的《略论现实主义与主观》（《新建设》1952年第11期）等等。

以唯物主义抑或唯心主义为评判的准绳，“美学大讨论”必然被分为若干的派别。按照通常的理解，中国美学论争可以分为四派，无论是“客观派”（蔡仪）与“主观派”（吕荧、高尔太），还是“主客观统一派”（朱光潜）与“客观性与社会性统一派”（李泽厚），其实全都是围绕“美的本质”问题而展开的。这种准确的概括最初来自于李泽厚，他在1957年的《关于当前美学问题的争论——试再论美的客观性和社会性》当中为了自我辩护，首度将美学论争分为四派（但是后来他又倾向于朱光潜的观点，认定主观派并不足以独立成派），[1]后来最主要的重申者则是蒋孔阳，[2]但是论争的当事人如李泽厚本人，后来却更倾向于承认当时形成了“三派”而非“四派”，主要是把在时序上被认定最后才出现的“主观派”排除掉了，这也接近朱光潜看法。但实际上，尽管高尔太是后期参与论争的，但是挑起论争的吕荧却是最早的参与者，尽管吕荧自认为本人的思想应是客观的，但无疑他仍是主观派的第一个代表。朱光潜后来曾使用苏轼的《琴诗》的名诗来通俗地解读主客之分与统一，该诗说——“若言琴上有琴声，放在匣中何不鸣？若言声在指头上，何不于君指上听？”——说琴声在指头上就

1　李泽厚：《关于当前美学问题的争论——试再论美的客观性和社会性》，《学术月刊》，1957年第1期。

2　蒋孔阳：《建国以来我国关于美学问题的讨论》，《复旦学报》，1979年第5期，但是获得更广泛影响的是蒋孔阳：《建国以来我国美学问题的讨论》，见中国社会科学院哲学研究所美学研究室、上海文艺出版社文艺理论编辑室合编：《美学》，第二卷，上海文艺出版社1980年版。

是“主观唯心主义”，说琴声在琴上就是“机械唯物主义”，而既要有琴（客观条件）又要有琴指（主观条件）这就是主客观的统一，[1]这种说法广为人知。

在此，首先列举广为转引的四派观点：“主观派”认为“美是人的观念”或“美是人的社会意识”（吕荧）[2]；“美，只要人感到它，它就存在，不被人感受到，它就不存在”（高尔太）[3]。“客观派”认为：“客观事物的美的形象关系于客观事物本身的实质……而不决定于观赏者的看法”（蔡仪）[4]。“主客观统一派”认为：“美是客观方面的某些事物、性质和形状适合主观方面意识形态，可以交融在一起而成为一个完整形象的那种特质”（朱光潜）[5]。“客观性与社会性统一派”（后来发展为“实践派”）认为：“美就是包含着社会发展的本质、规律和理想而有着具体可感形态的现实生活现象，简言之，美是蕴藏着真正的社会深度和人生真理的生活形象（包括社会形象和自然形象）”[6]，后来又直接指出“美是社会实践的产物”（李泽厚），从而开启了后来成为中国美学主流的“实践美学”的门扉。

从论争的最初焦点来看，唯物与唯心之所以成为美学思想立论的划界标竿，目标就设定在建树中国化的马克思主义美学基本理论上面。《文艺报》当年发表朱光潜的《我的文艺思想的反动性》的按语，就揭示出当时建设马克思主义美学的必要性和紧迫性：“为了展开学术思想的自由讨论，我们将在本刊继

1 朱光潜：《“见物不见人”的美学——再答洪毅然先生》，《新建设》，1958年4月。

2 吕荧：《美学书怀》，作家出版社1959年版，第117页；吕荧：《美是什么》，《人民日报》，1957年12月3日，《文艺报》编辑部编：《美学问题讨论集》第四集，作家出版社1959年版，第3页。

3 高尔太：《论美》，见《文艺报》编辑部编：《美学问题讨论集》，第二集，作家出版社1957年版，第134页。对于这篇发表于《新建设》，1957年第2期的文章，温和的批评来自于宗白华的《读〈论美〉后一些疑问》（《新建设》，1957年3月号），尖锐的批判来自于敏泽的《主观唯心论的美学思想——评〈论美〉》（《新建设》，1957年3月）。

4 蔡仪：《唯心主义美学批判集》，人民文学出版社1958年版，第56页。

5 朱光潜：《论美是客观与主观的统一》，《哲学研究》1957年第4期。对于这篇文章，洪毅然的批判文章是《美是不是意识形态？——评朱光潜的〈论美是客观与主观的统一〉》，《学术月刊》，1958年1月号。进而，朱光潜针对李泽厚的《关于当前美学问题的争论》与洪毅然的《美是不是意识形态？》两文，又写出了《美必然是意识形态的——答李泽厚、洪毅然两同志》（《学术月刊》，1958年1月号）的反批评文章。此后，洪毅然又写了《美是客观存在的性质，还是意识形态的性质？——与朱光潜先生再商榷》（《新建设》，1958年4月号），朱光潜遂又撰《“见物不见人”的美学——再答洪毅然先生》（《新建设》，1958年4月号）发表在同一期上，从而形成了最集中火力的讨论，论争的各方都由此深化了各自的观点。

6 李泽厚：《论美感、美和艺术》，《哲学研究》，1956年第5期。

续发表关于美学问题的文章，其中包括批评朱光潜先生的美学观点及其它讨论美学问题的文章。我们认为，只有充分的、自由的、认真的互相探讨和批判，真正科学的、根据马克思列宁主义原则的美学才能逐步地建设起来”！

由此出发，关键就是要看出“美学上的两条完全相反的道路：一条是唯物主义的；一条是唯心主义的。它们的根本分歧，就在于承认或是否认客观事物本身的美，就在于承认或是否认美的观念是客观事物的美的反映，一句话，在于认为美是客观的还是主观的。”[1]如此一来，正如哲学的划定阵营一样，按照唯心主义的道路——美在于主观意识，按照唯物主义的道路——美在于客观现实。或者说，“总体来看，在美的范畴中进行着两条对立路线的斗争：一条是唯心主义路线，认为美是主观的东西，事物的美是由于主观情趣的外射，客观上不存在美，并没有美的客观标准，从美是主观的出发也就无法理解美的本质。……另一条是唯物主义路线，承认美的客观性，认为事物的美是不以人的感觉为转移的，客观上存在着美，美的本质是生活。”[2]艺术当中的两种基本创作方法也与上述观点的联系，“从第一种观点出发：现实中无美，艺术的产生是源于人们填补现实中无美的缺陷的需要。因此，就导致主观主义的创作方法。……从第二种观点出发：艺术中的美是现实中的美的反映，艺术是现实的艺术再现。由此导演出现实主义的创作方法，”[3]由此可见，艺术创造的方法分殊是从美的主客分立当中推导出来的。

那么，美学论争的“主客之辩”究竟是如何展开的呢？让我们集中关注于几个关键的文本。吕荧在1953年最早批判蔡仪，聚焦的对象就是大家集中批判的蔡仪的《新美学》，就像此后对朱光潜的批判大多集中于其《文艺心理学》一样，这种批判都是在共和国成立之前的代表性的美学著作中。历史证明，《文艺心理学》与《新美学》作为批判的靶子，它们恰恰成为了最能代表朱光潜和蔡仪的核心美学思想的著作，同时也成为了被论述最多的两本美学著作，许多重要的美学论辩都围绕着这两本专著而展开。

有趣的是，美学论争真正的起点，就是吕荧这位“主观派”对于蔡仪这位坚定的“客观派”的批判，但是，吕荧批判的就是蔡仪思想的唯心本质，而他本人则认为自己仍立足于唯物立场。吕荧承认，美就是人的一种“观念”，但是

1 蔡仪：《论美学上的唯物主义与唯心主义——批判吕荧的美学是观念之说的反动性》，《北京大学学报》，1956年第4期。

2 曹景元：《美感与美——批判朱光潜的美学思想》，《文艺报》，1956年第17号。

3 曹景元：《美感与美——批判朱光潜的美学思想》，《文艺报》，1956年第17号。

任何精神生活的观念，都是以现实生活为基础而形成的，所以，他的美学的唯物之处就在于认定美都是“社会的产物”、“社会的观念”。吕荧所立足的是这样的思想基础，首先，马克思主义的美学，必须在“社会生活的基础上”进行研究，这是当时被广为承认的；其次，美学必须在“历史的关联”上进行研究，这是马克思主义美学的又一个“基本的原则”。相形之下，历来的唯心论的美学都是从抽象的“艺术原则”或“美的规范”出发，以“艺术”、“普遍的美”等等要求为基础的，在吕荧看来，《新美学》也隶属于这样的阵营。

按此而论，“《新美学》不仅从超社会超现实的观点来看美，把美看作超越人的生活和人的意识的客观存在；而且也从超社会超现实的观点来看人，把人看作不属于任何历史时代、任何社会、任何阶级的客观存在，一种生物学上的种类。”[1] 所以说，《新美学》就是一种唯心论的以“种类观念”作基础的美学，蔡仪被批为唯心论的这种思路，与吕荧对于德国唯心论（也就是德国古典哲学及其美学）的批判是保持一致的。在吕荧看来，《新美学》超越了一切的社会关系和历史进程，用抽象的生物学上的“人类”来代替现实生活中的人类，并且在这一观点上来观察自然、社会，以至美，从而构成了“事物的种类”、“美的本质”、“美的认识”、“美的种类”的整个的理论体系。可见，吕荧的确把握到了蔡仪通过“类本质”的方式来研究美学的策略，但是，蔡仪的思想的确仍是一种机械论的唯物主义。

蔡仪的反批判《论美学上的唯物主义与唯心主义——批判吕荧的美学是观念之说的反动性》，就更上升到哲学的高度来对吕荧美学的唯心实质进行批驳。主观论美学思想的“相对主义”，最容易被人批判，蔡仪就是从这一点开始的。主观论者往往以这种相对性作为论据，那就是认为虽然人人都知道美，但是对“美的看法”却人人不同，一则即使面对同一对象有人认为美也有人认为不美，二则即使同一个人对“美的看法”也有变化，原来认为美的后来则认为不美，反之亦然。所以吕荧这种“美是物在人的主观中的反映，是一种观念”的主观论，最先被蔡仪所诟病。尽管这种观点先承认有“物”、有“反映”、然后有“观念”，似乎所谓的“美”这种观念还是物的反映，但是事实却刚好相反，吕荧的美学就是从主观出发的。蔡仪继续反驳说，吕荧还认定他的“美是客观的”之说作为唯心论，是和“德国唯心论各派美学”直接相关的，这个帽子恰恰扣反了，吕荧的“美是观念”之说，倒是反对唯物论美学的唯心美学。这是由于，

1　吕荧：《美学问题——兼评蔡仪教授的〈新美学〉》，《文艺报》，1953 年第 16、17 号。

吕荧的美学理论是同现实生活的实际绝对相反的，从政治性上来讲，它在本质上是“反马克思主义的”。

蔡仪与吕荧一样，也拿现实生活来作为验证，但目的却是来反驳吕荧的美是观念说。因为蔡仪试图证明，吕荧的观点并不是他自己标榜的“从现实生活出发”、“在社会生活的基础上进行研究”所得出的结论。这是由于，从表面上看，吕荧的观点似乎来自车尔尼雪夫斯基，标举自己也是彻底的唯物论者，但是吕荧的美学理论却走向了相反的方向。再看后来的蔡仪是如何“贴近”车尔尼雪夫斯基的，蔡仪认定：“在‘美是生活’这个定义里，既明显地规定了美就是客观现实的生活，也就是说美是在于客观现实。”[1]蔡仪由此便认为，真实的最高的美是人在现实世界中找到的，“吕荧所谓的美是观念之说，既不符合于现实生活的实际，也不符合于马克思列宁主义反映论的原则，难道这还不是道地的唯心主义的美学理论，还有什么唯物主义的气息吗？”[2]如此看来，蔡仪的确把握到了吕荧美学的唯心论实质，但这仍是他以自身的反映论美学思想做衡量而得出的结论。

朱光潜的《我的文艺思想的反动性》在1956年才得以发表，他随后所引发的争议是有目共睹的，所以，这篇文章才被《文艺报》1957年5月编辑出版的《美学问题讨论集》作为第一篇的标靶文章。在这篇长文当中，朱光潜从自身接受教育的过程娓娓道来，认为自身的反动性主要体现在美与艺术两个方面：一方面他承认了共和国成立前自己美学思想的唯心本质，特别是接受了克罗齐“艺术即直觉”说的唯心影响；另一方面，还承认其“文艺思想是极端反现实主义的。主观唯心论根本否定了客观现实世界，谈到艺术，当然不会把它看作反映现实……我对现实主义（我把它叫做‘写实主义’）一再加以弯曲和诬蔑，把它和自然主义等同起来……不分自然美与艺术美……原来我强调艺术与现实人生的距离，目的之一就在反对现实主义。”[3]所以，此后的批判也主要集中于探究“美究竟是什么”的唯心本质与“反现实主义”这两个方面。

批判朱光潜的美学，态度相对温和的黄药眠居然首当其冲，在《论食利者的美学——朱光潜美学思想批判》这篇文章当中，他先是集中批判朱光潜的直

1　蔡仪：《论美学上的唯物主义与唯心主义——批判吕荧的美学是观念之说的反动性》，《北京大学学报》，1956年第4期。

2　蔡仪：《论美学上的唯物主义与唯心主义——批判吕荧的美学是观念之说的反动性》，《北京大学学报》，1956年第4期。

3　朱光潜：《我的文艺思想的反动性》，《文艺报》，1956年第12号。

觉就是"形相"或"意像"论："在朱先生看来，客观事物只是主观地存在着，'形相'完全是主观的东西；但在我们看来，客观存在是第一义的，艺术的美，主要的是在于它能够通过生活现象的描写，真实地表现出或者暗示出客观事物的本质和规律或这些规律和本质的若干方面。"[1]再者，不仅朱光潜常说的"超脱"、"观照"都是从唯我的观点出发的，而且他的艺术观也是"唯我主义"的艺术观。可见，黄药眠主要批驳的就是朱光潜的"唯我主义"，因为朱光潜列举出古人的"为道德而艺术"，近代人的"为艺术而艺术"，英国小说家劳伦斯的"为我自己而艺术"的观点后提出赞同最后的观点。从思想的内在逻辑来看，"朱先生由感觉论到唯我论，由唯我论到超越主义，由超越主义到神秘主义，这是朱先生思想的逻辑系统，同时也是朱先生的思想发展的必然的结果"，[2]这种批判还试图找到朱光潜思想背后的世界观取向。此外，王子野在批判朱光潜艺术"非实用论"的两点理论根据（即"直觉说"和"移情论"）的基础上，最终，落在了对于"形式主义"美学观的批判上，因为"朱光潜不仅鼓吹内容与形式分家从而降低和否定内容的意义，而且为反现实主义的艺术论吹嘘"，[3]这也是另一种批判朱光潜的思路。

更有深度的批判，来自于贺麟的《朱光潜文艺思想的哲学根源》。[4]他通过直接批判克罗齐来间接批判朱光潜，因为朱光潜自己承认他"跟着克罗齐走"。按照贺麟的具有递进层次的批判，克罗齐的"反辩证法思想"、"艺术即直觉说"、"直觉即创造说"、"直觉即表现说"逐一得到批判，这是朱光潜继承克罗齐的方面。最终的结论是克罗齐、朱光潜发展了康德、黑格尔的"唯心论"，但却抛弃了黑格尔的"辩证法"，而朱光潜对克罗齐的批判表现了他的尼采式的"反理性主义"思想，贺麟深刻地看到了朱光潜宁愿抛弃克罗齐但却始终舍不得尼采。的确，在具体美学观上朱光潜可以以扬弃"康德—克罗齐"的理论依托，但是，他却始终接受尼采对人生的审美化理解。耄耋之年的朱光潜自己承认，"更重要的是我从此比较清楚地认识到我本来的思想面貌，不仅在美学方面，尤其在整个人生观方面。一般读者都认为我是克罗齐式的唯心主义信徒，

1　黄药眠：《论食利者的美学——朱光潜美学思想批判》，《文艺报》，1956年第14、15号。

2　黄药眠：《论食利者的美学——朱光潜美学思想批判》，《文艺报》，1956年第14、15号。

3　王子野：《战斗的艺术——对朱光潜的艺术'非实用论'的初步批判》，《文艺报》编辑部编：《美学问题讨论集》，作家出版社1957年版，第237页。

4　贺麟：《朱光潜文艺思想的哲学根源》，《人民日报》，1956年7月9、10日。类似批判文章还有敏泽的《朱光潜反动美学的源与流》，《哲学研究》，1956年第4期。

现在我自己才认识到我实在是尼采式的唯心主义信徒。在我心灵里植根的倒不是克罗齐的《美学原理》中的直觉说，而是尼采的《悲剧的诞生》中的酒神精神和日神精神，”[1] 而实际上更多是其中的“日神精神”对朱光潜产生了终生的深刻影响。

进而，蔡仪在《评〈食利者的美学〉》当中，认为黄药眠的批判并不到位，因为，对于朱光潜美学的基本论点，也就是美学中的基本问题只是模糊地触到，并没有着重地分析，更没有恰好的批判。当然，美学中的基本问题，如美学史的事实所证明，首先就是“美在于心抑在于物”的问题，也就是“美感决定美呢还是美引起美感”的问题。[2] 显然，蔡仪反对的就是朱光潜“美生于美感经验”、“凡是美都要经过心灵的创造”的观点。进而，蔡仪又反戈一击，认定黄药眠表面上在批判主观唯心主义，但实际上却是宣称主观唯心主义的美学思想。朱光潜的自我批判文章只是表示他想离开原来的立脚点，那么，黄药眠的这篇文章的基本论点，却表明他恰好站在与朱光潜相同的立脚点上。在蔡仪看来，这恰恰说明，主观唯心主义在美学思想上的特别顽强，美学依然陷在主观唯心主义的“迷魂阵”里。

朱光潜的《美学是怎样才能既是唯物的又是辩证的——评蔡仪同志的美学思想》一文进行了适度的澄清工作，他基本上同意蔡仪对于黄药眠的批判，指出了黄药眠要用唯物主义的原则来解决美学问题的主观意图和他的主观唯心主义的基本论点之间是有矛盾的。蔡仪这篇文章使得朱光潜进一步认识到美学的困难：在美学上划清唯心与唯物的界限已经不是一件容易事，即使唯心与唯物的界限果然划清了，也还不等于说就已解决了美学问题。朱光潜的进一步的意图在于阐明，蔡仪的美学观点无疑企图走向唯物方向的，但他的说法却无法解决美学的基本问题。[3] 由此可见，在美学论争当中，唯物与唯心的争论是针锋

---

1 朱光潜：《悲剧心理学》（中英文合本），张隆溪译，安徽教育出版社 1989 年版（1933 年英文原版），中译本自序，第 4 页。

2 蔡仪：《评〈食利者的美学〉》，《人民日报》，1956 年 12 月 1 日。

3 朱光潜：《美学是怎样才能既是唯物的又是辩证的——评蔡仪同志的美学思想》，《人民日报》，1956 年 12 月 25 日。蔡仪的直接反驳朱光潜该文的连载文章为《朱光潜的美学思想为什么是主观唯心主义的？》，《学术月刊》，1957 年 12 月号和 1958 年 3 月号，前篇为《朱光潜思想的本来面目》，后篇为《朱光潜美学思想旧货的新装》。李泽厚后来又以《美的客观性和社会性——评朱光潜、蔡仪的美学观》（《人民日报》，1957 年 1 月 9 日一文）继续参加论辩并深化自己的观点。

相对的，论争的不同派别都觉得自己占有了真理。

李泽厚作为当时新生的美学力量，参与了这场“美学大讨论”，他的《美的客观性和社会性——评朱光潜、蔡仪的美学观》既正面提出了自己的独特的观点，又侧面反证了朱光潜与蔡仪思想的缺陷。无论是否认美的“存在的客观性”（黄药眠和朱光潜），还是否认美的“存在的社会性”（蔡仪），在李泽厚看来，美本有的客观性与社会性在他们那里都是非此即彼的、互相排斥的、不可统一的对立面，但是他恰恰要将这两个方面综合起来。这是由于他们割裂了两种属性的必然关联，以为如果承认了美的“社会性”，就必须否认美的不依存于人类主观条件（意识、情趣等）的“客观性”，与此同时，以为承认了美的这种“客观性”，就必须否认美的依存于人类社会生活的“社会性”，但客观性与社会性恰恰是可以结合的。[1] 这种观点可以被视为是一种美学上的辩证综合，李泽厚从他自身的立论出发，恰恰看到了客观派与主客合一派的理论缺憾。从“自然美”的角度，李泽厚的批判更为有力，因为社会生活中的美具有“社会性”没问题，但是自然美却最麻烦，因为美的客观性与社会性被诘难为难以统一。所以说，由此就产生了各持一端的片面观点：不是认为自然本身无美，美只是人类主观意识加上去的（朱光潜），便是认为自然美在其本身的自然条件，它与人类无关（蔡仪）。“事实却是，自然美既不在自然本身，又不是人类主观意识加上去的，而与社会现象的美一样，也是一种客观社会性的存在。”[2] 这就导向了对于“美的本质”论争的更深层的辩论，究竟该如何看待美的基础，它究竟在于“自然性”，还是在于“社会性”，抑或“自然性与社会性”的统一？

---

1 李泽厚：《美的客观性和社会性——评朱光潜、蔡仪的美学观》，《人民日报》，1957 年 1 月 9 日。对于这篇文章，蔡仪直接反驳的文章为《批评不要歪曲》，《人民日报》，1957 年 12 月 12 日。

2 李泽厚：《美的客观性和社会性——评朱光潜、蔡仪的美学观》，《人民日报》，1957 年 1 月 9 日。

第三章 “自然性—社会性”论争

在20世纪50年代中期的“主客之争”之后，“美学大讨论”逐步进入到更为深入的层面，[1]也就是进入到了“自然性—社会性”论争的层面，尽管“主客之争”仍在继续，但是该问题已并不凸显并基本让位于新的论争的焦点，部分原因也在于，“主观派”业已彻底败下阵来，美学论争需要被引导到更高的层级上去。与前苏联的美学论争类似的是，他们论争所形成的最终结局是形成了相对成熟的“自然派”与“社会派”的两大派别。[2]但是，中国美学更值得肯定的是，在中国的社会派兴起之后的60年代，逐渐形成了“实践派”的思想萌芽，而前苏联在“自然派与社会派之争”后则并没有发展出实践的观点，这也可能与中国注重实践的传统思维方式有关，这也是当代中国美学对于世界美学所做出的独特贡献。

实际上，与前苏联的美学论争比照，我们的“客观派”、“社会性与客观性统一派”、“主客统一派”，分别与他们相互对应，因为他们在“自然派”（认定美的本质在于事物的“自然属性”）与“社会派”（认定事物的社会性使得自然事物获得“美的属性”）之外，也有一派主张美的本质就在于“自然属性与社会属性的统一”，大致相对于我们的“主客统一派”。但是，前苏联美学论争中却并不存在“主观派”，或者说，主观思想在当时的前苏联并没有存在的空间，而且后来“社会派”也逐渐获得更多的肯定，这个派别也被称为所谓的“新审美派”，在该流派当中，尽管后来出现了“活动论”的取向，但是始终没有发展为

1 朱光潜：《美学中唯物主义与唯心主义之争——交美学的底》，《哲学研究》，1961年第2期。洪毅然与之商榷的文章是《论美学的几个根本问题——试解朱光潜的美学思想的疙瘩》，《甘肃师范大学学报》，1963年第4期。

2 亚·伊·布罗夫：《美学：问题和争论——美学论争的方法论原则》，张捷译，文化艺术出版社1988年版。

实践的观点，而这种“实践派”的观点在20世纪80年代开始就成为了中国美学界的主流思想。

然而，无论是前苏联还是当时的中国美学界，他们所论争的焦点仍是类似的，美学的根本问题不外乎是：“一、美在哪里？二、美是什么？三、美从何来？四、美和美感以及美的观念、概念的关系等。”[1]更具体来看，这些问题与前苏联近似之处在于都去追问：一、存在不存在客观的审美对象问题；二、审美对象的性质及其客观性的程度和审美的局部性（特殊的范围）问题；三、审美对象所包含的主客因素的相互关系问题；四、审美对象的自然起源和社会起源问题。中国美学界由此特别关注到了“自然美”与“形式美”两个独特的问题，因为正是在这两个问题上，各派的观点的差异最能集中地凸现出来。

李泽厚尽管声称：“美是主观的？还是客观的？还是主客观的统一？是怎样的主观，客观或主客观的统一？这是今天争论的核心”，[2]但是从他后来的具体论述来看，却在承认了客观性的基础上，开始着力于“自然性”与“社会性”之间的论辩，因为他的基本观点，就是认定——美是客观存在于现实生活中的、事物本身所具有的“社会性与自然性的统一”。

洪毅然在《略论美的自然性和社会性——与李泽厚同志商榷》当中，明确提出了这个问题。他基本接受李泽厚的观点，也认为“社会性”是决定因素，“凡是不处于人类生活关系中的自在的自然物，因为还不具有社会性（尚不具有事物处于人的一定生活关系中的一定社会意义），也就没有美（或丑）。”[3]洪毅然也认为，事物仅凭其自然性因素，是不可能成其美或丑的，但是，他却批判李泽厚对于“美的自然性因素”并未予以足够重视，问题在于：“构成事物之美（或丑）的自然性因素，是不是只限于与自然物的‘形式’条件有关，而无关乎其‘形式’条件所体现的事物本身自然性一方面的‘内容’（即事物本身作为物质存在的一定自然物质‘内容’）呢？”[4]洪毅然由此推论，李泽厚的真正想法是“自然美是社会美的一种特殊反映形式”，这种做法与朱光潜将自然美及社会美融解于“艺术美”是一样的，他将自然美融解在了“社会美”当中。由此出发，

1 洪毅然：《论美学的几个根本问题——试解朱光潜的美学思想的疙瘩》，《甘肃师范大学学报》，1963年第4期。

2 李泽厚：《关于当前美学问题的争论——试再论美的客观性和社会性》，《学术月刊》，1957年1月号。

3 洪毅然：《略论美的自然性和社会性——与李泽厚同志商榷》，《新建设》，1958年3月号。

4 洪毅然：《略论美的自然性和社会性——与李泽厚同志商榷》，《新建设》，1958年3月号。

洪毅然走向了一种“社会功利论”的美学观：“美是一切事物处于人类生活实践关系中所自己具有的、体现其好的内在品质的、外在可感知的形象。”[1]

李泽厚对于“社会性”所持的观点，亦即把一切作为美的事物来看待的、存在于人的社会生活关系中的自然事物，都当成自然存在与社会存在“相迭合”的东西的观点，必定遭来其他各派的反对。蔡仪批判李泽厚的客观性并没有回到真正的自然的纯客观层面，朱光潜则批判李泽厚所强调的只是由自然事物“已经转化”为社会事物那一方面的意义，而多多少少倾向于否认“迭合”之意，当然，主观派在本根立场上就与李泽厚绝缘了。而洪毅然却认为李泽厚这种在自然性与社会性之间所作的“迭合”工作，还是符合实际的，不但处于人的社会生活关系中的自然事物如此，而且一切社会事物也都是如此。照此而论，洪毅然也试图在自然性与社会性之间走一条折中的路线，这是由于，“凡处于人的社会生活关系中的自然事物，是的确已转化为社会事物了，这一点应当肯定”，这是赞同李泽厚的观点，但是同样需要肯定的是，“那种已转化为社会事物的自然事物，毕竟不能不仍然还同时是自然事物。事物的社会性，仍然是通过事物的自然性而体现的。同理：一切社会事物虽然是社会事物，不是自然事物，但就其物质存在的那个侧面来看，却也仍然同时还是自然事物，并且事物的社会性，也还是通过事物的自然性而体现的，”[2] 这种观点无疑带有折衷的性质。

如此看来，在主观与客观的争论之后，应该说，当时的中国美学界已经基本取得了基本的共识，那就是美是客观的，尽管并不是每一派都“在客观上”能成为客观论，但是“在主观上”却都在试图向这种主导取向靠拢，即使朱光潜的“主客合一论”也被认定是统一于主观。在这里，“自然性与社会性”之间的争辩更加凸现了出来。如果按照这种区分标准，再来勘查“美学大讨论”当中所形成的派别，可以说，主观派并没有进入到这种论争的立论层面，事实上，也由于主观派论者的自身的政治原因及其立论的难以继续深化，这一派基本上在20世纪50、60年代交接的阶段便偃旗息鼓了。按照《文艺报》编辑部编的《美学问题讨论集》第三集的出版说明的“说明”：“这一集共收集了美学讨论文章十三篇，其中十一篇是从1957年5月到12月报刊上发表的文章中选出的……附录中的三篇是资产阶级右派分子许杰、鲍昌和高尔太写的，收在集内

1 洪毅然：《略论美的自然性和社会性——与李泽厚同志商榷》，《新建设》，1958年3月号。洪毅然仍在某种程度尚坚持这种观点，“凡美，就是事物之一切好的内在的品质之有诸内形诸外的外部表征”，洪毅然：《关于〈新美学〉》，《西北师院学报》，1953年，第24期。

2 洪毅然：《略论美的自然性和社会性——与李泽厚同志商榷》，《新建设》，1958年3月号。

以便参考"，高尔太此时的文章已由于政治压力而单列出来，此后他们的文章就更没有机会发表了。[1]但无疑，"自然性与社会性之争"，正是建基在"主观与客观之辩"基础上的，它应该属于第二层级的论争，可以说，前者将后者的论辩继续加以深化了。

从这种视角来看，"美学大讨论"所形成的派别可以这样来看，在20世纪50年代晚期，蔡仪无疑是"自然派"的代表，李泽厚的确是"社会派"的代表，而"自然与社会统一派"的代表则是朱光潜和洪毅然。"美在心物相接"这种观点的明确提出，其实最早是洪毅然，他在1949年公开出版的《新美学评论》当中就认定："由于客观对象事物的形式条件，具备某种恰足引起主观感受之于吾人过去生活实践历程所曾有过的实用经验之有利的联想，伴生积极的意欲于情绪，并经'交替反应'而仍复返于当下的形象直觉上之一种评价也"。[2]但是，这种"交替反应"的主客合一论并未引起足够的重视，更鲜为人知的是，当时的洪毅然还将美的本质问题置于价值观的视野内来加以审视："美的本质实亦正如善的本质一样，是一种价值（Value），而不是一种实体（Reality）。"[3]然而，从60年代开始，"实践论"的观点在中国美学内部得以孳生出来，不仅年轻的李泽厚从"社会派"当中走出来，继续标举出来实践的观点，而且朱光潜也采取了实践的观点来看待美学问题，在这个意义上，"走向实践"成为了李泽厚与朱光潜的后来的共同选择。

朱光潜在共和国成立之后所发生的思想转折，正是20世纪中叶美学主潮移心的缩影。与众所周知，在主流意识形态的影响下，朱光潜反思了其早期美学的唯心实质，以及康德—克罗齐传统对他的深刻影响，并将其美学基石由心物合一的"形象直觉论"转换为主客统一的"唯物反映论"。但他又把蔡仪唯物之"物"等同自然形态的物（美的条件），而将自己美学立足点转移到社会意识形态的"物的形象"（美），从而提出了在当时颇为知名的"物甲物乙论"。然而，在混淆了美与美感、"作为美感对象的美"与美感的基础上，朱光潜作为产生美的"某些条件"的客观的"物甲"，实际上就是一种类似于康德"物自体"式的自在存在，而"物乙"则是给"物甲"赋予了人的主观意识之后才形成的，美感从而成为第一性的，朱光潜始终内在地将美感的主观性看作美的"主观性"。

1　"出版说明"《文艺报》编辑部：《美学问题讨论集》第三集，作家出版社1959年版。

2　洪毅然：《新美学评论》，新人文学术研究社1949年版，第22—23页。

3　洪毅然：《新美学评论》，新人文学术研究社1949年版，第20页。

但是，这种观点毕竟抛弃了共和国成立前那种个人直觉化的思想取向，因为他开始承认美的社会性质，但是他所谓的“美”仍成为了意识形态、情趣等等“美感”的代名词。

在这个意义上再来观之，朱光潜的主客观的“统一说”，建国前的心物关系之间的“主观”还是超社会性的“心”，而建国后的“主观”则成为了作为社会的人的“主观”。关于“统一”的性质，吕荧在《美是什么》一文当中，认为主客观统一当中的统一就意谓“一致”，可是，人的认识就是主观与客观的一致，所以朱光潜的理论只说到“美的认识”，没有说到美的本质，因而不能说明美是什么。[1]针对于此，朱光潜也做出了相应的反驳，[2]但是这种统一论背后的“符合论”的哲学背景并没有改变。在《论美是客观与主观的统一》这篇重要的文章当中，朱光潜不仅仅认定美就在于主客观的统一，而且，进而亦在于自然性与社会性的统一，结合他自己提出的独特的“物甲物乙”论。

应该说，与“社会派”思想的靠近在美学论争过程当中逐渐被接受下来。蒋孔阳在1959年的《论美是一种社会现象》一文中认为：“美是一种客观存在的社会现象。这一种现象，它既不是物本身的自然属性，也不是个人意识的产物，而是人类社会生活的属性，它和人类社会生活一道产生”，[3]这种观点无疑在当时占据了主流。还有论者则倾向于接受“自然性”与“社会性”双方的有益成分，而采取了这折衷的方法加以考察，甚至的在完成与1957年的《谈美》当中，就认为：“美是有活生生具体的形象，美是以有形的自然属性表现了无形的社会属性——人的关系、人的生活”，因而，“美感中所蕴含的知性正是依据美的内容而产生，因为美的内容就是一种人的关系、社会关系。”[4]以“继先”为名的作者在1963年的《美感试论》一文中也认为：“事物不仅有自然属性，还有社会属性”，[5]而且他在另文《应该如何来解释美的客观性和社会性》当中，又从美与真的区分来看待这种“社会性”，“美之不能脱离人类社会而独立存在，不仅因为人类是社会的动物，还因为人类是有意识的动物。美是一种价值。真却不只是

1 吕荧：《美是什么》，《人民日报》，1957年12月3日，《文艺报》编辑部编：《美学问题讨论集》第四辑，作家出版社1959年版。

2 朱光潜：《美就是美的观念吗？——评吕荧先生的美学观点》，《人民日报》，1958年1月16日。

3 蒋孔阳：《论美是一种社会现象》，《学术月刊》，1959年9月号。

4 程至的：《谈美》，《文艺报》编辑部编：《美学问题讨论集》第三集，作家出版社1959年版，第265—266页。

5 继先：《美感试论》，《新建设》，1963年10月号。

一个价值。当真理是指客观存在和它的法则性的时候，真理就完全与有没有人类社会无关”，[1] 由此可见，当时对于社会性的考察已深入到价值论的层面。

当然，李泽厚的观点更能代表“社会性”的主要取向，他既反对到“自然性”当中去寻美，反对美与人无关的“见物不见人”的观点，也反对那种将美等同于美感的论点，反对美只与人的心理活动、社会意识相关的论点，而直接建构了一种“客观性与社会性”相统一的观点。但这只是李泽厚美的本质观建构的第二步，更重要的第三步的建构则在于“实践观”的引入，第一步则是承认美在于客观的。这也恰恰构成了李泽厚美学原论的核心观点得以成熟的“三步曲”，也就是从“客观论”出发，再将“社会性”与“客观性”结合起来，从而走向了“实践观”。

李泽厚认为，无论再去如何争辩美在于主观还是客观的，都不如去追问这样的问题：美究竟能脱离人类社会而存在吗？答案显然是否定的，这是由于，一方面，美不能脱离人类社会而独立存在的；另一方面，美却又是能够独立于人类主观意识之外的客观存在。在此，李泽厚与其他诸派的观点之间的分歧就昭然若揭了：从朱光潜到黄药眠都否认“美的存在客观性”，蔡仪则否认“美的存在的社会性”，但是，这两种与李泽厚相对的观点却具有共同的理论缺陷，那就是他们都将美的客观性与社会性视为无法合一的对立两面。进而言之，李泽厚的更为独立的观点可以从正面表述为：承认美的“社会性”，那就必须承认美的不依存于人的主观的“客观性”；承认美的“客观性”，就必须承认美依存于社会生活的“社会性”，而他的工作恰恰在于在“客观性—社会性”的嫁接，从而将他的美学思想最终诉诸于“客观的社会性”或“社会的客观性”。

由此出发，李泽厚开始在“社会生活”这个关键词当中，从关注“社会”进而转向“生活”，因为美就是生活，这是接受车尔尼雪夫斯基的观点，但李泽厚却从历史发展的高度给予了“美”以崭新的界定——“美是人类的社会生活，美是现实生活中那些包含着社会发展的本质、规律和理想而用感官可以直接感知的具体社会形象和自然形象。我们所说的社会的本质规律和理想……只是生活本身，它是包括生产斗争和阶级斗争在内的人类蓬蓬勃勃不断发展的革命实践。”[2] 更准确地说，美就是包含社会发展的本质、规律和理想而有具体可感形

1　继先：《应该如何来解释美的客观性和社会性》，《文艺报》编辑部编：《美学问题讨论集》第三辑，作家出版社 1959 年版，第 272 页。

2　李泽厚：《美的客观性和社会性——评朱光潜、蔡仪的美学观》，《人民日报》，1957 年 1 月 9 日。

态的"现实生活现象"，简言之，美是蕴藏着真正的"社会深度"和"人生真理"的生活形象，这种现象既包括"社会形象"又包括"自然形象"。[1]如果从真、善、美的关系来看，李泽厚认为，在现实生活中真善美是统一的，当时李泽厚还将艺术视为现实生活的反映，所以，生活的这种三位一体就必然地决定了艺术中的真善美的高度的统一。因而，"艺术的这一性质又规定了艺术批评的美（形象的美感）→真（社会的真实）→善（社会的价值）的分析原则。"[2]从这种基本的美学观念出发，李泽厚进而认定，艺术是一个"社会性和形象性"统一的"生活的真实"、"形象的真实"，艺术美感是"真理形象"的直观，这就再度确定了美与真的内在关联。如此看来，李泽厚的早期美学也是一种崇尚真善美统一的古典理论形态。

总之，经过了20世纪60年代的更为深入的美学论辩，当代中国美学已经不再仅仅纠结于"美的本质"到底是主观还是客观层面的讨论，而是更为进入到了与前苏联美学争论类似的"自然性"与"社会性"的论辩。在这种更高层面的探讨当中，可以如此总结60年代所形成的美学流派之分殊，蔡仪坚决坚持的是从"自然性"去拷问美的本质，而朱光潜和李泽厚则主要从"社会性"去加以追问，然而，他们所理解的"社会性"却大异其趣。朱光潜曾批判李泽厚所用的"社会性"一词的极其不明确，更不能把社会性看作单纯的客观属性，因为"首先它们把'自然性'和'社会性'绝对对立起来，排除了自然性而单取社会性，这就足见他们对人与自然的关系的看法还是形而上学的。"[3]但实际上，朱光潜所谓的意识形态、心理情感方面的诉求，在后来恰恰转变为一种"主观的社会性"，但这又与吕荧表面上的社会性而本质上的主观性不同，毕竟还是接纳了"社会性"的重要内涵在其思想当中。与这种"主观的社会性"相反，李泽厚所主张的则是一种"客观的社会性"，但是，较之前苏联美学而言，中国美学的独特发展，乃是强调了人类实践本身就是以"客观的社会性"或"社会的客观性"为基本属性，由此哲学根基出发，才开拓出中国化的"实践美学"之独立发展之路。

1　李泽厚：《论美感、美和艺术（研究提纲）——兼论朱光潜的唯心主义的美学观》，《哲学研究》，1956年第5期。

2　李泽厚：《美的客观性和社会性——评朱光潜、蔡仪的美学观》，《人民日报》，1957年1月9日。

3　朱光潜：《美学中唯物主义与唯心主义之争——交美学的底》，《哲学研究》，1961年第2期，《新建设》编辑部编：《美学问题讨论集》第六集，作家出版社1964年版，第231页。

第四章 “实践论美学”

20 世纪 80、90 年代到新世纪，中国马克思主义美学做出了重大历史性贡献，并对文艺学产生了重要影响。本章从占据中国马克思主义美学主潮的“实践美学”谈起，对于旧实践美学的思想体现与新实践美学及其对文艺学的相应影响做一深入探讨。

“实践美学”，用更准确的说法来说，应该是“实践论美学”，这是因为，“实践的美学”并不等于“美学的实践”，实践论美学是将实践哲学发展到美学领域所形成的美学思想。实践美学问题，在当代中国美学研究当中始终是作为核心问题，至今仍带有“长谈长新”的性质，这恰恰说明了这一“中国美学学派”的长久生命力至今未衰。然而，关于“实践美学”这个约定俗成的说法，美学界的同仁却很少去寻求它的最早出处。根据目前的文献所见，以及与美学界前辈老学者们的交往所知，可以初步肯定，“实践美学”的最早用法，其实是李丕显在《为建立实践观点美学体系而努力——初读李泽厚的〈美学论集〉》当中提出的。

这篇率先使用“实践美学”术语的文章，发表在由中国社会科学院哲学所美学室、上海文艺出版社文艺理论编辑室室主编的《美学》杂志（俗称“大美学”）的第 3 期上，出版于 1981 年 6 月。当时，这个曾经最重要的美学杂志聚集了以李泽厚为首的一批实践美学的坚定拥护者，包括赵宋光、杨恩寰、朱狄、梅宝树等等。李泽厚的同学赵宋光作为与前者的最重要对话者，二者对于实践美学思想的早期形成做出了重大的贡献，当然，尽管李泽厚与赵宋光的思想是趋于同向的，但是二者对于实践观的看法也并不是一致的，比如李泽厚所创造的术语“积淀”，在赵宋光看来应该是“淀积”才更为合适。但无论怎么说，“实践美学”这个范畴首度被使用就是在 1981 年，而此前李泽厚本人从未使用过这个后来成为中国美学界必谈的关键词，直到 2004 年 9 月在北京召开的“实践美学的反思与展望”国际学术研讨会上，这位实践美学的创始者才第一次公开表示接受“实践美学”这个用法，而此前的李泽厚无论是“实践”还是“美学”都讲过许多，但却从未将二者合在一起叫做“实践美学”。

就在2004年的这次“实践美学的反思与展望”研讨会上，许多论者对“实践”这个词的英文翻译，究竟是“practice”还是“praxis”，抑或是更为狭义的“work”或者“labor”，进行了讨论。赵宋光认为，如果翻译成“practical aesthetics”，那只能将实践美学等同于“实用美学”了，可以说这也就成了“aesthetics in practice”，更好的译法理应是“aesthetics on the concept of practice”（“实践”观念的美学），这非常接近于上面所说的“实践论美学”。德国汉学家卜松山更早地认定，如果将中文意义上的“美学”翻译成英文，那应该是“beautology”，但是这就将感性学更窄化为只与“美”相关了。有趣的是，李泽厚基本上认同中国的“美学”并不是西学意义上的“感性学”，但是却倾向于更宽泛地理解之，而他本人既然接受了美学的这个用语，那么，“practical aesthetics”这个译法就是可以被接受的。从对“实践”的翻译来看，李泽厚认为，如果采用“work”或者“labor”所意指的狭义的劳动实践的话，那么，势必会忽视在制造——使用工具中同时产生出了伦理规范和意识，这就更接近于中国儒家思想的理念。从对于理性的理解来看，康德用伦理意义上的“practical reason”区分于“speculative reason”，这种理性当然不是认识理性，在李泽厚看来它是与他人打交道、规范人们行为的关乎伦理的理性。由此可见，李泽厚接受“practical aesthetics”这种在西文当中容易产生误解的译法，恰恰有着他的独特的理性考量，就像实践美学在外行开来就是“美学的实践”一样，关键是赋予“实践”或“practice”以独特的哲学内涵和思想意蕴。

在“实践美学”的用语被首度使用之前，这个术语逐渐成为了中国美学界最重要的关键词。但是，文革之后最初的美学论争，并不是关于“美的本质”的，而是关于“共同美”的争论。众所周知，当时最开始的美学论争都是同主流意识形态的变化相关的，具体而言就是同阶级论相关的。在1977年《人民文学》第9期上刊发了何其芳的散文《毛泽东之歌》，同时记录下作者在1961年1月23日与毛泽东的谈话，毛泽东说“各阶级有各阶级的美，不同阶级之间也有共同美”。此后，从1978年到1982年，对于“共同美”的探讨逐步深入，还专门为这个问题进行了多次的笔谈和座谈会。论争的焦点最先出现在“共同美”是否存在的问题上面，但后来的论争的焦点，则聚焦在是否能够超越绝对的客观论和狭隘的阶级论的问题，曾有论者力图从审美主客体的相互关联当中来阐释美的“共同性”的问题。在某种意义上，这种论争本身似乎又回到了美的本质问题的论争上面，但又衍生出来许多新的问题，这已经为后三十余年间的美学学术论争开了个好头。[1]

然而，进而出现的美学热点——解读“手稿热”——就直接关注到了美的核心问题。所谓“手稿热”，指的是从1980年开始对于马克思青年时代的著作《1844年经济学——哲学手稿》的解读热潮，不同的论者对于这部手稿都有着不同的理解。从那时开始，对于马克思主义美学的基本理解（这同时也是对于美学基本原理的基本理解）几乎都绕不开这部又名为《巴黎手稿》的理论启示。这个问题的争论，还可以追溯到1979年蔡仪发表在《美学丛刊》创刊号上的《马克思究竟怎样论美？》的长文，这篇针砭主观唯心主义、重申客观论美学立场的论文，遭到了来自已获取“实践论”意识的论者们的批判。到了1980年，《美学》第二期上专门刊发了朱光潜重译的《1844年经济学—哲学手稿》（节选），并同期发表了朱光潜的《马克思的〈经济学—哲学手稿〉中的美学问题》、郑涌的《历史唯物主义与马克思的美学思想》和张志扬的《〈经济学—哲学手稿〉中的美学思想》三篇重头文章，开启了对于手稿研究的热潮。

早在1956年，何思敬的《手稿》译本的中文第一版就发表出来，如今比较常用的还是1979年的刘丕坤译本，马克思、恩格斯、列宁、斯大林著作编译局译出的《马克思恩格斯全集》第42卷译本也基本上与刘丕坤译本相同，中央编译局2000年新译本则刚刚出现。如果再往前追溯，中国学界对于《手稿》的翻译还是很早的，贺麟所译的《手稿》的最后一章《黑格尔辩证法和哲学一般的批判》的单行本1955年就得以出版（人民出版社1955年版），李泽厚自己承认看过这个译文，熊伟也对同一部分进行了翻译但是并未发表出来。当然，这些译本包括朱光潜出于美学研究目的的译本，大多是按“逻辑改编版”而非“原始顺序版”译出的。何思敬与贺麟的译本是从德文版《马克思恩格斯全集》（即所谓的“MEGA1”）译出的，刘丕坤和马克思、恩格斯、列宁、斯大林著作编译

1 如果更精细的划分，三十年来中国美学的学术热点分别为：1.“共同美”论争、2.解读“手稿热”、3.“主体性”问题及其大讨论、4.“方法论年”、5.对“实践美学”的广泛认同、6.“审美心理学”与“审美社会学”研究、7.“诗化哲学”及感性化思潮、8.“实践与后实践”美学之争、9.“审美文化”研究与“大众文化”批判、10.“比较美学”与“跨文化美学”、11.“20世纪美学回顾”、12.“生态美学”与“环境美学”新思路、13.“审美现代性”研究、14.“日常生活审美化”问题、15.“艺术终结”难题，参见刘悦笛：《美学》，李景源主编：《中国哲学30年》，中国社会科学出版社2008年版。

局译出的《马克思恩格斯全集》第 42 卷译本，都是根据俄文 1956 年版本作基础译出的，中央编译局 2000 年新译本则完全是按照《马克思恩格斯全集》的新的历史考证版，即 MEGA2 本的逻辑改编版翻译而来的。

必须看到，在中国美学界，对马克思的《1844 年经济学—哲学手稿》的研究里面有两种阐释方式，一种是“六经注我”式的，另一种则是“我注六经”式的，李泽厚、朱光潜、蔡仪在对手稿的阐发当中比较注重将之吸纳到自我的美学主张当中，并相互之间继续形成了论争关系，而诸如蒋孔阳、刘纲纪、程代熙、郑涌这样的马克思主义研究者则更注重对于马克思思想本身的研究。但无论怎样，许多重要的美学命题都被阐发了出来，并对当时的美学界产生了重要而广泛的影响。如果从对青年马克思本人思想的阐释来说，“美的规律”、“劳动创造了人”、“异化劳动”的思想被广为引用和接受，其中主要聚焦在“美的规律”的基本涵义、“劳动创造了人”该如何理解和“异化劳动”究竟能否创造出美这类的问题上面；如果从对马克思美学思想的整体阐发而论，“自然人化”和“人的本质力量的对象化”的思想，对于创造中国化的马克思主义美学来说似乎更为重要，“自然人化”的思想已经成为了后来位居主流的“实践美学”的重要维度，而“人的本质力量的对象化”在 20 世纪 80 年中前期的美学基本原理当中，可能是最占据主导的美学中心思想。这些都显露出《1844 年经济学—哲学手稿》对于 20 世纪 80 年代中国美学建设的重大意义，这种影响也延伸到了 90 年代，但其后的影响就逐渐弱化了。

在所谓的“手稿热”之后，所出现的对于美学巨大推动作用的热点问题，则是“主体性”问题及其大讨论，或者反过来说，美学研究对于“主体性”的关注，率先推动了从哲学界到文学界的“主体性”的研究。在“人性论”和“人道主义”的哲学论争之后，关于人性与异化的思想继续得以深入讨论，于是，唯物主义的机械反映论与青年马克思的人本主义之间的立场分歧便昭然若揭了。由此出发，在整个 20 世纪 80 年代思潮当中占据思想领军者的“主体性”思想也得以出场。这还要回到发表在 1979 年《美学》创刊号上李泽厚的《康德的美学思想》一文和《批判哲学的批判——康德哲学述评》一书的重要启示上面，[1] 李泽厚通过马克思主义哲学的视角阐发了康德的“三大批判”的总体思想，从而

1　李泽厚:《康德的美学思想》，载于中国社会科学院哲学研究所美学研究室、上海文艺出版社文艺理论编辑室合编:《美学》创刊号，上海文艺出版社 1979 年版。

将“主体性”问题提将了出来。[1]这种“实践主体性”由于有力配合了思想解放进程而上升为正统主流。实质上，“实践主体性”既包涵联通主客体物质实践活动的主体基本规定性，又吸纳了受康德思想浸渍的自由主体性，它是从审美化的“自由”出发调和二者的产物。在文学领域，这种主体性思想在刘再复那里转化为“文学主体性”的思想，[2]这一思想也引发了巨大的反响和争议。于是在当时的历史语境中，文学究竟是“反映论”还是具有“主体性”的，就成为了划分文学理论阵营的一条思想红线，在传统的马克思主义者与激进的马克思主义发展派之间也形成了根本的观点分歧。

在这一系列的思想准备之后，“实践美学”才开始获得广泛的认同。从20世纪80年代至今，无论是赞同者还是反对者都会认为，占据美学思想主流的美学流派唯有“实践美学派”。“实践美学”公认的提出者是李泽厚，它发端于50、60年代的“美学大讨论”，那时，善学好思的朱光潜主张“主客统一”、朴实无华的蔡仪力主“客观唯一”、年轻激进的李泽厚则倡导“客（观性）社（会性）统一”，还有吕荧和高尔泰主张的“主观派”更独树一帜。如果上升到哲学高度，这场论争可以简化为客观派与社会派的对峙，这与前苏联的“自然派”与“社会派”的类分是近似的。前南斯拉夫哲学界也有与中国类似的“实践派”，但是它却将实践的领域无限拓展了，而并未强调生产实践的根基地位。早期的李泽厚所限定的实践的“三大项”，就是生产斗争，阶级斗争和科学实验，其实这是来自于马克思主义“大众哲学家”艾思奇的基本观点，后者是从认识与实践的关系进行论述的，他认为，一切“知”的根本来源乃是生产劳动、阶级斗争和科学实验这三项“变革世界的实践”。进入80年代，美学界的同仁实际上大部分都接受了朱光潜的“主客统一”的基本主张，并将之作为美学原论的立足点，但是这种统一究竟在哪里？更多的论者则被李泽厚的“统一于实践”的说法所折服，于是，“实践派”愈到80年代后期就愈形成了独霸中国美学界的主宰趋势。

自从20世纪80年代中期以后，当代中国美学权力话语由不明朗而变得凸显，“主体性的实践”作为内在相关的权力话语占据了主流，而且，无论是主体还是实践，在终极上都被归结于“自由”问题，这恰恰是思想界转变的历史结果。李泽厚所倡导的“实践美学”的确得到了越来越多的人们的赞同，并由

1 李泽厚：《批判哲学的批判》，人民出版社1979年版。

2 刘再复：《论文学的主体性》，载于《文学评论》，1985年第6期、1986年第1期。

此成为美学界的唯一的主流思想。这部分是由于，“实践主体性”有力配合了思想解放的进程，所以从社会情境的角度也使得“实践美学”最终上升为主潮。李泽厚立足于中国传统思想的基础之上，用康德思想来阐释马克思主义的实践观，由此提出了“人类学本体论哲学”的基本模式。晚年的李泽厚说过，他的《批判哲学的批判》一书的思想线索表面上是从康德、黑格尔到马克思，但是实际上则是“从马克思到康德”，也就是从“人类如何可能”来论“认识如此可能”。[1]他首先界定“主体性”有两个双重内涵：一方面是（外在的）“工艺—社会结构”面，另一方面则是（内在的）“文化—心理结构”面；一方面是人类群体的性质，另一方面则是个体身心的性质。在这种哲学建构的基础上，李泽厚明确将美及其相关问题皆归之于人类的实践活动本身，这种美学思想无疑是“实践论哲学”的某种理论延伸。

这种实践美学的主流趋势，当然还与整个的美学教育状况是直接相关的。王朝闻主编的《美学概论》曾被再版过29次之多，“这本书，原是1961年计划要编写的全国高等学校文科教材之一。大约从1961年冬开始，教材办公室先后从一些高等学校和研究单位抽调了二十几位同志，分别参加编选资料，研究、讨论提纲和起草初稿的工作”[2]，这些参编人员基本上在后来都成为了实践美学的坚定支持者，这本概论也基本上崭露出了美学实践观的萌芽，它对于后来美学概念的写作而言具有“基础范本”的意义。对于这本美学概论的撰写，作为参与者的李泽厚本人曾有这样的回忆：主编王朝闻在本书的思想定位上，开始依靠周来祥，后来依靠李泽厚，再后来就是依靠刘纲纪，或者更准确地说是通过与他们之间的先后交流，来确定《美学概论》的基本思想和整体架构的，但无论怎么说，实践美学的基本思想通过这本从20世纪80年代初期开始就产生深远影响的美学教材而被广为接受了。

按照主编王朝闻自己的美学观，他以一种接近于狄德罗的“美在关系”说的理论，提出了自己的审美关系学说：“审美主体与审美客体的关系，是审美对象的客观性与审美感受的主观性相互依赖的关系。对于美学来说，这种关系自身也就是它的对象。”[3]所以，王朝闻主张，所有的美学问题都要在这种关系的互动中来加以考察，不仅审美对象的客观性与审美感受的主观性之间就是这

1 李泽厚：《哲学纲要》，北京大学出版社2011年版，第197页。
2 王朝闻主编：《美学概论》，人民出版社1981年版，后记。
3 王朝闻：《审美谈》，人民出版社1984年版，第35页。

种相互依赖的关系，而且，诸如感性与理性、分析与综合、一般性与特殊性等等一系列的矛盾，也都是由矛盾双方统一体的双方关系所构成的。这就不禁直接令人想起狄德罗的妙论：美随着关系而产生、而增长、而变化、而衰退、而消失。如果再从哲学角度来看，王朝闻所主导的审美关系理论，究其实质更接近于某种审美活动论，这是由于，"没有审美体验活动"，那么就"既没有艺术创作，也没有艺术欣赏"。[1]再者，创作与欣赏的关系，也被比喻为类似于生产与消费的互为对象的关系，也就是相互创造着的，欣赏主体的特殊性的发挥离不开作品的客观性的特殊性，反过来也是如此，创造与欣赏这种相互促进、相互包容的关系，在王朝闻直面艺术的批评当中得以广泛的应用，他的这种批判也就成为了一种"流动的美学"。

与此同时，王朝闻的美学可以说是一种从实践从来、到实践中去的"面向生活"的美学。这种从艺术创作、鉴赏和艺术批评来"做"美学的方式，生活见识与艺术之思的融合，浸渍着中国传统"原生态"的美学智慧。作为曾从事雕塑创作的艺术家，王朝闻的艺术感觉在所有美学家中应该是最好的；与此相应，他更是一位"与众不同"的艺术家，因为他有着其他艺术家鲜有的哲学思辨头脑，从而形成了自己独特的美学思想。他的美学思想之所以有这样的特质，是源自他研究美学所运用的独特方法，这种方法来自中国传统的实践智慧，从艺术创作和欣赏而来的体验成为了检验美学理论的唯一标准。在王朝闻独具的中国化美学思维当中，美学与艺术、艺术与生活、审美与生活、创造与欣赏、欣赏与批评都是内在融通的，从而构成了一种没有隔膜的亲密关系，所以说，王朝闻的美学更多被当作"艺术家的美学"。[2]无疑，王朝闻的美学研究是以艺术为对象的，他是最切近于艺术的美学家，而且，更重要的是，各种艺术门类在他那里都是综合的、融会的、贯通的。自从 1941 年发表第一篇艺术短论《再艺术些》之后，王朝闻在历时半个多世纪的研究中，一直以艺术作为"圜中"，随着历史的展开，他的兴趣不仅在雕塑方面，而且在戏曲、绘画、诗歌、舞蹈、小说、相声等门类艺术中处处开花，从而形成了一种"综合的艺术感受"，并能"超以象外"地从中抽象出道与器之间"不即不离"的美学理论。

按照通常的观点，李泽厚在 20 世纪 60 年代所主张的"客观性与社会性统一说"已经初具实践论的萌芽，直到 70 年代末完成的《批判哲学的批判》这本

1　王朝闻：《再再探索》，知识出版社 1983 年版，第 165 页。

2　翟墨：《艺术家的美学》，人民文学出版社 1989 年版。

通过阐释康德而“抒发”自己哲学观点的著作，实践观才被最终全面确立了下来，其中一个至今根本未改变的核心观点，就是认定要“以使用和制造工具来界定实践的基本含义”。[1]然而，这种观点其实早在60年代就已经形成了，一个最重要的证据，就是2010年李泽厚从美国回国之后交给笔者的一篇手稿。经过文字比对与思想考证，这篇手稿的确是60年代完成的，笔者称之为——《60年代手稿》。在这篇未刊的手稿里面，李泽厚首先指出“历史具体地分析‘实践’这一基本范畴，正是揭开这个秘密从而理解人的本质的关键”，他常常使用“劳动—实践”这种并举的语言形式。这种观点直到李泽厚晚期思想那里也未改变。尽管李泽厚早在50、60年代也曾使用过受到黑格尔化影响的“人的本质对象化”的说法，但是他所指的仍是(以劳动生产为主的)物质性的现实实践活动，后来到了80年代，李泽厚继续从“自然的人化”推出“人化的自然”的观点，并视其为人类历史发展的整个成果，他一方面强调了实践在其中的直接现实性，另一方面又强调了实践的人类普遍性，从而最终认定：人类总体的社会历史实践的本质力量创造了美。

按照《60年代手稿》的观点，李泽厚当时更多依据的是《德意志意识形态》、《资本论》和《自然辩证法导言》的相关思想：从历史源头上看，“原始的、动物性‘本能状态’似的使用天然工具的劳动活动，是实践的最早形态，是产生社会存在的基础”；从社会发展上看，“作为人类特征的制造工具，并不是指个体的某种偶然发现，而是指作为社会要求和集体意识而组织整体进行的有意识的有目的的社会生产活动，这才是真正的人类的劳动实践”；从哲学内涵上看，“通由实践，客观构成了主体，主体又用客体自身的规律去认识和把握客体。人是万物的尺度乃由于实践是认识的基础，这才是唯物主义的一元论，而不是唯心主义或二元论”。所以，在20世纪60年代的李泽厚，就大胆地得出这样的结论——“实践论是人类学的唯物主义”！[2]这显然与他在80年代所标举的“人类学历史本体论”有着血脉关联，其后，他在《康德哲学与建立主体性论纲》(见《论康德黑格尔哲学》上海人民出版社1981年版)、《关于主体性的补充说明》(《中国社会科学院研究生院学报》1985年第1期)诸文当中，又初步展现出了这种新的哲学和美学本体论的基本形态。

在这种实践论哲学的坚实基础上，早期的李泽厚继续从英文版接受了青年

1 李泽厚：《批判哲学的批判——康德述评》，人民出版社1979年版，第362页。

2 李泽厚：《60年代手稿》(未刊稿)，该手稿经过刘悦笛整理而成。

马克思《1844年经济学—哲学手稿》观点的同时，继续推导出自己的美学观："自然人化说正是马克思主义实践哲学在美学上(实际上也不只是在美学上)的一种具体的表现或落实。就是说，美的本质、根源来于实践，因此才使得一些客观事物的性能、形式具有审美性质，而最终成为审美对象。"[1] 由此可见，李泽厚的思想历程，并非是许多论者所见只是"从美学到哲学"，而始终是"从哲学出发"推导出其一系列的美学观、伦理观、认识论和存在论的。[2] 在这个意义上说，李泽厚的哲学和美学始终都是"为人类而思考"也不过分，所以，他的《美学四讲》被译成英文的时候加上了个副标题"通向人类的观点"，同时也可见其思想内部的哲学人类学的某种底蕴。李泽厚从"自然的人化"的基点出发，进而提出了"人化的自然"的观点，到了晚年则提出了"人的自然化"的崭新命题："人自然化是建立在自然人化的基础之上，否则，人本是动物，无所谓'自然化'。正是由于自然人化，人才可能自然化，"[3] 这就从反向的角度对早期思想进行了纠偏。从本体论的角度来看，李泽厚一方面强调了所谓的"工具"本体，也被称之为"工具—社会"本体；另一方面，不同于早期仅仅强调工具操作的维度，晚期的李泽厚还增加上了"情感—心理"本体作为补充，这就是引发了诸多争议的所谓"双本体论"的难题。从早期对"社会性"的关注，到后来走向"实践观"，李泽厚本人通过列表来看待主客之间的互动与互化，并展现出"双本体论"的内在结构。

在实践美学的这位缔造者那里，对于"美"也有着自己的明确界定——"美是自由的形式"。这就关系到李泽厚对于真、善、美及其关系的基本看法。从表面上看，美似乎成为了联通真与善的中介，这显然是来自于康德"第三批判"作为前两大批判的桥梁的思想，但是李泽厚却给出了实践论的解答：美的本质作为真与善的统一，实际上就是自然规律与社会实践、客观必然与主观自由的统一，因为李泽厚已将传统认识论意义上的"真"视为自然界本身的客观规律，亦即"合规律性"，而把人类实践的符合人性的根本性质视为"善"，亦即"合目的性"。所以，正如他在《批判哲学的批判》当中所明确倡导的那样，感性与理性、规律与目的、必然与自由，只有在"自然的人化"与"人化的自

1 李泽厚：《李泽厚哲学美学文选》，湖南人民出版社1985年版，第463页。

2 李泽厚：《哲学纲要》，北京大学出版社2011年版，这部总结性的最新著作由《伦理学纲要》、《认识论纲要》、《存在论纲要》三部分组成，分别对应善、真、美，而狭义的美学思想则被归属于"存在论"部分。

3 李泽厚：《李泽厚近年答问录》，天津社会科学出版社2006年版，第57页。

然”的意义上，才能获得真正的矛盾统一，而通过这种真正的渗透与交融，理性积淀于感性，内容积淀于形式，“自然的形式”才能成为“自由的形式”，“美”才能由此出场。总归为一句话：“真、善的统一表现为客体自然的感性自由形式是美”！[1]这就从马克思主义实践哲学的高度阐发了“美”的根本问题，这也无疑代表了当代中国美学对世界思想的一种独特贡献。

从20世纪80年代开始，明确转向了“实践论”的已不只是李泽厚一家，还有持“主客观统一”说的朱光潜，他也从实践的语义上来重新阐发其基本美学思想。然而，他的思想真正缘起，应该是60年代初所写的《美学研究些什么？怎样研究美学？》（《新建设》1960年第3期）和《生产劳动与人对世界的艺术掌握——马克思主义美学的实践观点》（《新建设》1960年第4期）两文，他通过阐发马克思《政治经济学批判·导言》的“掌握世界”方式的论述，认定艺术掌握世界当中理应包含人的创造性劳动。所以，与李泽厚将实践狭义地归之于“生产劳动”不同，也就是将艺术与生产实践区隔开来不同，朱光潜则“要求把艺术摆在人类文化发展史的大轮廓里去看，要求把艺术看作人改造自然，也改造自己的这种生产活动实践中的一个必然的组成部分。”[2]由此可见，在朱光潜思想深层形成了一种内在的张力：“一个是艺术是生产劳动，一个是生产劳动也是艺术，再一个是人与环境（自然）的对立与相互转化，也就是人的本质力量的对象化和自然人化，再加上关于意识形态的理论，这几个基本观点在朱光潜的脑子里相互碰撞并融合起来形成了一个相当严整的理论网络”，[3]朱光潜就这种观点的融合称之为马克思主义的“实践观点”。

朱光潜的这种“实践论转向”是非常自觉的，他抛弃了早期思想的那种“情趣的意象化”与“意象的情趣化”的思路，试图为他的“主客统一”观重新寻求马克思主义的理论基石。这里面非常关键的，还在于朱光潜对于《1844年经济学—哲学手稿》的独特理解。首先，朱光潜与大家相同的是，都认为人是通过实践来创造对象世界的，也就是首先对于无机自然界进行加工和改造。其次，与大多数阐释《巴黎手稿》的论者不同，朱光潜并没有摆脱对艺术美与他的意识形态论的执着，所以他认定，无论是艺术生产还是物质生产，都证实了人是一种“有自我意识的物种存在”。再次，就关系到了对青年马克思的“美的规律”

1　李泽厚：《批判哲学的批判——康德述评》，人民出版社1979年版，第415页。

2　朱光潜：《生产劳动与人对世界的艺术掌握——马克思主义美学的实践观点》，《新建设》，1960年第4期。

3　阎国忠：《朱光潜美学思想及其理论体系》，安徽教育出版社1994年版，第218页。

思想的阐释，这种思想在朱光潜看来："说明了人的作品，无论是物质生产还是精神生产都与美有联系，而美也有'美的规律'。"[1]由此从思想形成的角度看，朱光潜的实践论美学是同他的从"艺术掌握"到"艺术生产"的思想，它们都是内在相关的，他最终坚持的还是艺术生产与生产劳动保持内在一致性的这种稍显极端的观点。

但是，朱光潜的这种得以更新的美学观点，需要澄清它与传统认识论美学的关系，实际上，这也就关系到实践与认识的关系。按照朱光潜到了20世纪80年代的基本理解，在"实践成为检验真理的唯一标准"的思想浪潮当中，这位老美学家认定，马克思主义美学的真正创见之处，就在于辩证地处理好了实践与认识的基本关系，认定实践才是认识的基础与衡量真伪的标准。而恰恰由于艺术生产与物质生产的内在一致与紧密关联，所以，朱光潜既不否认实践首先就是生产劳动，又自我地肯定艺术就是精神方面的生产，这在很大的意义上是同蒋孔阳强调"创造性的劳动实践"的思想是内在接近的。有趣的是，后来的许多实践论者都不赞同抑或反对"反映论"的美学，特别是反对蔡仪的那种以"典型"为反映特征的思想体系，但是在朱光潜那里，他却采取了一种折中的视角，认为实践论与反映论恰恰是应该统一的，这也是80年代早期多数美学研究者所赞同的观点。所以在朱光潜看来，无论是美还是艺术问题，都不仅仅是实践的而且也是认识的，不仅是"存在决定意识"的而且"意识反过来影响存在"，由此可见，晚期的朱光潜在不断自我批判的同时，仍未最终抛弃他那独树一帜的"艺术是一种意识形态"的中期美学思想。

---

1 朱光潜：《马克思的经济学—哲学手稿中的美学问题》，《朱光潜美学文集》，第3卷，上海文艺出版社1983年版，第469页。

附录：

美学、文艺学与巴赫金
——俄罗斯当代美学、文艺理论与中国文论的相关讨论

塔马尔钦科　俄罗斯人文大学教授
伊苏波夫　圣彼得堡大学教授
金元浦　中国人民大学教授

2004年6月16日，在中国人民大学进行了一场题为“俄罗斯当代文艺理论与中国文论研究”的对话与讨论，参加人为中国人民大学的金元浦教授，俄罗斯人文大学的塔马尔钦科教授，圣彼得堡大学的伊苏波夫教授，陪同他们前来的北京大学外国语学院的凌建侯副教授。

金元浦：俄罗斯的文艺理论和文艺学对于中国文艺理论工作者来说是一点都不陌生的。早在1920年10月1日《新青年》第8卷第2号上，郑振铎就翻译了高尔基的《文学与现在的俄罗斯》。而最早介绍俄国文学理论批评的是文学研究会主办的《小说月报》，该刊出版的《俄国文学研究专号》（第12卷，1921年9月）首次在我国以较大篇幅介绍了俄国文学理论批评，还有郭绍虞先生的《俄国美论与其文艺》，概述了俄国文艺理论批评的发展，介绍了别林斯基、车尔尼雪夫斯基、杜勃罗留波夫的文学理论批评观点。后来，“别、车、杜”在中国文艺理论界，成了个耳熟能详的专业词汇，风靡几十年，甚至在“阶级斗争为纲”的时代，所有的资产阶级人物都被打倒的文化大革命中，“别、车、杜”仍然是和鲁迅一样可以被引用的为数很少的理论家。

实际上，中国高等学校是在20世纪50年代，大规模地学习和引进前苏联的马克思主义文艺学教学体系，比如季莫菲耶夫的文艺学教材，并将之奉为经典的，其后形成影响甚远的所谓“苏联模式”。1980年代中国新时期以来，苏联美学大讨论、俄国形式主义、塔尔图—洛特曼符号学派和巴赫金受到中国文艺理论学界的广泛关注。

近年来，除了巴赫金，我们对俄罗斯大学体制中的文艺理论教学了解不多，想先请两位做一些介绍。

塔马尔钦科：我先简要介绍一下俄罗斯文艺理论教学的情况。俄罗斯文学理论教学历史悠久，20世纪之前已有深厚的语文教学传统，有比较好的教材。

1938年，有教授在萨马拉开设了文艺理论方面的专题课，这门课英文叫修辞学，在俄罗斯被译为演说术。较早的文学理论是从演说术角度来研究文论，并指导作品分析的。

俄罗斯文学理论的发展从20世纪第一个十年中期到二十年代晚期，主要有两个流派：一个是形式主义，一个是庸俗社会主义。在这两个流派中占上风的是庸俗社会学，在相当长的时间里它一直占据着主导地位。1925年，托马舍夫斯基出版了《文学理论诗学》教材，到1931年连续出版了6次。产生了很大影响。到20世纪三十年代，苏联高校中不再有人教授文艺理论了。60年代开始，苏联出版了几部关于诗学的书，如巴赫金的《陀斯妥耶夫斯基诗学》、洛特曼的《文论教程》以及高尔基世界文学研究所编的三卷本《文学理论》，这些论著通过对文学形式的关注与研究揭示作品意义，返回到诗学研究。但这些重要的研究成果恰恰没有在高校的文艺理论教学中得到反映，只有个别教授在个别学校教授诗学。总体上，60年代之后俄罗斯没有文论课。

金元浦：你刚才讲60年代前后前苏联没有文学理论，这是指没有文学理论课，还是没有文本分析、形式分析的课？我想，社会学方法的文论教学还是一直存在的吧。

塔马尔钦科：或许刚才没有说清楚，我是指很长一段时间诗学的教学都是缺失的。当时的文艺理论教学还是沿用文艺社会学（庸俗社会学）的基本套路，诗学研究没有成为俄罗斯文论关注的中心。从20年代末到60年代初，诗学几乎没有得到研究。

塔马尔钦科：这个时期关于文艺学的专著还是出版了一些。1920年代出了三本书。1940年代出版了季莫菲耶夫的《文学原理》。他的书主要是关于文学与现实的关系，即文学反映论的。书中主要用来分析作品的范畴是主题或题材、思想、性格等，在这种框架里，研究文学作品和研究文学社会生活是一码事。

金元浦：季莫菲耶夫是在中国产生了重大影响的文艺理论家，他的著作在中国早有翻译。他的前苏联十年制中学教材《俄罗斯苏维埃文学》解放前就有中译本。后来又以《苏联文学史》的书名出版，在中国广为流传。季莫菲耶夫的影响主要来自他的《文学原理》一书。这本教材据说是前苏联高等教育部批准用作大学语言文学系及师范学院语言文学系的教科书，中译本介绍说是"苏联近年来唯一的一本大学文学理论教科书"，所以很有权威性。这本教材由著名翻译家查良铮翻译，1953年12月上海平明出版社出版。由于季莫菲耶夫在前苏联文论界所享有的声誉，这本书在当时中国文论界产生了很大的影响。

塔马尔钦柯：在苏联季莫菲耶夫的教材也出了好多版，从1940年代到1970年代，一直在出版，是影响很大的正统教材。

金元浦：50年代在中国国内翻译出版的前苏联文艺学教材还有一些。比如1954年至1955年间，有一个理论教员，我们那时称作苏联专家，叫毕达可夫，在北京大学为文艺理论研究生讲授《文艺学引论》有一年多时间。

塔马尔钦柯：我们不知道有这样一个人，他在俄罗斯没有什么知名度。

金元浦：他在俄罗斯没有什么名气，但在中国，他有许多学生，产生了很大影响。他的《文艺学引论》后来经过记录整理，1958年9月由高等教育出版社出版。不同于上海平明出版社出版季莫菲耶夫的《文学原理》，毕达可夫这本书是由国家出版机构出版的较早的高校教材，还出了精装本，因而产生了很大影响。将文学理论翻译为"文艺学"，就是从他这里开始的。

其后1956年至1957年，北京师范大学聘请苏联专家柯尔尊为中文系俄苏文学研究生和进修教师讲授《文艺学概论》，讲稿1959年12月由高等教育出版社出版。1958年朝花美术出版社出版了涅陀希文的《艺术概论》，这是一本艺术学教材。1959年人民文学出版社翻译出版了谢皮洛娃所著的《文艺学概论》，这本书是苏联师范学院文学系学生阅读的参考书。

塔马尔钦柯：那个时代在俄罗斯还有波斯彼洛夫的教材，与季莫菲耶夫的教材一样，它们都强调思想主题。

金元浦：波斯彼洛夫等人的教材80年代我国也有大量翻译。波斯彼洛夫、维诺格拉多夫、库勃兰诺夫是一些传统的坚持文学艺术的"意识形态本性论"、艺术的"形象本质论"、艺术的"形象反映论"的理论家。

塔马尔钦科：我认为，过去俄罗斯的文学理论著作中托马舍夫斯基的诗学著作至今仍是很有价值的。1996年，托马舍夫斯基的《文学理论诗学》再版，我很荣幸成为这本教材再版的发起人和这本书前言的作者。这部书至今已再版三次。

金元浦：另外，80年代在中国，苏联的许多主张艺术的审美本性的理论家，如布洛夫的"艺术的审美本质"、斯托洛维奇的《审美价值的本质》和塔萨洛夫的"艺术掌握创造活动"论，另外卡冈的《美学和系统方法》、鲍列夫的《美学》，涅多希文都曾在中国产生过相当的影响，但在90年代后，都比不上巴赫金在中国的巨大影响。

塔马尔钦柯：这一点与俄罗斯是一致的。对斯托洛维奇、卡冈、布洛夫的关注都正逐步转向巴赫金。我建议不要向学生推荐布洛夫的著作，那不是俄罗斯最精粹的东西。

金元浦：中国文艺学受过苏联很深的影响，从一开始就把文学学翻译成文艺学。当时把文学学翻译成文艺学，是认为这门学科是包含文学理论和艺术理论在内的总体理论，认为文学和艺术是联成一体，很难分割的。

塔马尔钦柯：将文学学译成文艺学，可能是一个误译。实际上，文学学应是一门讲究科学方法的学科。苏联的文艺学，实际上也不是俄国的，而是来自德国的（马克思主义）。

金元浦：在中国，文艺学的叫法已经约定俗成，它被认为是包含了文艺理论（原理）、文学史和文学批评的一个整体。在中国，文学理论课与文学批评课是有区别的。文学理论是文学原理的学习、研究和阐释，而文学批评应该是针对作品的，应该直接进行作品的文本分析，锻炼和培养学生的批评能力。批评家必须以作品作为对象，进行作品的分析、评论和评价。

塔马尔钦柯：是的，文学的涵盖面很广，包括文学理论、文学史、考据学等的研究。在许多国家，文学批评与文学理论是不同的。我不清楚中国文学理论与文学批评的不同，不过俄罗斯的就与德国的不一样。但我认为文学理论最重要的核心是“诗学”。

金元浦：现在我们必须在概念上来区别诗学与文艺学。什么是你所说的文艺学（文学）？什么是你所说的诗学？文学和诗学二者有什么联系又有什么区别？

塔马尔钦科：文学学要解决什么是艺术、艺术特征在文学中表现在哪些方面等问题。只要我们提出文学作为艺术与艺术的其他门类的关系，就涉及到诗学问题。

金元浦：在西方，诗学不仅仅是关于诗歌的理论，诗学就是后来的“批评”，诗学就是我们所说的文学理论，它是关于整个文艺的总体把握。但按照你的解释，诗学既是文学理论，诗学又不是文学理论。怎么理解呢？

塔马尔钦柯：按照巴赫金的观点，任何艺术门类中都有审美客体，它们之间的区别在于诗学关注的是审美客体是用什么形式什么材料创造出来的？如绘画中的画布和颜料、雕塑中的石头、文学中的言语。谈审美客体既离不开哲学与美学，也离不开形式专家对形式的分析，所以文学理论研究是跨哲学与语言学的。

高校培养语言文学系的学生或学文学理论的学生，主要任务应该是诠释作品的意义，不幸的是俄罗斯的学生一直被强迫接受社会学的批评，长期以来，一直缺乏文本分析的范例与实践，这是俄罗斯文学教学的主要问题或不足。

金元浦：现在我明白你所说的诗学是指不同于前苏联的文学社会学的文学自身的文本分析和形式分析，特别是言语符号分析。

塔马尔钦柯：现在俄罗斯高校没有文本分析课，缺乏文本分析实践。俄罗斯有个伟大的语言学家谢尔巴，1923年发表了分析普希金的《回忆》一诗的一篇文章，他说有一个年轻的姑娘，在语言文学系学习很多年，她获得了许多文学概念和文学史的知识，但她仍然不懂艺术，不会把这些理论变成艺术的事实，她不会运用学过的知识对作品加以艺术的分析。谢尔巴想说的是，在俄罗斯高校中，从不传授如何分析具体作品的方法，这种现状一直延续了好几十年。举几个例子，有一个从莫斯科大学毕业的听过我的课的学生告诉我，莫斯科大学没有开设过教学生分析文本的课程。但我坚信塔尔图大学应该教文本分析课，因为塔尔图大学有一个国际知名的符号学派。大家都知道，国际上有三个著名的结构主义符号学派，一是法国学派，一个是韩礼德功能主义学派，还有一个即塔尔图莫斯科符号学派。结果这所大学的一个研究生告诉我，他们那里也没有开设教文本分析的课程。塔尔图大学的老师洛特曼是世界著名的符号学家，写过《诗与分析》一书，这本书就由理论探讨和文学文本的分析构成。但是他也没有开设这门课。看来，写出文本的符号分析的专家并不意味着就是教授文本分析的行家。就好比在医学院，老师会做绝好的手术，并不意味他的学生也如此。如果说洛特曼提供了很好的分析文本的范例，并不意味他能教会他的学生做很好文本分析。实际上无论是让学生做好手术还是分析好文本，都需要一步步的严格细致的分析与训练，要做好这一点，仅有理论陈述、展示文本分析范例是不够的，重要的是实践。

金元浦：在中国，近些年来，结构主义、符号学、叙事学有了长足的发展，一些学校编写了文本分析的教材，很多教授开设了叙事学、文本分析的课程。运用符号文本分析的方法，来分析中国古代和当代的文学作品。

塔马尔钦柯：今年4月份，我们教研室编了一部《文学理论》。教材分三部分，第一部分讨论文学作为艺术问题，是从审美和符号学角度研究文学和文学作品，这部分是邱帕教授写的；第二、三部分谈诗学，与第一部分比较篇幅大多了，第二部分是理论诗学；第三部分是历史诗学；这几个部分是按共时性和历时性角度来展开研究和论述的。这本教材的教法是这样的：我们在人文学院开设了三个学期的文本分析课，第一个学期是诗歌分析，第二个学期是史诗分析，第三个学期是戏剧、小说分析。作品往往是采用其中的一些片断，来进行细致剖析。我不知道俄罗斯是否还有其他高校这样做。

伊苏波夫：60年代苏联教育部作了一些规定，文论课程中根本就没有设立文本分析这一项内容。好的教员也会有选择地做一些文本分析。比如洛特曼在一般课程的教学中也进行一些文本分析。他几乎把俄国的大作家都讲了一遍，出了一本原著选读。当然这种专题讲授的内容不仅仅限于文本分析，而是在讲文学作品同时，还展示作家的世界图景。比如塔马尔钦科的老师格施曼（艾亨鲍姆的学生）就讲过诗论，当然主要是讲作诗之法。令人诧异的是，在当时的塔尔图，洛特曼的学生都在运用符号学术语，但洛特曼本人几乎不用。

金元浦：塔马尔钦科教授认为文学学或者诗学的教学最重要的就是进行文本分析，这和中国国内许多学者的观念是一致的。请你进一步阐述你的理论依据。

塔马尔钦科：为什么说文本分析是最重要的？我以为有以下几个理由：

过去俄罗斯的文学理论教学与文本分析教学是分开的，其实，文学理论教学应该成为文本分析的一个工具，如果这样的话，就必须学会如何使用这个工具，过去的教材一直没有涉及这个方面的内容，也就是说，文学理论的研究与文本分析的实践一直是分离的，这就是为什么我们编写的教材中，有许多处列举了文本分析的实例的原因。我们展示给学生的是如何使用每一个科学的概念，我们认为对于每一个希望学习文学的人，我们都可以教会他运用文学理论进行文本分析。这样就能消除过去文学理论的教条主义：在过去的文学理论看来，作品仅仅是它的例证。世界上没有一个诗人或作家，他的作品是用来给人们作例证的。文学理论应该有这样一种教学方式，应该成为分析的工具。我们的教材就是这么做的。

我们的教材既区别于帕斯别洛夫斯基的，也区别于哈里泽夫的；当然我知道对文论的理解不应只局限于我们书中的内容，我已经说过我们有文本分析实践课。除此之外，我们还有教如何作诗的方法课，这个课也是一个学期。还有两个专题，一个是西欧文论史，一个是俄国文论史，还有一个比较文学基础专题课。我们试图通过这些课程建立完整的文学理论体系。所以，文论课还是要开的。如果认为文论研究对文本分析不重要，我们就不开这些课了。

金元浦：那么，你所说的诗学理论与俄国形式主义文论有什么关系？与塔尔图莫斯科符号学派有什么传承关系？

塔马尔钦科：尽管俄国形式主义（它的代表人物是特尼亚洛夫）、塔尔图莫斯科符号学派都研究诗学，但他们研究艺术作品的方法都有各自特定的局限。形式主义和结构主义都认为诗学研究必须依靠语言学，这是因为他们把文学作品形式与作品材料的组织等同起来了。要知道艺术作品不仅仅局限言语材料，艺术作品实际上是关于世界的话语，它也可以谈美善恶丑。要研究文学作品的内容，不一定非要变成社会学家。巴赫金就认为文学的内容就是一种价值体系，我们可以同时研究言语是如何组织和价值是如何建构起来的，这二者是同步进行的。所以巴赫金谈到两种形式：言语、技巧、材料的布局形式和价值的建构形式。巴赫金的研究既区别于结构主义，也区别于形式主义；既区别于季莫菲耶夫，也区别于波斯彼洛夫。

金元浦：看来你既不赞成早年的俄国形式主义，又不赞成塔尔图莫斯科符号学派？

塔马尔钦科：这是一个很难以绝对方式回答的问题。言语分析我们采用了形式主义和结构主义的分析方法。因为它们的方法在言语分析方面很有成效。但总的观念来自巴赫金。就拿我主编的教材来说吧。我主编的教材有三个作者，我们遵循的原则是以巴赫金的理论来贯穿全书。一部教材，完全以一个当代文论家的理论来撰写，这在俄罗斯文学理论教材史上开创了一个先例。

伊苏波夫：巴赫金何以产生，又是怎样产生的，我想在这里谈谈产生巴赫金的时代即白银时代。白银时代是由尼古拉奥楚浦提出来的。这一命名有两个含义：一是十九世纪末到二十世纪初，文学的意义；二是哲学上的，一直延续到60年代，俄罗斯移居国外的第一批哲学家去世，特征是精神上的复活或称哲学上的文艺复兴。别尔嘉耶夫持另一种观点，发表在《道路》杂志上。他认为俄罗斯有哲学上的复兴，但没有宗教上的复兴。他在圣彼得堡俄罗斯宗教人文学院（第一所非国立的大学）兼职，准备把《道路》杂志出刊十年的全部文章重新出版。还有一本杂志叫《道各斯》（法、俄）也准备再版。上面刊登过一些新康德主义的论文，如柯亨、齐美尔等的论文。

历史上有一些日期是具有象征性的。比如1616年，莎士比亚和比尔同一年去世。20世纪初，1908年尼采和索洛瓦尔德去世，1914年契诃夫和福楼拜去世。这些象征性的日期说明20世纪初期给人们留下许多记忆也留下了许多遗憾。这个时期是一个个性危机四起的时期。弗洛伊德、尼采、现代主义和相对论四个重要视角，对俄罗斯产生了重大影响。弗洛伊德认为人自己丧失了自控能力，尼采想说的是科学主义成了人们生活中的暴君；在高尔基小说中，女主人公死去都没有人收尸，她活着连名字都没有。这些主人公没有得到人性的关怀；现代主义是一个很长的话语。别尔嘉耶夫谈到乔伊斯笔下的尤利西斯。1905年，爱因斯坦发表了相对论假设，犹太科学家亨德尔提出了多元理论。许多科学家对世界产生了间断性、非连续的看法。这些学说改变了人们对世界的整体的看法。

巴赫金在这个时代也许是为了把人重新聚集起来：还有一个对俄罗斯总体

产生影响的是别尔嘉耶夫1916年《创作的意义》出版。该书提出了:“文化能不能拯救我们”的问题。从彼岸世界看，人类有音乐、有文学、有艺术，但文化注定是要毁灭的，迟早是要消失的。这和晚期托尔斯泰是一致的。托尔斯泰也说你们的音乐对于那些人来说是他们所不需要的。由此便诞生了新的思想流派:文化神学。文化神学这个术语此前是不存在的。还有一部重要著作，1932年出版的《在自然界中死文化中的神性》，巴赫金关于他人的思想间接地与文化神学相契合。

令人忧伤的是在俄罗斯的白银时代，人们丧失了对现实的信任。象征主义学者认为现实是不真实的。象征主义的象征是从两个角度提出的。从认识论立场，象征实际上被认为是认知的工具。从本体论立场，象征实际成了建构存在的一种方法。曼德尔施塔曾嘲笑象征主义者，谁也不能成为与自己等同的人。玫瑰对着姑娘笑，姑娘对着玫瑰笑。这个立场与巴赫金十分接近。象征主义在自己这个领域玩得太过火，所以丧失了它的生命力。古典现实主义在那时经历了危机，契诃夫一辈子渴望创作长篇小说，但没有成功。作为戏剧作家，他实际上丧失了编故事的能力，在他的戏剧中什么也没有发生，他把对话毁灭了。人物在台上走，谁也不理解谁，彼此是聋子，荒诞派戏剧家把契诃夫认作自己的前辈，这是有道理的。

其后在俄罗斯出现了索菲亚学说，为什么会产生这种学说，因为上帝离我们太遥远了。智者让上帝离人类越来越近。有人问巴赫金为什么这么写陀斯妥耶夫斯基？每时每刻瞻前顾后，巴赫金回答，我生活在这么一个不好的地方不好的时代里，我还能怎么写？我们的哲学家、美学家都希望我们这个世界充满美好，巴赫金的学说实际上是一种爱的学说，产生于没有爱的时代，这是一种渴望爱的学说。

可以补充一点。俄罗斯的爱的哲学总是与死亡联系在一起的。卡拉马佐夫之父卡尔萨文，他是一个爱的思想家，爱的渴望就是对我心中的最爱的东西的死亡的渴望。1929年出版了一部自传体小说《尼古拉别列斯金》，主人公爱三个女人，三个女人先后死去。当然这个男人像个吸血鬼，他的活着是靠女人的色情、性而活着的。从这个角度说，巴赫金的学说是幸福的学说。

金元浦:根据资料，巴赫金熟悉胡塞尔的思想，受到梅洛—庞蒂、列维纳斯等西方理论家的影响。在俄罗斯当时的严峻条件下，作为一个被流放者，巴赫金是如何得到西欧的思想材料的？

塔马尔钦科:巴赫金关于拉伯雷的文章写于三十年代。他当时不可能去文化中心的莫斯科等大城市。但他有一个非常要好的朋友卡尔那夫，在彼得堡谢德林图书馆，他所需要的材料全由他提供，什么样的书他都能得到，巴赫金通过朋友的邮寄，阅读了大量当时最重要的著作和论文。

伊苏波夫：巴赫金是具有超感觉的天才，是活在20世纪的21世纪的人。巴赫金有这样的条件，有过目不忘的本领。他13岁读陀斯妥耶夫斯基的作品，同时开始研究康德。

金元浦：巴赫金从未使用“对话”或“对话主义”来命名他的任何一部著作。但他在法国和美国最有影响的权威解释者托多洛夫和赫奎斯特则都选取“对话”作为巴赫金理论的核心标志。托多洛夫用《对话的原理》来评介巴赫金的著作，而霍奎斯特则将他编选的巴赫金论文集命名曰《对话的想像》。他们都将巴赫金的理论翻译、传释、介绍给英语和发育世界，并影响了后来的许多学者。所以有位名叫贝洛斯托斯基的巴赫金专家曾断言：“对话”的巴赫金是一个近年来被巴赫金学的学者们所建构和提升的形象，对话批评则是以他为名制造出来的一个学术“企业”。在你们看来，对话主义能不能说是巴赫金的核心概念？西方人所提升的“对话主义”是不是巴赫金理论最核心的东西？

塔马尔钦科：巴赫金与黑格尔不同，黑格尔可以说他有一个核心体系，巴赫金不是这样的学者，他有一系列的核心思想。对话理论——不是对话主义而是对话本身——是他的众多天才理论的一个核心之一，他通过这个思想来研究小说。至于西方人说的学术企业，我的理解是西方人也许没有很好地理解巴赫金的思想而直接使用了这个概念。

金元浦：实际上，巴赫金确曾反复论述，并从根本上认定人类生活的本质即是“对话”，人类最基本的关系就是一种对话关系。巴赫金颠倒了历来人们视对话为手段、方法的成见，断然宣称“一切都是手段、对话才是目的”。巴赫金自己著作中，的确没有提到对话主义，但他的理论充满了这种精神。同时，西方人正是根据西方社会和西方理论的现实需要引进巴赫金的理论的，并在这种研究中发展和提升了巴赫金的理论。

除了对话主义之外，巴赫金对狂欢、身体在文化中的意义都有深入研究，他的丑角地形学、笑论也都产生了广泛的影响。

塔马尔钦科：的确是这样。关于身体在文化中的意义，在巴赫金之前已经有人谈论，尼采、弗洛伊德实际就是谈身体在文化中的作用，在俄罗斯，作家罗扎洛夫就专门写身体在文化中的作用。巴赫金谈身体在文化中的作用的特点和意义是他关注民众的集体的身体在荒诞现实主义中的意义。

金元浦：在中国，有研究俄罗斯文论的专家认为，巴赫金并没有主体间性的思想，是一些学者不负责任的任意发挥，你怎么看这个问题？

塔马尔钦科：主体间性是巴赫金的一个非常重要的概念与思想，作者与主人公，作者与作者、作者与读者，人物与人物之间都存在主体间性。胡塞尔的著作中早就谈到主体间性，作为哲学文学概念，巴赫金对胡塞尔的理论十分熟悉，并有个人的理解。

金元浦：巴赫金还是文本间性的首发轫者。文本间性或互文性虽然不是有巴赫金直接提出的，但也是在巴赫金理论和思想的基础上发展起来的。“文本间性”，是法国后结构主义批评家克莉思蒂娃提出的，意在强调任何一个单独的文本都是不自足的，其意义是在与其他文本交互参照、交互指涉的过程中产生的，由此，任何文本都是一种互文，在一个文本中，不同程度地以各种能够辨认的形式存在着其他的文本，诸如先前的文本和周围文化的文本。克里斯蒂娃是提出互文性这一术语的第一人，但她是受到了巴赫金的启发才提出来的。巴赫金把文本间性或互文性这一概念（而不是文本间性或互文性这个术语）——文本/文化关系引入了文学批评理论。他在《陀思妥耶夫斯基诗学诸问题》中称陀氏的小说是“复调小说”，这种小说坚持运用语言的不同方式和评价“现实”的不同方式的“并存和相互作用”。巴赫金还进一步指出“复调小说”体现了“文学的狂欢节化”（thecarnivalizationofliterature）。在起源上，狂欢节不是一种文学形式，而是复杂的文化行为的一种综合，是有着其仪式和象征系统的一种“信仰诸说混合论的盛观”（syncreticpageant）。

伊苏波夫：这也是巴赫金的一个非常重要的思想。巴赫金启发了巴尔特和克里斯蒂娃，他们把主体，尤其是政治的和性的主体，引入文本间性或者互文性关系的空间。

金元浦：还有一个问题，加拿大的布拉扬戈以及保加利亚的一个学者都提出巴赫金的著作和论文是剽窃的，你怎么看待这个问题。

塔马尔钦科：加拿大的布拉扬戈认为巴赫金的著作和论文是剽窃的。这绝不是事实。巴赫金是个过目不忘的天才，那些文章和著作百分之百是巴赫金写的。保加利亚的学者指责巴赫金剽窃洛斯基的《现代活力论》，并说巴赫金关于符号学的思想与卡西尔十分相像，这是没有道理的。布拉扬戈指责巴赫金剽窃的文章就刊登在俄罗斯的杂志上，没有任何文本分析，没有任何确凿证据，不是真正的学术批评。我认为，如果两个思想家之间有契合，这并不意味着一个剽窃另一个。

第五章 人的本质力量的对象化

在李泽厚创建实践美学流派与朱光潜转向实践美学流派的同时，还有起源于20世纪中期的“美学大讨论”中的其他两派美学家的思想需要关注。首先就是持“美在客观”说的蔡仪，他的基本美学思想在70年代末以来被持续加以阐释，特别在其主编的《美学原理》（湖南人民出版社1985年版）中得到更全面的阐发，而且，与20年前的美学论争一样，蔡仪的思想是在与李泽厚、朱光潜后来的实践思想的争鸣当中继续展开的。在原载于《美学论丛》的《马克思究竟怎样论美》的著名长文的上篇当中，蔡仪首先就批驳了“所谓实践美学的观点”，但是，他却是通过对前苏联美学家涅多希文、特罗菲莫夫关于“对世界的艺术的掌握方式”思想的批驳开始的，这实际上是在批判朱光潜的晚期思想，进而又通过对万斯洛夫、斯特洛维夫的“自然界的人化”和“人的对象化”思想的批驳，实际上又主要是在批判李泽厚的后来的实践美学观念。蔡仪并不否定劳动实践对于人的审美能力的影响，认为劳动使人不仅具有了一般的认识能力而且具有了审美能力，但是实践观的唯心化的本质仍使得它背离了唯物主义，这是蔡仪得出的最终结论。

蔡仪根据马克思关于金银拥有“美学属性”的论述，继续拓展自己对于马克思主义美学观的基本理解：首先，“客观事物的美就在于客观事物本身”；其次，“客观事物的美的性质是它本身所固有的客观性质，是具有作为美的性质的特点”；再次，“作为欣赏对象的客观事物的美，不是由欣赏者的主观意识所外加的”。[1]进而，在《马克思究竟怎样论美》的下篇里面，蔡仪对于“美的规律”的思想进行了再探，他实际上是认为，凡是符合“美的规律”的事物就是美的

1 蔡仪:《马克思究竟怎样论美？》，蔡仪，《蔡仪美学论文选》. 湖南人民出版社1982年版，第247页。

事物。与早期蔡仪思想联通起来，那么也可以肯定，“美的规律”就是“典型的规律”，反过来看，“单是种类的普遍性只是抽象的本质，是不能成为美的规律的。作为美的规律必然要求规定它是形象的……事物的现象显著地表现它的本质或事物的个别性能充满体现它的种类的一般性，就是我们所谓事物的典型性或限定的规律”，[1] 所以“典型的规律”也就是“美的规律”。

蔡仪从早期到晚期的思想都是“内在贯通”的，这乃是由于，直到晚年蔡仪仍在坚持美学理论的基础仍是“认识论”，而且首先就是“反映论”。早在20世纪60年代，蔡仪就在《论朱光潜美学的“实践观点”》当中对于实践美学观加以批判，该文也是批判实践论的最早文章。在这篇文本里面，非常重要的是对“人的本质对象化”的独特阐释，蔡仪认为，人的本质只能是劳动，那么，“人的本质对象化”就是劳动的对象化或者物化，“从人来说是劳动的物化，而从物来说也就是‘自然的人化’”，[2] 这就在客观反映论的意义上理解了“自然人化”的思想，从而在根本上与其他各派美学思想区分开来。在作于1978年的《经济学—哲学手稿》初探与完成于1982年的再探的上下两篇当中(上篇为《马克思思想的发展及其成熟的主要标志》而下篇则是《论人文主义、人道主义和“自然人化”说》)，蔡仪的观点倾向于认定，《巴黎手稿》仅仅属于马克思不成熟与未完善的手稿，它自然无法与《哲学的贫困》和《共产党宣言》那类成熟的著作比肩，“自然人化”说由于其内在的人本主义而转落到了唯心主义的美学观。这也对大多数美学论者根据手稿思想发展自身的美学思想，形成了非常鲜明的对照。

还有一位别树一帜、特行独立的美学家高尔太，他后来还曾用高尔泰的笔名，但是“美在主观”的观点却始终未变。他与其他多数的美学家一样，也根据《1844年经济学—哲学手稿》的“人的本质力量对象化”的观点，对于自己的“人学”与“美学”思想进行了进一步的阐发。按照高尔太的理解，《巴黎手稿》带来的启示有两个：美是直接关于“人”的，研究美就是研究人；与此同时，美是深层关乎“自由”的，这是由于，人的本质乃为“自由”。高尔太明确表示，“美的哲学”就是“人的哲学的深层结构”，“正因为美是人的本质的对象化，所以离开了，就没有美”，还是依据同样的前提，恰恰由于“美是人的本质的对象

1　蔡仪：《美的本质与美的规律问题》，蔡仪《蔡仪美学演讲集》，长江文艺出版社1985年版，第108页。

2　蔡仪：《论朱光潜美学的“实践观点”》，蔡仪《蔡仪美学论文选》，湖南人民出版社1982年版，第143页。

化：人的本质是自由；所以美是自由的象征。”[1]实际上，就像当年主张“美即美感”或者“美感就是美”那样直接与简明，“美是自由的象征”成为他新的美学宣言，作者使用了诗意的语言来反复论述，在当时也赢得了许多的拥趸。其实，这种浸渍了人道主义关怀的“美的追求”与“人性解放”是内在相通的，因为在高尔太看来，“现代美学以‘人’为研究对象，以美感经验为研究中心，通过美感经验来研究人，探究人的一切表现和创造物，提出了‘自我超越’这一既是人道主义的、又是美学的任务”。[2]可见，高尔太的主观派美学，随着历史语境的转化，在新时期转变为一种“人道主义的美学”，作为自由的“象征”的美，依旧被归属于人的主观本性，“象征”本身就是一种主观化的投射，这与当时崇尚自由的社会启蒙思潮亦是相关的。

与所周知，实践美学之所以获得如此的生命力，恰恰在于它体系内部的丰富性和开放性，所以，对于当代中国美学学术史进行研究，就需要对实践美学思潮内部的整个“思想谱系”进行深入的解析。正如许多关于20世纪中国美学的著述所高度化描述的那样，李泽厚成为了实践美学的“中国学派”的核心代表人物，但是，如果就学术史而言，在该思潮之内许多重要代表人物都需要逐层得以呈现出来，由此才能窥见到整个“中国实践美学学派”的大致面貌。

与李泽厚本人思想最为接近，并共同孕育了实践美学思想的，其实是李泽厚的同学赵宋光，因为这位学者后来投身于音乐及美育事业当中，所以他早期对美学的贡献而今被忽视了，他对实践美学的“简化版本”的论述可能更易于为人们所接受。赵宋光的实践美学的关键词可以被看作是——“立美”，实践既然创造了全部的社会存在，同时也反过来创造人自身的内在意识，这种无所不创的合目的又合规律而实现的任何形式结果，都被他视为是一种“立美”的实现。这是由于，在赵宋光看来，所谓“美是自由运用客观规律（真）以实现社会目的（善）的中介结构形式”，或者说，“使客观规律服从社会目的，使任何物种的尺度服从人类固有的尺度，简言之，它掌握真以实现善，这形式就是美”。[3]如此看来，这种实践美学观就是在真与善、合目的性与合规律性之间直接展开的，美由此成为了运用规律性（真）内容与目的性活动（善）的中介结构

1 高尔太：《美是自由的象征》，高尔太：《论美》，甘肃人民出版社1982年版，第34页。
2 高尔太：《美的追求与人的解放》，高尔太：《美是自由的象征》，人民文学出版社1986年版，第100页。
3 赵宋光：《论美育的社会功能》，中国社会科学院哲学研究所美学研究室、上海文艺出版社文艺理论编辑室合编：《美学》，第三卷，上海文艺出版社1981年版。

与形式，这与李泽厚的观点无疑是非常接近的。更有影响的是，赵宋光对于美的分类的哲学化的表述，依据美的定义，“自然美”是包含着合目的性内容的合规律性的形式，“社会美”则是运用规律性内容的目的性的活动形式。实际上，赵宋光是较早将他的实践观建立在“人类学本体论”基础上的论者，他原计划刊载于《美学述林》第 2 辑上的《美学原理受人类学本体论影响之后》的专文就是对此加以论证的重要文章，但是他与李泽厚不同的是，后者更为强调是“人类学历史本体论”当中的“历史建构”的理性化功能。

在实践美学的“群英谱”当中，较早成熟并形成了更广泛影响的美学家是蒋孔阳。早在 20 世纪 50 年代，他就确定“美是一种社会现象”，由此出发，他不同意高尔太的主观论和朱光潜的美的主客统一论，但是其最重要的特点，还是将“创造”的要素注入实践美学当中：“美是一种客观存在的社会现象，它是人类通过创造性的劳动实践，把具有真和善的品质的本质力量，在对象中实现出来，从而使对象成为一种能够引起爱慕和喜悦的感情的观赏对象。这一形象，就是美。”[1] 如果说，蒋孔阳这一具有个性的定义还属于一家之言的话，那么，他对“人的本质力量的对象化”阐释则得到了普遍的认同，因为他认定，美就是人的本质力量的对象化，这就意味着，美是人按照“美的规律”所创造的形象，特别是晚期其所强调的“多层累的突创”将更多新的内涵注入其中。由此，蒋孔阳的后学也将他的美学思想称为当代中国美学的“第五派”，也就是不同于美学论争当中兴起的“美学四大家”之外新的流派。[2] 无论怎么说，在早期实践美学的实践者那里，他们都将美之为美视为对于人的本质力量的确证，而在这种本质力量当中，“社会实践”无疑都扮演了最为本质的角色。

毫无疑问，“人的本质力量的对象化”的说法在 20 世纪 80 年代“讲坛美学”当中获得了最为普遍的认同。在王朝闻主编的具有奠基性的《美学概论》（人民出版社 1981）当中，“对象化”的说法并没有像“审美关系”的说法那样被彰显出来，但是，随着实践美学成为中国美学的主流话语形态，刘叔成、夏之放、楼昔勇等人编写的《美学基本原理》（上海人民出版社 1984 年版）则将之表述为“人的本质力量的感性显现”，杨辛、甘霖合著的《美学原理》（北京大学出版社 1983 年）认定美作为“自然的人化”的结果还不够，美应被视为“肯定着人

1　蒋孔阳：《美和美的创造》，江苏人民出版社 1981 年版，第 48 页。

2　朱立元：《当代中国美学新学派——蒋孔阳美学思想研究》，复旦大学出版社 1992 年版，第 1 页。

的自由创造的活动”，李丕显的《审美小札》(青海人民出版社 1984 年版)强调人的“审美能力”使得人对对象的关系要成为“属人的关系”，如此等等，这些都使得“人的本质力量的对象化”的说法成为 80 年代中期的实践美学最为普泛的表述，这种影响一直延续到 90 年代的美学讲坛里面。当然，并不是所有论者都同意此类的“对象化”理论，马奇在他对《巴黎手稿》的阐释里面指出，实践应该指主体运用物质手段改造客观对象的客观物质过程，一切有目的的感性活动都属于实践的范围，不能把人的本质力量对象化理解为“对象的主观化”，也不能把自然的人化阐释为“自然的意识化”。但最终，马奇仍是从认识论出发来看待美的问题：只要由于实践的需要进入认识领域成为认识对象的事物，就有可能成为“审美对象”，[1] 也就是说，成为认识对象被当作了成为审美对象的前提。应该说，对于“人的本质力量的对象化”的看法在美学界始终还是有歧义的。

按照蒋孔阳本人对于《1844 年经济学—哲学手稿》的理论解释，一方面，人通过“劳动实践”来改造客观世界的过程，就是形成“人化的自然”的过程，从而形成了审美对象；另一方面，这种外在改造的过程，同时也是“人的本质力量对象化的过程”，由此通过对“人的改造”进而形成了审美主体，而审美对象与审美主体由于处于“人对现实的审美关系”当中，由此才产生出作为“新的世界”的美与作为“精神享受”的美感。如此看来，蒋孔阳不仅仅强调了“审美关系”作为联通审美主客体的重要价值，这与王朝闻及其他重关系论的美学论者的观点是一致的，而且，更加强调了实践当中的“创造性”的内涵和意蕴，这就相当接近于朱光潜的观点了。正是由于这种实践派中的“创造美学”的本性使然，使得蒋孔阳更为强调“美的创造”的丰富性和差异性：“客观现实的美，不仅因人因时而异，而且个人都在根据自己的本质力量，创造和欣赏自己的本质力量所能达到的美，”[2]“本质力量”被蒋孔阳看作是个人身上最能反映出自身的那些品质、性格、思想、感情和才能等等，由此方能创造出瑰丽多彩的美的世界。这些思想在《美学新论》(人民文学出版社 1993 年版)当中得以更为系统的总结，蒋孔阳提出了“人是‘世界的美’”与“美是自由的形象”的成熟观点，前者意指作为“世界的美”的人就是处于一定社会历史关系中的人，美既不是自然现象也不是个人现象，而是“在人与人的关系中所产生和创造出来的

---

1 马奇：《艺术哲学论稿》，山西人民出版社 1985 年版，第 179 页。

2 蒋孔阳：《蒋孔阳美学艺术论集》，江西人民出版社 1988 年版，第 111 页。

社会现象”；后者意味着“美的理想就是自由的理想，美的规律就是自由的规律”，而“美的形象就是自由的形象”。[1]

周来祥本属于实践美学派，但是他却提出了自己的“和谐美学”的独特观点，其实这一美学观所表述的是一种更为广义的“审美关系”说，将之命名为“和谐自由关系美学”似乎更为贴切一些，但在总体上仍是实践美学的一种特殊发展。这是由于，尽管周来祥标举出了“美是和谐”的基本主张，但是，必须分析这一观念的本来涵义和推导过程，这样才能不至于去误解“和谐”这个美学标语。依据周来祥原本的思想逻辑：首先，美的本源要到主客体之间的“关系”那里去寻；其次，这种关系就是一种“客观关系”，这种主客体的关系形成了一种“中介”；再次，这种客观关系的本质特征就在于“关系的和谐自由”，美的本质就在这种关系里面才能找到。经过这样的步步推导，最终结论才是：“美是和谐，是人和自然、主体和客体、感性和理性、实践活动的合目的性和客观世界的规律性的和谐统一”，“美是和谐的自由”，乃是“美的范畴发展的必然理论结构”。[2]所以，周来祥实践美学的侧重点就在于，美是在审美关系当中生成的，美就是审美关系的载体，审美关系的属性在美身上得以呈现，只不过这种关系是“和谐自由的关系”，其中的主客体形成了同步的“互反的同化”，也就是“客体的内化”与“主体的外化”的对立统一。

周来祥美学思想的基本特色，并不仅仅在于从逻辑的角度凸现了“美是和谐”的观点，而且在于他从历史的角度推导出了这一观点，或者反过来说，他又从这一基本美学观点当中去把握中西方美学发展的整体历史。如此一来，沿着黑格尔《小逻辑》所造就的理论方法，周来祥依据“历史与逻辑相统一”的方法论，将美学史区分为古代的美、近代的美与现代的美三个历史阶段，并使用“和谐美”作为“历史规定”来看待整个历史。一方面，从逻辑上看，周来祥认为“人化自然”只是美的本质的“最一般规定”，而和谐自由才是“审美关系的特殊的质的规定性”，[3]这种和谐具体包括：形式的和谐，内容的和谐，形式与内容和谐统一，还有由此而来的主客与客体、人与自然、个性与社会的和谐自由关系。另一方面，从历史上看，古代的人基本上遵循“和谐美”的原则进行审美创造和观照（由壮美、优美到崇高的萌芽），近代社会打破和谐而以崇高为

---

1 蒋孔阳：《美学新论》，人民文学出版社 2006 年版，第 174，215 页。

2 周来祥：《论美是和谐——由美的范畴发展所得出的一个结论》，周来祥：《美学问题论稿——古代的美、近代的美、现代的美》，陕西人民出版社 1984 年版，第 30 页。

3 周来祥：《论美是和谐》，贵州人民出版社 1984 年版，第 127 页。

其美学理论（由崇高、丑到荒诞）而发展到现代社会则走向了对立统一的更高的"和谐美"，由此就形成了一种理论与历史的互证关系。

刘纲纪可以被视为是实践美学的最坚定的支持者与代表人物，他在始终不断地推进自己的美学思想，终于形成了他自己所归纳出来的"实践——创造——自由——自由的感性表现——广义的美——艺术"的完整美学体系。然而，这种成熟的美学形态并不是一蹴而就的，而是经历了逐步发展的过程。最初，刘纲纪倾向于从马克思的"自由观"直接入手来解决美的问题，更多将美看作是"从必然到自由的飞跃"："所谓美，就是在超出了'必然王国'的'自由王国'的领域中，人的个性、才能自由发展的种种感性具体的表现。"[1]刘纲纪区分了三种美学意义上的自由，这些"自由属性"都是为"美"所本然拥有的。第一种是对物质生活的超出，第二种则表现为人的一种创造性的活动，第三种则是和与人类生活相依存的社会性相联，只有具备了这些"自由属性"才能成就美本身。刘纲纪进而认定，美的根源实际上来自"实践创造"，而"实践创造"的最高境界乃是自由，而真正的自由无疑就是对必然性的掌握。由此出发，更具体的规定就在于"美是人的自由表现（也就是人与自然、个体与社会的统一的表现）"，[2]这是人在实践中掌握了必然，实际改造和支配外部世界的结果。

由此可见，刘纲纪的关注点并不只在于实践产生了美，而是实践如何产生了美，他使用了"自由"和"创造"作为"美"的最基本的规定。但越到晚期他越倾向于认定，当自由表现为"感性活动"时才成为美，广义的美应该是"自由的感性的表现"，在自由的前面刘纲纪又附加上了"感性"的进一步规定。按照这种观点，"美是人在他的生活的实践、创造中取得的自由的感性具体表现"，更具体观之，"美作为人的自由的表现是感性具体的，因此美不能脱离感性物质的形式，这是分析美的本质的又一个不可忽视的重要方面"，"由于美的形式是人的自由的感性表现，因此美的形式是一种能够体现人的情感、愿望、理想的形式……一切美的形式，既是感性物质的形式，同时也是渗透着和人的自由的现实相关的某种精神的意义或情调。所以，美的形式既是直接诉之于感觉的，同时又是超感觉的。"[3]与此同时，从中国古典美学基础出发，刘纲纪又将这种

1 刘纲纪：《艺术哲学》. 湖北人民出版社 1986 年版，第 40 页。

2 刘纲纪：《关于美的本质问题》，刘纲纪：《美学与哲学》，湖北人民出版社 1986 年版，第 77 页。

3 刘纲纪：《美学纲要》，刘纲纪：《美学与哲学》（增订版），武汉大学出版社 2006 年版，第 334 页。

"自由的境界"视为"从心所欲，不逾矩"的境界，也就是广义的"道"之境界，从而赋予了他的美学观以中西合璧式的理解和阐发。

更坚定地坚持马克思主义原则，对马克思主义美学原典进行阐发的，在20世纪80年代的美学界大有人在。程代熙认定，马克思创始人关于美的概念的理解，具有"客观性"、"实践性"和"主体（人）的创造性"三个方面，客观性就是指美存在于现实的客观世界，创造性是指人在"按照美的规律"变革世界的同时也在变革自身，实践性则是指"人和世界都是人的劳动实践的产物，把人和世界直接联系起来的人的社会生活，就集中地表现为人的社会实践活动。"[1] 而且，程代熙从原文的角度对于"自然的人化"思想进行了深入研究，并比照了黑格尔、费尔巴哈、马克思对于这个问题的不同解答：马克思本人的人化自然理论，不同于黑格尔的"客观存在意识化"，也不同于费尔巴哈直观式的"感觉的产物"，而是指"人化了的对象世界，人正是凭借这个社会的产物而认识到自身和自然界的一致，"[2] 这也澄清了国内学界将马克思"黑格尔化"与"费尔巴哈化"的两种误读倾向。

杨恩寰及其实践美学思想的近似者，开创了发展实践美学的另一条新路。在《美学教程》（中国社会科学出版社1987年版）所组成的团队里面，包括樊莘森、李范、杨恩寰、童坦、梅宝树和郑开湘这些实践美学的拥护者，他们试图以教材的形式将实践美学全面系统化，这些北京师范大学、复旦大学、南开大学、辽宁大学、河北大学和山西大学的美学教师的参与，恰恰证明了实践美学已成为讲坛美学的主流。他们将实践视为"由目的活动和工具活动这两个系统交织而成的动力（力量）结构"，进而，从改造自然的主体实践结构的两个层次说明了美诞生于实践，"第一个层次说明实践实现了主体'内在尺度'与自然形式的统一，第二个层次说明实践实现了主体需要、目的与自然规律的统一"，[3] 这个两个层次的结合成为了"美的规律"的全部内容。在后来杨恩寰主编的《美学引论》（辽宁大学出版社2002年版），又有岳介先、柳正昌和梅宝树的集体参与，作为实践美学美的本质观的"自由的形式"理论在其中得以继续阐发。所谓"自由的形式"，首先是指主体的主动"造形力量"，其次才表现在对象外观的形式规律，由此美才能实现在实践活动与实践产品当中。在这本引

1　程代熙：《马克思主义与美学中的现实主义》，上海文艺出版社1983年版，第346页。

2　程代熙：《马克思主义与美学中的现实主义》，上海文艺出版社1983年版，第333页。

3　《美学教程》编写组：《美学教程》，中国社会科学出版社1987年版，第73页。

论的新版(人民出版社2005年版)的序言当中，杨恩寰指出该书“以历史唯物主义实践论作为立论基础，就是说，美学研究的对象，即审美现象”，而“审美现象”被直接定位为“在一定审美关系中的审美活动”，“无论是审美活动还是审美关系，从审美发生学和审美创造论去理解、追寻，都必定涉及深层基础和根源，即物质生产实践——劳动。物质生产实践(劳动)，是审美实践、活动、经验的根，”[1]这就再度回到了李泽厚美学的逻辑起点。

总而言之，根据“旧实践美学”的话语结构与整体谱系，如果按照与实践美学创始人李泽厚的远近关联来看，可以列出这样的理论代表之序列：李泽厚——赵宋光——杨恩寰——刘纲纪——周来祥——王朝闻——朱光潜——蒋孔阳。在李泽厚与赵宋光之间，联通的中介就是“人类学本体论”；在赵宋光与杨恩寰之间，联通的中介就是“合目的性与合规律性的统一”；在杨恩寰与刘纲纪之间，联通的中介就是掌握必然的“社会性”；在刘纲纪与周来祥之间，联通的中介就是“自由”；在周来祥与王朝闻之间，联通的中介就是“审美关系”；在王朝闻与朱光潜之间，联通的中介就是“主客合一”；在朱光潜与蒋孔阳之间，联通的中介就是“创造”性的活动，由此，就可以相对完备地深描出“中国实践美学”的总体学派图景。

1　杨恩寰主编：《美学引论》(修订版)，人民出版社2005年版，新版(第二版)序言。

第六章 中国新世纪初美学与文艺学的变革

总体态势：文化的转向

如果说20世纪文学理论与批评是在语言论转向的总体背景下展开的话，世纪之交的中国文学与文学研究则发生了“文化的转向”。不同于80年代文学发生的由中心到边缘的“三级抛离”，走向审美、走向文本、走向内在自律的总体趋势，进入新世纪以来，文学与文艺研究正在迅速地走向社会，走向历史，走向文化。

从世界来看，这种变化源于当代社会生活的转型。全球化背景随着进一步的开放日益进入我们生活的中心。当代科技的发展引起当代社会主导传媒形式的变化，而主导传媒形式的变化则引起了原有艺术生态格局的全面变化。电子媒质乃至数字媒质的兴起向纸媒质的一统天下发出强劲的挑战。媒介文化深刻地改变和影响着我们的生活。大众文化走向前台，城市文化快速传播与蔓延，时尚文化大批量复制，采用了浪潮式的运作方式。视像文化占据人们生活的主要空间，在这样一个读图时代里，甚至视像（镜像）已反过来影响纸媒质文化，如由电视剧、电影改编的文学作品和卡通读物，各类读物中的图像、影像所占据的日益增多的比例。数字媒体与网络文化正在逐步改变着我们的交往方式。

随着社会生产力的迅速发展，人们的社会需要不断提高。在基本的物质层次满足的基础上人们更多地关注文化上的、精神上的、心理上的需要。因此对文化产品的需求极大增加，人们除了对书籍的需求之外，更需要音像、影视、网络艺术等视觉文化产品，对娱乐服务、旅游服务、信息与网络服务的需求则以前所未有的规模和深度高速发展。即使物质层次的衣、食、住、行需要也大大的文化化、审美化了。

现实向我们提出了要求，文学开始重新审视原有的文学对象，越过传统的边界。[1]关注视像文学与视像文化，关注媒介文学与媒介文化，关注大众文学与大众流行文化，关注网络文学与网络文化，关注性别文化与时尚文化、身体文化，而文艺学则必须扩大它的研究范围，重新考虑并确定它的研究对象，比如读图时代里的语言与视像的关系，全球化条件下网络文学与文化中的虚拟空间，媒介时代的文学与传播，时尚时代文学的浪潮化、复制化与泛审美化，全球化时代的大众流行文化、性别文化、少数族裔文化以及身体文化。电视文学、电影文学、图像文化、网络文学与网络文化已开始进入文艺学研究和文学理论教学的工作程序。

现代高新科技革命对人类当代文化的发展正在产生着以往所无可比拟的巨大影响。当代科技的发展引起当代社会主导传媒形式的变化，而主导传媒形式的变化则引起了原有艺术生态格局的全面变化。从世界范围来看，现代科技的发展尤其是信息技术、传播技术自动化技术和激光技术等高科技的发展，广泛运用于各类文化艺术活动之中，在文化领域掀起了新科技革命的旋风，已经导致新兴文化形态的崛起和传统文化形态的更新。文化生产方式的电子化、数字化，实现了文化传播从纸媒质到电子媒质乃至数字媒质的创生变换，经历了一场深刻的媒体革命。广播、电影、电视、音像、多媒体网络艺术相继产生，不仅创造了崭新的文化产业——媒体产业、电影产业、电视产业、音像产业、广告产业、IT 产业乃至娱乐产业、体育产业和艺术表演产业，而且带来了旧的传播媒体的更新发展，形成了专业化、现代化、全球化的大众传媒全新格局。如果认为文化媒体革命仅仅只是传播方式变革，无疑是极大贬低了这次革命的重大意义。因为它同时带来了文化本体的革命，实现了从纸媒质印刷文化向电子媒质数字媒质文化的变革，荧屏取代舞台成为表演艺术的主要天地，广播文化、电视文化、电影文化、音像文化乃至网络文化向图书印刷文化发出挑战，视觉文化成为新兴的主导文化形式。文化不断创新、扩容，文化的领土前所未有的猛烈扩张。

读图时代——视觉文化视觉艺术的勃兴

世纪之交文学艺术发生了文化的“转向”，视觉文化的转向是世纪之交西

1 金元浦:《当代文艺学的文化的转向》，上海《社会科学》，2002 年第 3 期。

方文学的“文化的转向”的重要内容。当代世界的媒介革命，引发视觉文化的崛起，读图时代来临。图像的“转向”成为文化转向中最为抢眼的景观。图像“帝国主义式”地占领文化的大片领地。不管是电视台的“欢乐总动员”，还是电影《黑客帝国》《大话西游》，不管是流行歌曲音画时尚 MTV，还是连篇累牍的电视连续剧，不管是城市白领们翻阅的时尚杂志，还是打工仔喜欢的卡通读物，我们都离不开视觉图像，我们生活在一个视觉图像的时代。

当代文化与艺术在一个全球化的视觉文化的屏幕上复兴了最为远古的图像机制。电脑辅助设计、合成全息照相、飞行模拟器、电脑动画、射线跟踪、文本图绘、运动控制等一系列网络视觉技术全方位地影响到当代文学艺术的生产。视觉文化已经从一个对从事艺术史、电影和媒体研究、社会学及其他视觉研究者有用的术语，变成了一个有争议又最具启发性的研究交叉科学的新方法。视觉文化关注当下占据社会生活中心的视觉事件，消费者借助视觉技术从中寻求信息、意义或快乐。

传统的文学观念是把世界看成书面的文本。传播媒介的革命和文化的发展，视觉文化由边缘到中心并逐步建立其霸主地位的现实，瓦解了以纯粹的语言形式来界定文学的固有观念，它迫使文艺研究承认世界不仅是文本，世界更是图像。如今电子媒质艺术和数字媒质艺术已经在动摇以图书报刊为代表的纸媒质艺术的霸主地位。因此，一些曾经十分红火的文化艺术形式已逐步失去大众，一部分曾经居于主导地位的文艺样式将失去原有的主导地位，被边缘化。其中一部分传统样式将主要依靠国家文化支持保护体系继续生存发展。而其中的另一部分经过更新发展，获得新的文化生命，适应了新的文化生存环境，具有了新的生命力，将继续发扬光大，活跃在文化大舞台上。

当然世界的图像不可能纯粹是视觉的，图像也是文本，图像从根本上说仍然是语言。正因为如此，图像和语言的关系，图像、语言和人与存在的关系，打开了新的问题域，它们成了我们必须予以关注的新问题。

现有格局理论范式多元批评话语丛集

我国当代文艺理论与批评经过 20 余年的引进、选择、删汰，已经形成了多元共生的总体格局。十余种批评话语经过改造、融合和重建已经在当代批评中发挥着重要影响。它们是政治—意识形态批评话语、审美—社会—历史批评话语、心理—精神分析批评话语、人类学—原型—神话批评话语、审美—形式主义批评话语、结构主义—叙事学批评话语、解释—接受反应批评话语、后现代后殖民批评话语、新历史主义文化诗学与文化批评话语、女性主义批评话语等众多的批评话语，另外比较文学与比较文化批评也有广泛的运用。这些批评话语有各自的概念体系、核心范畴、方法论要求和逻辑运演程序，而且还在运用于中国批评实践中创造性地建立了经典范例，并逐渐赢得了日益广泛的批评共同体。

这些批评话语构成了多话语共生的合理格局。它既对应于文学构成的多向度、多层面、交叉性和复合性，又开启了批评创造的多样性和阅读阐释的无限可能性。这种批评的多样性正是符合当代现实的合理形态，而不必也不可能把它们一概统一于一或整合于一，甚至回到一种涵盖一切的大一统的批评模式中去。

原先统贯为一的文学概论教学开始有了重大的改革。多话语共生的批评构架已开始进入批评教学。多年来呼吁的理论的批评化逐步开始具备实践性品格。批评实践的教学（教学生用多种不同话语对作品进行批评）已开始受到文学理论与批评教学的重视。

打破了过去时代政治意识形态一统的局面，多元批评和多样性话语初期提出的“读不懂”现象与话语间的不可通约性问题已随着理论发展的深化，走向沟通交流，于是对话成为“主义”，而对话主义则历史性地隆重出场。

被我们称为“西方”的理论其实也是一个巨大的混合体，其中，各种理论来自不同的国度，不同的民族，不同的理论共同体和不同的批评个体。它们的出场往往是应时应需而出的。如果没有，时代就会造就一个。比如，巴赫金的对话主义就是西方学术“企业”造就的。巴赫金从来就没有把它的著作直接命名为对话主义。

因此，建设并进入合理的对话交往语境，关注和寻找“间”性，重建文学—文化的公共场域，就成为逻辑的必然。所以，文学的“间”性，文本间性，主体间性，文学交流中的理论共同体批评共同体及阅读共同体间性（群体间性），后殖民时代的文学的民族间性，以及学科间性、文化间性就成为我们必须研究的东西。不同于撷取合理要素后的“整合”、“融合”为一，找出统贯一切的本质，构造涵盖一切的宏大体系，也不同于前期解构主义的完全消解、拆除，间性的研究是要探寻不同话语之间在历史语境中的约定性、相关性和相互理解性，找出联系和认同的可能性与合法性（客观性）。间性秉持一种建构的姿态。

中心论题：全球化、现代性与文化研究
全球化背景与文艺理论的发展

全球化已是当今世界不可回避、不可逆转的基本态势，在全球化浪潮涌来之际，文学艺术研究受到了严峻的挑战。全球化成了近年来我国文学研究的一个中心话题。2001 年 4 月中国社科院文学研究所《文学评论》与扬州大学召开了“全球化语境中的文学理论研究与教学”学术讨论会；2001 年 8 月 4 日北京师范大学与中外文艺理论学会等召开了“全球化语境中的文化、文学与人”的国际学术研讨会；2001 年 11 月 30 日中国人民大学与中国社会科学院《文学评论》举办“人的全面发展与文艺学建设理论研讨会”；2002 年 4 月 15 日北京师范大学与湖南师范大学召开“全球化语境中的文学民族性问题”研讨会；2002 年 8 月 1 日中国中外文论学会与陕西师范大学、新疆大学联合召开“全球化语境与民族文化文学的前景”国际学术讨论会，2002 年 9 月 22 日江西师范大学与北北京师范大学、人民大学、山东大学等国家重点学科召开了“全球化语境下的中国当代文学理论建设与创新”学术研讨会；2002 年 10 月中国社会科学院与北京第二外国语学院举办题为国际美学学会年会等，《文学评论》等刊物还专门开辟了“全球化语境与人”的专栏，这些都促进了对全球化问题的全面深入的讨论。[1]

什么是全球化呢？王宁认为：所谓“全球化”首先是出现在发达国家的经济领域和金融界的现象。经济全球化使我们进入了一个前所未有的国际经济大循环，在这个过程中，优胜劣汰的必然结果统统取决于两个因素：市场的自行调节和隐于其背后的跨国资本和权力的作用。近年来，由于全球化的作用，处于社会主义市场经济条件下的中国以及一批新崛起的第三世界国家和地区也或多或少地受到了波及。它在文化研究领域里所表现出来的趋势也就被人称为文化全球化。

1 2000 年的《文学评论》，开辟了一个名为“全球化趋势中的文学与人”的专栏，先后发表了一批关注全球化背景下中国文学生存与发展的研究文章。如涂险峰的《世纪交汇点上的问题意识与人文关怀》、昌切的《民族身份认同的焦虑与汉语文学诉求的悖论》、樊星的《全球化时代的文学选择》、南帆的《全球化与想象的可能》、肖鹰的《九十年代中国文学：全球化与自我认同》、胡明的《经济的全球化与文学的现代性》、高小康的《文化冲突与文学“喧哗”》等，在学术界产生了较大反响。

就我们所从事的人文社会科学而言，文化全球化给我们带来的是两方面的后果，它的积极方面体现在我们的文化生产和学术研究受到市场经济规律和国际学术规范的制约，这样便使得我们的经济建设和文化建设的关系更为密切，我们的学术研究也就更接近国际水平；而它的消极方面则体现在使一部分精英文化或非市场化的文化产品的生产受到阻碍，因而造成新的等级对立。

王宁认为，文化全球化并不可怕，它也许会给我们带来新世纪的东西方文化共处和对话的新局面。文化全球化并非像经济全球化那样使各民族的文化走向同一性，而有可能从另一个方面保持不同文化的本质特征和平等地位，通过全球各种文化的交流和理论对话而达成一定程度上的共识。文化研究并非必须与文学研究呈截然对立的态势，文化研究中的不少命题来自传统意义上的文学研究，因而在全球化的语境下，将传统的文学研究的范围扩大是有利于文学研究与文化研究互补的一种选择。[1] 他提出，全球化时代我们要重新审视自身民族文化的身份，我国文论要积极地走向世界，让国际文论界听到中国的声音。[2]

全球化为当代世界文化带来了什么？南帆认为，诸多文化体系的交汇是一个不可避免的后果。文化的国际性“接轨”让人兴高采烈。种种跨国的文化盛会仿佛象征了全球化时代的文化秩序。但是，即使没有“后殖民”理论的武装，人们仍然可以发现这些文化体系之间的不平衡。不同文化体系并非和睦地同舟共济；相反，强势文化对于弱势文化的压迫、吞并与经济上的激烈竞争如出一辙。虽然“全球化”这个概念已经在话语空间承担了某些重大的理论涵义，但它并不是一个浪漫的大同世界，支配与被支配的权力斗争并未止歇。无论德里克的地域说还是詹姆逊的第三世界理论，都试图在资本主义的总体制度中建立某些异端空间，但他们的叙事仍然不自觉地隐藏着西方立场。民族文化与历史的特征不是某种自我规定，而是在具体的历史网络中多种力量的互动。如果一个民族制造了某种“民族本质”的神话掩护自己悄悄地撤出历史的脉络，那么，这个民族肯定无法立足于全球化之中。[3]

王一川从另一个角度看这一问题：与“全球化”指代经济状况不同，“全球性”主要涉及生活方式、价值体系、语言形态、审美趣味等文化维度，显示为时空模式、道器关系、传播媒介和审美表现范型四层面。他主张，中国文学应

1 王宁：《全球化语境下的文化研究和文学研究》，《文学评论》，2000 年第 3 期。

2 王一川：《“全球性”境遇中的中国文学》，《文学评论》，2001 年第 6 期。

3 王一川：《“全球性”境遇中的中国文学》，《文学评论》，2001 年第 6 期。

着力发掘和创造处于全球性境遇中的中国文学自身的独特的审美文化个性，即在“全球性”境遇中参酌普遍性而创造独特性。[1]

与“全球化”相对应，“中国化”“本土化”以及相关的后殖民与文化身份的问题便凸现出来。陈骏涛在《文学理论批评建设的“全球化”和“中国化”》[2]一文中指出：究竟应不应该和建立什么样的理论批评体系？理论批评界出现了某种分野：有的倡导“全球化”、“一体化”；有的则力主建构一种“具有我国特色、内涵深厚、形态多样的文艺理论”。这大体是 90 年代文学理论批评的两大走向。至于具体的研究路向，大体说有三个分支：其一是马克思主义文论寻求“当代形态”；其二是中国古代文论实行“现代转换”；其三是西方现代文论“中国化”。有些研究者认为，依据我国走中国特色社会主义道路的特殊国情，第一种路向，即从中国古代文论和西方文论中吸取精华，经过自我扬弃、充实和改造，创造性地发展马克思主义文论，形成有中国特色的现代新体系，可能最有希望。不过，这还得经历一个相当时间的创造过程。

所以，文艺理论的学科建设应当首先解决文艺学的民族性、世界性和当代性等问题。陆贵山在《文艺理论学科建构的民族性、世界性和当代性》[3]一文中指出，只有强化、深化和优化文艺学的民族性研究，才能突现文艺理论的中国特色。文艺学的母元性、总体性、统摄性、普同性、综合性和主元性，必然表现为世界性。而且，还应该看到，任何历史阶段所产生的文化和文论，都是富有时代感和当代性的。马克思主义文艺学也有自己的优良传统，至今洋溢着蓬勃的生气和活力。邓小平文艺理论作为当代的马克思主义的文艺学所包孕的思想内涵，对深化文艺理论的研究，对拓宽文艺创作的视野，对提高文艺评论的品位，都具有指导性的学术价值和开创性的实践意义。

有些学者认为，经济与科技可以而且应该全球化，但是不能把全球化概念随心所欲地扩大到政治和文化领域。因为文学的世界性与民族性只能是一个互动的历史过程。乐黛云认为世纪之交是全球化和多元化消长的时代。在这个全球化的时代，要保持文化多元和文化个性，保持学术个性不是很容易的。因此，她觉得要同两条路线作斗争。一是反对全球文化霸权主义，二是反对文化相对主义、文化孤立主义和文化部落主义。西方文化圈子里现在都有一种相互融

1 王一川：《“全球性”境遇中的中国文学》，《文学评论》，2001 年第 6 期。

2 陈骏涛：《文学理论批评建设的“全球化”和“中国化”》，《文论报》，2000 年 2 月 1 日。

3 陆贵山：《文艺理论学科建构的民族性、世界性和当代性》，《文学论集》第 11 集，第 16 页。

合相互接纳的趋向。所以她觉得，在这样的背景下研究中国古典文学和古典文论，就应该展现中国文学理论自己的个性，在参与世界文论的对话中寻找发展的机遇。[1]

文学理论现代性问题的研讨与探索

2000年1月中国艺术研究院〈文艺研究〉与海南大学联合召开了“全国现代性与文艺理论学术研讨会”；2001年10月10日中国中外文艺理论协会与厦门大学召开“新理性精神与文学研究方法论”学术研讨会。

文学理论的现代性问题，一直是近年来文艺理论的热门话题。现代性不只是一个术语，而更是我们的一种处境，这种处境从根本上规划着现代文艺理论的限度及可能的空间。现代性作为西方文明史的一个阶段，存在着无法改变的分裂：第一种现代性是资本主义发展的产物，即科技进步、工业革命、经济与社会急速变化的产物；第二种现代性是“审美的现代性”，即现代主义文化和艺术，它反对前一种现代性，因此，文化现代性的就是对资产阶级现代性的全面拒绝，就是一种强烈的否定情绪。

早在2000年1月初于海南召开的“现代性与文艺理论”研讨会，就对百年中国的现代性追求作了历史性回顾与反思，就“现代性”的内涵，现代性的一些基本经验与观念范畴进行了梳理，并探讨了全球化趋势下文艺理论生存和发展问题。在研讨会上，赵一凡对现代性进行了“多重阐释”：从波德莱尔开始的文艺现代性或美学现代性，从尼采开始的哲学现代性，从马克思、韦伯、迪尔凯姆开始的社会学现代性，并介绍了现代主义文学的三次高潮。他认为，本雅明所说的“光晕”的消失，可作为现代艺术的标志。“机械复制时代的艺术”没有了独一无二性和庄严性。艺术再也不是同传统而是与政治、经济状况发生关系。现代性意味着不再从传统中寻找规范，而是自定规范。但科学认知、道德实践、审美方式三种规范的互不协调与冲突，使现代主义成为“一项没有完成的工程”。现代性遗留下来的是一种反思精神，一种中心消散的知识场，学科边界消融、知识交叉，文论在变为一种文化理论。[2] 陶东风认为，现代性首先是一种时间和历史意识，一种线性发展的时间观念与目的论的历史观，可称

1　乐黛云：《世界知识》，2001年2期。

2　陶东风：《审美现代性：西方与中国》，《文艺研究》，2002年第2期。

之为“启蒙现代性”或“历史现代性”。但在其发展过程中变成了极度膨胀的工具理性与技术理性、官僚机构、粗俗的实用主义以及市侩主义。审美现代性或文化现代性是对它的彻底反抗，是否定的激情，是线性发展历史观的幻灭感。[1]在《现代性反思的反思》中，陶东风指出，现代化的过程不仅不是新的中国民族身份生成的过程，相反是一个民族身份彻底丧失的过程。“从呼唤现代化到反思现代性”，陶东风力图清理90年代中国学术界的反思现代性思潮及其对于中国文学研究以及整个人文—社会科学的挑战。

但是，也应该看到，就文学艺术而言，西方的现代性与中国的现代性诞生的条件是极为不同的。西方的现代性是一个自我质疑、自我反思、自我矛盾的复杂结构。一方面是现代化过程所带来的巨大社会变迁，另一方面是对这个变迁所塑造的社会生活、价值观念在文化与审美上的批判。这构成了现代性话语的内在张力。但在中国现代思想文化与文学话语中，审美现代性一直处于未展开状态。金元浦认为，现代性问题的提出，虽然在形式上是回到现代性，实际上是对现代性的“重写”，即在新的语境下，对现代性的再阐释。正是1960年代以来后现代主义对现代性的质疑、拆解、否定与反叛，才使审美现代性问题再次浮出水面，正是后现代共时的、部分的、片断的问题性，引起了重新对现代性进行的更具新的历史视野的再审视。后现代性是现代性的接续。……现代性的“重写”，标志着过去时代审美现代性的转向，而现代性问题的再次浮出水面也是当代全球化问题的延伸或展开。对于中国学界来说，现代性话题是全面质疑现代世界体系的方式，也是全面反思当代中国现代化或现代性发展道路的时机，这种质疑和反思应具有批判、否定和建构、建设的双重身份。[2]

文化的现代性反抗启蒙的现代性，或者说审美的现代性对抗社会的现代化，这是我们把握现代主义内在逻辑的一个重要层面。周宪认为，审美的现代性与启蒙的现代性为何同根同源，却又反目成仇？从历史角度说，现代主义文化显然是属于资产阶级文化的一部分，而它反过来又反对资产阶级制度和价值观本身，这正是现代性的内在矛盾所致。从逻辑的角度看，审美的现代性是启蒙现代性的必然结果，后者使前者反对自己成为可能和必然，即“现代存在迫使其文化站在其对立面。这种不和谐恰恰是现代性所需要的和谐。”（鲍曼语）

---

1 金元浦：《现代性研究的当下语境》，《文艺研究》，2000年第2期。

2 周宪：《现代性的张力》，金元浦《多元对话时代的文艺学建设》，军事谊文出版社，2002年版。

如果我们把启蒙的现代性视为以数学或几何学为原型的社会规划，那么，现代主义所代表的审美现代性则是对这种逻辑和规则的反抗；如果我们把启蒙的现代性视为秩序的追求的话，那么，审美的现代性就是对混乱的渴求和冲动；如果我们把启蒙的现代性视为对理性主义、合理化和官僚化等工具理性的片面强调的话，那么，审美的现代性正是对此倾向的反动，它更加关注感性和欲望，主张审美—表现理性；如果我们把启蒙的现代性当作一种对绝对的完美的追索的话，那么，审美的现代性则是一种在创新和变化中对相对性和短暂性的赞美；假如我们把启蒙的现代性看成是对普遍性片面强调的话，那么，审美的现代性则显然是对普遍性的反动，是对平均一律的日常生活的冲击，因为它更加关注的是差异和个性；如果说启蒙的现代性把意义的确定性作为目标的话，那么，审美的现代性则是对意义不确定性与含混多义的张扬，甚至是对意义的否定；倘若我们把启蒙的现代性界定为对人为统一规范的建立的话，那么，审美的现代性无疑是以其特有的片断和零散化的方式反抗着前者的“暴力”，它关注的是内在的自然和灵性抒发；假定启蒙的现代性造就了日常生活的合理化和刻板性的话，那么，审美的现代性正好提供了一种世俗的“救赎”和“解脱”。审美现代性，作为源于启蒙现代性的文化产物，它的存在似乎正是为了破坏导致它诞生的那个根基。[1]

对文学现代性问题论述更深刻深入的是钱中文。钱中文把他的目光紧紧投注在中国文学的历史与现实上。他认为：“在文学理论中，探讨现代性问题，自然不能把它与科学、人道、民主、自由、平等、权利等观念及其历史精神、整体指向等同起来，但是又不能与之分离开来。文学理论要求的现代性，只能根据现代性的普遍精神，与文学理论自身呈现的现实状态，从合乎发展趋势的要求出发，给以确定。我以为当今文学理论的现代性的要求，主要表现在文学理论自身的科学化，使文学理论走向自身，走向自律，获得自主性；表现在文学理论走向开放、多元与对话；表现在促进文学人文精神化，使文学理论适度地走向文化理论批评，获得新的改造。”钱中文指出，现代性应是一种排斥绝对对立、否定绝对斗争的非此即彼的思维，更应是一种走向宽容、对话、综合、创造，同时又包含了必要的非此即彼、具有价值判断的亦此亦彼的思维，这是从近百年来文学理论痛苦演变中凸现出来的一个思考。文学理论自身的学理探讨既是科学的，同时也应当是充满人文精神的。近百年来，文学理论倾向

1　钱中文：《文学理论现代性问题》，《新理性精神文学论》，华中师大出版社，2000 版第 25 页。

于文学自身的内在、本体的研究，取得了重大的成就。但也削弱了文学的人文精神。在我们充分注意并研究文学的种种形式因素的同时，需要张扬文学的人文精神，呼吁人的血性与良知、怜悯与同情。总之，我们面临着对文学理论现代性的选择，同时我们也将被现代性所选择。

文学现代性的发展，逻辑的自身酝酿了反现代性的方方面面，并且愈演愈烈，形成了反现代性的思潮，同时这种反现代性方面又遭到现代性自身的批判，特别是人文的、哲学、美学方面的批判。钱中文认为，从现代性的历史进程来看，现代性是一种被赋予历史具体性的现代意识精神，一种历史性的指向。文学现代性的策动，促进了文学中的政治群体意识的解体，审美意识的激变，使文学与文学理论初步获得了自主性与独立性，开始回到自身。这一过程正是文学观念走向开放、对话、多元、走向现代意识的过程。现代性与文论的关系主要表现在：1. 促使文论科学化，使其进一步走向自身，关注自身的学理，从而解决文论的“自主性”问题；2. 推动文论民主化，使其自身的理论思维走向多元与对话；3. 实现文论理性化，使之改造和重建得更富有人文精神。[1]

需要特别指出的是，近来现代性的论争又掀新的波澜。2002 年 7 月 28 日，美国文学批评理论家、当代西方马克思主义文化理论代表人物、美国杜克大学比较文学和批评理论讲座教授弗雷德里克·杰姆逊在上海华东师范大学作了题为《现代性的幽灵》的演讲，其主要内容便是他即将问世的新著《现代性的神话》的导言。以王岳川、余虹、肖鹰等一些国内学者显然敏感于杰氏的西方“文化教父”的口吻以及他关于现代性的西方“一元”（或者说标准）论，并著文加以批评、质疑或指责。其后南开大学陆扬著文指出应廓清现代性与霸权的所指，并为杰氏的被误读而鸣冤，身处国外的张旭东致信《上海社科报》，建议争论以文本为根据，并发文梳理詹氏的理论路趣，以期向读者还原一个真实的杰姆逊。这一论争目前仍在“www.culstudies.com”网站继续，其中的确有值得我们深思的地方，不仅仅在于双方的立场与旨趣的差异，也包括这一事件所彰显出的理论对话的艰难。[2]

总之，文艺理论的现代性问题从未像今天这样在“阐释的焦虑”中爆发出大量“焦虑的阐释”，这是转型时代变革的现实向理论的挑战。

---

1 见 www.culstudies.com 网站专题讨论：《文化霸权抑或误读？——关于杰姆逊上海演讲的争论》。

2 《文化研究》，天津社科出版社，2000 版第 1 辑第 1 页。

文艺学的文化研究的兴起

进入新世纪以来，我国文艺学的研究出现了一股强劲的文化研究的热潮。进入新世纪以来，文化研究丛书、文化研究专刊、文化研究专著纷纷问世，例如，金元浦主编的"当代文化批评丛书"，其中包括陈晓明的《移动的边界：多元文化与欲望的表达》、王岳川的《目击道存：世纪之交的文化研究散论》、周宪的《崎岖的思路：文化批判论集》、王一川的《杂语沟通：世纪转折期中国文艺潮》、程光炜的《雨中听枫：文坛回忆与批评》、周宁的《永远的乌托邦：西方的中国形象》等，都是有关文化批评的最新成果；文艺研究译著更是走红一时。中国社科出版社的"知识分子图书馆"丛书已经出版了 20 余种，这套自 96 以来几乎是独步天下的文化研究译丛，到 2000 年遇到了众多新的"伙伴"：中国社科出版社的"传播与文化译丛"、中央编译出版社的"大众文化研究译丛"、商务印书馆的"现代性研究译丛"和"文化和传播译丛"，南京大学出版社的"当代学术棱镜译丛"等等，使文化研究呈现出前所未有的勃兴之势。陶东风、金元浦主编的《文化研究》和李陀主编的《视界》等作为专门性的学术刊物，将中外前沿学者的有关文艺 / 文化问题的思考与研究的最新成果集中推出，2001 年 6 月 28 日，武汉大学与《文艺研究》杂志社联合举办"当代流行文化"国学术研讨会；2001 年 8 月 6 日，中国社会科学院举办"文化视野与中国文学研究"国际研讨会；2001 年 11 月 1 日，《文艺报》与武汉大学人文学院召开"高新技术产业化时代文艺的发展"学术研讨会；2002 年 11 月 17 日，中国人民大学文艺学国家重点学科与人大复印报刊资料《文艺理论》联合举办"马克思主义文论与当代文艺思潮"高级研修班，均在学术界引起了较大反响。

由于文化研究"广泛包括文学、艺术批评、大众文化、媒体研究、跨文化交流、女性主义、后殖民主义、晚期资本主义等等，其包罗万象的开放性主题，似乎在宣告传统的学科边界正在消失。"几乎突然之间，文化研究被注入了崭新的内容，变得生机勃勃。所以，陈晓明断言："现在已没有人能否认它已经成了大学的一门显学。"（15）与 80 年代"回到文学自身"的趋向相反，文学的文化研究是"走出文学自身"的探索。今天的学者注意到，文化研究并非必须与文学研究呈截然对立的态势，文化研究中的不少问题来自传统意义上的文学研究，因而在全球化的语境下，将传统的文学研究的范围扩大是有利于文学研究与文化研究互补的一种选择。此外，文化研究中的一些理论课题也有助于对传统的精英文学研究领域内无法解答的问题提供解决的办法，因此在全球化的时代，将文学研究置于广阔的文化研究的背景下是完全可能的，也是可行的。

对文化研究的可能性、必要性和紧迫性，不少学者都有深刻的认识。王岳川认为，在世纪之交，文艺学研究很需要文化研究拓展其研究的范围，当代文艺理论框架更需要自我裂变和自我修复，向跨文化和多元的文艺理论框架发展；当中国的文艺理论面对本土资源和全球资源共享问题时，对人类共同的基本问题进行文化阐释就变得越来越重要；文艺研究已无法回避对私人空间和公共空间的介入。总之，文艺学研究要引进文化研究宽阔的场域，使自身和过去有完全不同的尺度，这是文艺学发展的必然要求。

文化研究自 90 年代以来，渐渐变成了欧美文化思想界的主要潮流，在我国，有关文化研究和文学研究的关系近几年受到了一些理论家的高度重视。大多数学者都认为文化研究具有兼容性，它内在地包含了文本批评，可以扩大文学研究的话语空间。但是，在强调跨学科大视野的文化研究的同时，对文艺学研究自身的突破和重建目标不可含糊。

钱中文在《文学理论现代性的两个问题》一文中指出："文学理论从未像现在这样，被理论家们移入各种文化领域，或者是说，各个人文科学的领域深深地渗入了文学理论，这使我们刚刚表现出了一些自主性的文学理论一下就面对极为复杂的情况。……文化诗学、文化批评是必然的，并且将会更加活跃起来，但是像西方的文化诗学那样，建构得大泛，文学的特征也就模糊不清了。"[1]（16）他认为，文学理论作为学科具有自身的传统，在实践中也行之有效，因此，当文论向文化领域拓展，进行综合，以期建构新的文化诗学时，不应该废弃文艺理论自身的传统。文学理论的学科建设，应该是交往与对话，既是文学理论批评与不同学科之间的交往和对话，同时也是中外文化之间的交往与对话，在交往对话中相互激活。胡经之认为文艺学和文化研究应该关注当下文艺实践，古今中外文化的对话交流本身并不等于自己的当代文论建设，理论研究应该针对现实提出问题。西方文化研究的泛化倾向并不完全适用于中国的情况，我们还是应该侧重于文学。陶东风认为，文艺理论研究要争取自主与自律，但也要警惕自主性达到一定程度后所可能发生的与公共领域的隔阂。而文化研究

1 金元浦：《重新审视大众文化》，《中国社会科学》，2000 年第 6 期；《文化研究的视野·大众传播与接受》，《天津社会科学》，2000 年第 4 期。

讲社会关怀，其前提是文学和文学理论的自主性，如果忽视了这个前提条件，文化研究很可能变成文艺理论的消解力量和破坏因素。这一问题，确实值得深长思之。

文化研究中最重要的论题是大众文化。90年代兴起的中国当代大众文化是在中国由计划经济向市场经济转型时期得到迅速发展的。它与我国当前意识形态的变革和价值观念的转型有着深刻的关联。90年代我国学术界主要倾向于批判大众文化的否定面，忽视了大众文化与现代传媒、现代科技和现代生活的密切联系。然而，不管大众文化是恶魔还是福音，它都是20世纪冷战结束后人类最重大的历史事件，它的存在改变了我们的生活。它与这一阶段的人类最重大的变革——如经济全球化、意识形态变革、媒体革命、高科技与互联网、新经济浪潮与当代世界文化产业的发展都有着千丝万缕的联系。它的存在是形构当代社会体系与生活实践甚至制度构架的重要方面。我们不能熟视无睹或视而不见。但在理论研究领域，大众文化却一直被正统文艺学或文化学特别是传统的学院研究放逐在理论的边缘，被认为是不能登大雅之堂的低俗文艺形式，不具备理论研究的价值。或者囿于传统的学科划分和原有的学科界限，固守文学种类与体裁的藩篱，不敢越雷池一步。实际上，当代文学文化在实践中已大大突破原有的边界，向综合的交叉的新的文艺/文化方式推进。它与其他文艺形式和现代传媒结合，创造出了远远超过以往的大众文艺的新的文类与体裁，也借助现代高科技，创造出了新的更为普遍的传播方式。同时，电视文艺、大众音像、流行歌曲、综艺报刊文化和网络多媒体文艺等大众文艺形式实际上已占据当代文学/文化的重要地位，在现实中发挥着不可低估的影响。进入新世纪以来，文艺学打破了传统精英主义对大众文化的固有见解，重新认识、理解和解释当代大众流行文化，以回答现实提出的问题。近年来国内文化研究对当代大众流行文化进行了再思考，探讨了当代大众流行文化与意识形态、当代大众流行文化与当代传媒、当代大众流行文化与当代高科技的关系；研究了当代大众流行文化与当代文化受众，特别是广大青年受众的关系；研究了当代大众流行文化的产业运作方式，并进行了个案分析。

1990年代开始兴起的中国大众文化首先是一场解神圣化的世俗化运动。它是市场经济条件下社会整体变革的一部分，它表明了市民社会对自身文化利益的普遍肯定，表明了小康时代大众文化生活需求的合理性，以及它处于上升期的内在动力与相应的批判意识。它在建立初期所表现出来的非政治、非道德价值、非艺术、甚至非审美的某些现象特征正是它对过去时代极端的政治价值观的反拨和对先前政治—伦理一元价值结构的冲击。在变革政治一体化的阶级斗争意识形态上，它具有看似漫漶实则相当坚定的力量。它在结束大半个世纪以来文化作为“附皮之毛”完全依附于政治的传统格局与运作方式上，发挥了重要作用。它以其独特的方式，参与改变了文化与政治的主仆关系，而出现了文化面对经济和政治的“两主一仆”的现实景观。从某种程度上，帮助开辟了当代文化与经济、政治三极并立获得相对独立的社会与制度定位，并对当代政治、经济产生重大影响与制约的可能道路。

文化研究开放了跨学科研究的众多论题，这些论题包括大众流行文学文化、当代传媒文学文化、电影电视文学文化、当代女性主义文学文化、后殖民主义与文化身份问题、当代消费社会的时尚文化、身体文化、全球化时代的文化产业问题等等。这些论题近年在中国都得到了比较深入的研究。

大众文化的形成是中国当代市场经济条件下市民（公民）社会成长的伴生物。它开辟了迥异于单位所属制的政治（档案）等级空间和家族血缘伦理关系网的另一自由交往的公共文化空间。从歌迷会、球迷会、练歌房……直到网上聊天室。它提供了文化的个人空间和个性表达方式。提供了个人在公共空间特别是媒体空间拓展想象、选择趣味、虚拟地实现个人情感生活的某种可能。

大众文化不仅对于改革开放前的意识形态有冲击和批判，更重要的是，当代大众文化的主体是大众，它本能地具有一种依托大众的、趋向民主的品格，指向开放的双向交往的多元化的意识形态。大众文化改变了原有的文化资源分配方式，进行了文化资源的再分配。它开辟或创建了新的公共文化场域，建立了大量新的文化资本及其积累与运作方式，大大改变了原有的单一政治文化资本的拥有方式（不需要经过政治的特许）或独享（专有）方式，创建了适应各种不同层次和等级的文化消费空间和消费方式，使大多数人可以更自由方便快捷地获得自己喜爱的文化资源。大众文化还创建了大众的新的文化时尚与公共文化话题。从一部流行的电视剧，一张VCD、磁带或者一场足球比赛，到服饰、旅游、家居装修，它日用而不察地形塑着现代人的日常生活方式，并进而进入一种制度形态。[1]

当代社会与文化的一个突出变化是审美的泛化与日常社会生活的审美化。这一现象在国外已引起文化学家、社会学以及美学家、艺术理论家等的广泛关注。它对于文艺学的学科反思也发生了重要影响。引发这种反思的根本原因在

1 陶东风：《大学文艺学的学科反思》，《文学评论》，2001年第5期。

于人们对于文艺学的现状并不满意，而这种不满又集中表现在文艺学研究与公共领域、社会现实生活之间曾经拥有的积极而活跃的联系正在松懈乃至丧失，即所谓文学研究的“边缘化”。但当前文艺学发展的关键问题是文艺学不能积极有效地介入当下的社会文化与审美 / 艺术活动，不能令人满意地解释改革开放以来（特别是 90 年代以来）文学艺术活动，尤其是大众的日常文化 / 艺术生产与消费活动所发生的深刻变化。在大学文艺学这个教科书形态的文艺学的研究与教学中，问题尤其严重。学生明显地感觉到课堂上传授的文艺学知识存在严重的脱离实际、僵化教条的问题，从而生产对于文艺学课程的厌倦、不满以及消极应付的态度。[1]

不管我们是否承认，在今天，审美活动已经超出所谓纯艺术 / 文学的范围、渗透到大众的日常生活中。占据大众文化生活中心的已经不是小说、诗歌、散文、戏剧、绘画、雕塑等经典的艺术门类，而是一些新兴的泛审美 / 艺术门类或审美、艺术活动，如广告、流行歌曲、时装、电视连续剧乃至环境设计、城市规划、居室装修等。艺术活动的场所也已经远远逸出与大众的日常生活严重隔离的高雅艺术场馆（如北京的中国美术馆、北京音乐厅、首都剧场等），深入到大众的日常生活空间。可以说，今天的审美 / 艺术活动更多地发生在城市广场、购物中心、超级市场、街心花园等与其他社会活动没有严格界限的社会空间与生活场所。在这些场所中，文化活动、审美活动、商业活动、社交活动之间不存在严格的界限。

无可否定的是，日常生活的审美化以及审美活动日常生活化深刻地导致了文学艺术以及整个文化领域的生产、传播、消费方式的变化，乃至改变了有关“文学”、“艺术”的定义。这不仅仅是发生在西方发达资本主义社会的现象，我们在中国的许多大城市中分明也可以感受到这种审美的泛化或日常生活的审美化趋势（当然有人把这种“泛化”视为艺术的堕落则属于价值评价的问题，它毋宁从另一个角度承认了泛化的事实）。这应该被视作既是对文艺学的挑战，同时也是文艺学千载难逢的机遇。90 年代兴起的文化研究 / 文化批评在我看来就是对这种挑战的回应。它已经极大地超出了体制化、学院化的文艺学研究藩篱，大大地拓展了文艺学的研究范围与方法。这种变化较早地发生在关于 90 年代初期关于大众文化、后现代主义、后殖民主义等的讨论中，后来扩展到更加具体的经验性的个案分析，比如金元浦所主持的当代文化研究个案系列，王

1　陶东风：《日常生活的审美化与文化研究的兴起》，《浙江社会科学》，2002 年第 1 期。

晓明、陈思和等人关于“成功人士”的讨论，包亚明关于上海酒吧的解读，倪伟关于城市广场的分析，陶东风则尝试用文化批评与意识形态批判的角度对广告进行了研究，等等。这些研究尽管目前看来还水平不一，有些还停留在比较浅显的印象描述层次，但其研究的对象令人耳目一新，大大地超出了传统的文学艺术作品；其方法也非常不同于传统的文学研究，进入到了文化分析、社会历史分析、话语分析、政治经济学分析的综合运用层次，其研究的主旨则已经不是简单地揭示对象的审美特征或艺术特征，而是文化生产、文化消费与政治经济之间的复杂互动。[1]

文艺学学科建设：反思与创新

在跨越世纪之门的时刻，众多文艺理论工作者不约而同地对文艺学百年历程（特别是新时期以来的20年历程）进行了全面的回顾、清理、反思与总结，几代学人希冀在新的世纪里建立一种更为适应文艺生存和发展需要的文艺理论新体系。2001年4月1日，北京师范大学召开“当代文艺理论新趋势与教学改革”研讨会；2001年5月9日，山东大学与首都师范大学联合召开了“文艺美学学科建设与发展”研讨会；2001年7月29日，中国中外文艺理论学会与辽宁大学联合举办“创造的多样性：21世纪中国文论建设”国际学术研讨会；2002年6月15日，中国人民大学文艺学国家重点学科与人大复印报刊资料《文艺理论》联合举办“文艺学前沿问题与文艺理论教学”高级研修班；2002年6月22日，《文学评论》与哈尔滨师大联合召开“世纪之交武汉转型与文学发展”学术研讨会；2002年9月20日，《中国社会科学》、《文艺理论研究》与吉首大学联合召开“21世纪中国文艺理论研究与学术创新”学术研讨会；2002年9月14日，《文学评论》、《光明日报》与北京广播学院联合举办“21世纪文艺学研究走向”学术研讨会；各种文艺理论传载媒体都不约而同地开辟了“百年回顾”或“世纪回眸”之类的专栏或专题；“新时期文艺学建设丛书”出版，一批20世纪文艺学术史的研究著作编撰完成。这一系列活动对于走向新世纪的中国文论建设问题的探索向前大大推进了一步。

进入新世纪后，钱中文、童庆炳主编的“新时期文艺学建设丛书”共36种陆续出版，被媒体誉为中国文艺理论界的一大盛事。这套丛书，是对新时期以

1　钱中文：《新理性精神文学论．总序》，华中师大出版社2000年版，第5页。

来文艺学学术力量与学术成果的一次大检阅、大展示。该丛书共分六辑，每辑六册。其中包括钱中文的《新理性精神文学论》、童庆炳的《文学审美特征论》、胡经之的《文艺美学论》、张少康的《文艺学民族传统论》、孙绍振的《审美价值结构论与情感逻辑》、朱立元的《理解与对话论》陆贵山的《文艺人学论纲》、以及刘烜、饶芃子、王先霈、曾繁仁、王元骧等人的著作。这些著作全面地反映了我国新时期以来文艺学发展的主要成果。丛书的主编认为："一个理论创新的新世纪已经来临。不过任何一种新型的理论形态的建构与发展，都要以前人提供的'思想资料'为基础的。新时期的文论，作为一个良好的开端，它们无疑可以成为有中国特色的文艺理论的前期成果；而作为丰富的思想资料，它们无疑将汇入新世纪的新的理论创造之中。"[1]

"新世纪的新的理论建设"问题，是摆在我们面前的一项庄严任务。五卷本《中国20世纪文艺学学术史》的主编杜书瀛指出："要完成这个任务，有几项工作要做：一是面对现实，研究现实的新发展、新特点、新需要；二是要面对传统，向传统寻求资源；三是吸收世界各民族的有价值的文艺学思想；四是梳理近代以来，特别是百年以来文艺学研究脉络，总结经验教训，弄清前人已经做了些什么，我们还应该做些什么。在这四项工作的基础上，经过一代以至几代人的努力，完成建设有中国特色的现代文艺学的任务。"可以说，杜书瀛等人所做的"百年（20世纪）文艺学学术史"的工作，正是为建设有中国特色的现代文艺学服务的。

杜书瀛认为，研究20世纪的文艺学学术史首先须从19世纪开始，从中国人比较自觉地睁开眼看世界开始。其次，要看到20世纪是世界历史和中国历史上政治、经济、文化、思想变化最剧烈的一个世纪。文艺学学术史就是在这种动荡和巨变中行进的。第三，要看到"古今"之争、"中西"之争是世纪之争，从上个世纪一直争到现在。文艺学学术史就是在这种争论之中发展的。第四，要看到20世纪的科技发展特别是信息革命对世界特别是中国的巨大冲击，这无疑会对文艺学学术史的研究（以及文艺学、文艺学史的研究）产生难以估计的影响。[2]

世纪之交文学艺术的文化的转向中，人们最大的疑惑是文学本体的消解或消失：我们经历了20余年的拨乱反正，我们好不容易回到了文学的本体，怎

1 杜书瀛：《对中国文艺学学术史的百年回顾与反思》，《甘肃社会科学》2000年第2期。
2 金元浦：《当代文艺学的文化的转向》，《社会科学》，2002，第3期。

么文学又向文化转向？转向文化，结果文学中什么都有，唯独没有文学本身。

对此，金元浦回答说，其实这种疑虑是不必要的。历史上从来没有过边界固定不变的文学。而独立的文学学科则是在18世纪以后才逐步建立起来的。同样，文艺学内所包含的文学的体裁或种类也从来不是固定不变的。文学的边界实际上一直都在变动中。诗歌、小说、戏剧、散文以及更小的类型，都在历史上的不同时期、不同传播时代“加入”文学的阵营的。而且，在不同的历史时期，文学的“主打”类型也是不同的。在西方，古典主义时代，文学的主打类型是戏剧，19世纪，文学的主打类型是小说，而小说也是从不入正堂的边缘借助媒体革命走向中心的。在中国，戏剧、小说正式入主文学，登堂入室已是很晚的事情。因此，重新审视文艺学的学科构成，并依据历史、文化、艺术的发展而有所扩容，有所变更，与时俱进，改革创新，是必要的。未来常态文学艺术的新的边界只能在转型时代的变革之后历史地形成。[1]

当代文学的文化的转向既是历史的总体发展的大势所致，也是文学自身内部要素运动的结果。寻找文学本体的努力是20世纪语言论转向理论指向和实践成果，具有特定时代的历史具体性和必然性。然而学科的“内爆”，必然突破原有界限。审美性不再是文学艺术的专属性能，而成为商品世界的共性，美学成了社会组织化的原则。可以说，20世纪西方文学批评经历了作者中心论、文本中心论和读者中心论之后，必然要向更宽广的社会、历史、政治拓展，从局囿于文本向更深厚的文化拓展。

同时，文学理论或文学研究作为学科并没有在文化的转向中丧失自身。文学的生存危机内在地要求文学必须关注和研究自身的新论题、概念和范畴。如从语言论转向到文化的转向，西方“理论革命”的遗产与文化的转向的关系，文学理论的问题意识与提问的首要性，文学批评的范式，文学批评的话语，文学范式与话语的关系，对话主义的历史性出场，文学的审美现代性及其本土变异，重提现代性与重建文学新理性，文学本体的审美性与反审美性，文学的全息性构成与历史语境中的主导形态，文学的公共空间，文学的场域和文学的语境，文学的全息性和历史语境中变换的主导构素，文学的虚拟建构及其虚拟性等。

当代文学的跨学科的努力，转向文化的开拓都是基于文学本体的基点或立足点，面对文化这个包含原有文学的边界模糊的庞然大物，面对这一众多人文

1 金元浦：《西方批评：从读者中心论到文化的转向》，《浙江社会科学》，2002年，第3期。

社会科学进行研究的共同对象，文艺学的文化研究仍然有其不同于社会学、人类学、哲学、政治学、传播学、心理学的学科视野，学术切入角度，仍将逐步重建本学科的独特性或特殊性。毋庸置疑，新世纪的学术转型是在社会转型、范式转换与学科重组中重新确定边界的过程，是文学研究发掘新的学科增长点，开拓新的发展的可能性的有效途径。

当然，这一转向，不是简单地回到传统的社会—历史批评理论，而将携带着文本中心时代所谓“理论革命”的全部成果，作为“前结构”进入新的批评时代。形式主义的、新批评的、结构主义、符号学的、叙述学的、后结构主义的仍将作为丰厚的理论资源成为文化转向的一个必要前提。而文化研究、新历史主义、文化诗学、后殖民、女性主义、当代媒介文化则是它所由发生的理论的和现实的基础。文学的“文化的转向”是又一次创新，是新时代文化发展的积极成果，是文学理论困境中的又一次突围。[1]

有论者认为今天“我们所使用的全是西方的话语”，我们失去了自己的声音，因而我们“失语”了。其实这个问题是一个假问题。马克思主义理论也是一种西方话语。在一个全球化的时代里，无可否认，西方为我们提供了大量的理论资源，西方构成了我们主要的理论参照系之一。我们的理论研究中也确实存在着大量追逐西方理论时髦，新鲜概念术语满天飞的现象。但是，术语的借鉴与否并不是问题的关键，问题的关键是我们是否从逻辑、历史和现实出发找到了我们发展的真问题，找到了问题，术语是第二层的问题，它可以选择（从中外古今），借鉴（国外），翻新（过去），创造（命名），可以根据需要来“制造”。至于术语概念本身到底来自哪里，其实并不重要。

实际上，所有的西方话语在进入中国时都已经历了一个“中国化”的删汰和改造过程。当我们在用汉语说这种话语（概念）时，当这种话语成为一种我们所使用的批评话语（概念）时，它便已赢得共同体的认可，就已经经过了主体（前理解结构）的选择与淘汰，经过了当下场域与文本语境的过滤，经过了对需要的反对与认同的化合过程，就已经是一种中国本土的话语了。被我们笼统地称为“西方”理论家的雅各布森、托多洛夫、巴赫金、马尔库塞、保罗·德·曼等等，无不如此，其实都经历了不同语言与文化间的改造、融合和重塑。重塑就是一种创新。

的确，文艺学的建设只能通过创新来实现。我们赞同全球化条件下的文化

1　陈定家：《2000 年文艺理论研究》，《文学年鉴》，2000 卷。

创造的多样性，并在对话交往的基础上建构具有“中国特色”的文学—文化理论。建构的前提是对话沟通，而文化创造的多样性只能在竞争的张力关系中实现，建构是一个竞争的过程。

和而不同，同则不继。文学范式与话语的多样化引发对话与竞争，对话与竞争又进一步催生了创造的多样性。没有对话，就没有共同性，也就没有交流的基础；没有竞争，多种范式多种话语就没有了张力关系或张力结构；没有张力，也就没有创新的动力。没有创新的动力，实际上也就没有了创新。求同存异，学术文化通过竞争发展，竞争是优化发展的基本途径，而创新——筹划、设计、投射，则是竞争中制胜的法宝。因此，在多样化现实中，当对话建立了同一性基础时，竞争就会倏然莅临。

第七章 新实践美学、后实践美学与中国文艺学

非常有趣的是，随应了当代中国美学的“生存论”转向的大潮，当代中国美学的弄潮儿在新的世纪到来之后，不再是后实践美学的诸多人物，反倒是“新实践美学”的代表人物。本章所谓的“新实践美学”所指的是，实践美学在新旧世纪转折时代开始出现的一种新的形态。这种形态的出现既不同于主要形成于 20 世纪 80 年代的“旧实践美学”流派，也基本上是在 90 年代兴起的“后实践美学”之后出现的得以“更新”了的实践美学。在此种意义上，“新实践美学”似乎是实践美学在新世纪的回潮，但绝不是“旧实践美学”的重复，有些形态如“实践存在论美学”反倒是吸纳了与“后实践美学”同样的思想资源，也就是海德格尔意义上的存在论的哲学思想。

更具有悖谬意义的是，后实践美学与实践存在论美学这两种“生存论”转向的产物，看似是迥然有异的，甚至在后实践美学开始出场的时候还曾“剑拔弩张”，但是，在不同的理论的标签下它们居然具有了非常近似的思想实质。在某种意义上，这意味着“后实践美学”是表面上走出实践论内在却始终离不开它，“新实践美学”则在表面上坚持实践论但却内在地开始消解之。在许多时候，极端的“后实践美学”反倒走的是更为纯粹的道路，也就是以“生存本体”来彻底取替“实践本体”，但大部分的后实践美学论者反倒是承认生存或生存的实践基础的，相应之下，在许多“新实践美学”论者那里则出现了——力图拼合“实践本体”与“生存本体”——的二元论的问题。更有趣的是，“新实践美学”转而批判晚年的李泽厚所提出的“情本体”思想，与他早年的工具本体思想的并置，也是一种充满矛盾的“二元论”。但是，李泽厚却明确标举出自己的“双本体”论，并自我辩护说，他所意指的本体并非西学“Being”意义上的“ontology”，但是，新实践美学论者在西方意义上使用本体概念的同时，却没

有一位宣称自己是二元论者。

无论如何，这种“旧实践美学”、“后实践美学”、“新实践美学”及其新近的“生活美学”并存的共生局面，恰恰呈现出当下的中国美学格局的复杂性与丰富性。“旧实践美学”在20世纪80年代初期的时候，最初并没有呈现出“本体论”的视野，该派论者更多追问的仅仅是“美的本质”的问题。在李泽厚的“人类学历史本体论”与赵宋光的“人类学本体论”相继提出之后，有个替代性的趋势出现了，也就是将“美的本质”与“美的本源”问题区分开来加以追问，进而逐渐进入到了本体论的疆域。而后实践美学从90年代初期一开始置疑实践美学的时候，它的基本提问方式就是本体论的，这显然是深受欧洲存在论思想的巨大影响的产物。同样，新实践美学在“实践复兴”的旗帜下，更多采取了本体论的视角来阐发实践思想。新的世纪之后方出场的“生活美学”，无疑就是在这种“本体论转换”视野中出现的最新思潮，它试图超出“实践——后实践”论争的既有模式，而力求在“生活本体”上来重构一种“中国化”的美学思想，当然，生活本体论所谓的“本体”（既指本根之“本”也指体用之“体”）是建基在本土化思想的基础上的，已经摆脱了早期实践论与“后实践之后”的诸多思想对西方意义上的本体论亦即“ontology”的迷恋。

狭义的“新实践美学”的这个用法，应该说，首先出于邓晓芒的美学见解，最早的系统化的阐释现于邓晓芒与易中天合著的《走出美学的迷惘——中西美学思想的嬗变和美学方法论的变革》（百花文艺出版社1989年版），后改名为《黄与蓝的交响——中西美学比较论》（人民文学出版社1999年版并再版），其中的最后一章就是“美学之谜的历史解答（新实践美学论大纲）”。这种新实践美学仍在追问“美的本质”的定义：“定义1：审美活动是人借助于人化对象而与别人交流情感的活动，它在其现实性上就是美感。定义2：人的情感的对象化就是艺术。定义3：对象化的情感就是美，”[1]这三个定义分别应对的是美的特殊性、个别性和一般性。显然，这种新实践美学的定位，更接近于旧实践美学的“对象化”的观点，但它更强调美对应于人的本质力量的部分主要是情感。同时，这种美学思想主要还是从《巴黎手稿》内人“在他所创造的世界中直观自身”之类的结论中推导出来的，审美本质上起源于这种直观，“因此审美不是审物，而是审人，即在一个‘拟人化’的对象上体验到自身的情感和一般人类

1 邓晓芒、易中天：《黄与蓝的交响——中西美学比较论》，人民出版社1999年版，第471页。

的情感”。[1]最终，这种以艺术发生学作为思想起点、将审美活动作为考察中心，并最终从实践活动出发回答“美的本质”的美学，所得出的只能是“新实践美学的人学结论”，亦即真、善、美的统一，这种“人学”观念更多还是一种青年马克思实践观加上晚期康德人类学的思想结合。

当然，新世纪以来的“新实践美学”更占主流的思想，主要是所谓的“实践存在论”，这套美学思想是朱立元及其弟子团队独创出来的。然而，朱立元在最初的时候对“后实践美学”进行了全面批判，认为这种思想虽然承认了实践美学的本体论基础，但却否认了同时有实践认识论基础，这是由于，“实践美学的哲学基础，是实践本体论与实践认识论的统一”[2]。但事实证明，随着1997年朱立元将本体论直接理解为存在论，[3]“实践存在论”本身最终还是归并到本体论，并接受了与“后实践美学”同样的西方思想根源，从而试图将实践本体加以弥补和拓展。与“后实践美学”最初所做的一样，“实践存在论”美学之所以出现，就是要突破“主客二元对立的认识论美学的思维方式”，这种新的实践论美学首先要“从实践着眼审视存在”，进而“将实践论与存在论有机结合”，从而使得一方面实践立足于“存在论根基”上，另一方面，存在论也具有“实践的品德”。由此可见，“实践存在论”坚持了两个本体论，那就是将实践与存在本体加以嫁接起来。从更深层的思想根基来看，这到底是将实践本体吸纳到了存在本体之上，还是将生存归属于实践的根基上面，“实践存在论”始终未给出明确的回答。但与被直接标举为“存在美学”不同的是，实践存在论美学始终强调的是生存是一种“实践化”的生存，与强调“生产实践”的旧实践美学不同的是，它同时强调的是实践是一种“生存化”的实践，这也使得这种观点成为了一种折中化的理论。

恰恰由于这种理论的折衷性质，使得“实践存在论”起码在教育体系当中成为了主流的观念，因为它既继承了实践美学的传统优势，又吸收了后实践美学的有益要素，而这种思想恰恰来源于蒋孔阳晚年的美学探索。在朱立元看来，从逻辑上说，审美主体（审美的人）与审美客体（美）都是在审美关系和活动中现实地生成的；从时间上看，美、审美主体、审美活动三者同时进行和产生而无法分辨出来，这就是所谓“关系在先”或者“活动在先”的原则，亦即

1 邓晓芒、易中天：《黄与蓝的交响——中西美学比较论》，人民出版社1999年版，第472页。

2 朱立元：《“实践美学”的历史地位与现实命运——与杨春时同志商榷》，《学术月刊》1995年第5期。

3 朱立元：《当代文学、美学研究中对“本体论”的误释》，《文学评论》1996年第6期。

审美关系、审美活动先于美而存在。[1] 在朱立元主编的教材《美学》（高等教育出版社 2001 年版）当中，作者们试图将这种“实践存在论”美学得以贯彻下去，并确立了这种新实践美学的逻辑构架：“审美活动论”——“审美形态论”——“审美经验论”——“艺术审美论”——“审美教育论”，这也是继承了 20 世纪 80 年代中国美学原理的基础上的创新。[2] 当然，“实践存在论”美学的新意更在于它与旧实践美学的差异：（1）关于实践概念的界说，是否根基于存在乃是区别的关键，实践存在论回答为“是”；（2）实践存在论美学从存在本体论的角度将实践理解为“人最基本的存在方式”抑或“广义的人生实践”（所谓“广义的美是一种人生境界”）；（3）关于“审美现象的生成性”的理解不同（所谓“美是生成的而不是现成的”）；（4）关于“审美关系”和“审美活动”的阐释不同；（5）当然还有关于“美学理论的逻辑建构”不同，这些都使得“实践存在论”成为了“新实践美学”内部最重要的代表形态之一。

既然“新实践美学”既是对已有的实践美学传统的某种“回潮”，也是在新的意义上对于实践美学的内在转化，那么，在这种新潮当中出现的思想主流，实际上与“后实践美学”的基本理论取向是一致的，也都是试图利用西方的“生存论”的思想来改造实践美学。或者这样说更为准确，无论是“后实践美学”还是“新实践美学”，都可以被看作是当代中国美学“生存论”转向的两种产物。然而，另一种新实践美学的主流代表形态则是由张玉能及其团队所代表的，他们的基本观点仍是坚守“实践本体”。这是由于，张玉能首先承认“生存”乃是“人的条件”，历史活动的首要前提就是“人的生命存在”，但是，从人与动物的“自然存在”的区分来看，“人的生存的本体”只能是实践。在这个意义上，实践本体乃是高于生存本体的，而且，实践也不是后实践美学所批判的是“理想主义”的概念，实践“所指称的是恰恰是理性与感性统一客观物质活动，它是形成人对现实的审美关系，由此而生成美、美感和艺术的根基、动力，人类的其他生存活动……离开了人类的社会实践，都还停留在动物的水平上”，[3] 通过这样的理论推论，张玉能更坚定了自己的实践本体的观点。

当然，张玉能由于继承了蒋孔阳的更多的观点而与蒋孔阳的思想更为接近，并由此认定，实践就是个“多层累积性”的概念，美也是“多层累的创造”。

1 朱立元：《简论实践生存论美学》，《人文杂志》2006 年第 3 期。

2 朱立元主编：《美学》，高等教育出版社 2001 年版。

3 张玉能：《坚持实践观点，发展中国美学》，《社会科学战线》1994 年第 4 期。

在集中了张弓、梁艳萍、岳友熙、王天保、李显杰、郭玉生和王庆卫的新实践派力量，由张玉能主编的《新实践美学论》（人民出版社 2007 年版）当中，作者直接标举出了“新实践美学”的旗号，并由此展现出来这样的新的核心观点：恰恰是“实践结构的多层累、开放的构成，造就了美，决定了美的外观的形象性、情感超越性、自由显现性，具体地决定了美的外观形式性、感性可感性、理性象征性，美的精神内涵性、超越功利性、情感中介性，美的合规律性、合目的性、形象自由性”。[1] 由此出发，这种新实践美学的观点强调：由实践走向“创造”，由创造走向“自由”，并最终走向全面自由发展的人。但是，当该书强调超越性、非功利性的同时，却又是与后实践美学的理论预设是近似的。由此可见，在新的世纪逐渐成熟的“新实践美学”诸流派，既是在积极发展作为“中国学派”的实践美学的思想，也是在积极回应“后实践美学”思潮的批判，尽管采取“实践本体”一元论抑或“实践—生存本体”二元论的基本取向还是有差异的，这也使得前者更强调对于“旧实践美学”本体的继承，而后者则趋近于“后实践美学”当中接近实践派的思想。

必须承认，在美学的基本原理方面，实践美学所取得的成就在 20 世纪后半期的中国是最大的，它可以被认为是上个世纪中国美学当中影响最大的美学学说，并曾对当代中国的思想启蒙起到过重要的推动作用。然而，这三十多年来，中国学者们仍然在“实践美学的基本范式”在做工作，即使有所推进也是在“实践与生存的张力”领域内实施的，目前尚没有更新的美学思想模式出现。实践美学也确实在面临着两方面的挑战，一方面的确如许多学者指出，实践美学是建基在“主体性哲学”思想基础上的，而这种主体性思想基本属于“现代性”的范畴，因而实践美学需要用存在哲学抑或后现代思想的武器来加以超越，从而拯救其思想中的理性与感性、个体与群体之分裂；另一方面，实践美学难以对市场经济社会建立以来的社会和文化现实给出理论的阐释，特别丧失了对当代审美文化的分析能力，前者是理论的缺失，而后者则是面对现实的无力。

实践美学所面临的深层问题，从分化后的“旧实践美学”的不同取向那里就已经得以反思了，否则就不会形成了如此多样的对于实践美学的理解，“后实践美学”更是从最主要的缺陷方面置疑了实践美学的基本定位，而“新实践美学”的新的发展也可以看作对传统实践美学的某种继承中的批判与批判中的

1 张玉能：《新实践美学论》，人民出版社 2007 年版，第 18 页。

继承。正如2004年李泽厚本人参与对话的“实践美学的反思与展望”探讨会上，对于实践美学设计的五个专题的谈论所安排的那样，这种独特的分议题的设定，也就可以被视为“反思实践美学的缺失”的五个基本问题，在此将它们并列出来：(1)实践美学中的理性是否压倒了感性？(2)实践美学中的哲学是否代替了美学？(3)实践与生存是何关系？(总体是否压倒了个体？)(4)实践美学是否与当代审美文化脱节？(5)实践美学的问题与前景(工具与符号的关系)。

无论怎样，对于当代中国美学思想的最重要挑战就是，如何超越原有的“实践—后实践美学”格局，同时继承中国传统美学的丰富遗产，从而走出一条“中国化”的美学思想的新路？换言之，“实践美学之后”中国的美学思想走向何方，这是尚待美学界的学者们研究的最核心的问题之一，尽管“实践美学”终结论在每个历史时期都被常谈常新，但是，“中国化”的实践美学所展现出来的开放性还是惊人的，无论在实践美学“之内”与“之外”，当代中国美学都需要更新的拓展，这一点是毫无疑问的，这种中国化的马克思主义美学所取得的历史贡献值得更加深入的研究。

第八章 “生活审美化”与“审美现代性”

当代中国美学进入新世纪的十年间，逐渐追赶上了全球化的脚步，所出现的三个重要的热点问题——“生活审美化”、“审美现代性”与“艺术的终结”——都是与国际美学前沿交互发展而来的，甚至对某些问题的关注度远远超过了西方同行们。对于这些热点问题的关注，虽然显露出中国美学已经日趋于“国际化”，但是在这种对外开放的汹涌浪潮当中，究竟如何保持自身的“中国性”身份的问题，却成为了美学界所要保持警惕的难题。尽管审美泛化、现代性与艺术未来问题，都是来自西方的话题，但是这些具有普遍价值的问题，中国美学家们也应给出自己的解答，这就亟需一种立足于本土文化的“中国式”表达。

“日常生活审美化”的结构

“日常生活审美化”的问题，无疑已经成为了新世纪中国美学的最大热点，参与人数之多、涉及范围之广、关注程度之甚、双方论争之烈，都构成了此前相对沉寂的美学界许久没有了的热闹景致。《文艺争鸣》《文艺研究》《文学评论》《学术月刊》《光明日报》《文艺报》等报刊开辟专栏发表系列文章讨论这个问题，到目前为止已经出现了两百多篇的论文做出探讨。尽管目前对这一问题的反思正在开始尘埃落定，但是，关于生活审美化的问题所引发的深入思考却仍在持续，那就是目前美学界正在掀起的“新世纪文艺学美学生活论转向”的更为深层的研究。

“日常生活审美化”的问题最初是与大众文化、消费文化、视觉文化与媒介研究相关的，而在西方学界，它最开始是同社会学研究相联的。有趣的是，欧美的美学界却对于另一社会学领域的研究似乎并不如中国人那般熟悉，因为美学界的主流仍对于文化研究采取了拒绝的态度。“日常生活审美化”（The aestheticization of everyday life）这个命题，最初是由英国诺丁汉特伦特大学社会学与传播学的教授迈克·费瑟斯通（Mike Featherstone）提出来的。当然，这个话题已从社会学范畴走了出来，并由此成为了“文化研究”的重要方面，“日常生活审美化”常常被视为“后现代文化”中的特定内容，它常常与“后现代主义与文化边界崩溃”的问题直接相关。[1]有趣的是，在中国美学界这个话题却成为了热点，这同欧美学界所探讨的“日常生活美学”具有异曲同工之妙。

关于这个美学热点的真正起点，应该说是《文艺争鸣》2003年第6期所隆重推出的“新世纪文艺理论的生活论话题”笔谈。正如该专题的编者小识《“生活”概念、生活转型、日常生活的文艺学》所言，日常生活审美化恰恰是应合了当代中国文化的转向，这种“‘生活转型’同样发生于这个新世纪之交，不同于上世纪初由古代传统向现代性中国的生活转型，这个新世纪之交的‘生活’，我们说的是当前中国的整体性的‘生活’，正在被具有全球化趋向的以电脑、网络、移动通信、电视为科技基础的‘光电技术’重新组织和整合，被经济贸易全球化及市场经济的普适性重新加以组织和整合，它在现代性和全球化的压力下平添了‘中国化’的自警和自觉，在对小康的富足感的‘赶超’压力下增加了知识文化消费及其过剩性、强制性、平庸性的困惑，一切在被市场衡称过后，文化经典也具有了平凡性、日常性，更何况伪经典的肆行；广告使夸饰和梦想盛行，影像网络使虚拟和真实混同”，在这些深度描述之后，最后的总结陈词则是——“无论如何，就文艺而言，在文艺更加‘迎合日常生活’意义上的‘生活化’之后，生活也更加文艺化了”！[2]

在2003年的笔谈之后，首都师范大学文艺学学科与《文艺研究》杂志社共同举办了“日常生活的审美化与文艺学的学科反思”讨论会，随后《艺术研究》2004年第1期继续发表了一组“文艺学的学科反思”的笔谈，从而逐渐扩大了“日常生活审美化”专题的影响。2004年5月，北京师范大学文艺学中心召开了“文艺学的边界”学术会议，集中讨论关于“日常生活审美化”的问题和文艺学的学科边界问题。同年6月，中外文艺理论学会与中国人民大学等单位召开“多元对话语境中的文学理论建构”国际学术讨论会，文艺学的边界依然是讨论热点。同年10月，东北师范大学文学院主办、《文艺争鸣》杂志社协办的“全球化语境下的中国文学理论及文学批评发展状况”学术研讨会同样将焦点聚焦

---

1 Chris Barker, *Cultural Studies: Theory and Practice*, London: Sage Publications, 2000, P155.

2 《“生活”概念、生活转型、日常生活的文艺学》,《文艺争鸣》,2003年第6期。

于“日常生活审美化”问题上。

在《文艺争鸣》2003年第6期的专题上，集中推出了7篇文章，分别是王德胜的《视像与快感——我们时代日常生活的美学现实》、陶东风的《日常生活审美化与新文化媒介人的兴起》、金元浦的《别了，蛋糕上的酥皮——寻找当下审美性、文学性变革问题的答案》、朱国华的《中国人也在诗意地栖居吗？》、魏家川的《有关身体的日常语汇的审美生活分析》、阎景娟的《从日常生活的文艺化到文化研究》、黄应全的《日常生活的审美化与中西不同的“美学泛化”》，此外，还刊登了一个首都师范大学中文系研究生的讨论纪实《日常生活审美化：一个讨论》。正是这组具有冲击力的笔谈，引发了“日常生活审美化”的讨论，或者说点燃了中国美学界和文艺学界关于该话题论争的导火索。

王德胜提出以“视像与快感”来理解这样一种新的“美学现实”，这是由于，“日常生活的审美化”极为突出地表现在人们对于日常生活的视觉性表达和享乐满足上。“日常生活审美化”非常具体地从一种理性主义的超凡脱俗的精神理想，蜕变为看得见、摸得着的快乐生活享受。根据视觉文化转向的逻辑，王德胜认为，人的日常生活把精神的美学改写成为一种“眼睛的美学”，视觉感受的扩张不仅造就了人在今天的“审美/艺术”想象，同样也现实地抹平了日常生活与审美/艺术的精神价值沟壑。视像与快感之间形成了一致性的关系，由此建立起一种所谓的“新的美学原则”：视像的消费与生产在使精神的美学平面化的同时，也肯定了一种新的美学话语，即非超越的、消费性的日常生活活动的美学合法性。[1]所以，按照这种极端的观点看来，日常生活审美化是具有严格界限的，在这样一种极端视觉化了的美学现实中，与人在日常生活里的视觉满足和满足欲望直接相关的“视像”的生产与消费，便成为我们时代日常生活的美学核心。作为日常生活审美化过程的具体结果和直接对象，视像的生产根本上源自于我们时代对日常生活中的直接快感的高涨欲求和热情追逐。

金元浦通过自问自答的形式，将传统的审美性/文学性视为“蛋糕上的酥皮”，从而最为全面地解析了生活审美化的理论与实践的不同层面。他提出问题(1)：对于文艺学或文艺美学来说，审美性、文学性今天是否还是区别文学艺术与非文学艺术的最重要的或唯一的特征？答案显然是否定的。问题(2)：什么是审美的日常生活化与文学性向非文学的扩张？“审美的日常生活化是说在当今社会中，原先被认为是美的集中体现的小说、诗歌、散文、戏剧、绘

1　王德胜：《视像与快感——我们时代日常生活的美学快感》，《文艺争鸣》，2003年第6期。

画、雕塑、音乐、舞蹈等经典的（古典的）艺术门类，特别是以高雅艺术的形态呈现出来的精英艺术已经不再占据大众文化生活的中心，经典艺术所追求的审美性、文学性则从艺术的象牙之塔中悄然坠落，风光不再，而一些新兴的泛审美/艺术门类或准审美的艺术活动，如广告、流行歌曲、时装、电视连续剧乃至环境设计、城市规划、居室装修等则蓬勃兴起。美不在虚无缥缈间，美就在女士婀娜的线条中，诗意就在楼盘销售的广告间，美渗透到衣食住行等社会生活的方方面面。艺术活动的场所也已经远远逸出与大众的日常生活严重隔离的高雅艺术场馆，而深入到大众的日常生活空间。"[1] 问题（3）：是什么原因造成了审美的日常生活化与文学性的社会化扩张？答案是，首要的原因就在于社会形态的根本改变。问题（4）：19 世纪车尔尼雪夫斯基就提出"美是生活"，它与今天的审美的日常生活化有什么不同？显然文化与社会的变迁使得传统的美学语境与今日迥异。问题（5）：日常生活的审美化以及审美活动日常生活化对文学艺术有什么意义，什么影响？答案是：日常生活的审美化以及审美活动日常生活化深刻地导致了文学艺术以及整个文化领域的生产、传播、消费方式的变化，乃至改变了有关"文学"、"艺术"的定义。问题（6）：日常生活的审美化以及审美活动日常生活化是如何实现的？答案则是：日常生活的审美化以及审美活动日常生活化是在当代全球化的市场条件下通过产业化和高新技术实现的，这主要与文化产业和内容产业是直接相关的。

黄应全不仅将"日常生活的审美化"与中国当代美学中的"美学泛化"区分开来，而且，又直接将"美学泛化"的中西不同语境区分开来。他认为，当代中国的"美学泛化"并非指 20 世纪早已有过的传统文化意义上的"生活艺术化"问题，而是特指中国美学自上世纪 50 年代以来（在前苏联强烈影响下）形成的"美的泛化"问题，或者称之为"泛美学"问题更为准确。[2] 然而，使用在这种"泛美学"传统的影响下而形成的"大杂烩美学"，既不能解释常规的审美现象（如艺术），更不能解释新兴的审美现象（如"日常生活的审美化"），这说明，旧的美学传统已经说明不了当代的审美现实了。"日常生活审美化"虽然确实意味着"美学泛化"是可能的和必要的，但决不意味着，当代中国美学当中存在的那种"美学泛化"是值得肯定的。

1　金元浦：《别了，蛋糕上的酥皮——寻找当下审美性、文学性变革问题的答案》，《文艺争鸣》，2003 年第 6 期。

2　黄应全：《日常生活的审美化与中西不同的"美学泛化"》，《文艺争鸣》，2003 年第 6 期。

由此可见，“日常生活审美化”这一话题从一开始提出，就已经被“中国化”了。但是，毋庸置疑，该话题对中国影响最大的两位西方学者，一位就是英国社会学家费瑟斯通，另一位则是德国美学家沃尔夫父冈·韦尔施（Wolfgang Welsch）。费瑟斯通1991年英文专著《消费文化与后现代主义》的中文版，[1]韦尔施1997年英文专著《重构美学》的中文版，[2]成为当代中国“日常生活审美化”探讨的重要的外来资源，但是，前者所用的术语是“日常生活审美化”，而后者所用的术语则是“当代审美泛化过程”（contemporary aestheticization processes）。但是，需要辩明的是，许多论者根据《重构美学》的中文译名认为美学需要重构，但实际上原名 *Undoing Aesthetics* 更多意味着对于传统美学的拆解与破坏。然而，在西方学界谈论“日常生活审美化”仍大有人在，“在西方学术界，是韦尔施、波德里亚、费瑟斯通和波兹曼等人建构了‘日常生活审美化’这一理论，其中的核心论题是图像化和审美化，以至我们可以说，‘日常生活审美化’就是‘图像—审美化’，图像的增殖造成了普遍的‘审美化’。但是另有一些理论家的重要论述尚未受到应有的关注”，包括费尔巴哈、杰姆逊、桑塔格等等，[3]理应从更为全面的角度来加以接受欧美的相关思想。

实际上，如果仅从对“日常生活审美化”进行全方位描述的角度来看，这种“审美泛化”可以用图示来勘定其基本结构：[4]

<table>
<tr><td rowspan="5">日常生活审美化</td><td rowspan="3">表层审美化
（物质审美化）</td><td colspan="2">大众物性生活的表面美化</td></tr>
<tr><td colspan="2">大众自己身体的表面美化</td></tr>
<tr><td colspan="2">文化工业兴起后所推动的表面美化</td></tr>
<tr><td rowspan="2">深度审美化
（非物质审美化）</td><td>大众
审美化</td><td>凸现为鲍德里亚意义上
仿真式“拟像文化”的兴起</td></tr>
<tr><td>精英
审美化</td><td>福柯、维特根斯坦、罗蒂等哲学家
所求的“审美的生活”</td></tr>
</table>

1 Mike Featherstone, *Consumer Culture and Postmodernism*, London : Sage Publications, 1991. 迈克·费瑟斯通：《消费文化与后现代主义》刘精明译，译林出版社2000年版。

2 Wolfgang Welsch, *Undoing Aesthetics*, London: Sage Publications, 1997. 沃尔夫冈·韦尔施：《重构美学》，陆扬、张岩冰译，上海译文出版社2002年版。

3 贺淯滨、金惠敏：《关于“日常生活审美化”理论的若干注解》，《江淮论坛》，2010年第4期。

4 刘悦笛、许中云：《当代“审美泛化”的全息结构——从“审美日常生活化”到“日常生活审美化”》，《西北师大学报（社会科学版）》，2006年4期。

“日常生活审美化”起码可以做出这样的区分，一种是“表层的审美化”，这是大众身体与日常物性生活的“表面美化”（后来还有文化工业来推波助澜）。但还有另外一种“深度的审美化”，这种审美化应该是深入到了人的内心生活世界，因为，外在的文化变迁总是在慢慢地塑造和改变着大众的意识、精神、思想乃至本能，“深度的审美化”由此不可避免地要出现。“深度的审美化”则显然又可分为两种：一种是囿于精英层面的“深度的审美化”，另一种则是仍归属于大众的“深度的审美化”。在精英文化的层面上，“深度的审美化”特别显现为少数哲学家们所寻求的独特的“审美的生活”。在大众文化层面上，这种“深度的审美化”更与“拟像”（Simulacrum）文化的兴起息息相关，大众也在通过视觉接受这种文化对自身的“塑造”乃至“改造”。

实际上，无论是费瑟斯通还是韦尔施都曾对于“日常生活审美化”抑或“审美泛化”做出层次上的解析。费瑟斯通主要是囿于社会变迁的领域，他在《消费文化与后现代主义》当中认定，“日常生活审美化”其实包括三个层面：（1）艺术亚文化的兴起（以达达主义、先锋派艺术和超现实运动为代表）；（2）生活转化为艺术品，也就是指追求生活方式的风格化与审美化；（3）日常生活符号和影像的泛滥。韦尔施所曾提出“审美泛化”的四个渐进的层次，则更具有哲学意味，他在《重构美学》当中直言“审美泛化”不仅仅就是（1）“日常生活表层的审美化”和（2）技术和传媒对社会现实的审美化，而且还包括（3）生活实践态度与道德的审美化，（4）与之相关的“认识论”的审美化。

陶东风认为，从韦尔施与费瑟斯通两人对于审美化的比较集中的描述与分析中可以知道，审美化的含义相当复杂，包含了不同的层次。但是，目前中国学界讨论的主要是作为一种整体性、结构性的社会变迁的审美化，它出现于现代的中期和晚期，与两个因素有非常紧密的关系：一是消费社会、消费主义文化和意识形态的出现与流行；二是大众传播媒介的发展与普及。[1] 陶东风认为，消费社会是西方现代工业社会进入中晚期时出现的一种社会形态，它是与福特主义为代表的现代化大工业生产模式一起出现的。审美化的过程是与现代都市商业文化一起出现的，因而不仅仅是文化或艺术领域的孤立现象，它与产业结构、经济结构的调整有关。消费越来越与非实用的审美因素联系在一起，现在人们消费的已经不仅仅是商品，而且还有符号和形象。与消费文化的兴起相伴

1 陶东风：《日常生活的审美化与文艺学的学科反思》，《中南大学学报（社会科学版）》，2005年第3期。

随的，是大众传媒产业的迅猛发展与普及，导致社会生活各个领域图像与符号的泛滥，同时也导致文化与审美的民主化趋势。

“审美日常生活化”的转变

在中国学界，“日常生活审美化”常常却被误解：其一，当代本土学界，“日常生活审美化”在论争当中被主要当作了文学理论或文艺学问题，而实际上，它主要是个“美学”问题（尽管它最初的确也曾是个社会学问题）；其二，当代“审美泛化”并不只包含“日常生活审美化”这一面，还有“审美日常生活化”的另一面。“日常生活审美化”更多是一种社会性的描述，而“审美日常生活化”才真真切切关系到美学本身的转型。

当中国学界将“日常生活审美化”这种研究当作对文艺学进行拓展的工具之一的时候，由此而发生的论争，还是囿于传统审美社会学抑或文化研究的视角。这意味着，论争双方所聚焦的问题意识，仍关注于社会阶层的问题——“究竟是谁的日常生活审美化”？究竟是“食利者的美学”（这是美学大讨论当中黄药眠的用语），还是现在所谓“艺术的民主化、审美的泛化，文学的大众化、生活化”？与此同时也必须承认，“日常生活审美化”问题与反思文艺学学科“边界”问题的结合，的确成为了论争的另一个焦点。2005 年初，《中华读书报》相继刊载了童庆炳的《日常生活审美化与文艺学》和陶东风的《也谈日常生活审美化与文艺学》两篇对话文章，将文艺学学科的“守界”还是“扩容”以及如何划界问题进一步突显了出来。

按照陶东风反复宣称的基本观点，就文艺学的学科而言，日常生活的审美化以及审美活动日常生活化深刻地导致了文学艺术以及整个文化领域的生产、传播、消费方式的变化，乃至改变了文学和艺术的定义。这应该被视作既是对文艺学、美学的挑战，同时也为文艺学、美学的超越与发展提供了千载难逢的机遇。由于中国文艺学的“本质主义”思维方式仍然在顽强地延续，导致许多学者仍然认定文学具有超历史的、永恒不变的普遍绝对本质，这种“本质”在分析具体的审美与文学现象以前已经先验地设定，否认审美与文艺活动的特点与本质是历史地变化、因地方的不同而不同。这种“本质主义”的文艺学在而今的主要代表依然是出现于 20 世纪 80 年代的自律论美学与文艺学。正是它妨碍了美学、文艺学及时关注与回应当下日新月异的文艺与审美活动，使之无法解释当代文艺与文化活动的变化。[1]从“日常审美化”出来，置疑传统文艺学的“本质主义”，进而通过回到历史的方式来叙述文学理论的主要成就，在一系列的文艺学教材当中得以体现。

然而，当我们将“日常生活审美化”所带来的“审美日常生活化”这个纯美学问题，回复到哲理性的反思的美学学科本身，反倒可以不必纠结于社会学和文艺学层面所从聚着的龃龉，而直接去面对问题本身，这就可以划清美学与文艺学及其文化研究关于“日常生活审美化”问题的基本界限。

但无论怎样说，当代的“日常生活审美化”都可以被界分为两个逆向互动的过程，如果仅仅就艺术与生活的关系而论，这两个最基本的层面：一个就是艺术大量地介入到日常生活；另一个则是日常生活得以审美化。如果更抽象地言说，前者就是“艺术日常生活化”，后者则是“日常生活艺术化”。谈到生活艺术化问题，往往在中国学界会引发混淆，那就是与传统社会的“审美化”传统纠缠到一起，但后者只是囿于少数贵族精英或士大夫阶层的独特现象。即使是从近代中国美学家开始的“生活艺术化”的传统，也只是个人行为或小圈子的群体行为，而并不具有大众性与普及性。与此这两种古代与近代以来的传统不同，当代审美泛化则是产业结构、经济结构、社会生活方式等的变化所引发的结构性、全方位的社会变迁。

从历史的角度来看，这种区分在“日常生活审美化”最早在西方被提出的时候，就已经被做出了。费瑟斯通1988年4月在新奥尔良“大众文化协会大会”上作了题为《日常生活审美化》的主题演讲，被认为是最早明确提出“日常生活审美化”的问题（而波德里亚在他的法文著作当中实际上更早地使用了“审美化”的概念），认为日常生活审美化正在消解艺术和生活之间的界限，在把“生活转换成艺术”的同时也把“艺术转换成生活”。日常生活审美应包括两个层面：一是艺术和审美进入日常生活，被日常生活化。二是日常生活中的一切、特别是大工业批量生产中的产品以及环境被审美化。

中国学者则更多是从批判的态度上来加以区分的。鲁枢元首先指出“日常生活审美化”的提倡者们混淆了“日常生活审美化”和“审美日常生活化”两个口号，并提出了自己对这两个口号的理解：即“审美日常生活化”是技术对审美的操纵，功利对情欲的利用，感官享乐对精神愉悦的替补，而“日常生活审美

1 陶东风：《日常生活的审美化与文化研究的兴起——兼论文艺学的学科反思》，《浙江社会科学》2002年第1期。

化”论者的目的，显然并不在于争取审美日常生活化的合理性，而是希望确立这种技术化的、功利化的、实用化的、市场化的美学理论的绝对话语权力，并把它看作是“全球化时代”的到来对以往美学历史的终结，甚至是对以往的人文历史的终结。“审美日常生活化”与“日常生活审美化”，尽管两者之间存在有机的联系，但是价值指向是不同的：审美的日常生活化是精神生活对物质生活的依附；日常生活的审美化则是物质生活向精神生活的升华。[1]张天曦也曾指出，“日常生活审美化”同时两个方向相反、结果却相同的事实，一是现实物质生活领域中渗入了越来越多的精神享受、审美因素；二是审美走出传统艺术领域，正以更丰富、朴实的方式融入公众日常物质生活衣食住行的各个方面。[2]

王德胜发表《为“新的美学原则”辩护》一文为“日常生活审美化”做出辩护，他指出康德以降的感性与理性二元对立思维模式造成了消极影响，使得人们在对“审美”的思考当中，将鲍姆加通命名“Aesthetics”时所原有的“感性”语义要素加以忽略。感性存在本来就是人类审美的基本前提，人的感性实现是美学的基本出发点。人的存在包括感性和理性两个方面，必须尊重正当感性利益、现实生活快乐等等的内在需要，警惕理性权利对于人的感性生存的窒息。实际上，美学之为美学，恰恰在于它把感性问题放在自身的审视范围之中，突出了人在感性存在和感性满足方面的基本“人权”，而不是重新捡拾理性的规则，但这并不等于拒绝理性、拒绝理性的合理性。[3]所以，该文得出结论说，对当代“日常生活审美化”现象及其问题的理解，同样也应该从“感性学”本来的出发点去进行。

毛崇杰在《知识论与价值论上的“日常生活审美化”——也评“新的美学原则”》中，回到对鲍姆加通的“Aesthetics”的基本理解，他认为将之仅仅视为“感性学”那也是一种误读。“感性学”的真实涵义并不能被阐释为“在认识之外”与“排斥理性”，所谓回到“感性学”的观点只是在字面上的借用，其所设定的“强大的理想主义的美学理想体系”更是一种理论的虚构。这种通过“祭拜鲍姆加通”来“颠覆康德”的方式，其实乃是让鲍姆加通去承担把美学片面地主观感性化与欲望化的责任，这恰恰是向现代与后现代的非理想主义的倒退。进而，

1 鲁枢元：《评所谓“新的美学原则”的崛起——“审美日常生活化”的价值取向析疑》，《文艺争鸣》2004 年第 3 期。

2 张天曦：《日常生活审美化：当代审美新景观》，《山西师大学报（社会科学版）》，2004 年第 1 期。

3 王德胜：《为“新的美学原则”辩护》，《文艺争鸣》，2004 年第 5 期。

这种“知识论”阐释上的严重错位，更可以被视为“价值论”颠倒的某种策略而已。这是由于，“‘日常生活审美化’的提出主要只是文化消费主义一种‘建构’姿态的颠覆谋略，是中产阶级生活方式的美学和文化表达及意识形态反映，其主要哲学基础仍为虚无主义和实用主义。”[1]

“日常生活审美化”所造就的“新的美学原则”，的确得到了许多论者的批驳与反对。凸现当代审美的快感的一面，并将之作为充分表征了当前时代的感性特征，被反对者认定是倒退到了经验主义式的“快感说”的窠臼，还有反对者认定理应重新高扬“审美”内涵中的超越维度，但是他们都隐约地看到，新的美学原则其实所反击的乃是“康德这位世纪美学家的信仰”。但是，经过论争双方的几轮交锋下来，无论是支持者还是反对者，都已经意识到了传统的审美观念需要在新的社会语境下得以重构，因为“日常生活审美化”的现象本身已经对既有美学观念造成了冲击，美学也要适用新的时代做出积极的调整，当然，这种调整恰恰是在良性的论争当中得以推进的。绝大多数的论者认为，回归日常生活世界是美学的大势所趋，但是，恰恰要趋利避害地来看待这个热点问题：比如张玉能将“日常生活审美化”区分为英化、大众化、市井化三个向度，主张遏制市井化，引导大众化，规范精英化；再如杨春时承认大众审美文化具有民主化、大众化和消费性、低俗性的两面性，应同时展开日常生活的审美批判，并不放弃审美的超越性与批判性的基础。

然而，“日常生活审美化”与“审美日常生活化”的确带来了美学的变革。刘悦笛在《“生活美学”的兴起与康德美学的黄昏》中提出，“生活美学”的兴起的同时，就走向了康德美学的黄昏。在康德所处的“文化神圣化”的时代，建构起以“非功利”为首要契机的审美判断力体系自有其合法性。但是，“雅俗分赏”的传统等级社会，使得艺术为少数人所垄断而不可能得到撒播，所造成的后果是，艺术不再与日常生活发生直接的关联。在中国“后实践美学”虽借海德格尔来反对“实践美学”，但它的基本理论预设仍是康德式的，这与以李泽厚先生领衔的实践美学实际上如出一辙。所以，“生活美学”与康德美学这种新与旧的交锋就在于：（1）“生活实用的审美化”对“审美非功利性”；（2）“有目的的无目的性”对“无目的的合目的性”；（3）“日常生活经验的连续体”对“审

1 毛崇杰：《知识论与价值论上的“日常生活审美化”——也评“新的美学原则”》，《文学评论》，2005年第5期。

美经验的孤立主义”。[1] 而“生活美学”这种崭新的美学本体论观念，无疑是顺应新的历史语境而产生出来的，它需要解构的最大敌手就是“康德美学”。

高建平在《美学与艺术向日常生活的回归》一文中认为，回到杜威可以更明确地看到这种回到生活的美学主流趋势。“日常生活审美化观点”的起源其实早已有之，这是个被主流美学所压制但却一直存在着的传统。对当代日常生活审美化思想影响最大的，应该是杜威的美学。杜威的《艺术即经验》一书，从这样的一个前提出发：人们关于艺术的经验并不是一种与日常生活经验截然不同的另一类经验。杜威要寻找艺术经验与日常生活经验、艺术与非艺术、精英艺术与通俗大众艺术之间的连续性，反对将它们分隔开来。[2] 作者认为，在 20 世纪中叶后占国际美学主流的分析美学固然反对康德哲学，但它恰恰是从“公认的艺术品”出发，将美学定义为元批评，分析美学导致了一种美学上的间接性，使美学脱离生活、实践、艺术和大众。过去的种种美学都从公认的艺术作品出发，这种出发点是错误的。杜威从日常生活经验中发现了一种集中的、按照自身的规律而走向完满、事后也使人难忘的经验。然而，西方分析美学的绝对主流最终形成反弹，推动了美学向着感性和日常生活的回归，这是从 20 世纪 90 年代之后所兴起的国际美学新潮流。

周宪在《“后革命时代”的日常生活审美化》当中认为，有理由相信，日常生活审美化是特定语境的产物，这个语境就是“消费文化”或“后现代主义”。消费社会和文化的兴起在中国已经是不争的事实。仔细考量这个概念的流行，一方面与文化研究在中国的沛兴有关，另一方面又与消费社会的在中国的发展关系密切。“后革命时代”的日常生活审美化，始终与两个关键词联系在一起。第一个关键词是“体验”；第二个关键词是“品味”（“趣味”、“格调”或其他“家族相似”的概念）。不难发现，当代消费社会与传统社会的消费有一个很大的不同，那就是它越发地倾向于消费性的愉悦“体验”。显然，这里已可以深刻地触及到审美化的一个内在悖论：从美学本身的追求来看，人类大同是最终目标，所有人的审美化才是真正的审美化。但是，在一个存在着显著社会分层的社会里，并不存在这样理想的审美化。而当代中国大众媒体和市场营销中所提倡“审美化”，说到底是一个中产阶级品味及其生活方式的表现。[3]

---

1 刘悦笛：《“生活美学”的兴起与康德美学的黄昏》，《文艺争鸣》，2010 年第 3 期。

2 高建平：《美学与艺术向日常生活的回归》，《北京大学学报》，2007 年第 4 期。

3 周宪：《“后革命时代”的日常生活审美化》，《北京大学学报》，2007 年第 4 期。

李西建在《消费时代的审美问题——兼对“日常生活的审美化”现象的思考》当中认为，消费时代人类审美的重要表征是转向日常生活的审美化，其核心是人的日常生活质量及价值形态的重建。关键是如何看待消费时代的审美及消费时代与日常生活的审美化之间的关系：日常生活的审美化是消费时代人类审美的集中体现，二者在本质上是统一的，它表达了人类审美的一种新的价值趋向，即趋向个体的日常生活过程，趋向人类现实的生存价值的实现。从某种意义讲，当代审美文化就是指一种消费型态的文化，一种重建人的日常生活质量及自由度的文化。应该说，日常生活形态及过程代表了人类存在之根。人类生存的“在家感”、“归宿感”是以日常生活为基本寓所。由于日常生活代表了个体生存的真实状态，是个体生活质量的客观体现，因而是审美活动关注的重要领域，也代表了美学研究的一种重要的价值论转向。[1]

陆扬在《论日常生活“审美化”》当中，回到学术层面看问题，认为美学这门在中国曾经热火得异乎寻常的学科在稍经冷静之后，要重新来为这日常生活的审美化构思出理论阐释。以往的美学一心建构包罗万象的理论骨架，力图将自然、艺术和社会，总而言之从感性到理性的种种领域都一网打尽。但美学从来是有它的特殊对象，严格来说，它原本是建立在压抑和规范欲望的前提之上。用伊格尔顿的话说，如果没有美学，启蒙运动的理性就无法延展到例如欲望和修辞这些至关重要的区域。美学可以说是使理性权力本身审美化，使之渗透到经验世界的每一个角落，而让启蒙理性体现出合乎人性要求的力量。而这一切的前提，都是基于现代理性和欲望的对立，把欲望变成是动物性的东西，人之所以为人，被认为就在于他能够用审美态度观照对象而不思占有，这才是更新的美学所要为之的事情。[2]

彭锋在《日常生活审美化批判》当中认为，日常生活的审美化之所以成为当今美学争论的一个焦点问题，原因在于审美化明显僭越了自身的边界。按照经典哲学的划分，审美化应该局限在艺术领域，与其他领域比如说认识论领域和伦理学领域无关。日常生活的审美化，意味着审美超越艺术领域的界限而进入认识论和伦理学领域。这种僭越的合法性需要解释，它在实践上所引起的一系列后果的价值需要检验，于是出现了一系列的关于日常生活审美化的理论争

1　李西建：《消费时代的审美问题——兼对“日常生活的审美化”现象的思考》，《贵州师范大学学报（社会科学版）》，2005 年第 3 期。

2　陆扬：《论日常生活“审美化”》，《理论在现代化》，2004 年第 3 期。

论。日常生活审美化必将走向自身的反面，因为它实际上是以美的名义扼杀我们的审美敏感力，其所造成的“平均美”反过来追逐消费者，消费者不需要投入任何积极的努力，只需完全放松就可以消费它。[1]正是在这种意义上，可以说“平均美”扼杀了审美感悟力，所以日常生活审美化需要得到批判。

总而言之，“日常生活审美化”的论争吹响了新世纪中国美学的第一声号角，因为，这一崭新问题在理论与实践上的双重出场，既强烈地冲击了既有的中国美学观念，也预示着新的美学思潮在中国行将出现。

“审美现代性”的不同路向

“审美现代性”（Aesthetic Modernity）的研究，对于中国美学界来说也是个舶来品，它成为了当今中国美学探讨的热点，“现代性”的确也是当代美学研究的关键词。中国学界对“现代性”（modernity）的反思，是在20世纪80年代末始“后现代主义”（postmodernism）的直接引进之后兴起的，但是，与后现代思潮的单向输入不同，90年代中期之后对于“现代性”问题的思考，从一开始就具有了更多的本土化的视角。周宪与许钧在商务印书馆主编的“现代性研究译丛”自2000年出版以来，已经出版了二十余本专著，对于现代性研究产生了很大的启发与引导作用，这也证明中国美学的发展越来越与世界接轨了。

在“现代性研究译丛”当中，主要出版的西方专著包括：2000年出版的有让—弗朗索瓦·利奥塔的《非人：时间漫谈》（罗国祥译）、伊格尔顿的《后现代主义幻象》（华明译）；2001年出版的有贝克、吉登斯和拉什的《自反性现代化：现代社会秩序中的政治传统、传统与美学》（赵文书译）、齐格蒙特·鲍曼的《全球化：人类的后果》（郭国良、徐建华译）、阿尔布劳的《全球时代：超越现代性之外的国家和社会》（高湘泽、冯玲译）；2002年出版的有马泰·卡林内斯库的《现代性的五幅面孔》（顾爱彬、李瑞华译）、史蒂文·康纳的《后现代主义文化》（严忠志译），比格尔的《先锋派理论》（高建平译）、雷蒙德·威廉斯的《现代主义的政治：反对新国教派》（阎嘉译）；2003年出版的有弗里德曼的《文化认同与全球性过程》（郭建如译）、鲍尔格曼的《跨越后现代的分界线》（孟庆时译）、鲍曼的《现代性与矛盾性》（邵迎生译）、里斯比的《现代性的碎片：齐美尔、克拉考尔和本雅明作品中的现代性理论》（卢晖临等译）、维尔默

1　彭锋：《日常生活审美化批判》，《北京大学学报》，2007年第4期。

的《论现代和后现代的辩证法：遵循阿多诺的理性批判》（钦文译）、伯曼的《一切坚固的东西都烟消云散了：现代性体验》（徐大建、张辑译）、戴维·哈维的《后现代的状况：对文化变迁之缘起的探究》（阎嘉译）；2004年出版的有韦尔施的《我们后现代的现代》（洪天富译）、大卫·库尔珀的《纯粹现代性批判：黑格尔、海德格尔及其以后》（臧佩洪译）、奥斯本的《时间的政治：现代性与先锋》（王志宏译）；2005年出版的有赫勒的《现代性理论》（李瑞华译）、安托瓦纳·贡巴尼翁的《现代性的五个悖论》（许钧译）；2006年出版的有卡斯卡迪的《启蒙的后果》（严忠志译）；2007年出版的有托马斯·奥斯本的《启蒙面面观：社会理论与真理伦理学》（郑丹丹译）；2008年出版的有劳伦斯·卡洪《现代性的困境》（王志宏译）、海默尔的《日常生活与文化理论导论》（王志宏译）。从美学的单纯学科视角来看，其中，比格尔的《先锋派理论》早已成为当代艺术理论的经典之作，撰写《我们后现代的现代》的沃尔夫冈·韦尔施、撰写《启蒙的后果》的安东尼·J. 卡斯卡迪至今都是活跃在国际学术舞台的重要人物。

正是在西方现代性研究的热潮之下，中国学者也开始了自己的“现代性”探索。吴予敏1998年出版的专著《美学与现代性》是对于“审美现代性”进行集中探讨的最早著作。他认为，“现代性”作为对人类文明的一个衡量尺度，一个关于现代化社会中的文化根性和精神状况的概括的范畴，对于东方和西方都具有普适性。所谓“审美的现代性”，就是指在审美领域里表现的“现代性”，也是指“现代性”的审美表现形式。但尽管现代性与审美现代性都具有普适性，但是社会发展基础的不同与进步速度的不平衡，使得东方和西方的现代性与审美现代所涵指的问题又是十分不同的。现代性与审美现代的观察和分析，既要从全球着眼，也要从特定文化与社会范畴着眼。[1]

周宪2005年出版的40余万字的专著《审美现代性批判》，可谓是中国美学界对西方现代性进行研究的最为深入的总结之作，它主要仍是从西方的视角出发，对于“审美现代性”问题进行全面的梳理。该书从“现代性的问题史”开始，对于现代性的张力、审美现代性的四个层面、美学的二元范畴结构、审美现代性的内在矛盾都进行了研究。所谓的“审美现代性”的四个层面就包括：审美的“救赎”、拒绝平庸、对歧义的宽容、审美的反思性。进而，“审美现代性”所出现的矛盾就在于：商业化艺术与颠覆性艺术之间的矛盾、肯定与否定现实之间的矛盾、资产阶级意识形态与反资产阶级意识形态之间的矛盾。该书细致

1　吴予敏：《美学与现代性》，西北大学出版社1998年版。

分析了西方美学史上一系列二元范畴结构，其中的“历史范畴”包括素朴的和感伤的、古典的和浪漫的、再现与表现、韵味与震惊、可读的与可写的、他律与自律；“逻辑范畴”则包括：酒神精神与日神精神、快乐原则与现实原则、价值理性与目的理性、启蒙现代性与审美现代性。这些二元范畴既相互扶持又相互冲突，共同推动着美学的发展，“审美现代性批判”所借助的恰恰是这些二元范畴所形成的张力。[1]

周宪在肯定“审美现代性”的参照与批判功能的同时，同时又批判了“审美现代性”被夸大了的乌托邦功能，强调“启蒙现代性”的理性问题最终还得通过理性自身来加以解决，这就倡导了一种对“现代性张力”的辩证理解。这是由于，该书所认定的基本观点就是：“现代性”作为不断分化并充满了复杂内在矛盾的历史进程，其中的“启蒙现代性”与“审美现代性”是处于一种张力状态的关系当中的。在这种张力结构之内，“审美现代性”的主导取向，就是对现代文明及其工具理性的批判，它带有某种乌托邦功能，但它自身也充满了内在矛盾。对于现代性与后现代性的深层关联，作者认为二者并不是简单的彼此对抗的关系，后现代性包孕了复杂的审美现代性的精神，但又呈现出新的特征和取向。此外，该书还从审美话语的发展、艺术与日常生活关系的转型以及知识分子角色的转化等问题切入，这就更加强调了后现代性与现代性之间的承续和递变关系。

在对于西方的“审美现代性”的渊源研究当中，张政文的专著《西方审美现代性的确立与转向》从古希腊时代开始梳理，德国古典哲学与美学的现代性问题为立足点，对“审美现代性”所引发的诸多问题进行了历史溯源、文本还原和理论辨析，他通过“文化的自觉和转向与审美现代性”、“人的问题与审美现代性”、“现代性历史意识与审美现代性”、“美的本质问题与审美现代性”、“艺术问题与审美现代性”的架构，力图对审美现代性引发的思想焦虑进行治疗。[2]莫其逊的《美学的现实性与现代性》（中国社会科学出版社 2002 年版）也围绕着“美学的历史与定位”、“美学研究的现实与现代性”、“美学的未来”的基本问题透视了现代性于美学的关联。陈全黎的《现代性的美学话语：批判理论与实践美学》（湖南大学出版社 2009 年版）则选择了中西马克思主义美学中影响最大的两个流派——德国法兰克福学派与中国实践美学学派为研究个案，探讨

1 周宪：《审美现代性批判》，商务印书馆 2005 年版。

2 张政文：《西方审美现代性的确立与转向》，黑龙江大学出版社 2008 年版。

了现代性美学话语的基本内涵，揭示了实践美学现代性批判的主要内容。此外，周宪主编的《文化现代性与美学问题》（人民大学出版社 2005 年版）、陈戎女的《西美尔与现代性》（上海书店出版社 2006 年版）、傅其林的《阿格妮·赫勒审美现代性思考研究》（巴蜀书社 2006 年版）、杨向荣的《现代性和距离：文化社会学视域中的齐美尔美学》（社科文献出版社 2009 年版）都对于西方的审美现代性进行了个案的研究。

从西学东渐的角度，现代性研究为 20 世纪的中国美学研究提供了一个独特的视角。张辉的专著《审美现代性批判：20 世纪上半叶德国美学东渐中的现代性问题》就是这样的积极的尝试，该书从 20 世纪上半叶中德美学的历史与逻辑关联入手，从审美思想史和知识社会学的角度研究了"中国的"审美现代性逐步展开的问题。该书通过"中国美学（对德国美学）的期待视野"、"德国美学的东渐及其媒介研究"、"审美独立（在中国）与现代性问题"的重点视角，对于中国语境中的审美现代性问题在知识学、价值论和本体论上的表现作了深入的解析，还特别对"浮士德精神的审美阐释"、"酒神精神的东方视域"进行了个案的研究，从而勾勒出了德国审美思想在中国的流播图景，并确定了德国审美思想的东渐对中国语境中审美现代性问题的发生所具有的重要意义。[1]

王一川的专著《中国现代性体验的发生》，从一种独特的"体验美学"出来，梳理了"体验与文化现代性问题"的中国化的关联，他认为，在中西文化的双重互动当中，现代性体验的基调就是所谓的"怨羡情结"。这本专著的特色就是在于他的个案研究超出了传统文学研究的范围，通过李宝嘉《文明小史》所呈现的日常生活的现代性体验、王韬的"创局"与"地球合一"说所呈现的全球性境遇中的现代性体验，解释了生活世界与中国现代性体验之间的关系。进而，又通过王韬眼中的西方形象所昭示的"惊羡体验"、黄遵宪眼中的现实中国形象所昭示的"感愤体验"、刘鹗的传统记忆内古典中国形象所昭示的"回瞥体验"、《断鸿零雁记》中的现代性中国人形象所昭示的"断零体验"，从而深描出中国现代性体验的基本类型与辩证法。[2]

对于中国美学的现代性进行反思的最为深刻的力作，就是尤西林的《心体与时间——20 世纪中国美学与现代性》。作者首先从揭示现代时间起源、结构

1 张辉：《审美现代性批判：20 世纪上半叶德国美学东渐中的现代性问题》，北京大学出版社 2002 年版。

2 王一川：《中国现代性体验的发生》，北京师范大学出版社 2001 年版。

与意义的角度深化现代性理论，认为现代时间三维中过去、现在对未来的反抗与未来的演化，这不仅是现代审美深层结构，也是现代性种种矛盾冲突与现代思想史观念运动的深层线索。现代性的核心是心灵与时间的关系，心灵审美化及其抗衡现代性虚无主义的历史使命由此突出。20 世纪社会运动空前强大的伦理实践机制吸纳了全社会个体的心体能量，并成为崇高化的审美意识形态，“后文革”时代大众审美文化为失去实践体制依托并迫于现代性进程压抑的信仰、伦理、审美心理能量提供发泄广场，而 21 世纪的中国审美心灵仍将处于现代性时间结构矛盾中。总之，该书对于 20 世纪的中国美学与现代性知识的陈述进行了非常深入的研究。[1]

张法在《美学与中国现代性历程》一文当中认为，从王国维开始，美学就进入了中国现代学术和现代文化的复杂关系之中。从宏观大势上说，中国现代美学的进展可以分为三个时期：20 世纪前期的美学模式与中国学术和文化初步建立；20 世纪 50、60 年美的本质四派与中国学术和文化“苏式”转向；20 世纪 80 年代后的美学演进关结与中国学术和文化的转向。其中，美学在同学术、社会、政治的紧密关联里，又产生了四种基本模式：一是梁启超式的社会学模式，要求美学为政治服务，服务于中国现代性的国民性转换；二是蔡元培式的教育学模式，让美育在教育体系中占有基础的地位，让美成为中国现代性的人生境界。三是朱光潜式的审美现象学模式，向人们指明了在现实中如何才能获得美。四是宗白华式的文化学模式，突出了古代文化内在的统一性，从而突显出中国文化的特质。[2]

寇鹏程也认为，中国的审美现代性实际上有四种范式：一是审美非功利主义，二是审美工具主义，三是审美批判主义，四是审美快感主义。由于审美独立意识与工具意识之间的纠葛，这四大范式性道路：第一种是强调审美自身的独立性，强调为了美而美的“唯美主义”，为了艺术而艺术的审美至上主义；第二种是审美万能主义，这种审美范式太过崇信审美的社会功用，认为审美是知识的传播者、道德的承载者、社会的拯救者，是一种审美工具主义；第三种是强调审美感性主义在现代社会的特殊意义，强调感性主义对于理性主义、科技主义的反抗，对于健全人格的特殊价值，这是对现代社会“异化”的批判；第四种是审美快感主义范式，强调审美的官能享乐主义，认为审美是一种快感、消

1　尤西林：《心体与时间：20 世纪中国美学与现代性》，人民出版社 2009 年版。
2　张法：《美学与中国现代性历程》，《天津社会科学》，2006 年第 2 期。

费和娱乐，是主体的一种感官享受。[1]

王杰在《审美现代性：马克思主义的提问方式与当代文学实践》当中，以在中国占据主流意识形态的马克思主义作为研究对象，认定关于审美现代性的有关思想，早在《1844年经济学哲学手稿》中可以看到其基本思路和理论原则。在马克思的理论视野中，审美意识形态的现代作用主要包括三个方面的理论内容。首先，在现代社会中，由于社会生活的异化，意识形态包括审美意识形态必然发生严重的扭曲和异化，审美意识形态与它所表征的社会关系发生某种程度的脱节甚至断裂。其次，由于审美活动是以个体的审美经验为基础的，在社会已经充分个体化了的现代社会，个体意识形态与主流意识形态必然形成诸多的差异，这就为审美启蒙并且重新把握现实生活关系提供了可能。再次，关于两种意识形态的关系问题，审美活动的一个显著特点是审美经验的个体性与审美对象的共同性的有机统一。[2]

刘悦笛在《在"审美批判"与"批判启蒙"之间——建构全面的现代性》一文中认为，可以采取一种"融合视界"大视野，寻求一种介于"审美现代性"与"启蒙现代性"之间的新的现代性，其基本内涵包括：首先，以"审美"中和"主体性"，走出"人类中心主义"，从而走向一种"主体间性"的交往原则。其次，以"审美"中介"纵向理性"，远离"逻各斯中心主义"，从而塑造出一种"横向理性—感性"的图景。再次，以"审美"平衡"文化分化"，反对科学、道德和艺术的绝缘分裂，从而趋向一种"文化间性"的对话主义。最后，以"审美"规划"社会尺度"，抛弃"乌托邦"的虚幻之途，铺出一条"新感性—理性社会"的路径。总而言之，既然"现代性的事业"尚未完成，那么，我们就理应构建一种"全面的现代性"。[3] 如上这四个方面，恰恰构成了健康的"现代性"的完整图景，它探讨的无疑是一种人与世界、人与人之间的新型关系。

---

1 寇鹏程：《中国审美现代性研究》，上海三联书店2009年版。

2 王杰：《审美现代性：马克思主义的提问方式与当代文学实践》，《文艺研究》，2000年第4期。

3 刘悦笛：《在"审美批判"与"批判启蒙"之间——建构全面的现代性》，《学术月刊》，2006年第9期。

第九章 “生活美学”的本体论转向

进入21世纪的头十年间，随着与国际美学前沿的发展愈来愈同步，当代中国美学又开始了新的征程，“美学本体论”的发展正在酝酿着一场新的创新。当前的中国学界的新兴学者们，试图要超出“实践—后实践美学”的思维范式，所以，他们力求回归到现实的“生活世界”来重构——“生活美学”——作为未来中国美学的一条可行之路。所以说，“生活美学”在中国本土的建构，一方面力图摆脱“实践美学”的基本范式，另一方面又不同于“后实践美学”的旧模式，当然更不同于介于“生产美学”与“存在美学”之间的各种旧有的美学形态，从而试图为新世纪的中国美学找到新的拓展之途。这是由于，忘记生活世界，终将被生活世界所遗忘。与其他学科相比，美学更需回归于生活世界来加以重构，这是由美学作为“感性学”的学科本性所决定的。“生活美学”在中国建构的基本任务，并不仅仅限于超出实践与后实践的基本范式，同时，作为与国际美学得以同步发展的新的美学思想，它另外的重要职能还在于要将美学原论建基在中国传统的思想根基之上，所以，如何建构一种“中国化”的“生活美学”问题被提了出来。[1]

就在2010年，“生活美学”研究在中国全面兴起，其重要的“标志”主要有两个：一个就是由国际美学学会（IAA）主办、第一次在中国召开的第18届世界美学大会（International Congress for Aesthetics）上开设了“传统与当代：生活美学复兴”与“日常生活美学”的两个专题会场，得到了国内外学者们的广泛和高度关注。[2] 国际上最重要的美学杂志《美学与艺术批评》（*Journal of Aesthetics*

1 刘悦笛：《重建中国化的“生活美学”》，《光明日报》，2009年8月11日。

2 李修建：《“美学的多样性”——第18届世界美学大会综述》，《世界哲学》，2010年第6期；孙焘：《中国美学向世界打开了大门》，《中华读书报》2010年8月18日。

and Art Criticism）的主编苏珊·费金（Susan Feagin），在第18届世界美学大会期间接受采访时便前瞻说："今天美学与艺术领域的一个主要发展趋势是美学与生活的重新结合。在我看来，这个发展趋势似乎更接近于东方传统，因为中国文化里面人们的审美趣味是与人生理解、日常生活结合一体的"（第18届国际美学大会组委会编：《第18届国际美学大会通讯》），这是欧美主流学者所感受到的国际美学的最新动向。在东亚文化内部更是对于"生活美学"关注有加，2010年11月"亚洲艺术学会"（ASA）所举办的京都年会上，所设立的主题就是"日常生活的艺术"，在会议主题里面提到2010年日本的"美术教育学会大会"上就有论者提出"日常生活中的美术教育"的问题，"刚好就在日本的美术教育学会结束不久，中国的北京也举办了国际美学大会，而'日常生活的艺术'这个相同的主题"又得到关注（《亚洲艺术学会京都年会》会议文集前言），所以亚洲艺术学会也以这个主题作为研究对象，这也恰恰展现出中日文化的共同优长之处。

另一个重要标志，则是中国本土的杂志纷纷推出"生活美学"专题。其中，以《文艺争鸣》连续推出的"新世纪中国文艺学美学范式的生活论转向"的八期系列专辑最为引人注目，在2010年度分别提出的是"新世纪中国文艺学美学范式的生活论转向"专辑（第3期）、"外国文艺学美学的生活论转向讨论专辑"（第5期）、"中国文艺学美学的生活论转向讨论专辑"（第7期）、"文化研究与生活论转向讨论专辑"（第9期）和"生态理论视野与生活论转向讨论专辑"（第11期）。张未民的《想起一些与"生活"有关的短语和诗句》一文吹响了"生活论转向"的号角。[1]就在同一年，《艺术评论》的第10期与第12期，分别推出了"艺术与美学"专辑集中探讨了"生活美学"的问题，共推出了8篇文章进行了深入探讨。这种趋势一直延续到了2011年，《文艺争鸣》学术版的第1期将生活论转向视野推展到了更深层的疆域，而第3期则聚焦于"李泽厚与生活论美学传统"的专题，《文艺争鸣》艺术版的首期也以"生活美学"为专题，将这种新的美学视角纳入到了视觉艺术与造型设计的领域。这十多个专题集中推出的近百篇学术论文在本土的杂志纷纷登场，充分说明了"生活美学"所具有的方兴未艾的新生命力。

然而，"生活美学"这一本土化传统，实际上早已被中国学者不自觉地意识到了。早在20世纪中期，车尔尼雪夫斯基的"生活美学"就已经成为了当时中国美学研究的逻辑前提，也就是一个被公认而接受的历史前提，同时也是中国化的马克思主义美学建构的逻辑起点，所以当时几乎每个派别（除了蔡仪保

1　张未民：《想起一些与"生活"有关的短语和诗句》，《文艺争鸣》2010年第3期。

持审慎态度之外），大多是同意这种“美是生活”的理论的，早期的实践派美学也是直接从这种“生活美学”当中生发出来的。当然，就像实践美学更准确地说是“实践论美学”一样，与此同理，“生活美学”实际上也应该就是“生活论美学”，它也可以被看作是生活哲学的一个重要的分支，而“生活美学”也决不能等同于审美化的生活抑或生活本身的审美生活化。有趣的是，在台湾地区所出现的“生活美学”的走势，主要就是指“美学的生活化”的趋势，代表的人物和著作是蒋勋的《天地有大美》（远流出版公司 2005 年版）与汉宝德的《美，从茶杯开始》（联经出版事业公司 2006 年版）。当然，也有其他论者如龚鹏程敏锐地感受到了一种转变，亦即“美学在台湾正要由生命美学发展出生活美学”，“人文之美，即体现在人们的衣食住行各方面。生活的艺术化，才可以使人脱离粗俗朴鄙的状态，而体现其文化涵养”。[1]但无论是从儒家的本土思想出发还是从艺术的具体感悟出发，台湾地区甚为流行的所谓“生活美学”，其实关注的是在日常生活当中如何运用美学智慧的实用性问题。

与之不同，在大陆学界，叶秀山所撰写的申明自己美学主张的《美的哲学》（东方出版社 1991 年版）一书当中，试图利用现象学创始者胡塞尔晚期的“生活世界”理论，来建构另一种新的美学理论。按照叶秀山的意解，尽管胡塞尔并没有说他的“生活世界”是“艺术的世界”，但是这个世界却是直接地将“本质”和“意义”呈现出来，因而也就是“本质的直观”，[2]而这已为海德格尔将“诗意”引入生活世界提供了条件。由此可见，与绝大多数中国美学界论者直接从海德格尔那里获取资源不同，叶秀山早已意识到了：美的活动可以直接把握到生活现象自身，也就是把握到生活的那种活生生的质感，这是由于，美学研究对象就是“基本的经验世界”，而这个“世界就是一个充满了诗意的世界，一个活的世界，但这个世界却总是被‘掩盖’着的，而且随着人类文明的进步，它的覆盖层也越来越厚，人们要作出很大的努力才能把这个基本的、生活的世界体会并揭示出来。”[3]所以，在当下的时代，回归到这种现象学意义的生活世界来重构美学的方式，就已逐渐在成为一种大势所趋，即使在持其他观念的论者那里也可以得到赞同，诸如认定这个“生活世界”就是“有生命的世界，是人生活于其中的世界，是人与万物一体的世界，是充满了意味和情趣的世界”之类

1 龚鹏程：《从生命的学问到生活的学问》，立绪文化事业有限公司 1998 年版，第 9—10 页。
2 叶秀山：《美的哲学》，人民出版社 1991 年版，第 22 页。
3 叶秀山：《美的哲学》，人民出版社 1991 年版，第 61 页。

的观点[1]，从中都可以看到生活世界理论与本土传统思想之间的契合。

"生活美学"之所以在东西方同时出场，尽管有着异曲同工之妙，但是各自生发的语境确实不同。对于欧美的美学而言，在整个20世纪的后半叶，秉承了盎格鲁—撒克逊传统、以英语为主要语种"分析美学"逐渐在世界范围内占据了绝对的主导地位之后，艺术成为了美学研究的几乎唯一的对象，甚至分析美学原理本身往往就被等同于"艺术哲学"。然而，超出（按照分析及非分析的方法进行研究的）"艺术"之外——"自然对象"与"生活对象"[2]——恰恰就成为了超出传统研究对象的两个崭新的研究领域。在上世纪的美学主流以艺术为主要研究对象之后，从世纪末期开始，美学研究的领域又重新丰满了起来，"艺术界"、（从"自然界"发展而来的）"环境界"与"生活界"，终于成为了国际美学研究的三大领域，美学从而可以在最为广阔的范围内得以出场。"艺术哲学"的研究仍在得以继续发展，早期的"自然美学"研究逐渐扩大为"环境美学"研究，"生活美学"则作为最新的思潮而出场，这正是由于，所谓"人类生活美学"（the aesthetics of human life）的确成为了在当代美学中拓展范围的时候所集中探讨的热点之一。[3]

与西方"后分析美学"（post-analytical aesthetics）的生成语境不同，中国的"生活美学"所面对的则是新旧"实践美学"的强大传统，还有从置疑实践美学而生发出来的"后实践美学"诸多形态。欧美美学所面临的是"艺术终结"与"后历史"的语境，而当代中国美学似乎对于艺术的研究并不那么热衷，美学往往成为了一种"纯思辨化"的自说自话的产物。如此说来，当代中国美学一方面既没有直接面对艺术加以言说，另一方面又脱离了其自身本来就具有的生活论传统，因而，回归生活世界来重构美学便成为了对于上述美学方向的一种纠偏。如果说，欧美的美学提出"生活美学"是为了超越分析美学传统的话，那么，在中国所提出的"生活美学"则是为了直接超越实践美学所形成的主流传统。

从目前国内外所出版的专著来看，从2005年开始，关于生活美学的专著就不断得以出版。第一本"生活美学"文集是由安德鲁·莱特（Andrew Light）与乔纳森·史密斯（Jonathan M. Smith）共同主编的《日常生活美学》（*The Aesthetics of Everyday Life*，New York：Columbia University Press，2005），该书集中了当

1 叶朗：《美学原理》，北京大学出版社2009年版，第76页。

2 Andrew Light and Jonathan M. Smith eds., *The Aesthetics of Everyday Life*, Columbia University Press, 2005, p.39.

3 Andrew Light and Jonathan M. Smith eds., *The Aesthetics of Everyday Life*, Columbia University Press, 2005, p.39.

代国际美学家们对“生活美学”这个最新热点进行探讨的多篇文章。同年，中国学者刘悦笛出版了《生活美学：现代性批判与重构审美精神》（安徽教育出版社2005年版）。[1]2007年，日裔美籍学者齐藤百合子（Yuriko Saito），从环境美学研究出发，并结合日本文化传统出版了《日常美学》（*Everyday Aesthetics*，New York：Oxford University Press，2007）；卡地亚·曼多奇（Katya Mandoki）的《日常美学：平凡性，文化游戏与社会身份》（*Everyday Aesthetics：Prosaics，the Play of Culture and Social Identities*，Aldershot，England：Ashgate，2007）从文化与社会研究的角度探讨了“生活美学”；同年还出版了刘悦笛的《生活美学与艺术经验：审美即生活，艺术即经验》（南京出版社2007年版），该书也入选了中国国家新闻出版总署主办的第二届“三个一百原创出版工程”。

刘悦笛的《生活美学：现代性批判与重构审美精神》是国内第一部专论“生活美学”的专著，它在阐释当代美学的“最新转向”的基础上试图重建起一套“生活美学”体系。在“日常生活审美化”（当代文化的“超美学”走向）与“审美日常生活化”（前卫艺术的“反美学”取向）的历史背景下，刘悦笛试图从现象学视角出发，分别考察了美与“日常生活”、“非日常生活”、“本真生活”之间的现象学关联。美与“日常生活”的本然关联就显现在：（1）从直观性到“本质直观性”；（2）从直观性到“本质直观性”；（3）从历时性到“同时生成性”。[2]作为“本质直观”，作为一种“回到事物本身的生活方式”，美的活动其实就是本真生活的“原发状态”。只不过，这种“本真生活”为“日常生活”的平日绵延所逐渐遮蔽，被“非日常生活”的制度化所日渐异化，从而表现为介于“日常生活”与“非日常生活”之间的居间者形态。实际上，这种建构其实是同中国古典美学内在相通的，特别是与原始道家美学的“去蔽”思路息息相关。同时，该书重新阐发了审美与真理、审美与伦理之间的本然联系：传统“真理符合论”将真理拒绝在美之外，而审美与真理的相互拓展却使美学观与真理论得到双赢，“美的真理”构成了“共识观”与“解释学”的统一，美遂而成为“生活真理的直观显现”。美与善在近代的“伦理自由观”里就有一种亲和关系，在审美与伦理的相通之处实现的是一种“具体的自由”，美学终将是一种“未来的生活伦理学”。总之，本书最终要建构的是一套本土化的“生活美学”思想观念，这种生活美学的基本思想在后来的专著《生活美学与艺术经验：审美即生活，艺术即

1　陈思勤：《中国“生活美学”研究的新兴》，《文艺争鸣》，2011年第5期。

2　刘悦笛：《生活美学：现代性批判与重构审美精神》，安徽教育出版社2005年版。

经验》当中获得系统化的建构，从而形成了一个相对严整的美学体系。

从西方美学的“生活论转向”来看，中国学者的研究主要聚焦于新旧实用主义美学的两种视角，而这种美学的对立面主要就是康德的美学。因而，告别康德美学、超越审美非功利，就成为了当代欧美美学的某种共识。为了实现“生活论转向”，杜威的“旧实用主义”成为了中西学者们获得灵感来源的思想根据地，[1] 在欧美学界杜威成为了向分析美学挑战的武器，因为杜威的美学从“整一的经验”理论出发，试图恢复艺术与日常经验之间的本然关联，给予了当代美学以新的启示。而且，也有中国学者意识到，儒家思想与杜威的有着共同的基础，特别是对于“人的生活”关注方面更是如此。美国的“新实用主义美学”在中国也产生了积极影响，阿诺德•伯林特根据杜威回归经验的理路，提出的独特的“审美介入”的观点，理查德•舒斯特曼则直接继承了杜威思想，试图取消高级艺术与低级艺术的差别从而积极为通俗艺术辩护，从而阐发出一套“生活艺术”的新观念，这都得到了中国学者的广泛关注，后者的基本思想取向就被中国学者直接称之为“生活美学”。

从中国美学的“生活论转向”观之，从古典到当代形态的中国美学都被置于“生活美学”的视角内得以重新审视。中国学者首先试图回到传统思想里面，来为“生活美学”寻找本土化的资源，认定生活美学构成了中国古典美学的“根本生成范式”，“儒家生活美学”与“道家生活美学”便形成了两种基本原色，并与后兴的“禅宗生活美学”共构成中国美学的“三原色”。而且就历史而言，从孔子和老子这两位古典美学的奠基者那里开始，中国美学就已经走上了生活美学的道路，真正地将中国古典美学的儒、道、骚、释的传统熔为一炉的思想大家非王夫之莫属，船山可以被视为中国古典美学思想的集大成者。[2] 从“生活美学”的角度来看，中国古典生活美学趋成了三次高潮，分别是“先秦生活美学”、“魏晋生活美学”和“明清生活美学”。

李修建出版的新著《风尚：魏晋名士的生活美学》，通过对以《世说新语》为中心的魏晋相关史料的细密爬梳，以形神、服饰、清谈、饮酒、服药、游艺、诗文、书画为不同的侧面，整体地深描出魏晋名士的“生活美学”的方方面面，这是关于中国古典生活美学研究的第一本著作，开启了中国古典生活美

1　张宝贵：《走向生活的美学——20 世纪西方美学的主体走向》，《江海学刊》，2000 年第 6 期。

2　刘悦笛：《儒道生活美学——中国古典美学的原色与底色》，《文艺争鸣》，2010 年第 7 期。

学的深入研究。[1] 该书将魏晋名士的审美风尚置于文化史的大背景及日常生活的语境之中进行考察，得出了一些新的结论，如提出魏晋名士的“褒衣博带”乃是源于儒家的服饰传统；陶渊明的采菊有着养生的目的，晋人的好鹤也有现实的功用等。该书还对魏晋时期的主要世族及主要名士、清谈名士、服药名士的相关史料进行了分类整理。其最重要的特色就在于，以历史的宏观视野，对士与名士的内涵，对所涉每项生活风尚，都能考其源起流变，探究其细蕴含的审美意趣与文化精神，使该书呈现了一种历史的深度和厚度。姚文放主编的《泰州学派美学思想史》(社科文献出版社 2008 年版)也聚焦于泰州学派所倡导生活化美学问题，张维昭的《悖离与回归：晚明士人美学态度的现代观照》(凤凰出版社 2009 年版)也采取了丰富的明代生活美学的研究。

通过史料的系统整理和深入研究，近现代的“生活美学”研究也逐渐被纳入到学者的视野当中，而以“日常生活审美化”为主题的当代生活美学更是被广为关注，并将之与文化研究、视觉研究和文化批评结合了起来。有论者辨析了在中国三种生活美学传统，第一种就是基于前宗法社会、残留于当代的，作为人们追忆与利用传统生活与文化的美学；第二种则是基于百年现代中国民众革命斗争的革命生活美学；第三种才是基于当代世界资产主义整体语境而在中国迅速发育的、基于生产和消费的“经验的生活”及其生活的美学。[2] 这三种生活美学传统都力图贴近现实，都落脚于生活，也都各有其现实性，因而也共存叠合于当今时代。还有论者更为直接地将共和国建立之后的三种生活美学，分别称之为“政治生活美学”、“精英生活美学”和“日常生活美学”。由此可见，“日常生活美学”只是当代中国“生活美学”研究的一个方面，也就是归属于当代文化的那个部分，“生活美学”本应拥有更广阔的领域和对象，它的研究范围从古代传统一直延伸到了当代文化。

对“日常生活美学”的价值取向问题，目前已经成为了论争的焦点。王德胜提出，作为“日常生活美学”的理论核心，“新感性价值本体”并不是认识论意义上的认识范畴，而是一个的当代生存现实中反抗理性一元主导论的美学范畴，是一个在指向现实的阐释中不断获得自身确立的当代生活存在范畴。日常生活的审美缺位决定于发生和满足于人的实际生活的感性意义，这说明，日常生活现实中的人的感性的生活情感、生活利益于生活满足具有内在的自然合法

1　李修建：《风尚：魏晋名士的生活美学》，人民出版社 2010 年版。

2　陈雪虎：《生活美学：三种传统及其当代会通》，《艺术评论》，2010 年第 10 期。

性，并揭示了当代日常生活于感性之间的同质化的关系，突出了人的生活行动的感性实在性。[1] 这种观点遭到了许多论者的反对和批评，他们认为，感性价值也不能作为本体而存在，本身更为丰富的日常生活也不可以化约为感性一元论。正如王确所公正地指明的那样：重提“生活美学”不是要颠覆掉经典美学的所有努力，而是要使美学返回到原来的广阔视野；讨论“生活美学”不是要把被现代文化史命名为艺术的那些东西清除美学的地盘，而是要打破自律艺术对美学的独自占有和一统天下，把艺术与生活的情感经验同时纳入美学的世界；确认“生活美学”就是为了亲近和尊重生活，承认生活原有的审美品质。[2]

在“生活美学”当中，得以转变的不仅是传统“审美观”，而且还有旧有的“生活观”。有一种重要误解在于：生活美学直接等同于“日常生活美学”。日常生活美学的确是最新兴起的一种思潮，它是直面当代“日常生活审美化”而产生的，将重点放在大众文化转向的“视觉图像”与回归感性愉悦的“本能释放”方面，从而引发了很大的争议。然而，“生活美学”尽管与生活美化是直接相关的，但是当代文化的“日常审美化”与当代艺术的“日常生活化”对生活美学而言仅仅是背景而已。“生活美学”更是一种作为哲学理论的美学新构，而非仅仅是文化研究与文化社会学意义上的话语构建。这意味着，生活美学尽管是“民生”的美学，但却并非只是属于大众文化的通俗美学，而日常生活美学却成为了只为大众生活审美化的“合法性”做论证的美学。在理论上，它往往将美感等同于快感，从而流于粗鄙的“日常经验主义”。所以说，“生活美学”是包含“日常生活美学”的，或者说，“日常生活美学”只是“生活美学”的有机构成部分或者当代文化形态而已。

“生活美学”在中国出现之后，首先就面对了“生存论转向”之后的后实践美学的挑战。在目前的中国美学界，“日常生活美学”与“超越性美学”之间的确形成了某种内在的张力与冲突，这特别凸现在后实践美学论者所持的“超越论”立场与日常生活美学论者所持的“感性论”立场之间的直接对峙。按照《光明日报》2009 年 7 月 14 日所做“美学与日常生活”笔谈之编者按的说法：“日常生活的现代化带来了大众文化的繁荣。在如何看待这一社会文化现象的问题上，学者们形成了不同的美学立场，产生了‘超越性美学’与‘日常生活美学’两种美学体系。‘日常生活美学’主张美学要回归感性学，服务人的世俗幸福；‘超越性美学’认为美学要批判消费主义文化，保持审美的超越性品格，服务人的精神自由。两

---

1 王德胜：《回归感性意义——日常生活美学论纲之一》，《文艺争鸣》，2010 年第 3 期。

2 王确：《茶馆、劝业会和公园——中国近现代生活美学之一》，《文艺争鸣》，2010 年第 7 期。

种美学体系，植根于现代日常生活，又吸收了国外现代主义、后现代主义的思想资源，从而标志着中国现代美学建设的新进展，”[1]这种描述还是相对客观的。

但与此同时，“实践存在论”美学却完全赞同美学的“生活论转向”，因为这种美学提出的初衷，也是想使美学跳出纯理论的圈子从而回到现实生活，而这也被认定是以与马克思的实践观结合为一体的存在论思想为直接依据的。朱立元回头来对马克思的“现实生活”的概念进行阐释，认为这个概念更多地表示与观念、意识相对立的“人的全部社会生活活动”——物质实践和其他生活实践，它既包括作为实践基础的物质生产活动，也包括人们的社会交往和各种社会活动、各种精神生产活动（艺术和审美活动就在其中）以及其他的日常生活活动。[2]“实践存在论”美学就是希望美学回归人们的现实生活，回归无限丰富多彩的人生实践，而不是脱离现实生活的高头讲章与抽象体系。由此可见，如果将美学拉回到生活世界来加以考量，“实践存在论”也是对此采取了赞同的态度的，这也就好似实践美学的萌芽状态时期的思想同样赞同“美是生活”的观念一样。但无论怎样说，这都已经形成了“实践论美学”、“生存论美学”与“生活论美学”之间共生的错杂关系，从而亦构成了当代中国美学健康发展的多元格局。

将生活美学当作“环境美学”的分支，还是把环境美学作为“生活美学”的分支，这也关系到对“生活美学”的理解。当代欧美环境美学家更多地把生活美学当作是环境美学的当代发展环节。这里面引发出来的问题就是：生活是从环境里面延伸而出的，还是环境是围绕生活而生成的？按照环境主义论者的观点，他们认为，如果认定环境就是围绕着主体生成的，那么，这种思想本身就蕴涵了“人类中心主义”的意味。但是，环境毕竟还是针对人类而言的，没有人类也许就无所谓环境的存在与否。可以说，环境总是“属人”的环境，环境与生活本身就是密不可分与交互规定的，环境更应被视为是“生活化”的环境。活生生的“人”及其生活的环境的互动关联，恰恰是“环境美学”融入“生活美学”的必然通途。曾繁仁认为，“美学走向生活”的重要方向如果纳入到本土化的生态美学的系统当中，那么城市美学就会首当其冲，中国特色的城市美学的核心概念就在于“有机生成论”。这种具有东方特色的“有机生成论”的城市美学，属于生态美学的必然组成部分，也是生态美学的重要实践领域之一。[3]

1 《“美学与日常生活”笔谈·编者按》，《光明日报》，2009 年 7 月 14 日。
2 朱立元：《关注常青的生活之树》，《文艺争鸣》，2010 年第 7 期。
3 曾繁仁：《美学走向生活：“有机生成论”城市美学》，《文艺争鸣》，2010 年第 11 期。

从国际美学的整体走势来看，“当代艺术哲学”、“当代环境美学”与“当代生活美学”依然成为国内外美学家们所集中关注的美学生长点。这意味着，对于当代的艺术、环境与生活的美学研究，已经成为了国际美学发展的最新主潮。正如刘悦笛在专著《分析美学史》的结语部分所见——“回到经验”、“回复自然”与“回归生活”——业已成为当代国际美学发展的三个新的发展方向，在中国本土，其中的“生活美学”的建构，恰恰是与国际美学颉颃发展起来的一种中国美学新形态。或者说，生活美学的建构在中国是深深植根于本土传统之上的一种美学新构，它所代表的“新世纪中国文艺学美学的生活论转向”，恰恰是当代中国美学20世纪80年代经过“实践论转向”、90年代经历了“生存论转向”之后的又一次重要的思想转向。中国美学思想曾经集中追问过“美的本质”问题，这早就从50年代就已经正式开始，而转换到所谓的“本体论时代”，则主要是从90年代才开始的，只有到了新的世纪，“生活论转向”的新视角才真正得以被接纳了下来。

所谓“生活美学”或“生活论转向”，被大多数的学者将之理解为一种探讨将“生活世界”与“审美活动”沟通甚或同一起来的努力。生活美学主张美学向生活回归，着力发掘生活世界当中的“审美价值”，提升现实生活经验的“审美品格”，志在增进当代人的“人生幸福”，这被认为是非常重要的美学新突破。可以说，“新世纪以来，生活论转向开始成为文艺学美学的重要话题，以‘日常生活审美化’启其端，而‘生活美学’承其绪，”[1]并开始得到全面的发展。与此同时，置疑的声音也开始出现，因为“即使是一种生活本体论意义上的‘生活美学’，要取得实效，需要对现实生活世界中的审美现象、活动展开系统、深入的专题研究”。[2]但无论怎么说，在中国“美学本体论”的历史逻辑的转换逐渐展开的时候，就可以看到，从“实践论”、“生存论”到“生活论”的哲学基础之根本性的转换。如果说，李泽厚所奠定的是实践美学的“人类学历史本体”而大多数论者则直接持“实践本体论”的话，那么，后实践美学论者所执著建构的就是一种“生存论本体”，而最新出现的“生活美学”实际上走向了一种“生活本体论”。

总而言之，从“实践论美学”、“生存论美学”走向“生活论美学”，恰恰构成了当代中国美学的“本体之变”。

1 北京师范大学文艺学研究中心编：《文艺学新周刊第89期·美学研究的生活论转向》导言部分。

2 薛富兴：《“生活美学”所面临的问题与挑战》，《艺术评论》，2010年第10期。

第十章　接受美学与我国当代文艺学

接受美学（Rezeptionsasthetik）亦称“接受理论”（Rezeptionschorie）、“接受与效果研究”（Rezeptionsforschutuny）等，亦译作“接收美学”。它发端于联邦德国，七十年代初开始崭露头角，逐步成为德国的一支重要的文学理论流派。在其后的十多年时间内，接受美学异军突起，越过国界，传播到西欧诸国，并在美国大陆上与读者反应批评合流，影响远及日本。前苏联及东欧诸国也对接受美学的挑战做出了迅速的反应，开始了他们的马克思主义接受美学研究。八十年代中期，接受美学传到中国，我国的文学理论与批评工作者在探寻方法论的热潮中，迅速并敏感地译介了接受美学，展开了我国的接受美学研究。一时间，接受美学登高一呼，应者云集。它脱颖而出，蔚然而成一股世界性的理论潮流。

接受美学在西方的发展

一、挑战：接受美学的宣言

一九六七年，联邦德国青年学者康斯坦茨大学汉斯·罗伯特·姚斯受到校方的聘任，荣任该校罗曼语文学教授一职。在就职仪式上，他发表了一篇演说：《研究文学史的意图是什么、为什么？》，语惊四座，引起了一片轰动。在这篇著名的讲演中，姚斯指出，迄今为止的文学研究一直把文学事实局限在文学的创作与作品的表现的封闭圈子里，使文学丧失了一个极其重要的维面，这就是文学的接受之维。在以往的文学史家和理论家们看来，作家和作品是整个文学进程中的核心与客观的认识对象，而读者则被置于无足轻重的地位。其实，“在作者、作品与读者的三角关系中，读者绝不仅仅是被动的部分，或者仅仅作出一种反应，相反，它自身就是历史的一个能动的构成。一部文学作品的历史生命如果没有接受者的积极参与是不可思议的。因为只有通过读者的传递过程，作品才进入一种连续性变化的经验视野之中。”也就是说，只有通过读者，作品才能在一代一代的接受之链上被丰富和充实，永葆其价值和生命，这正是文学的历史本质。姚斯认为，面对以往文学在作者作品的封闭圆圈中运动的方法论，必须建立一种崭新的方法论，这就是接受美学。[1]姚斯对此从七个方面予以论述。

1. 历史客观主义的传统偏见将文学作品看成一个永不变更的客观的认识对象，作家的历史地位与作品的艺术思想价值是超越时间与空间的，是被给定的客观存在。文学的所有研究、批评只是为了发掘出这些客观存在的事实。因此文学的历史性也只能是一种对文学事实（作家与作品）依照某一顺序的编组（如编年史）。然而这恰恰忽视了文学的基本特点，忽视了它的特殊的历史性。“一部文学作品，并不是一个自身独立，向每一时代的每一读者均提供同样观点的客体。它不是一尊纪念碑，形而上学地展示其超时代的本质。它更多地像一部管弦乐谱，在其演奏中不断获得读者新的反响，使本文从词的物质形态中解放出来，成为一种当代的存在。”[2]一部乐谱并不是音乐，只有演奏活动才能使它成为美妙的音乐，读者的作用有如演奏者，能够把死的文字材料变成活生生的艺术形象。作品的价值只有通过读者才能体现出来。

2. 任何一个读者，在其阅读任何一部具体的文学作品之前，都已处在一种先在理解或先在知识的状态。没有这种先在理解与先在知识，任何新东西都不可能为经验所接受。这种先在理解就是文学的期待视野。它是在作者、作品、读者的历史之链中形成的。没有这种先在理解，任何文学的阅读都将不可能进行。同时，从作品来看在每一阅读展开的历史瞬间，任何一部文学作品，“即使它以崭新的面目出现，它也不可能在信息真空中以绝对新的姿态展示自身”。[3]它总是要通过预告、信号，暗示等为读者揭示一种特殊的接受。唤醒读者以往阅读的记忆，将读者带入一种特定的情感态度中，一开始便唤起一种期

1 汉斯·罗伯特·姚斯：《走向接受美学》，见中文版《接受美学与接受理论》，周宁、金元浦译，沈阳：辽宁人民出版社 1987 年版，第 26 页。

2 汉斯·罗伯特·姚斯：《走向接受美学》，见中文版《接受美学与接受理论》，周宁、金元浦译，沈阳：辽宁人民出版社 1987 年版，第 29 页。

3 汉斯·罗伯特·姚斯：《走向接受美学》，见中文版《接受美学与接受理论》，周宁、金元浦译，沈阳：辽宁人民出版社 1987 年版，第 31 页。

待。读者带着这种期待进入阅读过程，以在阅读中改变、修正或实现这些期待。

3. 人们的既定期待视野与新的作品之间具有一种审美距离。读者对每一新作品的接受，总是通过对先前熟悉的经验的否定完成“视野间的变化”，把新经验提高到意识水平，从而进入新视野的。“一部文学作品在其出现的历史时刻，对它的第一读者的期待视野是满足、超越、失望或反驳，这种方法明显地提供了一个决定其审美价值变化的尺度。”[1] 期待视野与作品间的距离，熟识的先在经验与新作品接受所需求的“视野的变化”之间的距离，决定着文学作品的艺术性。

4. 文学的接受包括本文与读者相互关系的历时性方面与同一时期的文学参照构架的共时性方面，两个方面相辅相成构成了接受美学主张的文学的历史性。对于历史上同一作家、同一作品的理解、判断、评价，不同时代的读者往往不尽相同，甚至存在较大的差异性。造成这种差异的原因，一方面是读者期待视野的变化，另一方面是由于作品本身在效果史的背景上会呈现丰富的“语义潜能”。[2] 一部作品的意义潜能不会也不可能为某一时代读者或某一个别读者所穷尽，只有在不断延伸的接受链条中才能逐渐由读者展开。

5. 文学作品接受的历时性方面具有其独具的特点。俄国形式主义曾提出“文学演变”的原则：其中每一新作品的崛起必以先前的或已完成的作品为背景，它作为一种成功的形式达到此一文学时期的高潮，然后这种形式被迅速地摹仿，大量再生产、终于变成人人习见的惯例。最后，全新的形式脱颖而出时，前一个曾经成功的形式便寿终正寝了。姚斯认为，这一文学演变的理论是文学史革新中最有意义的尝试。但它把形式的创新看成文学的一切，无法解释其包括了内容的全面的发展，因而必须将之放进接受美学，把包括现时文学史家的历史基点在内的历史经验的范围纳入研究之中。把“文学演变”建立在接受美学上，“这样就不仅重建了文学史家失去的作为立足点的历史发展方向，而且还拓展了文学经验的时间深度，使人们能够看清一部文学作品的现实意义与实质意义之间有一个可变的距离”。[3]

1 汉斯·罗伯特·姚斯：《走向接受美学》，见中文版《接受美学与接受理论》，周宁、金元浦译，沈阳：辽宁人民出版社 1987 年版，第 37 页。

2 汉斯·罗伯特·姚斯：《走向接受美学》，见中文版《接受美学与接受理论》，周宁、金元浦译，沈阳：辽宁人民出版社 1987 年版，第 43 页。

3 汉斯·罗伯特·姚斯：《走向接受美学》，见中文版《接受美学与接受理论》，周宁、金元浦译，沈阳：辽宁人民出版社 1987 年版，第 43 页。

6. 从文学发展的共时性的横切面看，文学的每一共时系统具有着不可分割的结构因素，因为文学也是一种语法或句法，自身具有相对稳定的关系，传统的和非规范化的类型，以及表达方式、风格类型和修辞格安排等。另外还有更加千变万化的语义学领域，如文学的主题、基型、象征和隐喻等。但文学的每一共时系统必然同时包括着它的过去和它的未来。在时间中历史某一点的文学生产，其共时性横断面必然暗示着进一步的历时性，暗示着此前或以后的横断面。而正是在这一历时性与共时性的交汇点上，某一特定历史时刻的文学视野才能得以理解。[1]

7. 文学的功能是建筑在作品的社会效果之上的。所有时代的文学都不可能斩断文学与社会的联系，只有在读者进入他的生活实践和期待视野，形成他对世界的理解，并因而对其社会行为有所影响之时，文学才真正有可能实现自身的功能。姚斯认为，接受美学对文学的社会功能的构成特点的回答大大超过传统美学的能力，因而我们运用接受美学方法来填补文学的历史性研究与社会学研究之间的鸿沟就比较容易了，文学在社会存在中的特殊作用并不局限于艺术的再现功能，它能打破社会中根深蒂固的道德禁忌，改变陈旧的社会习俗，为新的道德准则的确立开辟道路，并逐渐为包括所有读者的社会舆论所认可。[2]这就是文学的社会功能，它将与其他艺术与社会力量一起，同心协力将人类从自然、宗教和社会的束缚中解放出来，只有这样我们才能真正跨越文学与历史之间，美学知识与历史知识之间的鸿沟。

这篇著名的讲演立论新奇，切中时弊，横扫传统，大有挟雷携电之势，被公认为是接受美学的诞生宣言。它是文学理论与批评领域内一场深刻革命的序幕，宣告了一场历史性的转折的开始。这篇演讲后来发表时更名为《文学史作为向文学理论的挑战》。

二、观念的转换：文学理论范式的革命

接受美学的创始人汉斯·罗伯特·姚斯在其创立学派之初，的确面临着在这样一个观念变革的转型时期，如何从宏观上历史地把握西方文学理论与文学批评的发展和流变，如何解释西方五、六十年代批评理论大爆炸的态势？他把

1 汉斯·罗伯特·姚斯：《走向接受美学》，见中文版《接受美学与接受理论》，周宁、金元浦译，沈阳：辽宁人民出版社 1987 年版，第 47 页。

2 汉斯·罗伯特·姚斯：《走向接受美学》，见中文版《接受美学与接受理论》，周宁、金元浦译，沈阳：辽宁人民出版社 1987 年版，第 55 页。

目光投向了科学哲学的著名理论家托马斯·库恩(Thomas S.Kuhn)的科学革命的思想，从科学哲学中借鉴了范式等一系列概念，吸取了科学发展进程的有益启示，形成了他关于批评历史发展的一系列观点。

范式：向文学重新提问

范式(paradigm)系库恩在其《科学革命的结构》一书中提出的关于科学发展模式的核心概念。在科学发展理论的研究中，传统的归纳主义认为，科学的发展是科学知识的渐进积累，其间不存在革命性的变革与飞跃。另一位科学哲学家波普尔则反对归纳主义的科学发展观，强调科学的发展就是科学理论的不断更替，“不断革命”，忽略了科学知识的继承与积累。库恩反对这两种科学发展观的片面性，认为这两种看法都不符合科学发展的历史实际。他主张用历史主义方法研究科学史，提出了“前科学→常规科学→反常→危机→科学革命→新常规科学”的著名发展模式，开创了科学哲学发展中的一个新学派。

1969 年，姚斯在一篇题为《文学范式的改变》的论文中，借鉴并引进了库恩有关范式与科学革命理论的最新研究成果，用之于文学理论与文学批评的研究。几十年后，姚斯仍然声明：“我迄今一直使用库恩的模型，但必须补充说明一点：在我看来，它低估了在新东西的准备、要求确认其权利和合法化等过程中，提问和回答所发挥的作用。”[1] 借鉴和改造了库恩的理论，姚斯向文学发出了他的“提问”。他指出，文学批评有着与自然科学研究大体相近的发展过程。文学理论与文学批评研究并不是一代代地依靠不断积累的文学事实和考据结果来发掘文学本质的认识过程。作为一种历史发展的机制，其特点恰恰在于质的飞跃，在于创造性的断裂和革命性的突变。同自然科学的研究一样，文学批评也有为文学共同体所一致遵循的主导范式。同科学发展中的范式一样，文学批评的范式也在依照文学研究自身的发展而变化、移易或更替，不存在亘古不变的统一的批评范式。在文学理论与文学批评中，某一曾经指导过文学研究的批评范式，不管它曾经如何有效如何成功地推进了文学的发展，也不管它曾经为批评共同体公认为“放之四海而皆准”，只要它不再能够指导人们面对现实问题去“解难题”，不再能够满足批评共同体大多数人的研究需要，它就必然会被一种新的批评范式一种更适应于文学研究的、独立于旧范式的新范式取而代之。

1 汉斯·罗伯特·姚斯《我的祸福史：文学研究中的一场范式变革》，拉尔夫·科恩《文学理论的未来》，程锡麟等译，北京：中国社会科学出版社 1993 年版，第 138 页。

因此，在研究文学的方式上，就存在着两种不同的途径：一种是“研究空白”，一种是“重新提问”。所谓研究空白，就是在现有的复杂的学术领域中，找出并去填补那些尚未被人“证明”的学术“空白”。这种研究遵从既定的范式，在范式框架内对对象进行精确定义，是一种必然有解的“解难题”活动。这是常规范式下的文学研究方式。姚斯指出：“只要仔细观察就可以发现，人们通常所谓的‘研究空白’，其实是一个不再透明的暗喻。它暗示了学术研究方面的一种积累的概念，并令人想起一幅宛如镶嵌图案那样尽善尽美的知识画面，这让人觉得知识不过就是在一张学科研究的地图上寻找空白，以便在获得新的研究目标的同时，也获得一个新的研究范式。”[1]

与此不同的另一种研究方式是“重新提问”。姚斯指出，阐释学上的一个明显的事实是，“一种被认为是客观的理论假设，必然要以一个（常已被人遗忘的）先行的问题这一初步根据为先决条件。人们必须改变探查路线，然后才能换一个方式看问题或发现新东西”。[2]这就是说，重新提问是从根本上改变先前的范式，设计另一种认识对象的理论框架，由此开辟一个迄今未被发现或久遭忽略的领域。它不一定是一个未知领域，它可能来源于一种新的观察视角，通过这一新视角来研究那些人们可能早已知晓，但从未重视过的旧领域。

显然，接受美学摒弃了填补“研究空白”这种为旧范式裨补罅漏的学术方式，而采取了开创新范式的“重新提问”的研究方式。二十多年后姚斯自己在总结接受美学的发展时指出，在接受美学开创的范式革命中，“作为我们学科这段历史的主体，我的作用，主要表现为我率先倒转了提问过程的方向，并为此辩护”。[3]

将库恩的科学革命理论应用于文学研究，姚斯提出了一个文学批评范式转换的宏观构架。他认为，同科学的发展史一样，文学批评也是一部范式不断替代、转换、变革的历史。在每一种范式的常态研究时期，主导范式相应地建立了一整套的理论和概念体系，批评家、理论家和文学史家据此来构架相应的文学理论、文学批评与文学史，他们具有大致相同的研究方法，选择同一指向的

1 汉斯·罗伯特·姚斯《我的祸福史：文学研究中的一场范式变革》，见拉尔夫·科恩主编《文学理论的未来》，程锡麟等译，138页。

2 汉斯·罗伯特·姚斯《我的祸福史：文学研究中的一场范式变革》，见拉尔夫·科恩主编《文学理论的未来》，程锡麟等译，139页。

3 汉斯·罗伯特·姚斯：《我的祸福史：文学研究中的一场范式变革》，见拉尔夫·科恩主编《文学理论的未来》，程锡麟等译，137页。

研究对象，并通过对范式越来越精巧越来越细密的推行、发掘、展开而使之日益完美。

然而任何范式都无一例外地处于历史的发展过程中。当一种曾经极其完善的理论范式面对现实文学中提出的新难题而无法作出合理解释的时候，当这种反常积累到一定的量的时候，文学范式变革的非常态时期便会到来。在这种非常态的范式交替转换期，人们首先对原有概念体系发生怀疑，继而对之进行检讨、审视并逐步否定，然后各种竞争主导范式的预备模式竞相设计出来，在文学研究所面临的迫切问题上各试身手，各种预备模式互相辩难、批评，经过历史与社会选择、淘汰、补充、融合，最终推出一种或几种为大多数文学共同体一致认可的理论范式。这时，理论变革的革命时代结束，批评又进入常态发展的稳定时期。而新的文学范式只有具备下列条件，才能成为居于主导地位的范式：

（文学范式的）这种特定的完成……是这样一种能力，它能用新的解释方法重塑过去的艺术作品，使之面目一新，使过去保存下来的经验重新得以理解；或易言之，对历代曾提出过的问题重新发问，而这些问题是过去的艺术曾经提出过并给予过我们回答的。[1]

当然，每一种新的范式，不仅决定着批评家和学者们探讨文学的基本方法论程序，还必须对全部既定文学原则进行重新解释。也就是说，一个文学批评的特定范式既创造出了一套阐释的方法体系，又创造并决定着阐释的对象。

三、挑战者的聚汇：康斯坦茨学派

大旗既竖，从者如云。1966 年，康斯坦茨大学进行教学改革试验，力图建立一种新的教学科研体制，以改变学院（系）的旧式各自为政的学科体制，建立了一个跨系跨学科的新协作性的“教学与科研单位”，这样便创立了德国大学体制中的第一个特定的“专业领域”。五位分属英语、德语、拉丁语、罗曼语、斯拉夫语等不同领域的教授，全部放弃了原来大学的系主任的殊荣，接受了康斯坦茨大学校长格哈德·黑斯的邀请，同时应聘来到博登湖畔。这五位教授是沃尔夫冈·伊瑟尔（Wolfgang Iser）、沃尔夫冈·普莱森丹茨（Wolfgang Preisendanz）、曼弗雷德·富尔曼（Manfred Fuhrmann）、汉斯·罗伯特·姚斯（Hans Robert Jauss）和于里依·施特里德。他们各自擅长的专业和运用的语言

1 Hans Robert Jauss，“Paradigmawechsel in der Literaturwissensch aft”，Linguistische Berichte，no.3，1969，P54—55。

不同，但他们有一个共同的目标，就是创建一种新的跨学科的总体文学研究方式与教学体系，建立一种新的文学理论范式。

其实，早在1963年，姚斯在吉森大学时，便与同事汉斯·布鲁门贝格、克莱门斯·黑泽尔豪斯，以及当时在维尔茨堡大学的沃尔夫冈·伊瑟尔共同创建了一个名为“诗学与阐释学”的研究小组。这个小组把哲学、诗的实践与阐释学的反映三者结合在一起，使用“对话”的方法来研究横跨历史、美学、语言学领域的文学问题，后来这种讨论还延伸到神学、人类学和社会学的领域。1966年之后，这个定期的研讨会成了康斯坦茨学派的成果发布会。在近20年的时间中，康斯坦茨的这个跨学科小组共出版了《诗学与阐释学丛书》12卷，总数达6000页之巨。在德国以致世界产生了重大影响。人们习惯上将他们称作“康斯坦茨学派”。

接受美学的“双子星座”

与姚斯在就职演说上发出振聋发聩的“挑战”相应，伊瑟尔也于60年代末发表了一篇著名的讲演《本文的召唤结构》，该文立论超拔，见解新颖，引起了理论界的广泛关注。同姚斯的《挑战》一样，该文也成为为接受美学奠基的力作。

在转到康斯坦茨之前的十多年学术生活中，伊瑟尔进行了长期的理论准备。1963年他参加了由姚斯等人创办的“诗学与阐释学”研究小组，由此开始对旧的“文科”框架的审视和思考，但并未找到建立自己独特理论的突破口。到达康斯坦茨以后，在学派研究文学的接受与影响的总目标下，他从自身熟悉的英语文学及新批评理论出发，集中考虑本文如何对读者产生意义，本文在什么条件下才对读者具有意义这一问题，以呼应姚斯的挑战，形成新学派整体进攻的态势。传统的解释是寻找本文中潜在的意义，伊瑟尔一反传统，把意义当作本文和读者相互作用的结果，当作构成性的“被经验的结果”而非“被解释的客体”。他从现象学美学家罗曼·英伽登关于文学的艺术作品的理论中借鉴了本文图式化框架中的未定性这一概念，提出了他的意义空白与意义未定性理论。在《本文的召唤结构》[1]这篇文章中，伊瑟尔从分析一般性著作和文学作品的本文入手，考察了文学作品对读者产生效果的特殊方式。他认为：

1　沃尔夫冈·伊瑟尔的《本文的召唤结构》的德文本于1970年出版，收于雷纳·瓦宁编《接受美学：理论与实践》，慕尼黑，芬克出版社。英译本的标题为《散文虚构作品中的未定性与读者反应》，载J·希利斯·米勒编《叙事面面观》，第1—45页，纽约和伦敦：哥伦比亚大学出版社1971年版。

1. 文学作品的本文与一般性著作的本文相比有着根本的区别。一般性著作（如学术著作、理论论文、新闻报道文章等）的本文只是说明某个事实或阐明一种道理，用的是“解释性语言”（Erlauternde Sprache），而文学作品是用形象的艺术来表现人们生活与想象的世界，表现人们的思想感情的。它的本文采用的是一种“描写性语言”（Darstellende Sprache）。文学作品的语言包含许多意义未定性（Sinnunbestimmtheit）和意义空白（Sinnleerstellen）。这种意义未定性和意义空白是文学作为读者接受并产生效果的基本条件。

2. 文学作品的意义并不像传统的解释学所认为的那样，是作品本文中固有的。一部作品，尽管它的每个字母、每个单词、每个句子并无变化，但随着时间的推移，它的意义却不断地变化、更新。这说明，作品的意义只有在阅读过程中才能产生。它是作品和读者相互作用的产物，而不是隐藏在作品之中等待解释学去发现的微言大义。在接受过程中，作品的内容不仅被读者“现实化”，而且在不同的时间、空间的个性变异的原因是由于它的现实性存在于读者的想象力之中。

3. 作品本文中的未定性与意义空白是联结创作意识与接受意识的桥梁，是前者向后者转换的必不可少的条件。它们的作用在于能促使读者在阅读过程中赋予本文的未定性以确定的含义，填补本文中的意义空白。体现在作品中的创作意识只有通过读者才能以不同的方式得到现实化或具体化，并作为效果以不同的面貌重新出现。“作品的未定性与意义空白促使读者去寻找作品的意义，从而赋予他参与作品意义构成的权利。”[1] 因此，未定性与意义空白构成了作品的基础结构，这就是作品所谓的“召唤结构”。

4. 文学作品中描写的世界与读者的生活世界不同，因为后者是现实的，而前者是虚构的。因此在阅读过程中，读者不仅要调动自己从生活世界中获得的经验，还要动员他的想象力。由于一部文学作品所描写的世界与读者的经验世界绝不会相同，作者与读者、读者与读者的想象也不会完全吻合，因此，从一部分作品中得到的道德与美学结论也必然会不同，有时差异甚至相当大，而这种差异正是不同的读者运用各自想象力所赋予未定性的不同含义以及填补在意义空白中的不同内容在起作用。“未定性与空白在任何情况下都给予读者如下可能：把作品与自身的经验以及自己对世界的想象联系起来，产生意义反思。

1　沃尔夫冈·伊瑟尔的《本文的召唤结构》的德文本于 1970 年出版，见雷纳·瓦宁编《接受美学：理论与实践》，第 236 页。

这种反思是歧异百出的。从这种意义上说，接受过程是一种再创造的过程。”[1]

5. 文学的特点就在于未定性与意义空白给予读者能动的反思与想象的余地。在提供足够理解信息的前提下，一部作品所包含的意义未定性与意义空白越多，读者就越能深入参与作品潜在意义的现实化和“华彩化”。所以，“文学作品的意义未定性与意义空白决不像人们所认为的那样是作品的缺陷，而是作品产生效果的根本出发点。”[2] 看一部作品不应当看它说出了什么，而要看它没说什么。正是在一部作品意味深长的沉默中，在它的意义空白中，隐藏着作品效果的潜能。

《本文的召唤结构》是伊瑟尔全部理论的出发点，他在这里提出的核心概念在以后的论述中得到了充实和发展。这样，姚斯与伊瑟尔便联袂出击，互相呼应，推波助澜，开辟了接受美学研究的新局面，从而奠定了接受美学最主要理论家的地位，成为康斯坦茨学派的“双子星座”。

两大方向：“接受研究”与“效应研究”

随着理论的逐渐成熟，接受美学在其发展过程中形成了内部相互联系又相互区别的两大研究方向。伊瑟尔曾对此作过明确说明：

我们今天所说的接受美学，从其内部看来，并不像这一名称外表显现的那样了无差异。从原则上讲，这一总概念下，包含了两种不同的研究方向。尽管二者之间有着密切的联系，但区别也是显而易见的。就严格的字面意义来看，接受美学中的接受研究这一方向，主要关注载于文学史的读者阅读现象，它十分重视实例的分析。这种分析表明读者作为决定的因素在对本文的接受中采取的态度和作出的反应。而另一方向，接受美学中的效应研究则注重本文自身作为一种“接受前提”，具有发挥效应的潜能，其结果不仅调动了作者，而且在一定程度上驾驭着这一过程。据此，应当说效应与接受构成了接受美学的两大核心研究课题，而研究方向的不同，也决定了各自所运用的方法的差异。具体地说，接受研究强调历史——社会学的方法，而效应研究则突出了本文分析的方法，只有把两种研究结合起来，接受美学才能成为一门完整的学科。[3]

---

1 沃尔夫冈·伊瑟尔的《本文的召唤结构》的德文本于 1970 年出版，见雷纳·瓦宁编《接受美学：理论与实践》，第 238 页。

2 沃尔夫冈·伊瑟尔的《本文的召唤结构》的德文本于 1970 年出版，见雷纳·瓦宁编《接受美学：理论与实践》，第 243 页。

3 沃尔夫冈·伊瑟尔：《〈阅读活动〉中译本序言》，《致周宁、金元浦信·附件》，章国锋译，发表于《文艺报》，1986 年 6 月 11 日。

伊瑟尔十分清晰地勾勒了接受美学中的这两大研究方向，是精辟而自觉的概括。接受美学中的接受研究以姚斯为代表，着重于读者研究，关注读者的期待视野和审美经验，致力于建立新的文学史理论，更多地采用历史——社会学的研究方法，其后来的发展走向了文学解释学。而效应研究则以伊瑟尔为代表，着重于接受活动中的本文研究，关注本文的空白和召唤结构，关注阅读过程本身和这一过程中的交流。它更多地采用本文分析的方法，邻接英美新批评，其后来的发展是走向文学人类学。

四、必然的选择：走向对话与交流

接受美学由独标异说的片面深刻独步文坛，登高一呼，从者云集。七、八十年代以后，随着理论探讨的进一步深入，对接受美学理论的批评也随之风起。接受美学进入新的理论反思期。面对理论批评界的众多诘难与论争，接受美学创始人姚斯、伊瑟尔等深刻反思自身理论的片面性与极端性，逐步修正了早期的极端立场，日益将接受美学发展为一种文学对话和交流的新理论，其理论中心也由先前的极端的读者中心论立场进一步转变完善为双向交互作用的“本文——读者”交流论立场。80 年代初，姚斯在《接受美学与文学交流》一文中指出了这一“转化”：

以康斯坦茨学派闻名的接受美学自一九六六年以来逐渐转化为一种文学交流理论。它的研究对象就是文学史。它将文学史界定为涵盖作者、作品和读者三个行为者的过程，或者说一个创作和接受之间通过文学交流为媒介的辩证运动过程。接受概念在这里同时包括收受（或适应）和交流两重意义。[1]

姚斯承认自己早期著作中存在着某种“片面性”。[2] 他通过对拉辛和歌德的“伊芙琴尼亚”的接受分析，反思了接受美学方法论上的片面性。他指出：“接受美学并不是独立的、放之四海而皆准的原则，它并不足以解答自己所有的问题。我们不如说，它是对方法的片面反映，它不拒绝任何补充，而且还有赖于

1　姚斯《接受美学与文学交流》，《国际比较文学协会第九次代表大会论文汇编》第二卷，奥地利，英斯布鲁克大学出版社，1980，第 15 页。中译文见张廷琛编《接受理论》，成都，四川文艺出版社 1989 年版，第 194 页。

2　姚斯《论拉辛和歌德的伊芙琴尼亚：关于接受美学方法的局限性》，载《哲学新文集》，1973 年第 4 集。另见姚斯《作为新文学史主导的读者》，见《诗学》第 7 卷，1975 年第 3—4 期，第 325—344 页。姚斯在这里对他的理论作了再审视，纠正了早期的若干偏颇，也回击了批评他的人。

和其他原则配合。”[1] 主张重新找到被文学事实所掩盖的文学交流是接受美学新的研究方向，从而把创作和接受之间的相互作用作为其建构新的更完善的理论构架的核心。因为“正是通过这种相互作用才实现了作者、作品和读者之间，艺术的现时经验和过去经验之间的不断交流”。“一部艺术作品的解释史就是审美经验的交流史，或者说是一场对话，一个问答游戏。”[2]

同对待接受美学自身一样，姚斯也看到了布拉格结构主义、符号学乃至后结构主义的片面性及其不断发展、相互综合的可能性。他认为，这种可能性在于这些包括接受美学、结构主义、符号学在内的互不相同的批评却拥有一个共同的公分母。这就是：“它们把人与人之间的交流问题置于……他们研究兴趣的核心”。[3] 不仅如此，姚斯进一步拓展视野，将这种文学交流研究放在一个更为广阔的、普遍的文化、科学交流论的背景之上。指出：“与文学研究中读者、听众、观众（“接受者”）的复兴相呼应，本文语言学向言语行为理论和交流理论扩展；符号学在本文的文化概念上阐发，重新提出相互作用的主体问题；社会人类学中“生活世界”的问题和生物学中动物与环境的问题，知识社会学与方兴未艾的相互作用（互动）理论一同的回归，通过一种对话的逻辑来脱离形式或脱离表现逻辑”。[4]

在这里，我们明显地看到海德格尔、伽达默尔等人哲学思想和当代西方对话交流的文化思潮的深刻影响，看到当代学术界建立囊括一切学科的“普遍交流理论”的艰苦努力。

从接受美学自身来看，姚斯认为，“把文学史当作一个交流过程来表现的任务首先要求重现在接受关系和文学交流中理解的积极作用”。[5] 这就是把哲学解释学的对话理解观引入文学史理论。这里的“理解”，所包含的意义，首先是承认任何接受行为都以一定的先识、先有、先见等前理解为前提，并因而产生对传统的选择：或适应或拒绝，或保守或更新这种解释学的对话观，不利于揭

1 姚斯：《论拉辛和歌德的伊英琴尼亚：关于接受美学方法的局限性》，《哲学新文集》，第 37 页。中译文见《接受美学译文集》，第 237 页。

2 姚斯：《接受美学与文学交流》，《文学理论》，第 196 页。

3 Rien T.Segers，“An interview with Hans Robert Jauss”，New Literary History，Vol.II，no.I，1979，P83—95。

4 Rien T.Segers，“An interview with Hans Robert Jauss”，New Literary History，Vol.II，no.I，1979，P83—95。

5 姚斯：《接受美学与文学交流》，《接受理论》，第 205 页。

示隐蔽在被人为地简化为简单因果关系背后的整个交流关系。同时这种理解观打破了风格、类型、时代等被实证主义研究视作封闭的终极产品的观念，将文学的接受看成意义不断变动中的解释。因为每一接受者的前理解都与他人不同并且自身也在发生着变化。所以，在接受美学看来，任何理解都有历史的或艺术的倾向，都向某一方面偏摆，而不断选择则是任何一种文学交流的条件。正是在此前提下，历史上的文学才成为我们研究的对象。

与姚斯殊途同归，伊瑟尔从对本文的研究开始，通过历史的和逻辑的考察，也日益推重对话与交流在文学中的极端重要性。在西方当代各种理论范式或话语的概念中，他选择了三个最具代表性的关键概念或术语：结构、功能、交流，以纵观西方当代批评潮流全貌。伊瑟尔认为，结构这一概念，是一种描述既定本文，为本文建构意义的话语方式。结构主义者对本文中的诸因素分门别类进行分析，这种分析对主体性的构成进行了言之成理的描述，使超越主体的共识成为可能。也就是说，它更多关注本文的语词、构造，语义等共时系统，把本文视为一个大句子。这种方法的局限在于将描述分类本身视为目的，文学的意义为什么产生，其目的何在，谁使用它，结构主义研究对这一系列问题都闭口不谈。“结构主义遗留下一个问题，这一问题甚至结构主义概念产生的分支也无法满意地解决，它就是意义的意义。”[1]

为解决这一问题，文学研究要求一种超出结构本身，可以考察意义功能的研究构架。于是“功能（作用、效应）分析”包容或取代了“结构分析”，从而包括了本文与其意义和超本文的现实之间的关系。本文必须涉及到语境，任何文学本文都不可避免地处于一定的语境之中，并涉及到如何进入与其环境的相互关系之中。但是，功能分析的途径亦有其局限性。尽管它能够通过重构过去世界而恢复历史经验，它却不能回答这一重构的世界的重构过程的延续有效性问题。

为此，伊瑟尔意识到，文学研究必须诉诸交流（对话）概念。交流与对话理论将文学建立在本文与读者、历史与现实的相互作用的基础之上，它不仅包容了结构与功能，还为有效性提供了答案。在伊瑟尔看来，文学阅读是读者与本文协力进行的交流活动，是“在一种自我调节过程中相互依赖”的活动。因此，文学作品的效应就包括阅读交流过程和此过程中产生的审美经验。他概括地指出：“本文与读者两极，以及发生在二者间的相互作用，奠定了文学交流

1 Wdfgang Iser, “The Current Situation of Literary theory : Key Concepts and the Imaginary”, New Literary History, Vol.II, no.I, 1979, P1—20.

理论的根基。我们认为，文学作品只是一种交流形式，它冲击着世界，冲击着流行的结构理论和现存的文学。”[1] 这样，伊瑟尔就把自己从本文出发的功能主义研究转变到“本文——读者”的交流结构之上。伊瑟尔概括道：文学意义的实现既非完全在于本文，亦非完全在于读者的主观性，而在于双向交互作用的动态建构。

接受反应文论在当代中国的传播与建设

以改革开放为标志的新时期文学理论在学科建设上取得了前所未有的重大成果，开创了中国文艺研究的崭新局面，中国文学第一次以开放心态作为当代世界文学的一部分来审视自身。翻译介绍了西方包括接受美学在内的近百年来的各种不同时期不同国别的文艺思潮及流派，极大地解放了艺术生产力，开拓了理论视野，更新了文学观念，取得了重大突破。但同时，一部分研究者也表现出相当严重的浮躁学风。他们把西方近百年来各批评流派的浮光掠影的介绍，当作理论发展的历史过程，宣称中国文艺学十年已走完西方近百年的历程。这是类似于中国“大跃进”时期“放卫星”和“超英赶美”时期唱高调的热狂的昏话，不切实际。的确，观念热和方法论热是文学范式转换期的必然伴随现象，接受美学在我国兴起时，也经历了这样一个时期。但如果将我国新时期“幻灯片”式一闪而过的介绍和追逐时髦的一哄而上看成中国当代文学对接受美学的消化与融会已经完成，那便未免太短视和轻率了。我国新时期对西方文学方法论的平面输入忽略或删除了文学理论自身辩证运动的内在动力，既不具有历史的否定过程中的时间长度和现实语境，也不具有批判的力度和深度。因此，我们仍然需要全面准确掌握接受反应文论的整体，掌握其发展的历史语境、理论核心与后来的变化趋势。只有这样，才能为进一步的“中国化”准备必要的条件。

其次，必须站在两个交叉点的结合部批判地审视接受反应文论的贡献、成果和缺陷、失误。第一个交叉点是西方当代批评理论发展的历时性与共时性的交叉点，搞清从西方批评来看它具有何种历史的独创性，对整个批评理论的推动及其历史局限性、学科缺陷、理论失误。第二个交叉点的观察是接受反应文

---

1 沃尔夫冈·伊瑟尔：《阅读活动审美反应理论》，金元浦、周宁译，北京：中国社会科学出版社 1991 年版，第 1 页。

论被引进中国文学理论后，在中国当代批评理论与古代文论传统的历时性与共时性交叉点上审视。由此，产生出第三点，即两个交叉点的视野融合。实际上是西方文论与中国文论的视野融合，具体说即是接受反应文论的中国化。

接受反应文论的最大失误是它在早期的极端的读者中心论立场，也许它当年的异军突起恰恰得益于这一“片面的深刻”。但在西方批评理论的发展中，它的局限性即对作者创作过程的忽视日益暴露，致使其创始人们后来也不得不调整视点：接受反应文论由早期的极端读者决定论立场转向文学的双向交流基点。姚斯后来承认，他早期著作有某种“片面性”，而后来的接受美学已日益把本文与读者之间的交流问题，置于其研究兴趣的核心。接受美学的另一个创始人伊瑟尔与姚斯殊途同归，也标举交流的重要性。前面已经讲过，伊瑟尔一直强调，文学作为交流，是本文与读者间协力进行的活动，是“在一种自我调节过程中相互依赖”的活动。而且，文学接受的普遍有效性就存在于阅读活动中主体之间相互交流的经验之中。

因此，接受反应文论的“中国化”要求我们对之采取一种批判审视的态度。既看到其对文学理论的巨大贡献，又看到其理论的缺陷、失误，然后才有可能采取“取其精华、去其糟粕”的态度，对之进行改造制作，以用于我国文学理论与批评的创造新范式的伟大工程之中。

这样，接受反应文论的“中国化”就具体化为：第一，接受反应文论与中国当代文学批评理论的视野融合，以创建具有中国特色的解释接受反应批评的当代理论学派。这是一项长期的建设性的工作，必须潜心沉意，精研细较，戒除浮躁，踏踏实实去努力。任何追求轰动效应的“花架子”都是不能奏效的。第二，在中西批评理论融合互补基础上的接受反应文论与中国古代文学批评理论的视野融合；第三，接受美学的“中国化”还必须在具体的批评实践中去应用并检验，才能真正达到视野间的有机融合。不能运用于批评实践的理论是空头理论。因此接受美学的“中国化”只能在中国文学作品分析的具体操作中才能实现，易言之，接受反应理论还必须有一个由对我国当代作品进行实践批评所产生的经典范例为代表的理论的批评化进程。

这里存在着两个层次的批评化。第一个层次的批评化是将接受美学的基本原理转化为一种批评理论。也就是将原理发展为一种具体的可用以品评作品的“评论”理论。比如接受美学中姚斯的《文学史作为向文学理论的挑战》即为原理性论述，而他的“接受的三级视野”等理论则是可以直接用于批评实践的理论。第二层次是必须建构具体批评的运作方式和操作程序，使接受美学的批评活动能进入实际操作。比如姚斯、伊瑟尔在具体作品批评中使用的操作方法。

一、接受反应文论在中国的传播

八十年代中期，我国新时期美学文艺学正处在范式变革的转折时期，风起云涌的“方法论”探寻热潮方兴未艾。在长期的封闭与禁锢之后，西方百年来各种美学与批评理论思潮，一下子涌入国门。接受美学也适逢其时，很快作为一种新型的美学文学方法论进入中国。1983 年末到 1984 年，张黎在《文学评论》(1983 年第 6 期)《百科知识》(1984 年 9 月号)上撰文介绍当时民主德国和联邦德国的接受理论。当时东德学者瑙曼等将接受美学视为在马克思主义创始人那里早已奠定了基础的马克思主义美学文学的当代发展，认为马克思在《政治经济学批判导言》中关于生产产生消费、消费又影响生产的辩证思想早已点明了文学创作与阅读，作家、作品与读者之间的合理关系，因此将文学接受问题纳入文学理论的研究是马克思主义文艺理论的题中应有之义。1984 年，张隆溪在《读书》3 月号发表《仁者见仁、智者见智》一文，进一步介绍了西方解释学与接受美学，反响强烈，开风气之先。其后，章国锋在《文艺研究》(1985)及《文艺报》(1987)分别发表文章，全面地勾勒了联邦德国接受美学康斯坦茨学派的基本面貌，并将姚斯、伊瑟尔这两位代表人物初期的思想作了扼要介绍。同期，罗悌伦先生在《当代文艺思潮》(1985 年第 2 期)、《文艺理论研究》(1985 年第 2 期)分别撰文概述接受美学理论要点；简括明晰，提纲挈领。吴元迈先生也系统介绍了前苏联的“艺术接受”探索(《文学评论》1986 年第 1 期)，条陈缕析，述旨备要。

1987 年，由周宁、金元浦翻译的我国第一本接受美学译著《接受美学与接受理论》(辽宁人民出版社，1987 年)问世。该书包括两本著作，其一为接受美学创始人罗伯特·姚斯的代表作《走向接受美学》，其中包括作为接受美学诞生宣言的《文学史作为向文学理论的挑战》的长篇修订稿，还包括姚斯运用接受美学在艺术史、类型理论和作品阐释方面所进行的实验操作。本书的出版使我国学术界开始直接阅读接受美学理论的代表性著作(译本)。其二为 R·C·霍拉勃 1984 年刚刚出版的向英美世界全面系统介绍接受美学的导论性著作《接受理论》。该书论述了接受美学的发生发展、理论渊源、基本思想、论争与交流以及相关理论。对我国批评界从宏观整体上把握接受美学提供了一个可资比较的参照系，在接受美学的传播中产生了一些影响。80 年代末，由刘小枫编选的《接受美学译文集》(三联书店，1989 年)和由张廷琛选编的《接受理论》(四川文艺出版社，1989年）相继出版，二书选择了接受美学及读者反应批评的部分论文，为接受反应文论的进一步传播提供了资料。同年，美国汤普金斯编的《读者反应批评》（文化艺术出版社，1989年）也由刘峰、袁宪军等人翻译出版，只是其中有些重要文章如费史的《〈集注本〉阐释》被删略了，但仍保持了该书大貌。

同一时期，蓝金仁翻译的西方解释学批评家霍伊的《批评的循环》（辽宁人民出版社1987年）出版。不久，张弘翻译的同书的另一译本《解释学与文学》（春风文艺出版社1988年）亦随“X与文学”丛书一并推出。

进入90年代，接受文论的传播进一步趋向广泛和深入。接受美学的另一创始人沃尔夫冈·伊瑟尔的代表作《阅读活动》同时有两个译本出版（金元浦、周宁译本，中国社会科学出版社；金惠敏、张云鹏、张颖、易晓明译本，湖南文艺出版社）。该书系接受美学最富建设性的代表作之一，全面综合了伊瑟尔长期以来关于审美反应理论的一系列思考，开辟了新的理论空间，具有理论研究和批评实践的操作性。因而对接受美学理论的进一步深入化、批评化奠定了基础。其后，姚斯的另一部代表作《审美经验与文学解释学》的前半部由朱立元译出，名之曰《审美经验论》（作家出版社，1993年）；1997年，由顾建光等人翻译的《审美经验与文学解释学》的全译本在上海译文出版社出版。同时，一些读者反应批评理论家的著作也先后译出。潘国庆翻译了美国读者反应批评的主将之一诺曼·霍兰德的《文学反应动力学》（上海人民出版社1991年）和《后现代精神分析》（上海文艺出版社1995年），而由文楚安翻译的斯坦利·费史的文集《读者反应批评：理论与实践》（中国社会科学出版社1998年）则于1998年编纂推出。在接受反应文论的介绍传播中，章国锋、王逢振也翻译和撰写了大量文字，产生了重要影响。进入90年代，姚斯与伊瑟尔于80年代末回顾接受美学发展历程和展望文学美学未来的长文，也随着《文学理论的未来》（中国社科出版社，1992年）一书的翻译而达于学界视域。这样，接受美学的基本理论及其最新发展就在我国得到全面传播。

与之同步，对接受美学理论及学派本身的研究也随接受美学的传播而不断深入。朱立元对接受美学的研究，王岳川的《姚斯评传》及对解释学、接受美学理论的研究，金元浦的《伊瑟尔评传》、《接受美学产生的理论及历史渊源》、《双向交互作用的审美反应理论》等，金惠敏对阅读行为理论的阐述，刘小枫、张廷琛对接受美学与读者反应批评的理论勾勒，台湾何金兰对姚斯与巴尔特的比较，叶维廉、郑树森、王建元等人旁及接受美学的介绍，都从不同角度深化了我国批评界对接受美学的引进、传播、研究与阐释。

接受美学对中国当代批评的影响是深远而持久的。季羡林先生曾指出，在西方的各种美学文艺学新理论中，“接受美学流行的时间比较长，流行的地区比较广，足证它标举的新说是有着比较坚实的基础的。它之所以至今仍然流传不衰，是有道理的”。[1] 其原因何在呢？除了德国及西方文化与中国文化的渊远流长的交往之外，还因为：

第一，接受美学是在西方本文中心批评的长期统治之后向陈旧的文学范式发出挑战，从而开创了文学批评范式转换的新的历史时期的，中国 80 年代对接受美学的引进首先同接受美学的这一历史的变革时期背景相类似，其变革的、开放的、创新的精神与之相契合，其范式转换的现实要求与呼唤相一致。因而接受美学的传播特别为中国文艺界所重视。

其二，接受美学在中国的兴盛还由于其理论取向上的社会历史批评、马克思主义批评的倾向，与中国当代学者的知识结构和理解结构有较多的对应点，所以在引进和传播中较易为广大理论工作者所接受、理解。

其三，中国古代文学批评史中有着极丰富的鉴赏、体味、妙悟、兴会的批评遗产，这些批评遗产对读者及其接受的深切关注与西方当代读者中心论范式有着某种内在的精神联系与形式上的切近之处，互相启发，引譬连类，使我国批评家多有意会与创发，从而大大推动了接受理论的深入。

但是，从接受美学的观点来看接受美学在中国的传播与发展，我们发现，由于东西方文化现状及背景的差异，由于中西美学文艺学当代发展阶段上的差异，由于接受一种理论的前理解结构的不同，接受美学在当代中国的传通与发展又有自身的特点。许多人简单武断地将之等同于传统文学理论中的文学欣赏，这是不确切的。应该说它们之间既有联系又有重大的区别。

首先，接受美学与我国当代文学接受鉴赏有不同的历史语境。19 世纪的西方批评在批判现实主义基础上生长起来，形成了英国泰纳、法国朗松特别以马克思主义为代表的社会历史批评潮流。20 世纪以来，西方批评又经历了三个阶段、三次转折。从历史发展概略地看，西方批评理论首先建立了以作者寄寓于作品中的原意为理解作品意义的根本依据的作者中心论批评范式、传记式批评、创作论批评、精神分析批评、心理主义批评以及其后的变种原型批评和

1　季羡林：《〈文学读解与美的再创造〉序》，见龙协涛《文学读解与美的再创造》，台北：台湾时报文化出版公司 1993 年版，序，第 7 页。

集体无意识批评大致都属于这一阶段的主要批评方法。其后兴起了以作品本文作为理解作品意义的根本依据的本文中心主义范式，俄国形式主义、英美新批评、法国结构主义和德国内涵诠释批评，乃至其后的解构主义批评大致属于这一阶段的批评的主力阵容。60年代末以来，西方批评作为先前批评方法的反拨，产生了接受美学、读者反应批评等一批新的批评流派。这些批评方法以读者在阅读中的创造性理解和解释为文学意义的根本依据，形成了读者中心论的批评范式。

因此，接受美学的产生是西方批评理论“之”字型历史运作的成果，具有复杂的先在历史语境，本身带有它所由产生的时代的必然要求，具有鲜明的当代特点；同时也带有明显的矫枉过正的偏颇极端的读者中心论（这一点后来已得到修正）倾向。而我国当代文学理论长期以来遵奉的主要是社会历史批评，特别是政治意识形态批评，它所取法的经典范例主要是19世纪批判现实主义和俄国别、车、杜的论著，因而存在着历史语境上的差异。

其次，接受美学与我国当代文学欣赏理论具有不同的理论背景、核心范畴和概念体系。接受美学所依据的哲学背景是现象学美学与当代解释学。姚斯本人就曾是伽达默尔的学生，接受美学有一条胡塞尔→海德格尔→伽达默尔→姚斯的直接的师承背景。尽管这一条承传之链上的每一个环节都发生了重大变异，但在反对科学主义霸权，张扬人文科学的精神特质上还是一致的。接受美学建立了以读者、期待视野、审美经验、文学效应史、功能、交流、空白与未定性、召唤结构、阅读活动等为主的一整套概念体系，最终形成了以姚斯为代表的接受研究和以伊瑟尔为代表的审美反应研究二者相互补充的整体交流构架。我国当代文学鉴赏理论则长期以阶级斗争、政治斗争为中心，坚持文学的从属于政治的意识形态特性，形成了以真实性、阶级性、党性、倾向性、典型性、形象性，以及现实主义等为主的一整套概念体系。显然，由于范式的不同，理论体系和概念的不同，应用于文学批评的方式也就自然不同。接受美学第一次系统地将读者纳入文学本体研究的层次，是对文学理论研究的极为重要的贡献，如果将之等同于欣赏研究，就抹杀了二种不同范式间的重要区别；也会妨碍我们吸纳接受美学的重要理论成果。

同时，尽管中国古代批评理论有着丰富的鉴赏、体味、妙悟、兴会等理论遗产，似乎与接受美学的某些理论相似，但从根本上说，二者又有着思维方式、理论框架、历史内涵和文化底蕴的实质区别。因而中国当代的解释接受理论话语就既不是西方的接受美学的原版复制，也不是对古代文论的依样照抄，而只能是在对二者的双重“误读”中进行的创制与建构，是今天的现实而同历史和未来发生联系的“事件”。

因此，只有在历史语境、理论背景和核心范畴、概念体系上搞清接受美学与中国当代文学理论的差异，才找到了接受美学中国化的症结所在，才可能在新的基础上达到中西文学批评理论的视野融合。

二、接受反应批评的理论话语在中国的建设与发展

从 80 年代末开始，我国当代的解释—接受—反应批评的理论话语逐步开始形成。这一批评理论的建设一方面将西方当代背景下的理论与中国当代文艺学范式转换的当代实践结合起来；另一方面将接受理论与中国古典批评理论，特别是欣赏论、体味论、妙悟论、兴会说等理论相互比较、印证、对话，达到“视野融合”，以建立具有中国特色的解释接受批评理论和批评流派。

解释接受批评理论的探讨与深入

较早对接受美学作出系统阐发并提出自己见解的是朱立元。他在 80 年代末出版的《接受美学》(上海人民出版社，1989)专著中对接受美学产生的文化背景、理论源泉、由主要内容进行了梳理与阐发。他从文学本体论、文学作品论、文学认识论、文学创作论、文学价值论、文学效果论、文学批评观及文学历史观等八个方面，系统地论述了接受文学观，倡导建立一门“有自己独立的理论体系的接受美学新学科”。谈著作从社会历史批评的基点出发，广泛结合中国当代文化转型期的变革实践，综合动用当代现象学美学、发生认识论、文学社会学、文学心理学等理论方法，溶冶重铸，建构新说。由于作者具有较厚实的马克思主义理论前理解，因而其理论建构更倾向于用马克思主义美学理论将接受美学统一起来。

不同于接受美学在哲学基础上对传统认识论的批判与反驳，朱立元坚持认为文学的阅读和接受从根本上说还是一个认识论问题。他从心理学与社会学角度来探讨文学接受的认识论，说明“这正是不同于一般认识论的文学认识的特点”。对于姚斯的期待视野，朱立元进行了进一步的阐释，认为它作为阅读的前结构，至少应包括：(1)世界观和人生观；(2)一般文化视野；(3)艺术文化素养；(4)文学方面的知识、阅读经验、对文学史、文学类型、语言、主题、形式等方面的熟悉和领悟等。朱立元认为，正是世界观和人生观、一般文化视野、艺术文化素养和文学能力四个层次、四要素的有机总和，才以经验形式形成每个读者现实地进行审美阅读的前结构和心理图式，即审美经验的期待

视野。姚斯和卡勒等人只看到“文学能力”一个层次和因素，忽视了前三个层次和因素，实际上是把文学阅读活动从整个人的精神文化活动的总体中割裂出来，孤立起来，这是不符合文学接受的实际的。同时，朱立元还从发生认识论的同化与顺应出发，提出期待视野包括定向期待与创新期待两种相互对立的期待。在文学阅读中，审美经验的期待视野作为阅读的主体性，一方面以习惯方式规定着对作品阅读的审美选择、定向和同化过程，而不是纯然被动地接受作品的信息灌输，即定向期待另一方面则又不断打破习惯方式，变革自身视界结构，以开放的姿态接受作品中与原有视界不一的东西，这便是创新期待。

从社会历史批评的基点出发，朱立元从接受角度进行了文学价值和文学效果的研究。他强调读者直接参与文学价值的创造。这是由于(1)文学的价值关系只能在读者的欣赏中现实地生成，因为建立价值关系的唯一途径是阅读活动。(2)文学价值的形成，需要读者的创造性劳动的直接参与，这是文学价值的内在源泉。(3)文学价值和价值关系的实际承担者或载体不直接是文学作品，而是在读者创造性阅读中形成的审美对象。同时，由于文学活动中读者的作用，文学价值表现为基本价值和浮动价值。基本价值体现在四个方面：(1)一部文学作品的价值在同一时代或时期对于多数人来讲，其价值基本不变；(2)一部文学作品，特别是经典杰作的价值超越时代而长存；(3)一部文学作品中的某一种或某几种价值具有很强的恒定性；(4)一个民族的价值取向具有相对的稳定性和连续性。文学的浮动价值是指文学的一部分价值是变动的。这是因为多元价值系统的文学作品本身是变动的，而文学作品的接受主体则是更活跃的变量。不仅不同时代、不同社会的读者，而且同一时代不同的读者或读者群，同其审美期待视界的不同其价值目标、价值尺度与价值选择也随之发生变化。价值关系的主客体双方既然都是变量，它们所形成的文学价值关系自然处于浮动之中了。

朱立元的文学价值观是与文学效果论密切联系在一起的。他认为，文学价值关系的现实建立，即文学作品的诸价值在读者身上的具体实现，就是文学的效果。它是某一阶段具体的价值关系在读者身上实现的静态成果。文学效果是文学多元价值的转化，其直接效果是改造人们的灵魂。这种改造实质上是从改变读者的审美经验的视界开始，逐步改变读者的整个文化视野与实际生活的视野。这种视界改变最终有可能转化为现实的社会行为。

解释学与接受美学的效果史观对于中国文学史的研究具有重要启发意义。对此朱立元提出了将之引入中国文学史编撰的理论设想。

朱立元认为，首先，可以在总体上引入“效果史”思路，把传统的作家作品史的编写路子上升到重视整个民族审美经验、观念演进史的高度。接受美学从作品改变读者视界的角度来贯穿文学史，实际上也就是要求文学史展示一个民族文化心理结构演变的历史，特别是展示一个民族审美经验和观念发展的历史。这样就不只是按历史顺序罗列一些已有定评的作家作品，而是从中把握与总结民族的审美观念和文化心理结构的发展脉络；不只从描述、分析作家作品的成败得失上，而且从读者反应、批评的角度去总结这种发展。其次，应当将作家、作品史与批评史结合起来研究。中国古代不少作家本人就是批评家。这样做，既有助于丰富、充实和深化文学史研究，对批评史研究亦有好处。第三，对一部分文学史上的作品，既要注意当时读者的接受反应，又要注意现代读者如何调整视界重新接受的情况，并加以对照比较，就能比较科学地处理一部作品的意义和价值的历史性变化。同时，读者审美需求及期待视界的突破改变也同样可以用来更合理地解释文学史上的某一文学流派或运动的兴废更造。作者还建议，在中国文学通史或断代史之外，应当专门撰写一些历史上有代表性的作品的“效果史”，考察其在诞生时及后世读者们的反应、批评、议论，考察其在不同时代地位的升降、价值的浮动以及社会效果的变化，以便“以小见大”。

综而观之，朱立元从认识的整体观、系统观入手来构建一个完整的接受美学体系，为接受美学在中国的传播发展做出了贡献。

与朱立元先生的切入点不同，金元浦从当代解释学的“语言论转向”的角度来理解、阐释和研究接受反应文论。在《文学解释学——文学的审美阐释与意义生成》（长春：东北师范大学出版社，1997 年版。）《接受反应文论》（济南：山东教育出版社，1998 年版。）《大美无言》（深圳：海天出版社，1999 年版。）《读者：文学的上帝》（与杨茂义合著，南京：江苏教育出版社，1996 年版。）等著作中，笔者力图从理论探讨和批评实践运用两个方面展开工作。从理论研究来看，必须对接受反应文论的源流、发展、变化作深入探讨，将接受反应文论放到当代对话交流理论的更深层次上加以理解并努力实践，在中西汇通中形成我国当代批评的解释接受理论话语及批评共同体。

金元浦认为，20 世纪西方哲学的语言论转向，带来了西方美学、诗学及批评的全面变革，语言本体论已成为 20 世纪西方各种美学、诗学及批评理论的一份重要理论资源。我国从 80 年代开始，也发生了一场文艺学的“哥白尼式的革命”，其标志为新时期的方法论热潮。新方法论的输入与讨论给僵化封闭的中国文艺带来了一次多元选择的历史契机和实践可能。尽管我国当代文学批评家们在肇始阶段对语言论转向并未有自觉的意识，但在引进当代西方各种美学文艺学理论范式或话语中都逐步感受到了当代西方批评与语言的深刻联系，在对新方法的拿来、占有、挑选，特别是改造和应用中，不得不思考语言观的变革。语言越来越从工具语码、符号上升为一种思维方式、文化传承的根本方式。从解释学的问题观出发，金元浦认为，对于我国今天的文学理论来说，如何提问在众多问题中具有问题的首要性。我们不再问超越一切时空的“文学是什么”这样一个追问了二千年而永远拥有无限多解的问题，而是应叩问今日文学正在怎样做和应该怎样设问的问题。选择了一种提问方式，就选择了一种区别真假命题的标准与尺度，也就选择了一种回答问题的方式。因此，文学范式问题就成为文学理论与批评的首要问题。不同文学范式间具有不可通约性，它表现为提问方式和问题群的不同，其中此一范式的问题不构成他一范式的问题（不进入他一范式的视域），或者此一范式的核心问题不构成他一范式的核心问题（不构成他一范式的主导因）。金元浦在仔细研究了文艺学范式的理论规定性和我国当代文学范式转换的现实实践之后，力主在发掘中国古典批评源远流长的文学解释学传统基础上建设具有中国特色的当代解释接受批评话语（流派）。中国古典美学与批评一直有一条迥异于西方宗教释经学的中国文学的解释学道路。比起西方从模仿论到典型论的思维框架来，它是内生于中国文学的悠久传统和承传过程的本然形态，是中国文学美学与批评实践自身选择的发展方式，其不同于西方逻各斯传统的审美浑纯性；阅读论、欣赏论、体验论的整体体悟；以及伦理化、道德化、人格化的艺术情感，集中体现了中国古代解释学的特点。只有将之与中西当代批评融合交流，才能创造性地建设新的当代解释接受理论批评话语。

金元浦的另外两部专著《接受反应文论》与《大美无言》仍然执着于文学接受阐释理论。《接受反应文论》一书对70年代风靡世界的接受美学和读者反应批评进行了全面深入的研究。作者不仅对两个学派的主要代表人物的理论及其核心观念进行了细致精审的爬梳，对其学派内的各研究方向作了分类概括；而且对其所由产生的社会背景、哲学基础、理论先驱和近期发展作了详实可靠的分析阐释。同时，作者还以相当大的篇幅全面论述了接受反应文论在当代中国的传播与发展、成就与问题；并努力探索建设我国当代文学解释接受批评话语与批评流派的现实途径及未来趋向。《大美无言》一书则对解释接受理论中关联文本与读者的核心范畴文学意义的空白与未定性作了精致细密的探讨。作者考察了中西方空白理论的相同与相异之处，分析了古今空白理论的区别与嬗变，揭示了意义的多义共生这一文学文本存在的根本方式。作者从“文本—读者”双向交互作用的基本结构出发，探讨了文学建构意味世界的意义生成途径、方法论要求和运作过程。本书的突出之点是对许多具体文本的意义生成进行了个案分析，生动、细致、精微、剀切。

丁宁的《接受之维》(天津：百花文艺出版社，1992年版。)从接受美学与精神分析理论出发，研究艺术接受的心理运行过程及其与文化惯例文化机制的关系，论述细致，分析深入，颇具特色。谭学纯、唐跃、朱玲合著的《接受修辞学》(上海：上海教育出版社，1992年版。)从语言学角度研究文学的修辞接受，从总的研究背景上，契合于西方语言论转向的理论转换的历史与现实，开拓了新的研究领域。作者选择众多文学作品，从特征论上论证了修辞接受的开放性、选择性、个体性与社会性；从类型论上研究了信息的等值接受、减值接受、增值接受与改值接受；从方法论上区分了正向接受与逆向接受、积极接受与消极接受、离心接受与向心接受、静态接受与动态接受，借鉴接受美学等西方理论，融汇创发，独辟蹊径，清新可读，不无启迪。

另外，曹明海的《文学解读学导轮》(人民文学出版社，1997年版。)也是研究阅读反应理论的一部重要著作。作者从文学解读原理、文本解读结构、文学文体解读三大方面对文学的接受活动进行了多方位多层面的研究。

除专著以外，王列生、姚基、黄颇、夏中义等人都对接受解释理论投以充分的关注，撰文讨论文学接受能力、接受主体的调整、接受客体与文字消费、文学阅读的自由等有关理论问题，对接受解释批评的建设做出了贡献。

但是，应当看到，在对接受解释理论的理解上，我们仍存在着重大误区。我们必须看到，文学作为一种在历史中运作的语言活动方式，应建立在主体间交往的关系之上，它是意义的交互理解行为，是双向互动基础上的共同活动。传统理论将文学作品简单视为客体的看法，忽略了文学作为特定的人类对话方式所内含的“主体—主体”关系。在文学的对话与交流中，本质地包含着不同于“我—他”关系的“我—你”关系的确立和相互间的积极作用。这种交流是一种自由的“游戏交流”。正是在这一“主—主”交流的基础上，文学的主体间性问题成为我们不得不予关注的核心概念。我们必须研究西方当代主体性的“黄昏”与主体间性出场的必然性，研究文学的主体间性的涵义及其本质规定性，才可能为中国当代批评理论的思考打开另一扇窗户。

其次，文学阅读作为文学全过程的一个重要部分，本身即是文学本质的一部分，是文学的历史的、现实的和未来的存在方式。因此，阅读必须进入文学本体，过程必须作为本质来考察，而阅读中阐释者的游戏与“演奏”，则表明了阅读行为的创造本性。因此，认真细致地进行阅读活动的微观研究，仍是我们亟需解决的课题。

第三，必须从文学解释学角度来考察文学的意义观，强调解释学意义论的语言观与历史观。文学的阐释从根本上说就是倾听语言（本文），并给予语言以各种可能性，这个过程永远不可能结束，这就是一代代阐释者的第一阐释的有限性。每一种历史语境中的解释都是一次让世界进入新的语言世界的尝试，每一次合理的尝试都步入了传统，成为传统的一部分。同时每一历史语境又总留有说不尽的可解释性。这就是文学接受中永不终结的创造性。所以文学意义的生成就只能是本文与阐释者相互之间的溶浸、融合、重构，是相互包含相互从属；你属于我，我也属于你，形成动力学的交互运作、相互渗透、相互传递的“共享”过程，意义于是成为对立中介的第三生成物。由此，解释学的循环也不再是一种可怕的恶性循环，而恰恰是展开全面理解的本体性基础，是把握文学的积极可能性。正是由于文学范式不断展开的内在与外在、自律与他律、本文与读者、现象与本体、普遍与特殊的循环，我们才得以进一步逼近文学自身，也塑造和建构文学自身。

最后，在文学意义的生成中，意义空白与意义未定性具有十分重要的地位和作用，它是艺术抵达意味世界的重要范畴。它深刻地反映了文学从创作到接受的审美活动全过程的内在规律，具有多层次多维面的蕴涵。一方面它是艺术形式自身历史发展的必然成果，是一种含蓄的笔法，隐喻的技巧，是无法之法的暗示，是无表达的表达；另一方面它又是人类审美感觉历史生成的中介机制和重大成果，具有心理学的充分依据，在审美知觉的活动中展示了立体的召唤与调节功能。在此二者基础上形成的艺术本文与审美主体之间的双向交互作用的动态建构，全面地合成了审美意味世界，完整地呈现在历史的否定运动中实现的审美的质的和谐。

中国古代解释接受批评理论的重建

中国古代文学理论中有极其丰富的接受鉴赏的美学遗产，从接受主体、接受能力、体味方式、双向交流、读者创造、运作程序和阅读层次等方面形成了体大虑周、内涵丰厚的东方接受方式或华夏接受方式。这种重体验、重颖悟、标风神、崇韵趣的东方方式，从某种角度讲是真正味得其真的接受美学。虽然西方现象学、接受美学的大师海德格尔、英伽登、伊瑟尔等都企图以“悬搁”或加括号的方式达到现象学的还原，以“直面事物本身”来标榜，但逻各斯中心主义的西方认知传统和当代科学主义霸权时代科学认识范式对人文科学的侵越，使他们无法达到东方艺术接受中审美体验的圆融境界。尽管这种东方方式是在人类生存发展的一定阶段上形成的，但却是后世人类不可企及的艺术典范。

因此，借鉴西方接受美学、解释学理论的有益成果，发掘中国古代文学阐释接受批评的极为丰富的遗产，重建当代意义上的中国解释学，实现中国古代阐释接受文论的现代转化是我国当代解释接受批评话语及批评共同体形成的有效途径与重要标志。在这方面，中国学者也已做了大量工作，可圈可点之处甚多。

在运用当代西方解释学、接受反应文证重建中国古代解释学方面，叶维廉先生大刀阔斧、披荆斩棘，修“桥”铺“路”，当居开山之功。叶维廉在解释学（Hermeneutics）名词的汉译上，主张用“传释”一词而弃绝其它。他认为“诠释”（阐释）等词“往往只从读者角度出发去了解一篇作品，而未兼顾到作者通过作品传意，读者通过作品释意这两轴之间所存在着的种种微妙的问题，如两轴所引起的活动之间无可避免的差距，如所谓‘作者原意’、‘标准诠释’之难以确立，如读者对象的虚虚实实，如意义由体制化到解体到重组到复言复旨的交错离合生长等等。我们要探讨的，即是作者传意、读者释意这既合且分、既分且合的整体活动，可以简称为‘传释学’。”在其重要著作《中国诗学》中，他以解释学视角，研究中国古代的文学传释，《与作品对话》、《出位之思》、《中国古典诗中的传释活动》、《秘响旁通：文意的派生与交相引发》等文，不仅从理论中发掘了中国古代阐释学的内在精神，思维方式，阐释路径，而且进行了具体的批评实践，精微剀切，启人深思，奠定了当代中国文学阐释学的理论基础，开辟了古代文论现代转化的道路。

在运用西方接受美学的理论原则，整理、爬梳中国古代文学鉴赏读解理论方面，龙协涛也作了扎实的工作。他的《文学读解与美的再创造》（台湾：时报文化出版企业有限公司，1993 年版。）在中国古代文论的现代转化上，迈出了可喜的一步。龙协涛在考察了中国古代浩如烟海的文论著作后，证明中国古代批评中体现接受美学基本精神的思想材料十分丰富。他认为中国艺术精神充满灵气，重视玄远、超脱，讲究以简驭繁，以无胜有，追求言不尽意，这就从客观上决定了艺术效应的实现，必须要求读者充分发挥想象，参与其中，进行积极的创造。而且，就解读者和接受者的角度言之，中国人讲究兴感触发，此叩彼应，艺术态度比较灵活，接受意识中躁动着创造意识。他们往往“借古人之歌哭笑骂以陶写我之抑郁牢骚”。龙协涛认为，最能体现中国古代文论重视读者之特点的，莫过于这样一种耐人寻味的现象：象“诗言志”这样号称中国诗论“开山纲领”的一些重要命题，最先就是从鉴赏中总结出来，而后才演变为创作实践和创作经验的总结的。由此种种，龙协涛大胆推论：东方的艺术精神和文化性格是接受美学理论原则产生的渊薮。

龙协涛选择接受美学与中国古代读解理论作横向的比较诗学研究视野开阔，又独具特色。类似的工作刘若愚先生也曾做过，为了向西方读者介绍中国的文学理论，刘先生借用并改造了美国批评家艾布拉姆斯的作品、世界、作者、读者四要素图式，将零散而缺少系统的中国文论按形而上理论，表现理论等条目分门别类进行整理，从而使西方读者得以缘此驾轻就熟的理论路径登堂入室，窥见向来为他们所陌生的中国文学理论的奥妙，然而在我们今天再读《中国文学理论》时，难免有些许遗憾：刘若愚似乎一味迁就西方读者的思维习惯和阅读品味，过分地离析肢解了中国文学理论，从而使中国文论的精髓难以彰显。而龙协涛此著则很好地规避了这一缺憾，他在借西方理论阐释中国古代文论中的读解理论时，始终坚持了比较的立场，将二者相互补充参证，将接受美学这一“他者”话语融入中国读解理论的血肉之中，使后者在不丧失原有形态特点的情况下实现向现代性的转化。这一原则始终贯穿于《读解》一书中。季羡林先生在该书序言中称：“总之，这不是一部‘天书’，而是一部‘人书’，是像我这样的凡人能够看得懂的书。读这样的书简直是一种享受。这让我立刻就想到几十年前在清华大学听朱孟实先生课的情景。我万万没想到，在垂暮之年竟又碰到这样的情景，心中怡悦之情真难以形诸楮墨了。”[1]

另外，陈良运在《中国诗学体系》中运用接受美学研究中国古代阅读鉴赏理论，新见时出，颇具功力；张思齐的《中国接受美学导论》立意以接受美学统观中国古代文论，探索精神可贵，然以区区数万字纵论如此巨大的论题，似嫌题大而论疏，且对接受理论本身的理解也嫌武断、牵强。此外，八十年代末以来，还有相当数量的以阐释接受理论研究中国古代文论的论文在各报刊发表，错杂相映，逐步形成一种共同的研究取向。

1　季羡林《〈文学读解与美的再创造〉序》，见龙协涛《文学读解与美的再创造》，台北：台湾时报文化出版公司 1993 年版，第 9 页。

走向批评实践的中国当代解释接受话语

任何一种理论范式要想获得研究者的认可，都必须依赖于该理论的经典范例的建立。这就是说，接受美学不管理论上讲得多么好，广大研究者最终还是通过运用这一理论于批评实践所推出的成功的批评范例，来决定对它的取舍的。每一种批评范式只能通过经典范例来赢得文学共同体，形成或建立起文学共同体。共同体成员则只能通过对经典范例的学习来掌握该理论范式。这是双向作用的辩证的推进过程。

因此，接受美学“中国化”的另一个重要环节，就是在理论的批评化中推出优秀的批评实例，在批评实践中检验、修正理论假设，为建设更为宏大更加开放的中国式的文艺学新构架做出贡献。对此，接受美学的创始人姚斯、伊瑟尔都曾亲身实验，推出了他们的范例。我国阐释接受批评话语的成熟与推广，也是依照理论在批评领域的实践而得到发展的。

在运用西方接受反应文论的理论构架及批评方法来进行中国文学的批评实践方面，近年来我国批评界进行了卓有成效的实验，出版或发表了一批专著或论文。这批成果涉及范围广泛，不仅包括对中国现代以及当代文学作品，还包括对中国古典及近代文学作品进行的阐释接受批评，不仅包括对诗歌、小说等体裁的接受研究，还拓展到戏剧本文及散文领域。特别对近年来的新潮作品试以牛刀，且初战告捷，开创了我国阐释接受批评的新局面。

在运用接受美学进行中国古代文学作品的批评实践方面，台湾单德兴先生进行了有益的探索。他的博士论文《自我命名的理想读者：三部小说评点本的伊瑟尔式研究》，运用接受美学的阅读反应理论研究中国古代金圣叹、毛宗岗、张竹坡以及脂砚斋等明清小说的评点式批评。据作者称，此文曾经伊瑟尔过目，并得到其指导。作者申明，他的目的“在于倡议西方理论和中国文学传统的互动和相互烛照，强调伊瑟尔的美学反应理论不但适用于中文叙事和加倍复杂的评点本的现象，并可以以此理论架构为出发点，对于小说评点家的传统中国叙事批评进行后设批评。”[1] 作者坦言之所以做此尝试的重要原因之一，就是针对一些人对于应用西方理论来研究中国文学抱怀疑、轻视甚至敌对的态度。他列举了当代文学批评中的两种态度：“许多学者在许多场合强调这种尝试的重要

1 单德兴：《试论小说评点与美学反应理论》，《中外文学》第20卷，第三期，第93页。

性，企盼这种努力能为中国文学的研究开展新义，提供新的方法。但是，也有许多学者怀疑这种做法有‘接枝’、甚至‘硬套’之嫌，可能两面都不讨好。”作者主张，“我们不妨把伊瑟尔的互动与移植的观念做个隐喻史的转换……把基本上根据西方散文虚构所发展出的美学反应理论应用到传统中国叙事及评点这个独特的批评形式，这种应用切断了它与旧有脉络之间的关系，而且随着新关系的建立，以往隐含在内的意义得以浮现。这种互动会改变涉及的二者，因为它显现了埋藏在原有脉络中的一些重要观点，并照亮新脉络中原先隐晦未明的部分。”[1]鉴于这一指导思想，作者运用伊瑟尔的审美反应理论来讨论中国古典叙事批评中的小说评点。单德兴指出，中国古代评点式批评大都不是以正常字体出现在全书及章回的始末，就是以小字体出现在正文中，或以眉批方式出现，这种评点本使读者能同时处理正文和评点，透过这种印刷上的特别安排，批评家便在读者阅读行为“之前”或“之中”影响读者，而不像一般批评是阅读行为之后。所以读评点本的读者在处理叙事本文的同时，也被批评家的评语所指引，来决定本文的意义。因此，他们的阅读过程结合了读者与本文的互动，以及读者与评语的互动。评语则具体呈现了批评家（具有文学能力或有知识的读者）的见解和“后见之明”。也就是说，他们对本文的观念经过程，同时发生于他们处理批评家“确定的”与“正在确定中”的评语过程之中。[2]单德兴的论文颇具独创性、启发性，开拓了研究中国小说叙事理论的新途径，筚路蓝缕，功在将来。伊瑟尔在与作者讨论时，曾坦言从不知道这么有意思的中国小说评点，更没想到自己的理论可应用在研究小说评点上，且言之成理，甚觉欣慰。

刘宏彬的《〈红楼梦〉接受美学论》在运用接用美学的主要观点和方法开辟红学研究的新思路上迈出了可喜的一步。首先，作者运用文学范式理论考察了《红楼梦》主题接受史上的三大范式：王国维范式：“私欲解脱说”；胡适范式：“自叙传说”和李希凡范式：“封建社会阶级斗争说”。在对之一一进行了深入分析和评判后，作者提出了“复合主题说”的主张，呼唤一种新的红学批评的新范式。继之，作者对红楼人物进行了接受批评的试验；以《葬花辞》为例进行了《红楼梦》诗歌本文的三级接受研究；并结合叙述学对《红楼梦》的叙事艺术进行了接受美学的新探索。作者从“虚实相生的总体结构”、“情节演变的预示结构、情节发展的复线结构”、“情节设置的对峙结构”、“叙事的模糊化艺术”等

1　单德兴：《试论小说评点与美学反应理论》，《中外文学》第20卷，第三期，第89页。
2　单德兴：《试论小说评点与美学反应理论》，《中外文学》第20卷，第三期，第95页。

方面，旁搜远绍，发幽探微，将创作与接受两大部分有机联系起来，将西方批评理论与中国古代文学作品有机联系起来，进行了可贵的尝试，也为当代理论的批评化（特别是中国古典作品的当代批评实践）开辟了道路。

金元浦、杨茂义的《读者：文学的上帝》（载朱栋霖主编《文学新思维》江苏教育出版社，南京，1996）一书，运用了接受美学的效果史原则、三级视野的阐释方式，空白与未定性的理论以及召唤结构、暗隐的读者、游移视点、格式塔建构、被动综合等接受美学的方法，对陶渊明的诗歌、王之涣的《凉州词》、张若虚的《春江花月夜》、李商隐的“无题诗”及李的词等进行了接受效应分析，也对《阿Q正传》《围城》《红高粱》等现当代经典名著以及《褐色鸟群》等先锋文体从阐释角度进行了新的批评尝试。作者还对《雷雨》等戏剧作品与余光中的《听听那冷雨》等散文作品进行了接受阅读描述。这一系列尝试拓宽了接受阐释批评的领域，开创了接受解释批评的实践操作方式。虽未臻完善，但不乏实验意义。

《文学新思维》中的另一部著作，吴义勤的《理解的迷惑》以西方当代阐释学理论为基点，解读中国古代及现当代文学作品，视点新颖，文思独运，在我国当代的阐释接受批评实践中，有着重要的意义。这部作品的阐释对象主要是中国现当代作品。作者依据当代阐释学的理论背景，不仅对现代文学史上鲁迅的《狂人日记》、李金发的《希望与怜悯》、卞之琳的《圆宝盒》、戴望舒的《雨巷》、郁达夫的《过去》等名篇名著进行了再阐释；而且对我国八、九十年代以来的长篇小说进行了独具特色的阐释学批评，这构成了本书的一个重要特色。作者精心选择了占新的《黑手高悬》、刘恒的《苍河白日梦》、张炜的《九月寓言》、残雪的《突围表演》、余华的《呼喊与细雨》、洪峰的《和平年代》，以及北村的《施洗的河》等七部具有代表性的当代新潮小说，敏锐地抓住了这些当代本文的可阐释性特点与巨大的阐释空间，同时发现了这块阐释的沼泽地使批评“沦陷”在种种“阴谋”中。作者对当代新潮小说有一种特殊的亲合性和认同感，而他的阐释批评也并未拘泥于某一种阐释批评方式（如施莱尔马赫的语词阐释与心理阐释并重的方法、狄尔泰的生命阐释或伽达默尔的哲学阐释），而更接受于一种综合的当代批评。

青年教师王卫平的《接受美学与中国现代文学》（吉林教育出版社，1994）将接受美学理论运用于我国现代文学的研究。他认为，一种理论如果仅仅满足于标新立异而与文学实际毫不相干未免可怜无用了。接受美学不仅是几个理论上的定义，而且更是一个实践的命题。它对于中国现代文学研究也有着比较直接的借鉴意义。因此，他运用接受美学的一些基本理论对中国现代文学史上鲁迅的小说、茅盾的《子夜》、巴金的作品、曹禺的戏剧、钱钟书的《围城》、徐志摩的诗歌、赵树理的大众小说进行了一系列有益的探索。作者从这些作品的接受史与评赏史入手，在作品意义的变化、误解与影响中来全面理解文学。比如对《子夜》的研究，作者就从《子夜》最初发表的30年代的接受情况开始，直到80年代以来作品所经历的种种磨难，从接受史和研究史的角度考察了《子夜》，特别是对新时期十年《子夜》的研究史，作了详细考察并予以评价。作者认为，这种研究也是一种接受，而且是建立在深入阅读基础上的接受，是一般意义的阅读与接受的发展、深化和理性升华。因此，《子夜》的研究史就构成了《子夜》接受史的更为重要的一个部分。作者特别从当代重评《子夜》的现实语境出发，分析了现代文学研究中根本否定《子夜》的观点，全面探讨了《子夜》在文学史上的地位，颇富启迪。

另一位青年学者马以鑫则着力从方法论上寻找突破与创新。他的《接受美学新论》（学林出版社，上海，1995）探讨了接受与文化的关系，从信息角度研究传播与接受的相互作用，并用接受美学的基本方法，对张贤亮的《感性的历程》、贾平凹的《浮躁》以及其他一些短篇小说展开了一场富于创新的批评实践，并探讨了言情与武侠作品成功的秘诀，那就是对接受的高度重视。同时，作者还对接受美学与文学史、美学史的关系进行了分类探讨，并按接受美学的观点来重新审视现代文学史与当代文学史，提出了若干有价值的意见。

另外，对中国古代词学有深湛修养的叶嘉莹先生亦将接受美学与读者反应批评的理论运用于我国古代词的接受鉴赏，解释了广为流传的王国维三境界说背离原词意义却又很易被人接受的原因。香港王建元则运用伊瑟尔的阅读理论于中国古典诗画，颇多新见，在其专著《现象诠释学与中西雄浑观》一书中留给我们不少精彩论述。

还应当提到的是，接受反应文论从其最初的诞生开始，就是一个比较文学的“分支”。特别是对于比较文学中的影响学派来说，其意义更是如此。前已述及，1979年第九届国际比较文学会议就以“文学交流与接受”为总议题，会议的众多论题从不同方面讨论了一国一地一族一代文学对别国别地别族别代文学的影响。法国学者伊夫·谢弗莱尔曾列举近十年内有关此类研究的博士论文，概括了影响研究的三种模式，其共同点是都将一位作家作为接受对象来研究它在异地的影响，这有助于限定要研究的本文，但也须推广开去，进一步研究彼此很不相同，甚至异质作品的接受境况。我国留法学者金丝燕的博士论文

《文学接受与文化过滤》一书，就从接受美学角度研究法国象征主义诗歌在中国的翻译、介绍、影响、变形和创造。作者具体区分了围绕着“接受──►被接受者”主题的四种基础研究：(1)具有共同文化背景的个体或具有不同文化背景的个体对某一作品的接受。(2)本国文化或异国文化对某一作品的接受。(3)多国文化对某一作品的接受。(4)接受者对多部作品的接受。这里，接受者可以是与作品有着共同或不同文化背景的个体：本国或异国；也可以是多国文化群体。作者将她的研究划归第四种接受研究。在该书中，作者对1915—1925年间中国翻译界、批评界对外国文学及法国象征主义诗歌的接受情形，1925—1932年间中国象征派诗人对法国象征主义诗歌的接受情形进行了细致的溯源式研究。作者探讨了两个不同的文化背景的群体是以何种方式、在何种程度上进行文化交往，达成相互交流，而法国象征主义又如何在中国发展、变形的。该书资料丰富、搜检较全，运用社会学统计方法，附列若干表格，并对艺术形式的接受进行了细读式研究。但作者对接受美学或接受理论的了解似乎还不够深入，因而在接受批评方法的运用上，未见出大的突破。同类研究还有古添洪对鲁迅先生的散文诗集《野草》的探讨。在研究中，作者将整体视野置于“接受”之上，将接受放在“本土的”和“外来的”互动过程中来加以研究。作者发现，当年鲁迅接受弗洛伊德的心理分析及尼采哲学的某些理念时，是透过中国本土原有的相关的、类同的东西作为中介，受到外来的东西的激发，再引动了起来。而“接受”的过程，也就是“本土的”和“外来的”之间的互动过程，作者称之为接受过程的“类同原则”。同时，鲁迅接受弗洛伊德与尼采时，是在日本20年代的政治经济“环境”里进行的，故接受研究也要将日本环境这一“中介”纳入考虑范围。

从以上挂一漏万的论述来看，我国当代批评中已形成了一种“解释—接受—反应”的批评话语。这种批评话语借鉴吸收了西方当代现象学、解释学、接受美学、读者反应批评的众多资源，在初期的横向移植之后又在批评实践中对之进行了去粗取精、去伪存真的比较鉴别和综合熔铸，并将之与中国古代与现当代批评理论融合会通，正在建立和发展起一整套中国化的接受反应批评的理论话语、核心概念、主导范畴、运演方式和操作范例。这是一项非常艰巨而又意义深远的事业，在我国当代批评史上必将留下壮观的一页。

第十一章 文化研究的美学与当代中国文艺学

世纪之交的中国“文化研究”迎来了它的历史性登场。这不是一些人又趸来什么新鲜的“洋货色”——对于新世纪的中国来说，什么货色都不再新鲜——而是世界和中国的现实发生了巨大的变化，向传统学术、传统学科提出了严峻的挑战，需要中国学人给予解说和回答。

处在全球化语境中的当代中国学术对此做出了积极的回应。作为一种开放的，适应当代多元范式的时代要求并与之配伍的超学科、超学术、超理论的研究方式，文化研究在中国的出场是现实的需要、发展的需要、阐释的需要。

它是当代“学科大联合”的一种积极的努力。它有深厚的多元的学术渊源，与文学研究有着千丝万缕的联系。并且特别重视个案研究。“文化研究”对中国当代学术产生了重要的影响。

一、中国当代文化研究的出现

西方的“文化研究”理论与实践在 80 年代后期到 90 年代被陆续介绍到中国[1]，并被运用于当代文化批评与文化研究，成为 90 年代中国社会文化思潮中的主要话语资源之一，它一方面催生了中国的文化研究热潮，同时也对于传统的文学观念与研究方法产生了极大冲击、并引发了文化研究与文学研究关系的重大论争。可以说，90 年代中国人文学术（包括文学研究）之所以呈现出许多

1 关于西方的文化研究的历史、理论与方法特征，参见陶东风《文化研究：西方话语与中国语境》，《文艺研究》1998 年第 3 期，陶东风专著《文化研究：西方与中国》第一章，北京师范大学出版社 2001；罗钢等编《文化研究读本》导论，中国社会科学出版社，2000 年版。

不同于80年代的新特点，文化研究视野的引入是重要原因之一。90年代几次大的人文学术讨论，如关于大众文化的讨论、关于"人文精神"的讨论、关于后现代与后殖民的讨论、关于全球化时代民族文化认同与第三世界文化战略问题的讨论、关于女性主义文学批评的讨论、关于"身体写作"的讨论、关于日常生活审美化的讨论，等等，无不体现出文化研究的深刻影响，同时也标志着中国的文学理论与美学学科正在发生重大的转型。

文化研究与文化批评在当代中国的出现不是偶然的。其中既有文艺学与美学学科内部的原因（知识论问题），也有学科外部的原因（社会文化环境问题），既有中国社会文化自身的原因（比如20世纪90年代中后期中国社会文化问题的空前突出、学术界乃至大众的政治热情的重新高涨等），也离不开西方文化研究（Cultural Studies，注：主要指产生于英国20世纪中期、以英国伯明翰大学当代文化研究中心CCCS为开端的"文化研究"）的影响。毫无疑问，中国的文化研究与而后批评在20世纪90年代兴起与西方文化理论的影响（理论旅行）存在非常直接的关系，但是其中本土现实文化的挑战以及中国文化在全球文化格局中的关系的变化却是更为根本性的。

西方文化理论在中国的"传播史""接受史"颇能够说明这个问题。最早对中国的文化研究与文化批评产生"催生性"影响的，无疑是美国马克思主义文化理论家杰姆逊的《后现代主义与文化理论》以及法兰克福学派理论家阿多诺与霍克海姆合著的《启蒙的辩证法》（主要是其中论述"文化工业"的部分）。前者的中译本在大陆初版于1986年（陕西师范大学出版社出版，后由北京大学出版社重新出版），可以说是西方文化研究成果在中国的第一次亮相。但是它在当时却没有引起什么重大反响。人们对它的兴趣大约在1992年以后才突然剧增。个中的原因恐怕是：90年代的文化现实发生了巨大的变化，尤其是市场化、世俗化以及大众文化的兴起使得人们感觉到了文化研究的理论魅力（以王朔小说为代表的中国的大众文化正好是在20世纪90年代初期迅速崛起）。值得注意的是：这本书是以后现代主义与大众文化为主要研究对象的，而它的中国读者对于它的兴趣也主要集中在它对于后现代大众文化形态与文本特征的描述（比如平面化、机械复制等）。可以肯定，对于中国大众文化这个新生事物的兴趣激发了人们对于杰姆逊著作的兴趣，而中国大陆学术界当时的另一个热点就是后现代主义（注：关于后现代主义的介绍最初集中于西方学术论文的翻译，比如佛克马等著、王宁等编译的《走向后现代主义》，北京大学出版社，1991年5月；王岳川主编的译文集《后现代主义文化与美学》，北京大学出版社，

1992年2月，等等。几乎同时，《文艺争鸣》杂志1992年第5期，《文艺研究》杂志1993年第1期，集中发表了关于后现代主义的笔谈，它标志着中国大陆学术界后现代热的兴起）。

霍克海姆和阿多诺的《启蒙的辩证法》中文版初版于1990年。但是对于它的大量引用（尤其是其中"文化工业：欺骗大众的启蒙"部分）也是出现在1992、1993年以后。其原因同样是因为这个时期的中国学者迫切需要借助西方的理论资源来分析与解读中国当时正在兴起的大众文化热潮（依据笔者的了解，最早系统地使用法兰克福的理论研究分析中国大众文化的文章是陶东风《欲望与沉沦：大众文化批判》，发表于《文艺争鸣》1993年第6期）。对于中国大陆这个时期大众文化研究的文章与著作的粗略浏览即可以发现，几乎绝大多数的著述都在大量地引用《后现代主义与文化理论》《启蒙的辩证法》这两本书（虽然存在相当普遍的脱离中国大众文化的实际语境而机械套用这两种理论资源的问题，参见陶东风《批判理论与中国大众文化批评》《东方文化》2000年第5期）。

此后，对于西方文化研究成果的译介开始成规模地大量涌现（比如：中国社会科学出版社的"知识分子图书馆"丛书从1996年开始启动，至今已经出版了20多种，包括了一批相当有影响的文化批评家或理论家的论著，其中包括哈罗德·布鲁姆、保罗·德曼、德里达、特里·伊格尔顿、赛义德、本雅明、葛兰西等，以及其他论文结集。在2000年10月，中国社会科学出版社又有一套和文化研究密切相关的丛书"传播与文化译丛"（常昌富主编）问世，这套译丛目前已出10余种。大众传播学也许有其独特之处，但从更广泛的意义上讲，它应当是文化研究的一部分，批判性的大众传媒批评研究本质上就是文化研究。几乎是在同时，中央编译出版社推出了李陀主编的"大众文化研究译丛"，目前已出版的有：安吉拉·默克罗比的《后现代主义与大众文化》、珍妮弗·克雷克的《时装的面貌》、劳拉·斯·蒙福德的《午后的爱情与意识形态》以及安德鲁·古德温和加里·惠内尔的《电视的真相》。这套丛书在选题上区别于其他译著，论述集中于比较具体的日常生活领域。多年来一直致力于传播西方古典学术著作的商务印书馆也加入了译介当代文化研究论著的行列，他们在去年年底推出了"现代性研究译丛"和"文化和传播译丛"两套丛书，目前已经出版数十种。此外，张一兵主编、南京大学出版社出版的"当代学术棱镜丛书"，周宪等主编、江苏人民出版社出版的"知识分子译丛"也产生了相当大的影响。事实上，自20世纪90年代中晚期至今，来自欧美学术界的"文化研究"或"文化批评"译著，越来越受到人文科学领域的学者与研究生的青睐）。

大陆本土的文化研究也在1995年左右开始成为引人注目的学术亮点。在大量译介的基础上，国内学人开始把文化批评理论作为新世纪重建中国本土批评范式的主要话语资源运用到当代中国文化的研究中去，并思考其给中国本土批评理论建设所带来的启示和可能性，出现了比较多的对于大众文化研究的专著和论文。1994年初，金元浦与陶东风在《文艺研究》指出：90年代中国市场经济的转型带来了中国当代文化的根本性的变化。“相当多的人以亲身感受表明了对“斗争模式”的厌倦和心理拒斥：进而发展为理想主义“乌托邦”的破灭，人生信仰的逐步丧失或改变，启蒙主义热情的消褪和利他主义崇高感的消解。在道德准则上，一批人实际上已经历了由传统集体主义向个人主义、后个人主义的转化。由崇尚精神完善到崇尚物质实惠的转化。人们物质消费的欲望日益高涨，享乐型的生活期望日益膨胀；人们往往不再关注政治历史的伟大推动者和伟大主题，而只关心生活和身边的“小型叙事”；人们不再关注哲学文化的形而上终极探寻和未来世界的“辉煌远景”，转而关注自己，关注当下，关注所谓的“生存质量”。这一转变带来了中国百年来审美风尚的一次根本性的变化。由以崇高为形态的审美道德教化文化向准审丑的、享乐的消费文化转化。长期以来居于文化正堂的史诗、颂歌、悲剧、交响诗悄然遁形，通俗歌曲、小品、流行音像制品、通俗小说赫然居于文化正堂。在我国当代审美风尚中一直隐身幕侧的滑稽、调侃、谐谑、反讽、戏仿、畸趣成为审美文化的主形态或主范畴。”

同期，《读书》杂志分两期登载汪晖和李欧梵就“文化研究”（Culture Studies）与“地区研究”问题所作的对话，在国内产生了一定影响。1995年10月戴锦华在北京大比较文学与比较文化研究所成立了“文化研究工作坊”，正式从事文化研究的教学和研究工作。从其著作和访谈录中，可以了解到，戴锦华由电影研究转向文化研究是因为80年代曾经分享的知识资源无法有效地应对90年代初期市场化以来的中国现实，那么“文化研究”正好可以提供其社会批判的立场，以介入当下的文化革命。在这种强烈关照现实的学术动力下，中国社会变迁与重构中的阶级、性别、种族的多重呈现与复杂表述成为戴锦华及其主持的“文化研究工作访”的主要工作，其成果有《隐形书写——90年代中国文化研究》、《书写文化英雄——世纪之交的文化研究》、《媒介·网络·权力》等。《大众文化的隐形政治学》由对“广场”的挪用与遮蔽的意识形态解读，引出“‘无名’的阶级现实”，并用阶级/性别的修辞方式分析大众传媒中对“下岗女工”的相关叙述，以此来处理中国转型时期阶级分化的问题。

1996年，作家出版社推出“当代审美文化书系”（在中国的语境中，“审美文化”与“大众文化”这两个术语常常交叉），包括肖鹰的《形象与生存——审美时代的文化理论》，陈刚的《大众文化与当代乌托邦》等。此外还有金元浦、陶东风的《阐释中国的焦虑——转型时代的文化解读》（中国广播电视出版社1999年），黄会林等的《当代中国大众文化研究》（北京师范大学1998年）等。在后殖民研究方面，比较早的是张颐武的《在边缘处追索——第三世界文化与当代中国文学》（时代文艺出版社,1993）。相对这些较为专门的研究成果而言，对文化研究这个新的知识生产领域的综合性研究出现比较迟。在这方面，陶东风的《文化研究：西方与中国》（北京师范大学出版社，2000年）是最重要的全面研究文化研究的理论著作。该书系统讨论了文化研究与大众文化批评、后殖民批评、知识分子的关系，勾勒了文化研究的发生发展史，它的理论资源及其传播，厘清了中国文艺理论界的学者阐释“文化研究”的内在脉络。

90年代末期，一批从事文艺理论研究的学者开始把“文化研究”作为新的理论发展的方向予以推介。两种专门性的学术集刊先后出版。一个是李陀等主编的《视界》（河北教育出版社），另一个则是陶东风、金元浦等主编的《文化研究》（此刊创刊于2000年，是大陆唯一专门的文化研究丛刊，第1—3辑由天津社会科学院出版社出版，第4辑由中央编译出版社出版）。《视界》更接近于宽泛的社会文化现象研究，而《文化研究》作为第一本正式出版的狭义的文化研究杂志，“致力于中国文化研究的推广与传播，绍介国外前沿理论及重要理论家，力倡文化研究理论的本土化及中国学派的建立”，已经出版了四期，涉及“哈贝马斯论话语政治”、“视觉文化研究”、“文化与权力”、“解读身体”、“纪念皮埃尔·布迪厄逝世一周年”、“文学与文化”、“影像个案”等多个学术专题。同一年，罗钢和刘象愚主编了国内第一本《文化研究读本》，涉及“什么是文化研究”、“文化研究的起源”、“差异政治与文化身份”、“大众文化的政治经济学”、“传媒研究”等内容。最近罗钢又有《消费文化读本》出版。另外，金元浦编选的《文化研究文选》2003年底出版，系统选编了当代中国学人的文化研究论文，展示了当代中国文化研究发展的概貌，包括许多前此少有、富有特点的个案研究，是对前一阶段中国文化研究学术成就的一个总结。

在媒介革命的冲击下，中国国内出现了专业性的文化研究网站，2002年，中国人民大学金元浦教授主持筹办开通了“文化研究”（www.culstudies.com）网站。文化研究网站创办于2002年5月，是国内第一家拥有正式出版物、以中国当代青年学人为对象的研究性学术性的网站。它以辑刊《文化研究》

（cultural studies）为依托，致力于中国文化研究的推广与传播，绍介国外前沿理论及重要理论家，力倡文化研究理论的本土化及中国学派的建立。网站宗旨是为文化研究学者、爱好者及青年学生提供的一个自由交流对话的学术平台与网络空间，及时展示国内学界的研究成果，加强与国外同行的互动交流。网站强调中国本土学人原创性的理论研究与回应当下的个案研究，将中国问题置于全球化视野之下，加强与国际学术界的交流对话。网站设立了理论前沿、专题研究（含研究泛论、大众文化、传媒研究、视觉文化、身体时尚、网络文化、后殖民主义、女性主义、经典阅读、现代性•后现代性、学术•知识分子、文化产业等 12 个二级栏目）。个案研究、学人档案、名家专论、学位论文、关键词、期刊方阵、论文选目、赛伯文萃，批评视域，文论集萃、书评推荐、研究论坛、文化随笔、最新动态等 30 余个栏目。2003 年国内学者以“文化研究（Cultural Studies）：中国与西方”网站为依托，又举办了“中国需要什么样的文化偶像”专家讨论会，产生了广泛影响。它的开通标志着中国文化研究进入了一个新阶段。其后华东师范大学王晓明教授主持的“当代文化研究”网站也相继建立。前者更加接近专门意义上的“文化研究”并较为突出文艺理论与文艺批评，后者则主要涉及当代中国文学的研究。

上海大学中国当代文化研究中心（Center for Contemporary Culture Studies，简称 CCCS）成立于 2001 年 11 月，是国内较早成立的从事中国当代文化研究的专门学术机构，王晓明是中心的负责人，其研究成员多来自上海各高校，主要以从事现代文学研究或当代文学批评为主。其关注的研究议题：一是对“新意识形态”的批判，王晓明在《九十年代与“新意识形态”》一文中指出，面对二十来年的改革开放，社会发生了巨大的变化，尤其 90 年代市场化以来，“新富人”作为一个阶层已经逐渐浮出水面，与此相伴随的则是“新意识形态”逐渐建构的过程，文化研究的任务就是“揭露那正在遮蔽和粉饰现实的‘新意识形态’”；二是对“纯文学”观念的反思，80 年代，确立的“纯文学”的观念，现已成为主流意识形态建构的一部分，文化研究带给文学批评的，是在细读的基础上对文本的历史语境进行意识形态批判；三是对“上海”城市空间的研究，如包亚明对上海酒吧和“新天地”的分析，以及罗岗等以上海曹杨新村为中心来考察工人社区的形成变迁与工人形象的媒体呈现等问题。原先在上海，现为南开大学教授的陆扬也致力于文化研究，出版了大众文化研究辑刊，产生了相应的影响。

二、中国文化研究何以兴起？

那么，到底是那些具体的社会文化因素导致了大陆文化研究与文化批评在中国大陆的历史性登场？（陶东风《文化批评向何处去》，《天津社会科学》2000年第4期对此曾经进行过简要分析）。

首先，文化研究的兴起，是对当代世界社会生活的巨大变革向传统学术、传统学科提出的巨大挑战的回应。

当今世界，社会结构、制度框架、经济方式、交往媒介、生活状态、心理需求都发生了巨大变化，现实向文化、向学术、向观念提出了重新解释的需要。从世界来看，全球化背景随着进一步的开放日益进入我们生活的中心。电子媒质的兴起向纸媒质的一统天下发出强劲的挑战。媒介文化深刻地改变和影响着我们的生活。大众文化走向前台，城市文化快速传播与蔓延，时尚文化大批量复制，采用了浪潮式的运作方式。视像文化占据人们生活的主要空间，在这样一个读图时代里，甚至视像（镜像）已反过来影响纸媒质文化，如由电视剧、电影改编的文学作品和卡通读物，各类读物中的图像、影像所占据的日益增多的比例。网络文化正在逐步改变着我们的交往方式。还有在新的现实条件下的政治意识形态、性别文化、身体文化，边缘弱势群体的生存状态，以及新的生态文化，都已现实地进入我们的生活。

随着社会生产力的迅速发展，人们的社会需要不断提高。在基本的物质层次满足的基础上人们更多地关注文化上的、精神上的、心理上的需要。因此对文化产品的需求极大增加，人们除了对书籍的需求之外，更需要音像、影视、网络艺术等视觉文化产品，对娱乐服务、旅游服务、信息与网络服务的需求。即使物质层次的衣、食、住、行需要也大大的文化化、审美化了。

如果说上一世纪90年代初的中国后现代论争从理论到问题都是从西方引进的话，如果说中国的文化研究在初期的理论上的移植或借鉴尚有一些盲目性偶然性的话，那么，今天中国的文化研究已内生出本土现实的实践的需要。经过十几年巨大的变化，中国的国际化程度急剧加速，中国日益进入这个全球化的世界。先前脱离本土现实的、仅在一部分学人中讨论的虚拟的问题发生了质的变化，从西方"移植"的问题，现在拥有了现实的基础，部分地成了真实的问题——这一问题在语境化和本土化的过程中经过了本土实践的选择、淘汰、变异与再生，已不再是先前那个高悬在空中的虚拟的问题了。中国当代文化现实发展则无疑具有相当的必然性。

当然，中国的发展又是极不平衡的，又有中国问题的独特性。现实的加速度发展，中国的不平衡发展，世界的多极化发展，使中国的文化研究呈现了十分复杂的情形。

总之，我们必须考虑90年代开始出现的新的国际关系背景，其中最重要的是全球化与地方化的互动。随着市场经济的深入，随着中国加入WTO等世界性的经济合作组织，中国的社会经济文化都更深的卷入了全球化进程，与国际（西方）经济与文化的融合程度空前加深。与此同时，全球化也引发了知识分子的文化认同危机以及民族文化寻根渴望，民族主义情绪有所抬头。这对于第三世界批评以及后殖民主义批评的兴起具有直接的影响。

从国内方面看，首先值得指出的是：90年代市场化、世俗化进程的加速发展，大众文化与消费主义的兴盛，成为文化研究与文化批评出现的最重要的文化背景。陶东风在发表于1995年的关于"人文精神"讨论出现语境的文章中曾经作过这样的分析：

众所周知，1993年是中国的改革开放经一段时间的停滞以后重新起步并以更快的速度发展的一年（其直接的标志是92年底邓小平的南巡讲话），是市场经济引发的社会转型加深加剧的年代，同时也是中国的改革开放政策作出重大调整的年代；而与此相应的是中国社会的世俗化、商业化程度的加深。这一世俗化潮流在文化界的表现，就是被称为"痞子文人"的王朔等所谓"后知识分子"的大红大紫、各种文化产业与大众文化的兴盛，以及文人下海、演员走穴等文化领域的商业化、文人的商人化倾向。我以为这是引发"人文精神"讨论的最直接的原因。这一语境的锚定启示我们：人文精神作为一种批判性话题的出场，不是或至少不完全是知识自身发展的纯自律的结果，不能只在思想史、学术史的范式内部加以解释；毋宁说它是知识分子对当今的社会文化转型的一种值得关注的回应方式（参见陶东风《社会转型与当代知识分子》）。

这个分析现在看来也适合于中国的文化批评。对此大陆学者的意见比较一致。比如李陀说："自80年代中期特别中90年代以来，由于市场经济的迅速发展，文化市场和文化工业突然'崛起'，大众文化有如一片燎原大火蔓延全国，使中国的文化景观在短短几年内一下子改观，批评界和理论界对此应做出什么样的反应？……而文化研究对回应这些问题有一定的优越性"（参见《犹在镜中：戴锦华访谈录》，知识出版社，1999年，第214页。）。戴锦华在谈到她所在北京大学比较文学研究所文化研究室的成立动机时，联系自己的经验指出："我们成立这个研究室的动机，的确是为了尝试回应90年代文化现实对我们提出的挑战，同时也和我个人所经历的90年代的困惑不无关系。"这种困惑是指"因无法容忍商业化突然全方位的降临中国而感到一种绝望乃至某种程度的精神崩溃"，"我们仿佛一觉醒来，突然面对着大众文化、商业文化、文化市场的全面兴起。"在这种情况下，要回应现实文化的挑战，原来的知识结构已经远远不够。这是她成立文化研究室的根本动机，同时还包括对于西方文化研究理论的回应。用她自己的话说即："要尝试建立中国的文化研究，首先是由于中国现实所提出的问题，不期然呼应着文化研究所设计的基本命题；其次，中国文化研究的展开，其本身正是试图回应中国现实与西方理论的双重挑战。"（同上，第216页。）此外，由陶东风等主编的《文化研究》丛刊在其创刊号的"前言"中承认中国文化研究的西方影响之后，着重指出："中国90年代的文化研究从根本上说还是本国国情的产物。"并因此而强调西方文化研究的本土化问题："西方的文化研究理论与方法在进入中国以后，由于语境的不同，必将并已经产生了极大的变形。中国的文化研究必须扎根于中国社会文化本身的土壤。"（《文化研究》第一辑，天津社会科学院出版社2000年，第3页。）杨剑龙最近在分析文化批评出现的语境时也认为：90年代大众文化的盛行使文化批评有了用武之地。他说："进入90年代后，中国的经济转型导致了文化转型，80年代的精英文化至90年代转向民间文化、大众文化，精英文化趋于边缘化状态，大众文化成为具有很大覆盖面的文化。文化的转型也影响着文学的转型，文学关注普通百姓的庸常生态、关注当下日常的琐碎生活、关注语言的生活化世俗化。文化批评理论的基点在于对大众文化的关注，这就使文学批评的理论与方法在90年代的中国有了用武之地。"（《审视文学的文化批评》，载人民书城网站2003年9月27日星期六，www.booker.com.cn。）

其次是文学以及文学研究的边缘化。大众文化、特别是影像娱乐产业的兴起使得文学在很大程度上不再是文化意义的中心，影视、广告、互联网、大众畅销读物等新的媒体已经取代文学成为新的主导性的文化意义生产媒介。我们的现实世界的日益复杂化，新的社会形式、生活方式与文化形态层出不穷，对大多数人包括知识分子来说，都生产了"阐释的焦虑"，他们迫切需要能够解释这个变化着的世界以及知识分子在其中的新位置的思想与知识资源，而传统的文学理论与研究范式显然已经不能胜任这项任务。倪伟在《作为视野与方法的文化研究》中不无夸张地认为：面对日趋复杂化的社会，我们的文学知识生产明显滞后，无法给出及时、有力的解释，"文学研究变得越来越苍白，成为圈内人聊以自娱的游戏，几乎完全丧失了为人们提供解释身边世界的知识资源的能力。”（但是，笔者并不完全认同倪伟对于90年代以后我们的知识生产（他举出的例子是现代文学研究）远远落后于社会现实的变化的原因的解释——80年代知识与观念的遗留。他认为：“90年代以后的现代文学研究无论是在观念、视野、格局还是在方法、手段上，都没有什么大的变化，基本上是80年代的延续，80年代流行的一些概念，如“进步”、“启蒙”、“现代化”、“民族国家”、“个人”、“主体性”等等，至今仍是许多文学研究者不加反思地采用的基本论述范畴。这也就是说，80年代的一些理论预设和观念范畴至今仍然在强有力地制约着我们对于急剧变动中的社会的认知与想象，这使得我们的知识生产无法突破原有模式，从而在复杂的现实面前基本上丧失了应答和解释的能力。这段话暗示：80年代的知识范型之所以不能解释90年代的现实，原因在于它从属于启蒙主义意识形态或现代化叙事。我以为这是不合乎事实的。“进步”、“启蒙”、“现代化”、“民族国家”、“个人”、“主体性”等一套现代化的叙事我以为不仅作为价值目标没有过时，而且即使作为阐释框架也依然具有生命力。因为90年代的社会文化变革尽管掺插了后现代的因素，但是基本上仍然属于从前现代向现代的变化，因而仍然可以在现代性的话语框架中得到阐释。）

面对这样的情形，原先从事文学研究的学者开始作出调整，一部分人干脆离开文学领域进入大文化研究，另外一部分人则试图把文化批评的视野与方式引入文学研究。于是我们看到：现在的文化研究主要表现为两种形态：一种是已经完全离开文学研究的传统对象，转而研究一些像城市的空间（广场、酒吧、咖啡馆、民俗村等）、购物中心（比如家乐福）、广告、时装、电视现场直播（香港回归的报道、金鸡奖的颁奖仪式）、校庆（北大校庆）等等，属于广义的文化研究；还有一种是把文化研究的方法引入到文学研究中，我把它称为狭义的文化研究或“文化批评”，并作为文学批评的一种而加以讨论。

第三，文化生产的技术、机构、实践与物质层面的突出。众所周知，传统的文学研究比较多地强调文学艺术生产的精神—观念属性以及个体才能与创造力方面，而不太注重其物质的、机构的、技术的方面。这种研究的范型随着新的大众媒介与大众文化生产的兴起而显示出自己的极大的局限性。因为媒介大众文化生产的突出特点的正是它的物质性与技术性以及各种文化媒介机构与文化媒介人在其中所起的关键性作用。这种变化同样是文化研究受到重视的重要原因之一。正如倪伟指出的：“文化研究能够精细地剖析社会生活的肌理。文化研究重视具体的社会实践，尤其是日常生活实践，而这恰恰是许多传统学科所忽略的。我认为，物质实践与精神生产之间的关系在以前的学术研究中其实并没有得到很好的处理，因为对几乎是无穷尽的中介因素和环节缺乏精细的考察，两者之间复杂的互动过程常常被简化了，抽象化了。而文化研究关注的是意义是如何从具体的物质实践中产生出来的，并且强调这种意义的生产过程是包括制度、组织、文本、行为等在内的所有因素互相冲突并达成妥协的动态过程，对这一过程的精细描绘比较真切地展露了社会生活的内在肌理。”[1] 于是我们看到，在文学研究领域，出现了对于各种文化生产机构的研究（比如对于商务印书馆的研究、对于《新青年》的研究等）。

第四，知识分子的社会责任意识与参与意识的重新突显。在上世纪 80 年代后期的中国文坛，由于国内政治气候与国外文论思潮影响等多重原因，一度出现了对于文学形式的迷恋与关注，作家们热衷于编织“叙述的迷宫”，批评界则大谈所谓“文本的快乐”、“能指的狂欢”，文学创作与批评一度疏离了社会现实（所谓先锋实验小说与批评是其代表），淡化了知识分子的社会批判意识。经过 1990、1991 年的短暂冷寂，随着 1992 年邓小平“南巡讲话”引发又新一轮经济大潮，知识分子由于自身的边缘化而开始重新认真思考社会文化问题，特别是自己在新的社会现实中的定位，知识分子的角色意识开始得到强化，强调知识分子的社会批判职能。这种思考一开始集中于知识分子的角色问题（关于“文人下海”的讨论是其标志），后来延伸到对于“市场化”“商品化”等问题以及中国现代化模式的反思，对于贪污腐败、道德滑坡、贫富分化等现实问题的关注。在这样的语境下，以强烈的政治性、参与性、实践性以及跨学科性为特征的文化批评，为知识分子的社会批判提供了一种非常有利的视角与方法。

第五，文化研究出现的另外一个重要原因是日常生活的审美化。当代社会与文化的一个突出变化是审美的泛化或日常生活的审美化。这个“审美化过程”实际上不仅限于身体产业的兴起、城市装饰、购物中心的花样翻新、各种城市娱乐活动的剧增等表面现象，它还是一个与产业结构的变化相关的、经过大众媒介而发生的、体现于生产过程、消费过程与现实建构过程的巨大社会文化变迁。审美化的结果导致了审美 / 艺术与日常生活之间的界限的缩小乃至消失，文艺 / 审美活动已经超出所谓纯艺术 / 文学的范围、渗透到大众的日常生活中，艺术活动的场所也已远远逸出与大众的日常生活严重隔离的高雅艺术场馆，深入到诸如城市广场、购物中心、超级市场、街心花园等日常生活空间与场所。

1　倪伟：《作为视野和方法的文化研究》，载上海《文化研究》网站，2003 年 3 月 14 日。

在这些场所中，文化活动、审美活动、商业活动、社交活动之间不存在严格的界限。

如果说当代的文学艺术呈现出明显的“外扩”趋势，那么，那套建立在80年代“自律论”基础上的文艺学话语则恰恰是“内敛”的。一方面是受到西方新批评与形式主义等理论资源的影响，另一方面（也是更重要的），清算与告别庸俗社会学的急切心理与此类“内在研究”方法之间存在天然的契合，它们共同塑造了所谓文学研究的“向内转”趋势。一时间，文学研究执著地转入对于文学的文体、叙事、隐喻、象征、原型、节奏等的研究，强调对于文本的细致分析和对艺术形式、艺术技巧的研究与把握。但是这种自律论的文艺学观念与方法面对90年代日常生活审美化的事实却显出了自己阐释的无力，已经有学者指出了在这种审美泛化的语境下文艺学所面临的机遇与挑战以及文化研究兴起的必然性，指出文艺学的出路在于正视审美泛化的事实，紧密关注日常生活中新出现的文化/艺术活动方式，及时地调整、拓宽自己的研究对象与研究方法，呼吁重新建立新的“文学—社会”研究范式，弥补单纯的内部研究的不足，从更加广泛的文化视阈中观照、研究文学[1]。

总体而言，当代文化批评的出现与兴盛并不是偶然的，也不是局限于文论内部的一种自我逻辑发展，而是复杂的社会文化现实与文论发展的内在需要共同促成的。假如不对于这些复杂语境予以认真的分析，就很难对之作出准确的评价。

同时，文化研究的兴起，是传统学术、传统学科自身内在发展的迫切需要，是学科的“内爆”涨破原有外壳的必然结果。

新的全球化文化变革的现实，特别是我国本土文化变革的现实，要求相应的新的学术研究的机制、方法和界阈。文化研究是剧烈的社会转型期人文社会科学的各个门类面对急剧变化的现实，打破原有学科界限，进行跨学科综合交叉，从而形成新的学术应对面的结果。

文化研究的兴起就是出于对现有学科分殊的不满，对既定学科制度的批判和对既定学术史的再认识。

现实实践的发展、文化地位的变革、各种新事物、新对象的出现，溢出了

---

1 陶东风：《日常生活的审美化与文化研究的兴起》，《浙江社会科学》2002年第1期；《新文化媒介人批判》，《首都师范大学学报》2003年第6期；《日常生活的审美化：一个讨论》，《文艺争鸣》2003年第6期等。

原来的学科领域，涨破了原有学科的外壳，并扩展或推移研究的边缘界限，“边界的移动”成了不同学科的研究者们的共识。原先各自独立的学科体系受到了严峻的挑战。

中国文学文化中长期占据主导地位的独断论一统论的范式观的失效，多元主义范式的兴起，加上转折变革的时代氛围，是文化研究崛起的先决条件。其实，中国文化研究的倡导者们绝不是要独断论地取代其他研究，一科独大，成为唯一的学科发展的主导。与我们这个发展和创新的时代相应，文化研究是多元主义时代理论与现实的前沿研究的实验地，它提供了学科越界、扩容、创新和变革的机遇与可能性。文化研究是新的学科间相互对话、相互沟通、相互溶浸、相互交叉叠合又相互对立对峙的新的对话交流的平台，在这里既有从文学出发的文化研究，也有从社会学、传播学、人类学、政治学出发的文化研究，它们在研究对象选择、研究内容设定、研究方法运用上仍然有着相当的区别。此中当然包含着学科间的融合、汇流、整合，也包含着学科的调整变革和新学科建制的建立以及边缘交叉学科如文学文化学、文学传播学、新文学社会学建设的积极的可能性。

寻找文学本体的努力是西方20世纪语言论转向的理论指向和实践成果，具有特定时代的历史具体性和必然性。20世纪西方文学批评经历了作者中心论、文本中心论和读者中心论之后，必然要向更宽广的社会、历史、政治拓展，从局囿于文本向更深厚的文化拓展。

西方的历史具体性和必然性给予了当代中国文学研究以重要影响，但它仍然不能代表或取代中国文学研究的特定的历史具体性。我国文学研究90年代初确实存在过凌空一跃的现象，存在着从原先的政治社会批评直接跨到当今的新历史主义与文化研究的情形，存在着缺失的环节。西方文本中心时代的那种语言的、文本的和形式的研究虽在90年代有一定程度的发展，但至今仍不充分和深入。这一方面是由于中国近20年文学文化发展的历史具体性不同于西方，有它自身的后发历程。但历史不可能重新来过，中国当代文学的发展也不可能按西方的路线原封不动地再走一遍（其实西方各国文学研究的发展也并不完全一致，实际上有着相当大的差别）；另一方面中国文学研究的思路在深层不同于西方的逻各斯中心主义的两极分立的研究路数，并不醉心于所谓的片面的深刻，而更满足于执两用中的混成思维。

文学研究传统对象的萎缩，新的研究对象的不断生成，新的研究界域的不断拓展，研究内容的转换，致使学科发生“内爆”，这种“内爆”必然突破原有界限。在学科面临转型或多元转换、边界移动的特定历史时期，自律性的坚守就失去了现实支持和学理依据。比如作为自律性支柱的文学性、审美性，作为内部研究的核心的语言论与文本论，作为文学本体研究的形式观，都已发生重要的变化。

作为自律论依据的文学的文学性，现在已溢出文学的边界，广泛地渗透到当代社会生活的方方面面，进入电视、网络、广告、服装、家居、美容、汽车销售以及美食，进入几乎所有日常消费和商业炒作中。而审美性不再是文学艺术的专属性能，而成为商品世界的共性。日常生活的审美化是一个世界性的现象，最近几年它得到社会理论家、美学家与文化研究者的共同关注。审美化已经成了当代社会日常生活的组织化原则。

三、中国的文化研究是什么?

文化研究如詹姆逊所言是一种"后学科"。是一种开放的，适应当代多元范式的时代要求并与之配伍的超学科、超学术、超理论的研究方式。文化研究是当代"学科大联合"的一种积极的努力。詹姆逊认为："文化研究可谓一种愿望，探讨这种愿望最好从政治和社会的角度入手，将它视为一项促成'历史大联合'的事业，而不是理论化地将它视为某种新学科的规划图。"

寻找文化研究的学科独立性或学科"自律性"是徒劳无益的，而把文化研究的理论指向归结为总体性也是不恰当的。的确，文化研究论者中确有人有这种倾向，但可以确定的是，文化研究作为一种后学科，在总体指向上是反普遍主义、反本质主义的。

文化研究传统上主要涉及社会心理、文化批评、历史、哲学分析、特定的政治干预等领域。所以，它通过超越学术专业化，从而避免了研究定义标准的划分。文化研究在跨学科的范畴之内运行，涉及到社会理论、经济学、哲学、政治学、历史学、传媒研究、文学和文化理论、哲学及其他的理论话语——这些正是广义的文化研究题目下的法兰克福学派、英国文化研究和法国的后现代理论所共有的。文化和社会的跨学科研究方法，跨越了不同学科之间的鸿沟。这样的方法用于文化研究时向人们表明，人们不应该停留在文本的边缘，而应该探究文本如何适应生产体系，不同的文本如何成为生产类别或类型体系的部分，如何具有文本间的结构——如何表达特定历史环境中的话语。

如果要对中国的文化研究有所定位的话，其要点可以说是对"关系"的深度关注：它与其他学科的关系；学科与学科间的关系；不同地域不同文化间的关系，不同主体不同性别不同身份间的关系；不同范式不同话语间的关系；不同共同体间的关系；由“关系”寻求“联结”、“协同”或“共识”，又保持自身多元独立性以保持更大发展的可能。詹姆逊就提出，应该用“协同关系网”取代“单一作者”的观念。在当代文化实践中，任何文化行为都已经是在一种关系网络中由各方协同运作的结果。我们先前所理解的那种过去时代的愉怡自适的“个体作家”的藏之名山的“单一文本”现在已没有了，或者说，实际上从来就没有过真正意义上的“个体文本”。先前文学中我们所认定的“单一文本”实际上都是协同作用的结果，是两个或多个作者之间，作家和演出公司之间，作家和出版商之间，出版者与校对者之间，出版者与检查官之间协同作用的结果。

这便使文化研究对“间性”的研究和追寻凸现出来。建设并进入合理的对话交往语境，关注和寻找“间”性，重建文学—文化的公共场域，就成为逻辑的必然。所以，文学的“间”性，文本间性，主体间性，文学交流中的理论共同体、批评共同体及阅读共同体间性（群体间性），后殖民时代的文学的民族间性，以及学科间性、文化间性就成为我们必须研究的东西。不同于撷取合理要素后的“整合”、“融合”为一，找出统贯一切的本质，构造涵盖一切的宏大体系，也不同于前期解构主义的完全消解、拆除，间性的研究是要探寻不同话语之间在历史语境中的约定性，相关性和相互理解性，找出联系和认同的可能性与合法性（客观性）。间性秉持一种建构的姿态。

原有线型继承、替代或更迭的一元论的范式观被多元共生、多话语共展并存的众声喧哗的新范式观、话语观所代换。

文化研究是一种具有高度社会性、实践性、参与性的知识活动，这决定了它必须针对自己的现实提出问题并解决问题，它的一个重要特征便是它的“极度语境化”。

这种语境化就是它必然地呈开放状态，而在特定历史时间，在本土的具体化实践中展示或实现自身。格洛斯伯格曾以一种很极端的口气说，“对于文化研究来说，语境就是一切，一切都是语境。”并说我们最好把文化研究视作“一种语境化的关于语境的理论。”文化研究之所以“能够对付自身历史语境的无限复杂性”，就在于它的那种切入现实的能力，在它面对具体权力语境时的应对或重新解释的能力。即使是在东方人看来非常一致的英美之间，后起的美国的文化研究，绝不是英国文化研究的翻版，美国人格洛斯伯格就认为，在美国，“把文化研究付诸实践并不简单地就是采用英国传统中不同个体或集团提出的主张，这种占有方式未能认识到英国人的种种复杂的尝试方式，是由他们所置身的英国特定情形和历史决定的。”“我们面对的任务是在已经占领过的地方重新工作，根据特定的美国语境重新阐发文化研究，在此过程中改造文化研究本身。”

另一部分学者则认为，文化研究是由于它在理论和物质文化(普通人日常生活及其文化使用)之间架起了桥梁——它的整个传统起的就是这个作用——才对当代学人富有吸引力。对于文化研究来说，理论是知识成果的重要部分。但是，除非知识成果回到文化和政治权力斗争的现实世界中去，除非它对历史的挑战做出回应，它就并没有真正完成。可以说，文化研究总是在某种程度上受环境的政治要求和体制处境中的事变所驱使的。在过去的20年中，理论会变成哲学思辨式的超处境知识，但文化研究则总是针对特殊社会、历史和物质条件来进行理论运作。它的理论总是努力结合显示的社会政治问题。理论只有回到更广泛的物质关怀，并以此来考验它自身话语的社会作用的时候，才能在文化研究中得到廓清和促进。英国著名的文化研究者斯图亚特•霍尔就指出：“文化已经不再是生产与事物的‘坚实世界’的一个装饰性的附属物，不再是物质世界的蛋糕上的酥皮。这个词(文化，引注)现在已经与世界一样是‘物质性的’。通过设计、技术以及风格化，‘美学’已经渗透到现代生产的世界，通过市场营销、设计以及风格，‘图像’提供了对于躯体的再现模式与虚构叙述模式，绝大多数的现代消费都建立在这个躯体上。现代文化在其实践与生产方式方面都具有坚实的物质性。商品与技术的物质世界具有深广的文化属性。”在今天这个“文化经济化，经济文化化”的时代里，这种现象在日常生活中比比皆是。

文化研究的对象是十分广泛的，几乎没有边界。它突破了传统文学研究囿定的研究范围，批判、解构精英主义的文化概念，致力于关注社会中弱势群体的利益，重新审视文化转型期大众弱势群体在不平等社会现实中的地位变迁和它们的文化取向。这样，文化研究就发展出了一种尝试重新发现与评价被忽视边缘群体的文化的研究机制。由此决定了文化研究的一个基本原则，即它坚持审美现代性的批判意识和分析方式，不追逐所谓永恒、中立的形而上价值关怀，相反它更关注充满压抑、压迫和对立的生活实践，关注现实语境，对晚期资本主义文化制度形态进行了严肃的不妥协的批判。在英国伯明翰文化研究的初期，这种立场表现为对于工人阶级文化的历史与形式的关注，而后来的大众文化研究、女性主义研究、后殖民主义研究等等也都坚持了这一从边缘颠覆中心的立场与策略。可以说，对于文化与权力的关系的关注以及对于支配性权势集团及其文化意识形态的批判、否定和超越，是大众文化研究保持其持久生命力的原动力。由此也产生对文学研究中已成为学术规范学术制度或学术研究的所谓“金科玉律”的反思。

视觉文化是文化研究特别关注的中心之一。当代社会科学与哲学文化正在发生一系列的“转向”，一系列新问题伴随着旧问题的消隐而凸现出来。米歇尔说，当下社会科学以及公共文化领域正在发生一种纷繁纠结的转型，而在当代哲学家的论述中，这种转向也是明白无误的。他把这一变化称为“图像转向”。那么，图像的转型转向哪里？它不是向幼稚的摹仿论、符码的表征或图解，也不是向主体客体相互对应的理论回归，更不是一种关于图像“在场”的玄学的死灰复燃；它是对图像的一种后语言学、后符号学的再发现。它从根本上动摇了长期以来由传播手段限定和形成的人类文明的发展趋向，即文字长期居于独霸地位。而是把图像当作视觉性、机器、体制、话语、身体和喻形性之间的一种复杂的相互作用的综合体来加以研究。因为重要的现实是，图像现在正以前所未有的力度影响着文化的每一个层面，从最高深精微的哲学思考到大众媒介最为粗俗浅薄的生产制作，无一幸免。百姓的日常生活、信息获取越来越多地通过图像达成。所以，过去对图像的熟视无睹、不屑一顾、否定遏制或单纯批判都无济于事，现在，我们必须正视它并逐步建立一套新的视觉文化批评的话语。

四、中国文化研究对文艺学研究的影响

文学研究不等于文化研究，文化研究也不就是文学研究。但文学又与文化研究有着千丝万缕的联系。文化研究从一发端，就与文学有着不解之缘。影响了文化研究发生的就有许多是文学理论家或文学批评家。在西方，利维斯、弗莱、阿尔都塞等便是如此；创立文化研究的威廉姆斯、霍尔、霍加特、汤林森也都是具有西马背景的文学批评家或理论家。其后的女性主义文化研究者，后殖民主义文化研究者斯皮瓦克、霍米巴巴、东方主义或后东方主义研究者赛义德等等都是文学理论家或文学批评家出身。在中国，文化研究也主要是从文学理论家与文学批评家开始的。

何以如此呢？

在20世纪与21世纪交替的历史性时刻，中国乃至世界的文学研究（包括文学理论与文学批评）都面临深刻的转型。这种转型的动力既来自文学研究领域内部知识生产的更新需要，更源于文学以及文学研究所置身的社会文化语境的深刻变化。随着产业结构的转型（服务产业、文化产业以及知识经济的兴

起），文化——包括文学艺术——的生产方式、传播方式、消费方式都发生了深刻的变化，文学在整个文化活动中的位置、功能也已今非昔比。概括地说，大众文化与消费文化的兴起，日常生活的审美化、文学艺术与日常生活之间距离的缩小乃至消失，以及全球化语境中中国文学的民族性与现代性问题的再次凸显（第三世界文学批评、后殖民批评等的出现与发展就都与此相关），构成了文艺学的深刻的反思性语境。

这是曾经作为中国思想解放先锋，并为改革开放提供了众多理论资源的中国文学理论界做出的新的理论突破与理论选择。进入1990年代，当既成的文学理论不能很好地解释新的急剧变化的现实社会与文化活动以及审美艺术实践时，一种新的理论和观念就应运而生了。一个毋庸讳言的基本事实是：90年代文学理论在参与公共领域重大论争、引导大众的价值观念与精神走向方面的能力日益萎缩。这与80年代的情形极为不同——当时的文学理论与批评积极地参与到了重大社会文化与意识形态论争之中[1]。也有学者从现代文学研究的角度指出：90年代现代文学研究与80年代相比较出现了所谓“委顿”。作者认为：这种“委顿”是“文学研究无法把握急剧变化中的社会的一种表现”，换句话说，“今天的文学研究或者说现代文学研究已经没有能力来解释周围的世界，而在80年代，整个文学研究界似乎是相信自己拥有这种解释能力的。不仅如此，在80年代，文学批评和文学研究还是最活跃的意义生产领域，很多新的思想都是在这里诞生的。但到了90年代，不仅是文学研究，整个学术界都已不再是最主要的意义生产领域。社会的迅速复杂化，使得意义的生产变得极其分散，以往那种意义独占的局面已经不可能出现，文学研究乃至学术研究的失落是不可避免的。”[2]

正是在这种语境下，当代中国文学研究中发生了所谓“文化的转向”——这既是历史的总体发展的大势和现实实践发展的需要所致，也是文学自身内部要素运动的结果。

世纪之交文学艺术的文化的转向中，人们最大的疑惑是文学本体的消解或消失：我们经历了20余年的拨乱反正，我们好不容易回到了文学的本体，怎

1 陶东风：《大学文艺学的学科反思》（《文学评论》）、《日常生活的审美化与文化研究的兴起》《浙江社会科学》等。

2 倪伟：《作为视野与方法的文化研究》，载上海华东师范大学“文化研究”网站，发表时间：2003年3月14日。

么文学又向文化转向？转向文化，结果文学中什么都有，唯独没有文学本身。自律的文学哪里去了？

坚持文学自律性的前提是文学具有清晰明确的边界。然而当前大众文化、影视文化、图像、传媒、网络文化等等的变化，使我们已经很难说这是文学，那不是文学，除非我们闭着眼睛，仍然固守文学的小说、诗歌、散文、戏剧四大门类。然而即使是这样，我们还是要问，文学的边界是固定的吗？

历史上从来没有过边界固定不变的文学。而独立的文学学科则是在18世纪以后随着现代大学教育的建立才逐步完善起来的。同样，文艺学内所包含的文学的体裁或种类也从来不是固定不变的。文学的边界实际上一直都在变动中。诗歌、小说、戏剧、散文以及更小的类型，都在历史上的不同时期、不同传播时代“加入”文学的阵营。而且，在不同的历史时期，文学的“主打”类型也是不同的。在西方，古典主义时代，文学的主打类型是戏剧，19世纪，文学的主打类型是小说。在中国，戏剧、小说正式入主文学研究，登堂入室已是很晚的事情。因此，重新审视文艺学的学科构成，并依据历史、文化、艺术的发展而有所扩容，有所变更，与时俱进，改革创新，是必要的。

而且，小说作为文学的主打方式缘于传播媒介的巨大变革。工业革命带来了印刷业和造纸业的巨大发展，纸媒质带来了传播的革命，由之产生了公共领域的变革，也由之产生了文学样式的变革，小说，尤其是长篇小说才成了19世纪以来文学的主打类型。今天，电子媒质引起的传播革命，又一次引起了文学自身的变革。文学面临着又一次越界、扩容与转向。一大批新型的文学样式如电影文学、电视文学、网络文学，甚至广告文学，一大批边缘文体如大众流行文学、通俗歌曲（歌词）艺术、各种休闲文化艺术方式，都已进入文学研究的视野，由文学而及文化，更多的新兴的文化艺术样式被创造出来，成为今日文学—文化学关注和研究的对象。

今天社会的审美活动已经大大不同于过去时代的文学艺术的界限和范围，从某种程度上看，今天占据大众文化生活中心的已经不是小说、诗歌、散文、戏剧、绘画、雕塑等经典的艺术门类，而是一些新兴的泛审美泛艺术门类的活动。如广告、流行歌曲、时装、电视连续剧、健美，乃至环境设计、城市规划、居室装修等。艺术活动的场所也已经远远逸出与大众的日常生活隔离的高雅艺术场馆（如中国美术馆、北京音乐厅、首都剧场等），深入到大众的日常生活空间之中。可以说，今天的审美艺术活动更多地发生在城市广场、购物中心、超级市场、街心花园等与其他社会活动没有严格界限的社会空间与生活场所。

在这些场所中，文化活动、审美活动、商业活动和社交活动之间不存在严格的界限。当代文艺学研究，当然应当关注日常生活中的审美现象，这是文学理论余文学批评的文化转向的题中应有之义。因此，传统本质论以审美性作为文学区别于非艺术事物的根本特征，作为文学自律性的根本依据的观念，无疑受到了严峻的挑战。

然而，文学理论或文学研究作为学科并没有在文化的转向中丧失自身，文学的跨学科的努力，转向文化的开拓都是基于文学本体的基点或立足点，面对文化这个包含原有文学的边界模糊的庞然大物，面对这一众多人文社会科学进行研究的共同对象，文艺学的文化研究仍然有其不同于社会学、人类学、哲学、政治学、传播学、心理学的学科视野，学术切入角度，仍将逐步重建本学科的独特性或特殊性。毋庸置疑，新世纪的学术转型是在社会转型、范式转换与学科重组中重新确定边界的过程，是文学研究发掘新的学科增长点，开拓新的发展的可能性的有效途径。面对文学和文学研究的边缘化现实，我们理应给文艺学的变革以更大的耐心、热情，更宽容的机制和激发创新的良好环境。

当然，这一转向，不是简单地回到传统的社会—历史批评理论，更不是回到已被我们抛弃的庸俗社会学。而将携带着文本中心时代所谓“理论革命”的全部成果，作为“前结构”进入新的批评时代。形式主义的、新批评的、结构主义、符号学的、叙述学的、后结构主义的仍将作为丰厚的理论资源成为文化转向的一个必要前提。而文化研究、新历史主义、文化诗学、后殖民、女性主义、当代媒介文化则是它所由发生的理论的和现实的基础。文学的“文化的转向”是又一次创新，是新时代文化发展的积极成果，是文学理论困境中的又一次突围。

需要指出的是，就像文学研究并不就是文化研究，文化研究也并不只是文学研究。文化研究作为学科大联合的事业，是艺术学、社会学、人类学、民族学、哲学、美学、伦理学、政治学、历史学、传播学、文献学，甚至经济学、法学所共同关注的对象。它的出现是社会巨大转型的产物；是文化在当代世界社会生活中地位相对经济、政治发生了重大跃升的产物；是人文社会领域范式危机、变革，需要重新“洗牌”——确定学科研究对象、厘定学科内涵与边界的产物。如同文学“本体”的多样性一样，文化作为各相关学科共同面对的巨大对象，自身也是多观相、多维度、多层次、多侧面，立体的、复合交叉、有机融合的。实际上，文化作为对象，它在本质上具有直接同一性，是多样统一的。它不是为学科研究而剖分、区划或存在的，而是自在的、浑整无分的、不断变化发展的。这种浑融的多样性是它的本然状态。正是为了把握它和研究它，人们设定了不同学科的研究路径。学科的划分起因于人认识把握对象的需要，它是一种主体的假设，一种筹划或投射，一种框架的设定或到达对象的途径、角度的选择。文化研究本质上的多样性，呼唤人文社会学科的“综合治理”——形成由不同学科切入，遵循不同学科方法进行研究的多元话语方式。因此，文化研究是多种范式指导下的各种不同的话语形成的共生并在又相互对话、相反相成的集合形态。每一种文化研究的话语方式往往都相对于文化这一巨大对象的某一层次，某一相位，某一侧面或某一维度；相对于某一语境，某一特定历时时段，采用某一特定的方法，从而揭示对象的部分特征，获得阐释的有效性，并具有相应的真理性。各种不同话语——文艺学的、社会学的、美学的、经济学的研究成果的会通与集合，它们之间的由部分而整体、整体而部分的循环，引导我们不断接近当代文化的本相。可见，文化研究不可能由文学研究“独霸”或“独占”的。

当然，毫无疑问，今日兴起的全球范围内的文化研究最初确实是由文学研究发动的，这只要看看从威廉姆斯、霍加特到杰姆逊、赛义德等一长串名单就了然了。这是由文艺学学科的本性或特点——它在20世纪后半叶以来由“理论革命”形成惯性的思维的敏感性、先锋性、革新意识，以及深厚的批判传统所决定的。在西方，文学研究曾引发20世纪一轮轮社会思潮、社会变革，在中国，它也在1980年代改革开放初期，超载地发挥了思想解放先锋的作用，并在这20多年里，一再地引领最新的社会思潮。

这是事实，事实成了一种新的传统，传统一旦形成，便具有了势能。

五、中国文化研究在研究方法上的突破

个案研究在当代“文化研究”中具有很重要的地位。但在以前的文艺理论与文化批评中却很少进行。这一方面是由于先前的批评范式只关注宏观整体的研究，习惯于从普遍性、一般性的角度来把握文化对象；另一方面，也由于我们还不大会用个案研究的方法。

相对而言，国内的文化研究需要从两个方面突破，这就是深刻的逻辑的形而上理论思辩和直面现实的细致具体的“个案”研究。那种不上不下、既无形而上，也无形而下，既无细致的学理梳理，也无理论概念的思维的逻辑推演，又无细致的个案“深描”，却动辄要建构一个体系，列出1、2、3、4，再辅之

以例证的简单枚举，这种普遍泛滥的论文“格式”，确实需要改变改变了。

当前，“文化研究”的理论探讨非常多，做个案分析和个案研究的却非常少。这与西方形成了鲜明的对比。个案研究在当代西方的“文化研究”中具有很重要的地位。但在中国的文化批评中却很少运用。这一方面是由于先前的批评范式只关注宏观整体的研究，习惯于从普遍性、一般性的角度来把握文化对象；另一方面，也由于我们还不大会用个案研究的方法（特别是考虑到在今天中国从事文化研究的主要还是一些文艺学专业出身的研究人员，出身人类学与社会学的反而很少）。中国的人文学界长期以来习惯于在抽象理论的层面上打转转，把西方的各种理论比较来比较去，试图这样来进行理论上的创新。现在看来这样的理论创新之路是走不通的，是一条死胡同。尤其是考虑到：我们今天所谓“理论”主要是从西方介绍的，而西方的理论是产生于西方的语境中，带有自己特定的问题意识与理论传统，很难与中国的实际完全吻合。我现在越来越感觉到一种新理论的生长点不是在书房而是在“田野”，国外人类学与社会学中非常流行的“田野作业”（field work）在中国一直是薄弱的环节。实际上即使是在西方，理论创新的途径也常常是在“田野调查”中发现的。比如布迪厄是在阿尔及利亚的田野研究中发现了此前的人类学中一系列二元对立模式无法解释那里的经验事实，这促使他创造出一套以“场域”“习性”“文化资本”等一系列概念为核心，旨在打破二元对立思维模式的社会理论。这个经验是非常值得我们借鉴的。我们只有在具体的经验研究、个案研究中才能发现西方理论是否适用中国以及在多大程度上适用于中国，从而在中国本土经验的特殊性中检验西方的理论并建立自己的理论。这是我们提倡个案研究的主要原因之一。

一些个案研究的文章并成为重点。比如2002年，中国大学校园里的《大话西游》热几乎让网络与大学生们发狂。传统的经典《西游记》被解构了。过去耳熟能详、家喻户晓的唐僧、孙悟空师徒四人去西天取经的故事，现在被演绎成了既是它又不是它的另一个故事。原先的经典被再编了一通故事，戏说中有戏谑、荒诞和噱头，也有对某种既成规范的挑战、反叛和批判，有一种加入时尚（反叛的时尚）的先锋感，还有有一种恶作剧的快感。它是对后现代性的文化所带来的文本危机、经典危机、程式危机，甚至原有视觉机制的危机的戏谑式表述。

第十二章 视觉美学对中国当代艺术形态的影响

人类社会的每一个历史时期都会形成自己独特的文化形态。相对于工业社会的那种以语言和文字为中心、以印刷媒介为传播特征的社会文化形态而言，后现代消费社会的文化格局则凸显了以图片和影像为中心、以电子媒介为传播特征的视觉性构建。视觉文化的形成给当代视觉艺术带来了无处不在的深刻影响，当然也带来了很多新的问题。除了绘画、雕塑、建筑、戏剧、舞蹈等传统的视觉艺术样式外，摄影、电影、电视、数字图像等大众传媒渗透于日常生活，人类经验比过去任何时候都更加视觉化和具象化了，而且因特网的普及更使这种视觉经验无所不在。从艺术技巧方面讲，最为显见的变化是，绘画艺术的审美范式发生了重大改变，影视艺术的叙事结构受到了后现代主义思潮的冲击，数字化图像的构建在技术手段上实现了拟像化，因特网上的多媒体图像文本形成了亦真亦幻、真假难辨的局面，新的媒介改变了视觉艺术的观看机制。总之，当代的视觉艺术是在视觉文化的土壤中生根、开花的。因此，要想了解视觉艺术的规律，就不能离开对视觉文化的研究。

第一节 视觉美学与图像文本属性

一、视觉美学的社会历史背景

摄影术于1850年代被发明之后，人们就逐渐意识到了一场“图像转向”的来临。沃尔特·本雅明曾敏锐地预言了机械复制技术将对社会文化形态产生重要的影响。从这个角度来看，摄影可谓视觉文化的滥觞之源。然而，由于受当时种种条件的局限，最先到来的却并不是理论界的“图像转向”，而是“语言学转向”。语言学转向强调了语言文字在人类社会多重关系中的核心地位，并促使西方20世纪的哲学、美学、文学理论、艺术学等领域出现了长足的发展。另一方面，自从20世纪后半叶以来，经济、文化的全球化浪潮给世界各国带来了巨大而深远的影响，那些发达国家和较发达国家（甚至包括一些发展中国家）已经相继进入或正在进入信息化的后现代消费社会，日新月异的现代技术使大众传媒的覆盖范围日益扩大，电影、电视、数字式计算机、因特网等图像技术使图像文本渗入到社会文化生活的每一个层面，而且越是在发达国家，这种转向就发生得越快、越彻底。

如果说，语言学转向奠定了以语言逻各斯为中心的现代性景观，那么图像转向则是对20世纪初的语言学转向的一场“颠覆”。视觉文化呈现的是一幅追求视觉快感、满足观看欲望的后现代图景。造成这种巨变的原因，不仅在于现代技术和全球化为之提供了全新的客观前提，不仅在于现代科技的进步和资本主义商品逻辑的推动促进了大众传播媒介的发展，一个更为深刻、隐秘的内在原因则是人类普遍存在着视觉审美的心理结构及其现实的文化需求。一方面，在商品过剩的后现代经济环境下，资本主义的商品逻辑发生了重要的改变，资源稀缺性的消费品不再匮乏。另一方面，文化符号本身成了消费的对象，仿真的拟像成了满足观看欲望的对象。这种现象使现代图像技术和视觉内容产品得以迅速地商品化、市场化、大众化。于是，现代图像技术与传统视觉艺术联姻，并迅速与大众流行文化融为一体。这种崭新的文化形态向传统的印刷文化提出了挑战，不但造就了全新的艺术样式，加速了大众传播媒介的发展，而且也使依赖于印刷媒介的文学（特别是精英文学）陷入了边缘化的尴尬境地。总之，过去以语言文字为中心的文化形态变成了以视觉图像为中心的文化形态。这种诉诸视觉性的视觉文化在全球范围内改变了人类的整体社会文化形态，形成了一种新的人类社会文化格局。

可以说，在视觉文化的发展进程中，资本主义商品逻辑起到了至关重要的作用。人们从经由广告图像来消费商品，变为直接消费图像。作为一种以视觉性为中心的感性主义文化形态，视觉文化使以语言为中心的理性主义文化形态日趋边缘化。社会大众沉浸在奇观社会带来的视觉快感之中，忘掉甚至丧失了理性反思的能力和愿望。与此同时，艺术的审美原则也发生了重大变化，经历了从理性观赏到感性狂欢的变化过程。正因为如此，后现代消费社会才被认为是视觉文化得以萌生的温床。当然，视觉文化的兴起并不意味着语言文字的死亡。这是因为，一旦离开了语言文字的理性基础，视觉化过程就无法完成，况且，受众对图像的读解也无法离开语言文字。罗兰·巴特以锚定（anchorage）一词来说明语言文字对图像读解的导向作用和限定作用。从这个角度来看，视觉文化不是对语言文字的全面扼杀，而是对语言文字的视觉化的提升。因此说，视觉文化仍从属于人类对现代性的追求这一文化进程。

二、视觉美学的研究轨迹

由于视觉文化研究所关注的重点并不是图像的物质性，而是视觉性与社会文化形态之间的关系，因此，图像的生产与消费、观看的方式与机制、媒介的建构与图像话语的权力等关系，都是视觉文化研究的极为重要的论题。例如，在影视内容产品的生产制作过程中，必须考虑全球性市场营销的问题，必须考虑目标受众的文化背景和心理接受问题。再如，后现代广告的目的不仅是信息的传播，而且还包括消费伦理、文化观念、人生目标等意识形态观念的灌输，这就会涉及到图像信息的“超真实”问题，从而涉及到媒介的可信度问题。又如，观看与被看往往会涉及到女性主义、后殖民主义或东方主义的种种复杂问题。

早在19世纪，欧洲艺术史领域就在图像志研究的基础上发展、形成了以探讨艺术客体主题内容与题材背后延伸的深层寓意为旨归的现代图像学。贡布里希建立了图像学阐释方式的最初标准，主张追寻艺术家的本义。潘诺夫斯基将图像学从一种辅助性的研究手段擢升为一门独立而成熟的学术部门。费尔巴哈则在《基督教的本质》第二版前言中就对图像转向问题有所论述，表明他已敏锐地意识到了这种转向的某些先兆。他指出，我们的时代重视图像甚于事物，重视复制品甚于原作，重视表征甚于事实，重视现象甚于存在。因此，他认为，社会的主要活动之一就是对图像的生产和消费，威力无穷的图像左右了我们对现实的需要。

20世纪初叶发生的语言论转向在一定程度上遮蔽了人们对于图像转向的探索。但是，许多思想家都在其著作中留下了对于图像及技术的哲学思辨，如胡塞尔对于“图像意识”的研究，卡西尔的符号学所引发的文化哲学及视觉哲学，维特根斯坦的“命题图像”说，海德格尔的“世界图像”观和技术观，以及齐美尔的现代性讨论及视觉在城市文化中的支配地位观等论述。这些思想也对现象学、符号学、心理学和文化学等方面的研究思路产生了影响。

早在1915年，美国学者林德赛就在其《电影的艺术》一书中提出了“电影是一种新型的文化意识”的观点。1924年，匈牙利电影理论家贝拉·巴拉兹在其电影理论著述《可见的人》一书中首次明确地把电影定义为“视觉文化”。他认为，印刷术使意义通过印刷符号来表达，致使文字的抽象描述取代了视觉图像的直观性，而电影的出现则引导人们重新去关注视觉性现象。因此，他预言说，电影将为文化开辟一个新的发展方向。

德国人一向以勤于思辩、善于思辩而著称。海德格尔在 1938 年提出了“世界图像”说。他的话语言简意赅，然而却暗含着深奥的玄机，引起了人们的深刻反思。他说，所谓的世界图像，并不是指某一幅图像，而是指世界被人们构想和把握为图像，并认为这一现象标志着“现代之本质”。实际上，他的这种观点不但宣告了图像转向的发生和视觉文化的到来，而且神奇地预言了图像对人类文化形态的整体性改变，对人类思维方式的改变，对人类整体语言结构的改变，甚至是对人类大脑结构的改变。

犹太裔的德国思想家沃尔特·本雅明通过对机械复制（reproduction）时代艺术作品的讨论，丰富了视觉文化这个概念的内涵。他深入分析了现代工业社会中新旧艺术的演替——从追求“光晕”的传统艺术形式向大批量复制的现代文化形态的转变。本雅明并没有把电影这种新的视觉艺术的出现视为传统艺术的毁灭性灾难，而是把它看作是人类艺术文化史上的一次从“膜拜价值”到“展示价值”的重大转折。在他看来，机械复制技术使得艺术的大众化成为可能，也使艺术的革命潜能成为现实。他的这番见解中隐含了一个预言：视觉图像的转向必将对社会文化整体形态的构成机制产生重要的影响。

法国哲学家居伊·德波（Guy Debord）在 1967 年出版的《奇观社会》一书中大胆宣告了“奇观社会”的到来。他认为，在现代生产条件无所不在的现实社会中，生活本身呈现为许多奇观（spectacle）的高度聚积，曾经直接存在的一切全都被转化为表征的形式。奇观不是图像的堆积，而是以图像作为中介的人与人之间的社会关系的总和。

加拿大传播学理论家麦克卢汉在对大众传播媒介进行研究时进一步强调了视觉文化的主题。他以媒介体制和传播方式的变革为切入点，论证了电子媒介文化的到来，这种文化通过大众媒介（尤其是电视）将视觉和听觉文化进行整合，其对受众的传播效果超过了以往的任何一种媒介。

文化研究思潮缘起于英国伯明翰大学在 1964 年成立的当代文化研究中心。这一学派的重要成员雷蒙德·威廉姆斯（Raymond Williams）和斯图亚特·霍尔（Stuart Hall）对大众传播媒介进行的研究也一度产生了深远影响。但是，他们的理论对视觉文化的视觉性、观看机制等层面的问题涉及较少。

1975年，美国女学者劳拉·穆尔维（Laura Mulvey）的重要论文《视觉快感与叙事电影》在《银幕》杂志上发表。她在此文中运用精神分析理论对电影机器、观众、性别之间的权力关系进行了研究，堪称是电影研究方面最早论述视觉性问题的开山之作，对于后来的视觉文化研究也具有深远的影响。

自从1980年代以来，视觉文化研究开始在西方形成热潮，迄今已经出现了一批重要的理论研究成果。其中，法国学者魏瑞里奥的理论尤为独特。他以技术对人类文明的变革所产生的影响为出发点，论证了每次技术革命的结果都是传播速度的提高和范围的扩大。

法国思想家、结构主义与后结构主义的重镇罗兰·巴特运用符号学方法对时尚和图像进行了开拓性的研究。他的思想和方法对法国后现代理论家让·波德里亚产生了重要影响。波德里亚从消费社会的生产之镜、大众媒介信息的符号性等角度入手，指出后现代消费社会的资本逻辑已经出现了重大改观，视觉文化借助于电子媒介的制作程序和计算机的仿真技术，已经跃入一个由拟像（simulacra）充斥传媒画面的“超真实”（hyper-real）时代。在他看来，图像世界不再有本质与现象、实体与表征的区别。

法国电影符号学家克里斯蒂安·麦茨（Christian Metz）注意到，电影理论的研究视域包括电影与观众的关系问题以及整个社会观看机制的建构问题。美国学者马丁·杰（Martin Jay）将这种区分发展为“视界政体”（scopic regime）的理论建构。所谓的视界政体，指的是在视觉中心体系中建立的以视觉性为标准的一整套认知制度和价值秩序，以及用以建构从主体认知到社会控制的一系列文化规则。视界政体作为一种构成机制，形成了一个视觉性的实践（生产和消费）系统。

美国学者W.J.T.米切尔指出，图像转向不是向摹仿论、表征复制的简单回归，而是一种后语言学、后符号学的再发现。图像转向把图像视为视觉性、机器、体制建构、话语建构、身体和喻形性之间的相互、复杂作用。因此，不存在纯粹的视觉媒介，只存在不同符号体系交叉、融合的媒介。另一位美国学者米尔佐夫提出，所谓视觉文化，其实就是后现代文化，就是后现代文化中的日常生活的彻底视觉化。在他看来，一向强调文本性的现代主义遭遇了视觉性策略的失败，所以后现代的视觉化应运而生。视觉文化并不依赖于图像本身，而是依赖于一种将“存在”图像化或视觉化的现代趋势。他还把视觉文化与后现代消费社会的特征结合起来，指出个体已经被奇观所迷惑并从而形成了资本主义消费文化中的被动消费者群体。

荷兰文化理论家米克·巴尔(Micke Bal)指出，视觉文化的观看行为不能与其他感官知觉相分离。视觉文化研究的对象是视觉性，而不是视觉对象本身的物质性或可见性。他的这种观点避免了单纯的视觉图像研究，从而为视觉文化研究提供了一个广阔的视野。

进入21世纪后，各国的视觉文化研究已经形成了理论界的研究热点。最受研究者们关注的是视觉文化与当代社会、视觉文化与当代视觉艺术、视觉文化与传统文学、视觉文化的阐释与接受等有关论题。

三、视觉图象文本的属性

1.视觉美学的根本属性是大众文化

在后现代消费社会这个讲求效率的时代，视觉僭越语言，图像统治文字，电子媒介的图像实时传播具有不可比拟的优越性和诱惑力。一切提供观看信息的媒介，如电影、电视、戏剧与表演、摄影、绘画、时装、广告、平面设计、网络视听、手机电视……都被拉到“视觉文化”的大旗之下，各式各样的图像文本都在构筑着视觉文化符号的整体传播系统。对于当代视觉艺术的消费市场而言，一个不可避免的悖论出现了：文艺作为人们的精神食粮，理应在创作上追求思想高度和经典化；另一方面，视觉符号的生产、流通和消费无疑是以最大化的市场和最大化的利益为最终目的。为此，当代视觉艺术的生产就必须迎合占市场份额最大比例的人群的兴趣。所以我们看到的结果是，经济目的最终战胜了精神需求。图像、奇观、经典、身体、空间、虚拟……在经济利益的驱使下都遭到了视觉化的厄运，在成为观看对象的同时也成为大众的消费对象，而且还导致社会文化形态发生了相应的转变。消费社会作为一个巨大的背景，将图像推至文化的前台，从时间转向空间，从深度转向平面，从整体转向碎片，在不知不觉中引导人们进行消费，这一切又恰好契合了大众对视觉快感、观看欲望的要求。于是，流行文化开始不可避免地肆意流行，武侠、言情、侦探、鬼怪、揭秘、戏说等类型化的影视作品四处泛滥，一发而不可收。这种与生俱来的商品逻辑的本质属性，决定了视觉文化基本上属于大众文化或流行文化的范畴。

符号和信息也成了大众消费品，这是“消费社会”的一个重要特征是，精英文化和严肃文化被大众文化和娱乐文化所取代。大众文化是一种都市工业社会或大众消费社会的特殊产物，是大众消费社会中通过大众传媒所承载、传递的文化产品。这种合成加工的文化产品有一个明显特征，即它主要是为社会大众的文化消费而制造的，因此有着模式化和模拟个性的特色。大众文化包含在主流文化之内，它使得一个社会内的公众舆论、价值观念、社会时尚和生活方式大致趋同。大众文化又是与传统文化有直接传承关系的文化形态。大众文化具有地域性、通俗性、消费性、娱乐性、商业性、产业性、类像化等种种特征。

视觉文化时代的来临绝非偶然，而是历史合力的必然结果。视觉文化的大众文化属性是由资本主义的商品逻辑所决定的，资本通过隐蔽地控制大众传播媒介来引导社会大众的视觉消费，从而达到其最直接的经济目的，其最终目的不是为了提升社会的整体文化形态或满足人们不断增长的文化要求，而是为了直接获得赤裸裸的商业利润。

2. 符号性——图像文本的根本属性

视觉艺术是人们认识世界和人生、实践视觉审美活动的一种重要方式。由于视觉与认知行为之间存在着深刻的联系，视觉艺术体现的看待世界的方式与哲学的认识论存在着内在的一致性。所以说，视觉艺术作为一种艺术类型最能代表西方美学的艺术观念。德国美学家巴尔说："人对这个世界持一种什么样的态度，他便抱以这种态度来看世界。因而所有的绘画史也就是哲学史，甚至可以说是未写出来的哲学史。"[1]

德国当代学者恩格尔指出："欧洲哲学一直秉持这样一个观念，即在可见事物和不可见事物之间有严格的区分……同样的二分法也被用在图像和绘画上。久而久之，绘画就被看作是不可见真理的可见符号，在可见的画面后隐藏着某些不可见的东西。"[2]

摄影的发明扭转了人们的这种看法。照片就是照片，是物像在感光剂涂层上的投射，照片后面也不再隐藏什么不可见的东西。然而，新的观点又带来了新的问题：图像是否参与思想观念的交流呢？这个问题导致了视觉哲学对可见与不可见这种二分法的重新审视和思考。由此，视觉哲学"不再追寻图像背后不可见的思想，而是直接寻求图像中可见的思想，甚至直接追寻图像自身的思

1 [德]巴尔：《现代性中的审美精神》，刘小枫编，徐菲译，学林出版社1997年版，第457页。

2 [德]洛伦兹·恩格尔：《不可见之见——从观念时代到全球时代的德国视觉哲学》，《图像时代：视觉文化传播的理论诠释》，复旦大学出版社2005年版，第3页。

想。”[1] 这样，在图像中思考或运用图像来思考的理论假说就导致了另一种假说的出现，即图像世界中存在着一种外在化的思想。这种新的假说与麦克卢汉“媒介是人体的延伸”的观点不谋而合——也就是说，我们的图像技术手段，与我们的语言一样，也是一种思想和表达的工具。罗兰·巴特曾说，不是我们在说语言，而是语言在说我们。我们同样可以说，不是我们在拍摄图像，而是图像在拍摄我们。

人类的文化可以分为物质文化、制度文化和符号文化三种形态。人类的符号文化世界有其自身的秩序和逻辑，而视觉文化的秩序和逻辑的出现极大地改变了人类的观看对象、观看时间、观看方式、阐释机制和整体的生活方式。视觉哲学开始思考图像与语言在思维过程中的地位和作用，与德国哲学家卡西尔符号学的广泛影响不无关系。卡西尔在《人论》（An Essay on Man，1944）中讨论了人类语言的独特功能。他认为，语言可分为两大类：情感性语言和命题性语言。有些动物可以通过不同的吼叫方式来表达一定的情感，但命题性语言，即对于一个客体的命名，却是人类所独有的语言功能。在卡西尔看来，这就是全部问题的关键：命题性语言与情感性语言的区别，就构成了人类世界与动物世界的真正分界线；正是由于命题性语言的出现，为符号化思维提供了必要的前提。借助于语言，人类构建了一个超越了其生存环境的符号世界。正是在这个世界中，人类获得了空前的自由，从而不再受制于时空情境的束缚，而人类文化的种种形态，诸如语言、宗教、艺术和科学，就是符号功能的集中表现。因此，卡西尔把人的本质界定为符号，即人是“符号的动物”。

在这个基础上，卡西尔提出，文化的演进过程，将从过去的物质生产向符号生产转化。符号不再从自然那里获得相似性，也不再是现实世界的相似物或摹仿物。符号生产的最高级阶段，就是人类思想或精神可以自由地创造符号。符号成为思想和精神的物化和外化，是独立的、纯粹的创造物，而不再来源于任何自然和外部现实。这样，文化实践对应着文化演进的三个不同阶段：宗教实践、美学实践和科学实践。

根据卡西尔的理论观点，我们不难得出如下的结论：

人类不仅生活在自然界，也不仅仅生活在人类社会，人类还生活在一个由图像和语言共同建构的符号世界里。人的一切意识活动，包括艺术创作、艺术

1 [德] 洛伦兹·恩格尔：《不可见之见——从观念时代到全球时代的德国视觉哲学》，《图像时代：视觉文化传播的理论诠释》，复旦大学出版社 2005 年版，第 4 页。

接受和审美活动，必然都以符号的信息处理为本质特征。这样，无论是传统的文学，还是后现代消费社会的视觉文化，其创作和理解都是通过文本（包括语言文本、文字文本、声音文本、图像文本等）为中介的意向活动的过程和产物。

图像文本的本质属性也是符号，只是与抽象的语言和文字相比，图像符号的特征来得更为具象、更为直观。图像符号是一种意象符号，是形态结构接近事物真实本体的视觉语言。图像符号的“能指”与“所指”，即图像符号的形象与对象之间具有高度的符合性。我们应当认识到，图像文本的作用与语言文字一样，不是为了模仿自然，而是为了表达情感，为了传递对人生的体验和感悟。从这一点来看，图像与语言文字具有“同质异构”的关系。

第二节　视觉美学与当代艺术范式及其形态

一、摄影对视觉艺术的推动

在西方社会的历史上，视觉艺术引起世人关注并形成一种轰轰烈烈的观看效应，大约有这样四个时期：

（1）基督教兴起后的拜占庭圣像崇拜时期；

（2）中世纪结束后的意大利文艺复兴时期；

（3）摄影和电影发明后的“默片”时期；

（4）电视普及后的屏幕时期。

可以看出，作为机械复制技术排头兵的摄影标志着视觉文化的滥觞。准确地说，摄影术诞生于1839年8月19日。在人类历史上的这个既平凡而又具有划时代意义的日子里，法国科学院向公众宣布：达盖尔进行的银版摄影术实验获得了成功。布尔迪厄这样评价摄影的意义：“作为一种私人的技术，摄影制造着私人生活的私人影像。借由照片的形象，工业技术已经赋予最一无所有的人拥有自己肖像的机会，而不再是世界伟人或者彼岸世界象征的图像。传统的肖像已经被民主化了，美国家庭都有由自己的一家之主担当的专属肖像画师。”[1] 苏珊·桑塔格这样描写人们对摄影的感情：“记忆定格了，它的基本单元是单个影像。在信息膨胀的时代，照片提供了快捷地理解某个东西的方式，也

1　[法]皮埃尔·布尔迪厄：《论摄影》，《上帝的眼睛——摄影的哲学》，中国人民大学出版社2005年版，第37页。

为记住它提供了方便的形式。照片就像是一句引文、格言或谚语。我们每个人在心里都储藏着几百幅照片，可以瞬间唤起我们的记忆。”[1]

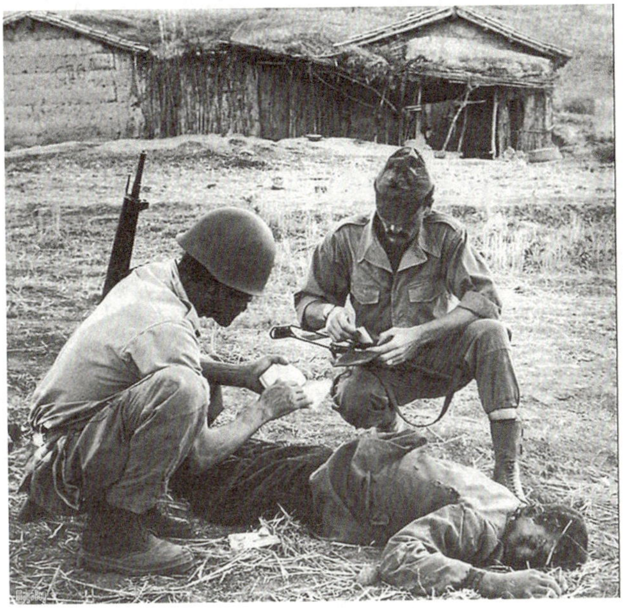

约翰·菲利普斯：《寻找证据》，摄于 1959 年，阿尔及利亚

有人认为，摄影的出现增加了人们的观看机会——特别是常人在过去往往无缘看到的事物，比如说，异国风光、战争场面、王室的婚庆、个人的隐私等，摄影的出现提供了让大众看到它们的可能性。这样一来，摄影极大地刺激了人们的观看欲望，并且引起了从读书到读图的时代转向。

摄影技术刚出现的时候，人们普遍将它看作是一种纯粹的图片技术而绝非艺术，认为照片不可能成为艺术品。但是，一些后浪漫主义艺术家通过在摄影实践上的不懈努力，开始逐渐提升了摄影的审美价值，并掌握了一定的创作规律，从而极大地扭转了人们的观点。在 1930 年代之后，摄影被普遍看作是一种新的艺术样式，而这种观点则形成了现代性的摄影视界政体。

摄影也使色情图片在西方国家得以大肆泛滥。摄影通过广告和宣传图像把女性的身体变成观看的对象。因此，女性主义者们在 1970 年代即已对这种

1 [美]苏珊·桑塔格：《他人之遇》，《上帝的眼睛——摄影的哲学》，吴琼、杜予编，中国人民大学出版社 2005 年版，第 232 页。

不良社会现象提出了质疑。米歇尔·亨宁指出："对象化这一概念特别适合摄影。摄影在某种意义上说就是通过将人转化为被观看的物而将其不知不觉地对象化。但是，人们也认为在日常生活中女性已然成为被观看的对象，而男人则'占据着那个观看的地位'。据此，女性内化这种男性的观看，并认为她们是在观看自己。"[1]据此，米歇尔·亨宁指出，女性的身体其实已经被双重地对象化了。实际上，西方后现代消费社会的色情文化也属于其特有的商品消费逻辑。在那里，对象化的身体转化成了视觉符号，变成了消费对象，因而也就成了刺激人们的消费欲望的符号性商品。

在数字图像技术出现之后，摄影又被分为"真实摄影"和"虚拟摄影"两大种类。人们在计算机上可以通过运用某些专业软件来修改、加工摄影作品，甚至是"无中生有"地"创造"摄影作品。这样一来，摄影技术的"纪实"功能毫无疑问地受到了普遍的怀疑。马丁·李斯特转述了摄影者们的普遍看法："首先，随着新的日益没有漏洞的编辑和改变影像方式的到来，我们传统上所固有的'照相机永不撒谎'的信念将会打上问号。他们会问，当摄影影像的真实性不被人们接受时，谁经得起这一打击？另一方面，他们也看到一种完全不同的富有创造性的观点，即认为这些新的电子影像制作形式，为艺术家和摄影师们提供了表现这一变化的视觉和文化面貌的新方式。"[2]马丁·李斯特认为，正如摄影的出现并没有终结绘画一样，数字图像技术的出现也不会终结摄影。

二、视觉艺术的范式转换

库恩在解释其"范式"概念时说："一个范式就是一个科学共同体的成员所共有的东西，而反过来，一个科学共同体由共有一个范式的人组成。"[3]这个概念也可以用来解释视界政体。也就是说，社会文化形态的变化，就是文化共同体的成员所共有的范式发生了变化。视界政体的变化，就是文化共同体的成员所共有的观看机制发生了变化。

人类在史前时代和文明社会初期，曾经创造了灿烂而辉煌的早期视觉艺术作品。例如：洞穴壁画、图腾崇拜、巫术、舞蹈、各种仪式以及象形文字等。

1　米歇尔·亨宁：《作为客体的主体：摄影与人体》，见《上帝的眼睛》，中国人民大学出版社 2005 年版，第 109—110 页。

2　马丁·李斯特：《电子影像时代的摄影》，《上帝的眼睛》，中国人民大学出版社 2005 年版，第 133—134 页。

3　[美]库恩：《科学革命的结构》，北京大学出版社 2003 年版，第 158 页。

随着文明程度的不断提高，视觉艺术也高度发达，绘画、雕塑成为人类文明的重要组成部分。然而，这一时期的“图像”所传递的意义却相当有限。因此，亚里士多德认为，具有“图像”特征的“戏景”在悲剧中是相对次要的成分，与诗艺的关系最为疏远。

随着人类心智、思维的日益发达，人类却以渐渐疏离早期视觉文化形态的代价，高度发展和完善了语言、文字这种高度抽象的符号体系。直到欧洲度过了中世纪的黑暗年代，文艺复兴才促进了视觉艺术的再度繁荣和新的发展。这充分说明，艺术的发展来自历史的合力，而绝不是任何一种孤立的因素就能够左右的。

技术进步往往会给旧的艺术样式带来危机。例如，摄影给绘画带来了危机，电视给电影带来了危机。危机会改变看与被看的关系，从而影响原有的视界政体，而视界政体的变化往往又会促成一个时代的图像范式的演变和发展。反之，图像范式的演变也会改变人们的观看方式，形成新的视界政体，继而催生新的视觉文化形态。

从古典绘画到现代绘画，西方绘画的图像范式所发生的一系列演变不仅意味着画家个人风格的改变，而且还呈现出明显的时代潮流的特征。从古典传统发展到现代风尚，西方绘画主要体现在对形似的主动放弃，对透视法的主动放弃，以及对宏大主题的主动放弃。对这些特点加以概括，用符号学的术语来说，就是其图像符号发生了从追求相似、逼真到自我指涉的动态发展和演变过程。也就是说，现在的图像不是为了描绘对象，而是要直接表现自己，使自身的特点和意义凸显出来。

古希腊的雕塑和拜占庭时期的基督教圣像画，艺术上所追求的效果是将人物形象塑造、描摹得栩栩如生、神态逼真。在这种注重相似性、逼真性的图像模式中，图像自身的艺术价值被画中的人物所遮蔽，因为是否逼真、是否传神才是评价的尺度和标准。然而，自从塞尚和印象派之后，西方的图像范式开始逐步摆脱了传统的“模仿—再现”原则的束缚，发展出了许多崭新的绘画风格，突出了表现性、形式性和多样性。这种创新精神一直被此后的一些重要画家承继下来而得以延续。如果借用中国画的术语来表达，这就是一种从工笔画转向写意画的观念和手法的转变。

康定斯基的抽象画最能体现这一变化。在他们的作品中，图像符号已不再是对现实世界中的对象的描摹。画家所追求的首先是构图、线条、色彩的均衡和谐，然后才是那些几何形状的组合所产生的视觉效果。

康定斯基:《第一幅水彩抽象画》

康定斯基:《白底上的绘画》

抽象绘画似乎在天性上就与大众流行文化背道而驰，但它在20世纪西方视觉艺术史上却值得大书特书，因为它对于图像范式的演变、发展起到了不可低估的作用，因此具有重要的历史意义。换一个角度讲，既然抽象绘画的描绘内容发生了质的改变，那么观看者的观看方式就需要发生相应的变化。这就如同看中国画的大写意，不求形似，而求神似，不求表象上的相似性，而求意趣上的那种值得观赏、玩味的特质。在这一方面，米罗的抽象绘画作品也独具自身的特色。

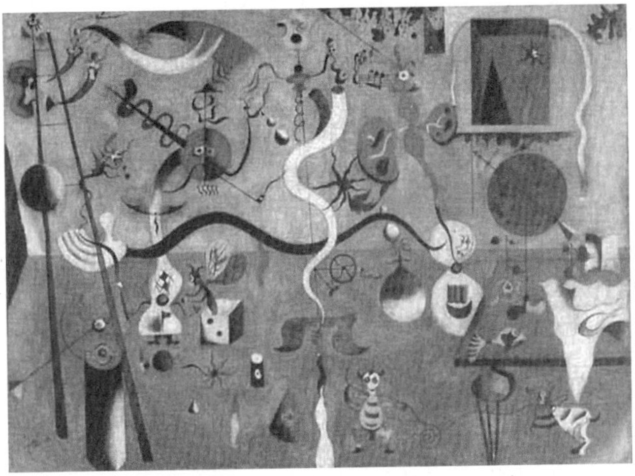

胡安·米罗的一幅抽象画作

对于不属于抽象画派的画家而言，尽管他们在画作中所描摹的仍然是现实世界中的对象，但是逼真与否已经变得不再重要了，重要的在于个性的展现，让人回味无穷，直至从观赏中得到愉悦和领悟。

在西方现代绘画史上，杜尚创作于 1912 年的油画《下楼的裸女》也曾一度引起轰动：一个形体的下楼动作被依次排开地叠印在画布上，恰似一幅经过多次曝光而成像的摄影图片。这是任何一种透视法都无法解释的奇妙构思。毫无疑问的是，杜尚的这种表现手法对我们传统的视觉经验提出了挑战。要想理解

马塞尔·杜尚：《下楼梯的裸女》第 2 号

和阐释这幅绘画作品，我们就得采用一种不同的观看方式，甚或是一种新的观念——当然，在我们已经具有了观看多次曝光照片的经验之后，理解这幅绘画已经不再是什么难事，但这也充分说明了视觉图像能够对我们的观看方式和意义阐释产生多么大的影响。

另一位代表人物是毕加索。他因受非洲原始雕刻和塞尚绘画的影响，于1906年开始转向一种新画风的探索。巨幅油画《亚维农的少女》就是他尝试转型的直接成果。它不仅标志着毕加索个人艺术实践过程中的一次重大转折，而且也是西方现代视觉艺术史上的一次革命性突破，并且引发了一场立体主义绘画运动。这幅画的最初构思，是以性病的讽喻为题，取名《罪恶的报酬》，然而毕加索在修改过程中大胆地删繁就简，突出了视觉语言的感人力量。画中的五个裸女和一组静物，组成了极富形式意味的罕见构图，具有很强的艺术感染力。

在画面中，左边的三个裸女形象具有古典绘画中常见的那种人体造型的影子，但显然已经经过了变形处理，而右边两个裸女的面容和体态则具有明显的原始艺术的野性特质。变形手法使人体的比例和完整性遭到了否定，所有的东西，无论是形象还是背景，都被简化、分解为带角的几何形状的碎片。这些碎片的视觉效果并不是二维的，由于它们被衬上了阴影，故此具有了三维空间的视觉效果。观看者在凝视这些出人意料的碎片化色块时，能够通过格式塔的心理机制使画面在脑海中产生某种完整性和连续性。此外，我们还可以看到，有的裸女脸部呈正面，然而鼻子却有意画成了侧面。有的裸女头部呈侧面，然而眼睛却是正面的。这种“同时性视象”的绘画语言，分解与拼接了那些大大小小的点与面，仿佛是画家已经围绕着模特们来回转动、观察了很久之后才将无数个来自不同视角的视觉印象叠加到了一起，而且人物形象与背景之间的距离也被挤压和消解了，就如同用长焦镜头取景而形成的摄影图像似的。这种画法，彻底打破了自意大利文艺复兴之始已经对画家们束缚了五百年的透视法则。

这是有史以来第一件立体主义绘画作品。毕加索的最大贡献就体现在这种用二维平面来表现三维空间的新手法的创意之上。实际上，《亚维农的少女》已经形成了一个独立的绘画结构，因而画家并不在意画面与外在世界之间是否存在相似性、逼真性。他所关注的只是那个以线条、色块构成的世界。从图像范式的角度来说，这幅画作脱胎于塞尚的那些描绘浴女的里程碑式的作品。它以某种不同于自然秩序的秩序，组建了一个纯绘画性的艺术结构。这样，当观看者在欣赏这幅画作时，会发现自己的视点始终都在不断地发生游移。

毕加索:《亚维农的少女》

从这里我们可以看出，一个时代的图像范式在发生重大变化时，往往并不是完全的离经叛道，与传统彻底决裂。转型是时代的需要，谁走在时代的前面，谁就是时代的佼佼者。约翰·伯格说:“照相机的发明，改变了人们观看事物的方法。他们眼中的事物逐渐有了新的含义。这立刻反映在绘画上。”[1]他的这番话，道出了技术进步对图像范式产生影响的秘密。如果我们从约翰·伯格的立足点出发，就会发现更多的秘密。例如，产生于文艺复兴时期的西方焦点透视法，体现着对写实、秩序的追求，这种合乎科学的范式背后明显地体现着墨守成规的理性主义色彩。因此，西方现代主义绘画诸流派不约而同地摒弃这种构图原则而转向平面化的“无透视”构图，其文化、审美动力来自于整个社会思潮的转向，而决非几个画家的个人作为。由此可见，图像范式与社会历史有着极为密切的关系。因此说，随着科技手段的不断进步，社会的文化形态也会不断地发展、创新。而且，科技手段越复杂、越发达，图像范式也就会越丰富。

在理清了视觉艺术的历史演变之后，我们需要对视觉艺术与当代社会之间的关系做进一步的梳理。首先来看，在经历了漫长的发展过程之后，视觉艺术在当代到底包括一些什么样的艺术形态。从定义上来看，视觉艺术也叫造型艺术或空间艺术，是绘画、雕塑、建筑和工艺设计等艺术形式的总称，是以图形

1 [美]约翰·伯格:《观看之道》，戴行钺译，广西师范大学出版社2005年版，第13页。

和形象为手段，为某种特定的意图而传达具有一定含义的可视图像。视觉艺术是一种感受的方式，它也就是造型艺术。它的特点是用各种不同的材料，如木、泥、铜、布等表现三维的形态；视觉艺术的另一特征是它的静态的、凝固的特点，是在某一时间断面上凝固的审美客体。不过静态的视觉艺术也可以产生动态的效果。除了国画、油画、版画、摄影等大类别，其他的如漆画、粉画、速写、根雕、木雕、剪纸等等，均具备以上所谈及的艺术特征。从比较单纯的艺术视角对视觉艺术作出的定义可以发现，严格意义上的视觉艺术依然局限在艺术创作层面。

但是从视觉艺术的发展历史，尤其是它与当代社会文化的结合来看，视觉艺术已经大大突破了艺术创作或者艺术品的范围，而是与当代消费社会或者是媒介社会紧密联系在了一起。视觉文化的兴起是促进视觉艺术发生当代转型的重要原因。视觉文化跨度广，涉及哲学、美学、社会学、心理学、符号学、传播学等多个学科。而以影像为中心的视觉文化、在深层次上都需要形象性、艺术性、审美性，需要借助艺术的长处来完善自身。比如视觉图像的代表影视艺术，在经济与科技的双重驱动下，已经由以往的艺术文化向商业文化、大众文化转型。从上世纪八十年代开始，特别是大众传播学的引入，使影视艺术的研究已经超越了单一的文化艺术领域而横跨政治学、经济学、传播学等多个学科，成为一种跨学科的文化形态。从影视艺术的转变过程可以深刻地感受到当代视觉艺术的社会学转型态势。当代视觉艺术的社会学转型首先强调的是艺术对当代社会的介入程度，反映在当代艺术具有现实关怀，要关注现实，关注人的生存状态。而从多角度来分析当代视觉艺术，也是我们能全面地把握视觉艺术的关键所在。

三、视觉艺术与当代社会之间的关系

在艺术社会学的视野下，对视觉艺术的关注就不再停留在各种不同造型艺术或空间艺术的具体形态的探讨上，而是要更多地分析视觉艺术与当代社会之间的千丝万缕的联系。所以视觉艺术在经历了范式转型之后，当代社会对视觉艺术的影响具体表现在哪些方面，这是我们从社会学视角关注视觉艺术要解决的重点问题。

首先，视觉艺术在当代社会明显受到流行大众文化的影响。流行文化是以大众消费作为流行基础，以商业运行来制造流行事物，以传媒为核心制造产生着流行符号的一个文化概念，它通过传媒语言将个别的思路转换到普遍的层面

上来，它把流行当作是一种意义，使流行的过程成为其本质。流行文化是自由和民主的产物，是大众追求文化自由和文化民主的结果。而大众流行文化潜在地影响着人们各种观念的构建，进而影响当代视觉艺术。因为视觉艺术作为一种艺术创造活动必然具有的人为性特征，比如不同时代的创造者各有其完整的个性，而这种个性很多都会与其所处社会的流行文化结合在一起。所以流行文化会通过对艺术创作者发生作用来影响视觉艺术的面貌。流行文化对视觉艺术的影响又主要表现在两个方面。

一方面，流行文化使视觉艺术的表现对象不断地大众化、世俗化和商业化。从对象上，大众流行文化对经典艺术重大转变和突破就是使原先在经典美学中充满张力的一对范畴——审美现代性与日常性，从针锋相对走向了和谐统一，使当代视觉艺术的表现对象在不断地世俗化、时尚化、商业化。绘画、影视、广告、畅销时尚杂志等作为大众流行文化的传播途径和表现形式，以一种快餐式的便捷为最广大的人群提供文化消费，关注对象为当代人群生存状态和思想形态，甚至包括种种被主流文化所遮蔽了的边缘文化，使大众文化变得非常广泛和尖锐。大众文化将自身明确定位为一种商品，可以说，当前大众文化的商品属性占据了绝对统治地位，而精神属性则被高科技的包装和工艺性的装潢所取代。大众文化的意义是表现者面对消费者的一种“代言”，它也许是世俗化的、商业化的、趋时媚俗的，但是它却为文化消费者欣然接受。所以，消费社会中大众文化的发达是注定了的必然。

另一方面，流行文化使视觉艺术的表现形式在逐渐地多元化、直观化和模式化。20世纪后期，随着文化范式的大幅调整，出现了现代人的媒体化生活和通俗艺术，它们对传统的文化等级秩序和深度追求构成巨大消解。在高科技和经济全球化趋势的影响下，经典艺术受流行文化影响，与高科技、时代风尚结合衍生出众多的变种，经典美学的许多理念发生了根本性的动摇，也加剧了表现形式的多元化。当代以个性语言为特点的绘画样式、时装服饰、室内装潢、广告设计及网络图像等在经典视觉美学中从未谋面的这些种种样式，以多元的、甚至光怪陆离的姿态正式进入当代视觉艺术的视野，使传统的视觉艺术的高高在上的姿态发生了巨大变化。诸如建筑和工业设计之类的视觉艺术更是直接把流行的文化价值观念融入其中，甚至连精英艺术的代表绘画也开始与大众文化联系日趋紧密。不仅如此，在这些视觉图像中，虽然它们是以“艺术”姿态出现，但往往在其中还带有很强的商业目的，它们时时都在发挥着引领人类消费时尚的功用。所以我们不难发现，各民族原本各具风格的建筑都在飞速向统一的钢筋水泥盒子转换，而影视图像也在更多的定位于引导人类消费时尚的广告效应。模式化的态势也成为视觉艺术在当代消费文化影响下的重要特征。

除了流行文化之外，对视觉艺术产生更直接影响的还有当代传媒。媒介社会的到来已经是个不争的事实，各种媒介也无孔不入地影响着我们的生活。对于视觉艺术这样一种以图形和图像为表现内容的艺术样式而言，传媒对其影响的存在是毋庸讳言的；甚至从本质上来说，视觉艺术实际上也就是一种传媒方式。

现代传媒改变了视觉艺术的性质，拓宽了它的范围。广告、报刊、杂志、摄影、电影、电视、网络、发达的生物技术与现代交通等改变了我们对生活、对世界的看法，迫使我们对生命本体作进一步的思考与追问，同时这些传播媒介也改变了我们对艺术本质、功能的传统认识。艺术从巫术、礼仪、忠实记录中解脱出来，转向对其存在价值及其与人类生活之间的关系的思考，诸如艺术还能给我们带来什么，图画的真正目的是什么等问题成为当代艺术更关注的焦点。而在图像日渐成为当下文化的主要表意形式之一，并借助于传媒而将人们的生活包裹的现实境遇之下，视觉艺术开始与人们的日常生活更多地融合在一起，并用借助更多的传媒和其他艺术创作的手段综合性地表现当代社会的文化特质。“以人为本”的美学理念不仅影响到纯艺术领域的表现之中，而且直接影响到了视觉艺术的方方面面，从而诞生出企业形象设计、城市形象设计、建筑艺术设计、广告设计、环境艺术设计、人体形象设计、服装设计、室内艺术设计等新的视觉艺术门类。

视觉艺术与大众传媒相融合，已经成为一种综合艺术产业，再次显示其作为特殊传媒手段的重要作用。推动传媒发展的是科技的进步，科技通过传媒而影响视觉艺术的同时，也直接推动着视觉艺术的变化。在今天知识经济的时代，视觉艺术以其可视形象的特殊功能借助于计算机技术，使视觉艺术的张力得到了充分发挥，已经发展成一门综合的朝气蓬勃的艺术产业。视觉艺术作为传媒方式的一部分，已经成为现代社会生活中的重要组成部分，其作为一种特殊的传媒方式的功能发挥到了极致。

第三节　当代视觉美学观念对艺术的影响

就艺术样式和门类而言，当代视觉艺术可谓繁复庞杂，难以尽数。本节只是选择了它们所共有的几个特点加以概述。应当注意的是，这几个特点的产生都与后现代消费社会的出现密切相关。马克思主义政治经济学所说的“经济基础决定上层建筑”在这里再次得到了印证。

一、拟像与“超真实”

古希腊神话中有这样一个故事：那喀索斯被自己映在水中的美丽影像所迷惑，终于无法加以摆脱，直至抑郁而亡。根据弗洛伊德的精神分析理论，这是一种典型的“自恋”现象。人生来具有一种窥视和猎奇的欲望。在后现代消费社会，为了使这种观看的欲望得到满足，人类通过发明和操纵现代化的视觉技术，制造种种非真实的拟像(simulacra)。只要能够获得视觉感官上的愉悦，只要能够满足窥视和猎奇的欲望，图像的真实与否已经变得不重要了。法国思想家波德里亚抓住了问题的这个症结，在多篇著述中论及了关于拟像的问题。波德里亚为西方资本主义社会的历史划分了三种“模拟秩序”：第一个是文艺复兴到工业革命初期，其支配性的图像样式是戏剧和绘画，主要生产手段是摹仿；第二个是工业时代，其支配性的图像样式是摄影和电影，主要生产手段是复制；第三个是符号和仿真时代，其支配性的图像样式是电视和因特网，主要生产手段是仿真。不难看出，这种划分的依据既有社会历史的分析，也有媒介发展变革方面的考量。特别是第三秩序，由于传播媒介发生了质的巨变，人们的生产、生活方式和语言结构、思维方式都发生了相应的巨大改变，这就必然导致图像意义的变化。

波德里亚对拟像与仿真所做的分析，与福柯在《词与物》一书中对相似性认知型所做的分析基本上是一致的。福柯认为，从文艺复兴之后，特别是在16世纪，“相似性在西方文化知识中一直起着创建者的作用”。[1]在此之前，传统社会的认知型对应着社会等级制度，符号严格地标准着不同的等级，而相似性认知型的出现，则是对传统社会等级制度的一次断裂。这样，图像符号成了对自然的模仿，成了客观事物的标记，就像人的影子与人的真实存在是不可分的一样，符号被看作是其所模仿对象的等价物。在这个阶段，图像有其真实存在的原件或母本。

到了第二个阶段，机械复制技术生产了无数的复制品，这些复制品之间的关系不再是相似、模仿的关系，而是一种并列关系，因为彼此谁也不是原件。例如，对于照片来说，不存在真品与赝品的关系，所有的照片都是机械复制技

1 [法]福柯：《词与物》，上海三联书店2001年版，第23页。

术的产物。机械复制技术使其产品做到了不需要原作而能独立存在，而存在的只有物的图像。如果说第一秩序受自然规律支配，那么第二秩序则是受市场经济的价值规律的支配。

第三秩序发生了一种质的变化。人可以通过计算机来建构一个模型，而这个设计模型得以现实化的过程也就是其生产过程。所以，波德里亚认为，资本主义文化具有一种“再生复制性”。这不同于本雅明所论述的资本主义机器大生产的“机械复制时代”，而是一种由无本无源的象征符号构成的“拟像”通过大众传播媒介而造成的衍生和增殖，这样就形成了一种与客观现实完全脱节的后现代社会的美学特征——“超真实”（hyper-real）。在波德里亚看来，后现代消费社会的大众传媒就是“超真实”拟像的制造者。在资本主义的符号消费逻辑语境中，真实与虚构的界限完全消失了，文化的意义与真理的标准也消失了。故此，在后现代消费社会里，一切都成了拟像，成了文本。

“超真实”意味着在现实世界之后还隐藏着另一个世界，而这个世界往往会通过大众传播媒介而呈现在大众面前，并且遮蔽真实的现实世界。也就是说，一方面存在着自然的真实之境，另一方面，存在着一个由人为因素造成的拟像之境。波德里亚所说的“超真实”指的就是这两个维度的关联问题。信息传播的目的本来是要获取意义，形成人们的经验和看法，这就凸显出信息内容的真实与否具有重要的价值意义。然而，现代媒介在传播过程中往往会吞噬某些意义，消弭真实与虚构的界限，并由此来拼贴意义，制造意义，从而在不知不觉中把非真实的媒介事件呈现在人们面前。

波德里亚提出的“超真实”理论宣布了真实性在媒体的死亡。由于后现代消费社会的大众传媒一直在肆无忌惮地制造着“超真实”的拟像，其结果是人们无法看清真实与非真实之间的区别。这就是说，“真实”不再意味着我们究竟是什么样子，而是我们被呈现在媒体上时是什么样子，因为大众传媒可以充分利用其最先进的技术手段来改变我们的形象，既能把人变成鬼，也能把鬼变成人。虚构被真实化，真实被虚构化。新闻是图像的图像的图像，显得比真实还更为真实，而其母版究竟是什么样子，早就不得而知。在这种情况下，知情的受众只能采取“沉默和拒绝回应”的方法来消极地抵抗媒介信息的狂轰滥炸。

波德里亚把传播媒介解释为“关键性的仿真机器”。例如，他认为电视利用仿真技术所形成的超真实的拟像，激发了受众对于符号消费的虚假需求，诱惑人们去享受盲目购物消费所带来的空洞快感。在此基础上，波德里亚提出了后现代传播媒介的“仿真”理论。在资本主义符号消费的逻辑语境中，大众传播媒介消解了文化的意义与真理的标准，广告在本质上就是一种拟像，是一种没有原作、没有客体指涉物的拷贝，是仿真机器制造和传播的文本。人造的拟像割裂了现实与意义之间的联系，消弭了真实与虚构之间的差异。信息与社会、娱乐与政治之间的距离变得模糊不清。大众流行文化的扩张剥夺了大众的主体性，使大众成为一种"统计学意义上的存在"，而不再是社会学的"实体"。在这种情况下，传播媒介不仅脱离了主体的认识和控制，而且反过来对主体进行了单向度的绝对性支配。

加拿大著名传播学家马歇尔·麦克卢汉曾说，媒介即信息。波德里亚则认为："讯息交流的作用不再是信息，而是测试、民意调查、最终达到控制的目的。"[1]在他看来，媒介往往会把信息量多、受众参与程度低的"热"文化事件，诸如体育、战争、灾难、丑闻等转化为信息量少、受众参与程度高的"冷"媒介事件。媒介把实际发生的文化事件遮蔽起来，同时敞开了虚构、仿真的可能性，从而操控事件本身，并做出完全不同的解释。比如，中国电视界的"超级女声"就是这样的一种媒介事件。这个经由电视台炒作而家喻户晓的图像文本，其生产完全是被预先策划、决定的，是按照"导演"的意图制作出来的。这是一种先在的总体性控制，它是在某种黑箱里完成的，大众作为受众是无法看到其制作过程的。在后现代消费社会，这种先在的、模型化的符码已经从新闻延伸到了身体、性、时尚等各个方面。真实存在的物变成了按照模型模拟出来的像，传统意义上的真实被消解掉了。波德里亚提出的拟像与仿真的命题，从生产的角度提出了资本主义在消费社会的变迁问题。生产从过去凝固化的机器生产走向了以信息流动为特征的信息生产，这也是资本逻辑的必然结果。

二、时尚的符号价值

视觉文化的兴起造成了后现代消费社会的一个重要文化现象——时尚。成为时尚的物品一旦具有了视觉符号的属性，就在实用功能的基础上增添了意义表达的功能。于是，时尚为人们生产视觉上的意义，也生产相应的文化解读和文化认同，因此具有一定的意识形态性。美国学者凯尔纳对时尚的意义是这样评价的："时尚舞台再一次指向当代生活中不断发展的符号的独立性和重要性。时尚产生、规范和组织符号进入了一个'神仙世界'，它既迷人又令人眩晕，

---

1 Jean Baudrillard, *Symbolic Exchange and Death*, trans. Iain Hamilton Grant, Sage Publications, 1993, P63.

因为时尚符号是自由浮动的……通过代码再现了社会生活的另一种殖民化，因为时尚最终使欲望进入社会所定义和组织的打扮、外表和行为举止等模型之中。”[1]

时尚与资本主义商品逻辑的结缘可回溯至19世纪。美国经济学家维布伦（Veblen）曾提出一种“夸示性消费”（conspicuous consumption）的理论，即指19世纪末、20世纪初西方上层社会“有闲阶级”成员通过奢华的消费来博取名望和地位的生活方式。这就使得某些特殊的商品具有了社会文化意义上的符号价值。由于具有了这种彰显社会等级和进行亚文化区分的功能，新款的服装便一举成为这一社会群体的标志。随着现代社会文化传播的强势化，服装的样式和款式不断出现创新性的变化，于是形成了一种社会文化现象——时装，而且影响到其他商品的“时尚化”。

罗兰·巴特从符号学的角度对时装进行了分析，认为时装构成了一种符号代码，而且这种符码是不同于索绪尔的能指、所指二元结构的另一种形式的语言结构。在巴特看来，时装是“一种机器，是保持意义但从不固定意义的机器，它永远是失望的意义，但它仍然是一种意义：没有内容，它就变成了一种景观，也就是人赋予自身力量来使无足轻重的事物表意；这时，时装就显现为一般表征活动的典范形式，于是，它重返文学的存在，……因此而成为‘得体的人类’的符号。”[2]也就是说，时装的遮身、御寒的功能退居到了次要的地位，而不断变化的时髦款式等审美性、形式性的因素占据了重要地位，从而使时装成为一种视觉文化的奇观。巴特继而指出，大众社会使时装的能指与所指、意义相分离，因此成了“漂浮的能指”。

波德里亚在巴特的基础上进一步研究了消费社会的商品所具有的符号性及符号价值。他认为，传统的政治经济学认为商品具有使用价值和交换价值，但没有认识到商品具有符号价值，因此无法解释为什么某种商品仅仅受到某一类人的钟情，为什么某些商品会变成欲望和迷恋的对象，为什么商品消费在当代资本主义社会中能够发挥一种极其重要的统摄作用。根据波德里亚的“符号政治经济学”理论，时尚产品不仅因其作为物品的实体性而具有使用价值，而且还因其作为视觉对象的功能性而具有符号价值。符号的意义在于建立差异，以

---

1 Kellner，Douglas：*The Jean Baudrillard：From Marxism to Postmodernism and Beyond.* California：Stanford University Press，1989，P97.

2 Barthes，Roland：*The Fashion System.* New York：Hill and Wang. 1983，P288.

此将其所代表的所指区分开来。时尚的生产和消费是消费社会的意义生产和消费，大众传播媒介对于时尚的消费机制具有举足轻重的作用。

波德里亚指出，消费社会不是一个物品匮乏的社会，而是一个商品丰裕、甚至过剩的社会。因此，为了谋求最大化的经济利润，大众媒介不仅通过广告来引导人们消费，而且还在制造一种提前消费、透支消费的理念，以此来刺激人们的消费。可以说，时尚的这种反文化现象正是消费社会利用后现代社会文化氛围来谋取利润的绝妙策略的运用。通过认可和强化物品的价值、意义和社会认同的区分功能，资本主义商品逻辑使时尚之物成为视觉消费品，并以其文化符号性来服务于后现代消费社会的价值体系。

作为现代性的产物，时尚潮流的更替速度和节奏、传播的深度和广度都有别于传统社会。在后现代消费社会，人口的流动性极大地增强，社会等级阶层的限制进一步减弱，人们改变社会身份、提高经济能力的可能性胜过以往任何时候，并且享受着有史以来最宽松的消费自由。时尚具有了更多的审美功能和价值功能，而追求时尚不再受到以往的任何约束和限制。时尚在总体上是一个文化共同体的所有成员共同参与的活动和追求的目标，而对于每一个个体而言，其所希冀的效果则是与众不同和超越他人。这种既追求共性、潮流，又突出个性、特色的文化悖论造就了时尚在新旧更替或循环发展的独特节奏型。个体的身份和意识形态就在这种展示与观看的过程中得以建构，并形成一种社会化的文化机制。费斯克说："看制造意义，它因此成了一种进入社会关系的方式，一种将自己嵌入总的社会秩序的手段，一种控制个人眼下的个别社会关系的手段。"[1] 从这种意义上说，时尚的消费等于是购买了一张社会文化活动的入场券，它能够使个体在茫茫人海中凭借这种视觉符号找到自己的同类，使个体感到自己是这个社会群体中的一个成员。

在经济全球化的大潮中，发达国家的新潮时尚往往成为国际化的观念领跑者和产品输出者。因此，其时尚产业也就成为其文化创意产业中的一个重镇，成为比制造业更赚钱的利润工具。时尚也就由此成为跨文化交流或后殖民主义的意义符号。

在后现代消费社会这个特定的语境中，时尚的发展走向注定会受到先锋派艺术的影响。这是因为，先锋派艺术的显著特征就是追求新异，而这正与当今社会大多数人对时尚的追求相契合。一方面，当今大众传播媒介由于功能的强

1 [英]费斯克:《解读大众文化》，南京大学出版社 2001 年版，第 38 页。

大而使时尚的差异越来越小，并使其趋同化变得越来越明显。人们要想追求新奇的时尚，就必然需要借助于先锋派艺术的创意思维，特别是其反主流文化的原精神动力。由此，时尚的类型分化越来越繁复多样，力求逃避平庸和刻板的各种传统和正统的、一成不变的价值理念。先锋派艺术对时尚的影响就源自新奇物品带来的视觉刺激和消费者们的期待视野，而对社会认同的体认和追求则是时尚得以流行的重要心理条件和社会条件。因此说，先锋派艺术的理念业已成为推动时尚发展的阿基米德点。正是由于这一点，社会上的一切人造物都被工艺化、视觉艺术化，形成了一种“日常生活审美化”的普遍现象，并由此反衬出“审美日常生活化”的趋向。在这种趋向的背后，实际上隐藏着某种看不见的视觉暴力，从而使审美活动越来越远离其自然性和本真性的本质特征。这样，我们又一次看到了时尚的文化悖论：大众传播媒介使时尚趋于俗套的流行，而先锋派艺术观又尽力避免使时尚落入俗套。这样便促成了时尚的不断更替或循环。于是，既有怀旧的时尚，也有追新的时尚，旧与新在不断地相互转化、交融，构成了时尚大潮的奇特交响曲。古董家具成为新贵们的豪宅中的新宠，而新技术、新款式则成为“发烧友”们的生活的全部意义。外国女人在婚礼上也要尝试一下来自中国婚俗的大红棉袄，而中国女子则要拍摄身着白色婚纱的结婚照。手表的模样越来越千姿百态，而打火机的造型则发挥了无尽的艺术想象力。无论是追新还是怀旧，都给作为消费者的主体带来了心理上的愉悦感和满足感，带来了文化符号的意义与价值的内心体验，带来了跟得上时代潮流的文化认同感。

三、快感与欲望的展现

在视觉文化中，充满观看欲望的眼光充斥在各个层面，构成了当代视觉艺术的复杂面貌。很久以来，欲望是人们讳莫如深的话题。在传统文化中，欲望被视为从潘多拉的魔盒中跳出来的魔鬼，是引诱人类始祖偷吃禁果的大蛇。然而，到了视觉文化的时代，最隐秘的、最私人化的东西居然也被堂而皇之地表现出来，这种现象极大地释放了人们的欲望。

欲望的满足能够给人带来快感。费斯克在《理解大众文化》中对大众文化给人们带来的快感进行了重新分类。他认为，大众的快感有时是美学性的，有时是政治性的，有时是话语性的，有时是心理性的，有时是原则性的。他说：“我也愿意承认快感的多义性，并能够采取相互抵触的形式；但我更愿意集中探讨那些抵抗着霸权式快感的大众式的快感，并就此来凸显在这二分法中通常被视为声明狼籍的那一项。”[1] 由此可见，快感在现代和后现代社会已经变得更为发达。罗兰·巴特对快感进行了结构主义式的重新审视：“我一方面需要一种普泛的‘悦’，我便随时可谈及文的超越，谈及其中对任何（社会）功能和（结构）运作的超越；另一方面，我需要一种特定的‘悦’，一种作为整体之悦的纯粹面，我就随时要将欣快、满足、适意、（文化顺当地插进之际的畅美感）与（醉、销魂所特有的）撼摇、恍惚、迷失区分开来。”[2] 巴赫金则把快感视为一种对等级秩序和权威控制进行抵抗的重要武器。一言以蔽之，欲望是追求，快感是目的。

在人类文明进程的历史长河中，身体曾经一度遭到贬损——在灵与肉的二元对立情境中，无论是西方文化还是中国文化，大都褒扬精神而鄙夷身体。因此，身体常常成为一个被有意遮蔽或监控的对象。尽管西方视觉艺术自古希腊以来就有崇尚人体的悠久传统，但基督教的许多教派都对人们的日常生活提出很多关于身体的规训。视觉文化时代的到来极大地改变了身体长期以来所处的尴尬境地，这是因为，视觉文化不是一种单一的媒介技术现象，它的出现具有深远、复杂的社会文化背景。在后现代消费社会的语境中，身体不仅倍受人们的重视，而且已经成为一种极为重要的视觉符号，成了一种文化的事实，并引起了广泛的社会学、人类学以及女性主义的大讨论。可以说，作为视觉文化最重要因素之一的身体之所以引起广泛的关注，乃是视觉文化的“观看”欲望被释放的结果。可以说，身体作为人的感性之躯的客观实在，具有复杂多样的视觉文化意义。

现代社会的文化机器制造了无数关于身体的神话，使人们充分地享受着身体欲望的放纵的同时，通过造星运动为人们提供了美丽身体的“样板”。陶东风先生指出：“由于消费文化注重的是身体的观赏价值、审美价值而不是生产价值、实用价值，所以，身体的图像在其中起着非常重要的作用。为了打造合意的身体外形，消费文化为我们提供了大量‘理想身体’的意象（特别是女性的意象）以供大众模仿。以身体为核心的视觉图像工业开始兴起。”[3] 视觉文化创造的一些性感偶像，无论是梦露还是麦当娜，白兰度还是施瓦辛格，在某种意义

1 [英] 约翰·费斯克：《理解大众文化》，王晓珏、宋伟杰译，中央编译出版社 2001 年版，第 60 页。

2 [法] 罗兰·巴特：《文之悦》，屠有祥译，上海人民出版社 2002 年版，第 29 页。

3 陶东风：《镜城突围：消费时代的视觉文化与身体焦虑》，《图像时代：视觉文化传播的理论诠释》，复旦大学出版社 2005 年版，第 32 页。

上，都是为了刺激观众看之欲望的对象化产物。在某种意义上，身体和美丽成了公开兜售的开启幸福之门的魔咒。

西方社会的后现代是一个痴迷于青春、健康和肉体性感之美的时代。真真切切的身体越是接近年轻、健康、美丽的理想化形象，就越能给自己带来满足感。人们透过别人的眼光不断地审视自己的身体，身体成为展示给别人同时为自己带来满足感的物。瘦身、染发、化妆，甚至整容，这些观念构成了庞大的"身体文化"。"选美大赛"、"内衣秀"、"封面女郎"、"人体摄影"、"眼球经济"等等，建构了种种针对身体文化的观看仪式，明显地强化了欲望的眼光。人的本质不再是抽象的主体，而是充满了欲望之感的肉体"生命"。从精神意象的呈现，到肉体欲望的展示，身体成为肉体性、享受性和存在性的证明。形象消费在所有消费中是最便捷、快速的，"观看"越来越合法化，从而导致了看的欲望的无限膨胀。于是，身体被解秘，禁忌被破除，性被解放。

在英语中，麦当娜（Madonna）原是圣母玛利亚（The Virgin Mary）的爱称。然而，当美国超级摇滚巨星麦当娜在1985年以一曲《像个处女》（Like a Virgin）而一炮走红时，人们所看到的她绝非一个圣洁处女的形象。她的舞台造型惊世骇俗、变幻莫测，但万变不离其宗的是慵懒的表情、稚嫩的歌声、微启的红唇，因此她被"誉为"玛利莲·梦露再世。她的演出服装大胆暴露，使身体和时尚同时成为人们的观看对象。因此，她的舞台演出不仅意味着歌唱，而是视觉与听觉同时并举的歌伴舞，在当时开了一代先风。无论是在美国，还是在亚洲，麦当娜的演出都场场造成轰动，不仅吸引了大量的成年男性观众，而且还成为广大少女的崇拜偶像。从这个角度讲，麦当娜已经成为一种社会现象。

美国好莱坞著名女影星玛丽莲·梦露

而且，麦当娜现象一直幽魂不散，延续至今。就连我国电视界的“超级女声”节目中，也不难瞥见当年这位“大姐大”的影子。

台湾学者张小虹女士指出：“不论玛丹娜是新式女性主义者、反女性主义者或非女性主义者，她至少对传统女性主义提出了二道难题，值得我们去深思反省。第一是女性主义者与一般社会女性之间的鸿沟。当女性主义者批评电视肥皂剧、通俗爱情小说、流行歌曲中重复传达的父权社会价值观时，却往往无法面对大批女性观众、女性读者沉迷其中的事实，无法提供其他方式的娱乐与消遣，更无法体会一般女性从其中所感受到的快乐补偿或幻想满足。如果一般社会总以‘女性观众’、‘女性读者’象征低级庸俗的大众品味，那女性主义者对一般大众女性文化消费者的疏离与轻视，是不是正重复加强了这种谬误歧视？是否更加深了女性主义少数秀异团体与其他女性大众之间的阶级划分？女性主义者似乎该花更多的心神与精力介入大众文化之中，从电视、电影、MTV、广告、流行小说等管道中去分析研究女性需求的多样多面性。”[1]

拉康的“镜像阶段”（mirror stage）理论揭示了人的个体在生命的早期就能够建立自己身体的镜像。六个月大的婴儿能够在镜子中辨认出自己，而其他的动物则不具备这种能力。这就是笛卡尔“我思故我在”的命题所揭示的人是反思性的主体这一事实的绝好体现。作为生活在社会环境中的人，其身体的建构和解构并不完全是随心所欲的。我们在电影中经常看到的北美印第安人或澳大利亚毛利人的身体彩绘或纹身，往往具有重要的原始宗教意义或社会意识形态意义。社会学家约翰·奥尼尔和人类学家玛丽·道格拉斯都说过，人的身体具有两种属性，一是生理的属性，一是社会的属性。[2] 由此可见，重塑身体或者是出于社会的需要，或者是为了适应社会的需要，而为了适应社会需要而进行的身体重塑往往是自愿性的，是主体性在一定程度上的反映。在这个意义上，身体的重塑在一定程度上具有了时尚——符号价值的性质。

1 张小虹：《后现代 / 女人：权力、欲望与性别表演》，台北：时报文化出版企业有限公司，第11—12页。

2 周宪：《社会空间中的身体审美化》，见《文化研究》，第5辑，广西师范大学出版社2005年版，第6—7页。

附录 2

关于视觉图像转向的对话

阿莱斯·艾尔雅维茨（前国际美学协会会长）
金元浦（中国中外文艺理论学会常务副会长）

金元浦：拜读了你的《图像时代》，英文本的题目是《走向图像》，有很深的印象。你能谈谈当下世界走向图像的理论与学术语境吗？

阿莱斯·艾尔雅维茨：好的。1993 年，马丁·杰出版了他的富有影响力的著作《低垂的眼睛：20 世纪法国思想中对视觉的诋毁》。在这本书中，马丁·杰对 20 世纪法国哲学进行了全面的考察，他指出，在过去一个世纪中，很多法国哲学（如果不是全部的话）即使不全是偶像破坏的，也是明显地反视觉的（anti-ocular）——当然，梅洛·庞蒂的存在主义现象学是一个例外，它有时甚至被称为"视觉本体论"。它以这种方式对此前欧洲历史上的从特土良基督教思想家开始的语言论转向作出回应。在早期，土特良等基督教的理论捍卫者必须反对当时遍及希腊和罗马的对景观的崇拜和迷狂。为了反对这些，土特良等人对其反面进行了强调，即，强调来自于基督教的犹太根源的偶像攻击和对雕塑形象的禁止。这样做的结果就是对文字重要性的强调，这一点在新教理论及其后来实践的中不断重复。

因此，在欧洲早期思想和 20 世纪法国哲学之间存在着一种相似性。尽管也可以说上个世纪法国哲学对视觉形象的诋毁并不新鲜，它不过是早期理论实践的一种延续——特别是当我们考虑到这些对欧洲思想史和过去两个世纪的文化的考察的时候更是如此，但是，这并没有回答为什么最近我们需要重新运用一种偶像破坏实践的问题。由于 20 世纪法国哲学在当前的哲学、后结构主义、批判理论等相关的理论探讨中仍然是主要的参照，这种再运用就变得更为必要。

对艺术来说更是如此，比如，马歇尔·杜尚将其作品认定为"反视觉的"，以此强调它们的反视觉和反形象的特征。这并不仅仅是一种偶然的言词，因为，如果人们有机会参观并不常见的杜尚全部作品展的时候，他就会奇怪地注意到——至少我在威尼斯格拉西府邸参观杜尚作品时是这样，杜尚的一生所创造的作品实际上是非常之少的。一间大厅里就足以储藏杜尚的所有作品，然而，它们的物质存在较之于它们在理论上的重要性及其艺术上的美感和文化上的影响来说变得不重要了。

当然，我们并不能认为只有20世纪法国哲学才是反视觉的。马丁·海德格尔也是如此，特别是在1938年的《世界图像时代》一文中，海德格尔认为，从柏拉图到亚里士多德再到笛卡尔和后笛卡尔思想，都将世界转化为一种“图像”。

在很多其他的当代思想家那里，这种观点也是十分普遍的：想一想阿多诺在与电影和消费文化的对比中对文学和音乐的强调，或者让·波德里亚对媒介世界的批判，更不用说1960年代盖伊·德堡对景观社会的批判——这种批判直到1980年代后期才产生巨大的影响。

W.J.T 米歇尔在一本书中为20世纪（特别是20世纪后半期）的图像转向提供了富有说服力的论据，在此期间，出版了大量有关视觉方面的著作，如斯维特拉娜·阿尔帕斯、乔纳森·卡莱里、大卫·麦克尔·列文、克里斯廷·碧西－格鲁斯曼等人的著作。在《图像理论》一书中，米歇尔指出：“如果我们问一下自己，为什么一种图像转向会在当前产生，它通常是被当作‘后现代’时期的特征，20世纪后半期，我们进入了一种悖论。一方面，非常明显的是，音像时代和控制技术、电子复制时代形成了一种新的视觉仿像形式和具有空前力量的幻觉主义。另一方面，对形象的恐惧、对‘形象之力量’甚至会最终摧毁它的创造者和操纵者的焦虑，如同形象生产本身一样的古老。偶像崇拜、对偶像的攻击、偶像癖、拜物教等现象并不只是‘后现代’的特有现象。这是我们这个时代特有的悖论。图像转向的幻觉——一种完全由形象所统治的文化，现在已经在全球范围内成为一种现实的技术可能性。”

1960年代，发生了20世纪第一次对视觉文化的广泛而有影响的理论冲击。在此，我所指的是法兰克福学派对美国和美国式消费文化的批判，在批判中，电视、商品、广告和消费主义一般都会被当作例证。战后先锋艺术——激浪派、概念艺术、抽象表现主义等，但波普艺术是一个例外——的所有观念都可以被看作是一种以概念和理论为代价的对形象的艺术批判。

类似的对形象的攻击也发生在法国，它与1968年的五月风暴有关，在盖伊·德堡对景观社会的批判，以及对以想象来反对象征（它由在当时占统治地位的精神分析理论所提出）的观点所进行的批判中，它获得了理论上的发展。甚至是德勒兹、加塔利和早期的利奥塔都尝试这反对这种趋向，并指出比喻和想象积极之处，他们的努力却从来没有收到能够与其理论对手（主要是雅克·拉康）相抗衡的结果。在1970年代，类似的批判由艾里克·布拉托夫等苏联艺术家发起，较之于美国的消费和市场意识形态的无所不在，在苏联，到处迷漫的是政治意识形态，这种意识形态通过标语、商品、广告牌以及其他各种可见的方式表现出来，文本内容包含在意识形态形象的可见效果之中。

更为有名的是让–保尔·萨特的观点，萨特认为，毕加索著名的绘画作品《格尔尼卡》并没有改变任何人的政治观点，而文字却改变了很多。然而,，这种观点只有在前现代和现代主义的语境中才是正确的。在当前跨国资本主义的后工业和后现代的语境中，传统的政治意识形态观念本身就失去了许多重要性。这样一种意识形态已经偏离了福柯所说的“权力的微观物理学”(microphysics of power)，权力的逻辑越来越复杂和相互交织，权力是去中心化的，并且，与法国政治学家克劳德·勒夫特的描述相反，现在意识形态已经成为无形的、肤浅的：所有的东西都只是表面现象，都由资本的逻辑所控制。正如弗雷德里克·詹姆逊所说，在描述这种情境时，“今天，较之于晚期资本主义的断裂，我们更容易想象人类和自然的彻底堕落。”

图像转向的观念应该放在这种资本主义体制之中进行讨论。但是，即使这样，图像转向也与1960年代产生的消费文化有着内在的关联，在当时，消费文化主要是美国的一种文化现象，而今天，它已经成为所有的第一世界国家中所普遍具有的现象。另外，今天，激进理论甚至是政治批判都已经很少了，这喻示着，在政治和理论的文化景观上正在产生一种全面的转化。这还因为，并不存在一种对现存社会、文化和经济秩序的可行的替代，随之而来的情境生存(situation being)也不过如此。正如齐泽克在近期所指出的，今天，左派比右派提供了更多的具有说服力和可行的选择。这种极点(polarities)的变化和整个体制的转化形成了一种分裂，图像转向看起来越来越成为更为广阔的美学转向的一部分。

但是，今天我们真的意识到视觉转向的到来了吗？不只是电视，我们所穿着的衣服，也按照博德里亚所说的商品的符号价值(而不是使用价值)发挥作用；不只是越来越快的历史的变迁和当代社会认知图绘的缺乏(这经常产生一种误导)、历史意识和历史视角的消失(对“历史终结”已经有过很多讨论)之外，还有几乎全面的任何存在的商品化。这些现存的一切都不再是可以被毫不留情地加以批判的客体，而是一种允许和帮助我们获得满足的客体。

在此，只有当它被认为是一种“转向”的时候，我所简略描述过的东西才可以被我们的意识所获得甚至批判：只有在变化的意识中，在转化和差异中，这种“同一”的“他者”(“other” of the “same”)才能被了解和感觉到。一旦它成为一种日常生活中的单调事件，它就已经成为同一的，差异就再也不会被意识到，“转向”已经实现的时候，就不再有任何的直接转向可以被诊断、评价、批评或赞美。

让我重复前面所提到的米歇尔《图像理论》中的段落：“尽管米歇尔的诊断并不是最近的，但是他所提到的转向却依然与我们相伴，也就是说，它仍然作为从一种符号的、想象的和社会的宇宙通向另外一种世界的“过程”（passage）而发挥作用。”确实，即使是它的最为完全的形式也仅仅是作为一种“主导性”的事实而存在，甚至它在全球范围内是否可能也是成问题的，作为一种允许我们对过去和未来变得健忘的欲望客体的想象的形式而被排除在外。

这样，我们就又回到了论题上：我们是否可以说一种视觉转向已经实现？我认为，现在做这样的断言还为时过早，至于为什么这么说，我提出以下三个方面的意见。

第一，一种转向必须是普遍的，也就是说，它必须涉及到社会领域的方方面面。正如我所引用的克劳德·勒夫尔的著作，我觉得没有一种意识形态是总体性的。即使是在操作过程中运用所有的机制和工具，迟早会有某些前所未有的事情发生，某些东西打破了看起来是坚不可摧的意识形态的符号隔膜。于是，一种新奇性的出现了——它们表现为新的观念、艺术形式或艺术作品、异教行为等等。同样，视觉转向可以是普遍深入的形式，但是，它当然不是唯一的形式，否则，今天我们就不会有这次演讲。的确，视觉转向并不必然导致文化形式上的彻底转变——尽管它是的确存在的，正如詹姆逊经常提到的，当代文化是完全商品化的，而那也是占主导地位的形象之一。由于它是可见的，是被普遍接受的，并且由于它可以被不断发展的技术方式所传输，它也是最为全球化的，同时也是最容易全球化的。

第二，从它并没有包含全球所有地区的意义上来说，视觉转向也不是普遍的，尽管一种视觉转向正被全球资本主义以电视以及其他不计其数的方式所播撒，但是，在全球的许多地方（比如亚洲和拉美的许多国家），一般来讲，艺术、理论、话语仍然具有很大的发展潜能，远远没有陈腐过时。在这些地方，和其他的许多地方一样，视觉转向只是在形成的过程之中，它的发展速度和所采用的形式都与第一世界不同。除语言之外，我们的人生经验和熟知的周围环境也为我的观点设定了界限。在巴西、巴拉圭、中国、韩国或印度、斯洛伐克这样的国家中，视觉转向在表现和功能上都与发达国家有着很大的差别，在这些国家中，视觉转向是按照自己的具体情况来形成的。

第三，今天，或许是由于全球化的原因，每一个人都有着相同的边缘生存的感受：斯洛文尼亚人认为中心是伦敦或纽约，我们的巴黎同事认为中心是纽约，而那些来自旧金山或伦敦的人则认为中心当然是巴黎、维也纳或柏林。在此，我不必再提到澳大利亚人或南非人。换言之，每个人都感到自己是在边缘，而中心只是作为一种实际上并不存在的欲望客体而发挥作用。这里有着为什么说视觉转向并不像我们假定的那样普遍的第三个原因。这一原因与边缘有关：世界上的不同国家、文化之间不再以单一的方式进行交往，世界各地所发生的事件不再允许我们以一种单一中心化的方式去看待它们。如果歌德被看作是掌握了他所生活的时代的所有学科知识的最后的知识分子，今天，没有人能够宣称他 / 她——不管是个体、组织、智囊还是电视网络——掌握了与自己相关的所有“知识”，更不用说是掌握世界上其他地区的所有知识了。全球化生存变得如此复杂，以至于“认知图绘”受到严重的阻碍，也是由于这一原因，图像转向或许才看起来成为一种可以在总体上把握这个世界的为数不多的视觉现象之一。

让我用两点来作为本次演讲的结束：一个是关于艺术的，一个是关于美学的。

我们知道，许多当代艺术不再是视觉形象的，而是可以归入 20 世纪初杜尚的所描绘的艺术类型之中。或许，我们可以说，在现实中（即，无意识地）概念上的和新概念上的艺术（the conceptual and neoconceptual art）是马丁 • 杰在 20 世纪法国思想中所发现的反视觉趋向以及米歇尔所解释的作为对于图像转向的普遍性之回应的一部分？我再次提到了这一问题，但没有对其进行详细的论述，尽管探讨由这种视角所提供的可能性十分有趣，因为它们将会对艺术的体制理论（institutional theory）产生影响，而这将会被作为一种艺术的描述理论（descriptive theory）所简单地确认。

第二点，让我再一次引用米歇尔 1994 年的著作中的一句话：“如果在人文科学中确实发生着一种图像转向，那么艺术史就会发现，它从理论边缘向知识中心转化，以一种挑战的形式为它的主要理论客体——视觉再现——提供说明。”

话虽这么说，但这样的事实却没有发生，也就是说，艺术史并没有获得中心地位——米歇尔曾经将此看作是艺术史未来发展中的一种可行的选择。实际上，各种形式的艺术哲学和文化哲学看起来正在艺术史中变得同质化。对这一过程，我只能再次提供一个简单的意见：或许，哲学（作为其中必不可少之一部分的美学被理解为有关艺术和文化的哲学）仍是一种未分化的知识领域，其中的各个部分不断地自我批判——正如笛卡儿和康德一开始所做的那样。按照这种方式，哲学避开了在19世纪最为常见的学科差异，今天，在一个充满差异的时代里（正如苏珊·桑塔格在1960年代指出十几年后又被斯格特·拉什所详细论述的一样），学科差异却不再清晰可见。至于艺术和文化哲学能否真正实现对正在进行的视觉主义进行分析的任务，并将当代的视觉再现作为它的一个主要论题，我们仍需要拭目以待。通过这样做，艺术和文化哲学能够对视觉社会及其相关的历史现象提供一种理解，其中，视觉形象会获得现代主义时期文学和写作话语所具有的中心地位。换言之，我在这里要说的是，艺术和文化哲学能够提供某种认知图绘，然而，它现实化——尽管非常需要——却仍然不在我们的把握之中。

阿莱斯：图与词的斗争问题一直是一个很有意思的话题，不是最新的话题，是古老问题的最新表现，有新的特征，是美国大众文化和反美国大众文化的欧洲学派之间的争论，在图像转向中的体现。图像转向是个非常有趣的话题，不仅仅在发达国家，发展中国家也出现了图像转向，中国也出现了图像转向，不知你们是如何看待这个转向的，以及这个转向将怎样发展？

金元浦：近年来，关于图像转向的讨论非常多，除了你的书集中谈及这个问题，我们还翻译了许多国外的文章，作为我们的理论资源。中国当代确实存在这种图像转向，也发生了图与词的战争，我与北大的王岳川教授还作客中央电视台，为此作了一场论辩。大量图像充斥我们的现实这是一个现实，我们生活在电影、电视、广告、卡通、动漫画世界里，网络中也充斥图像，这带来一个基本事实，原来大量的信息来自语言文字，而今天主要来自图像。媒介革命带来图像泛滥，这已经成了一种现实景象。

在图像泛滥时代，关于图像产生的最大问题是如何处理图像与语言的关系？图像具有直接显现，无须中介，从习得就可以了解的，凭藉图像，世界人们就可以获得交流，讨论的问题聚焦于在图像这样一个时代，人们的语言能力是不是减退了？思维是不是变得简单化了？图像主宰了我们的世界，是否给我们的教育和青年一代带来众多问题？对此，一方面认为确实是这样，当今世界下一代的语言文字表达能力减退了，容易接受图像的影响，表达和思维能力受到一定程度的影响；另一种则认为图像总体上讲，也是人类语言的一种，二进位制的语言仍是人所创造的高级语言，从这个角度讲，图像仍是一种语言。

现在我想问一个问题。阿莱斯先生特别引用米歇尔理论，他的理论认为图像时代既让我们欢欣，又让我们焦虑和恐惧。但他所说的既欢欣又焦虑的悖论，在中国文化中并没有被感受到。这种悖论是不是以黑格尔式的二元对立的思维方式看待世界的结果。当今世界，尤其是青年一代对现实图像的来临特别容易接受，在对图像的接受过程中，并没有发生对图像的欢欣和焦虑同时出现的情况。我想了解你对这一悖论理论如何看待？我觉得是不是我们以二元分裂方式看待世界，硬要给世界划界产生的结果。在一个多样化的世界里，现实世界应该对待图像采取更为宽容的多元态度，多样的态度应该是多义多样的现实存在的正常体现，符合事物本来的存在的样式。

阿莱斯：谢谢金教授的问题。这个问题很重要。我的讨论和我的结论产生的一个背景是欧洲文化。先补充介绍一下土特良这个人物。这个人早期是一个基督徒，后来另立门派，遭到当时人们的反对，因为他被认为是一个叛教者。这些年他的对待图像的思想受到重视。在中世纪，教堂里是没有图像的，图像的存在也仅仅是《圣经》的替代品。因为没有文化的人即不识字的人无力阅读《圣经》，通过图画起到解释和讲述《圣经》故事的作用；另一方面，教会早期反对偶像崇拜，这一思想来自犹太教，来自摩西故事，不准拍照。人们反对图像以反对希腊文化，反对偶像崇拜，以基督教精神反对希腊罗马文化。

当然你讲的两种观念在多元文化背景下应该都是可以接受的。但是我们作为知识分子，是做文字工作的，似乎有一种天然抵触图像的倾向。又，西方文化正对其他国家或地方产生影响，自从19世纪后期到20世纪，现代主义艺术是建立在理论基础上的，没有现代主义理论就没有现代主义艺术，这是现代主义艺术一个强烈的特征。

金元浦：在中国和在西方，情况并不完全一致。中国文化从象形文字开始，中国人对图像有一种天然的亲缘性，对图像的感知富有感性的认识，后来成了非常复杂的语言方式，没有产生欧洲文化中的对图像的仇视，并以此来对抗希腊罗马文化的运动。在相当长的时间里，直到明清时期，中国人对图像富有亲缘性。但近代接受西方文化以后，19世纪自我们接受西方文化以来或者说西方文化思想中的语言中心主义或者说语言论转向后对语言的莫名崇拜，我们当前产生的矛盾、讨论和冲突，都是包含在西方文化对语言的崇拜背景与原有的文化之间发生的冲突。接受现代教育和现代思想的知识分子非常容易捍卫语言的伟大、先在和至高无上的冲动。在中国现在对图像的态度应该说基本也是这样。

第十三章 大众通俗美学对当代中国文艺学的影响

改革开放以来的30年间的大众文化与通俗美学是一个与它自身形态相匹配的聚讼多多，争辩不已的场域，争辩的核心是，当代大众文化究竟是降临我们时代的恶魔，还是新世纪的福音。随着改革开放，大众文化成了打开的潘多拉的盒子，有人将之视为乾坤颠倒，群魔乱舞的秀场，也有人欢呼雀跃，身体力行，成为大众文化的骄子，流行文化的玩家，通俗文化的拥趸。

一、什么是大众文化、通俗美学

什么是大众文化？什么是流行文化？什么是通俗美学？后现代讲一切都没有边界，怎么都行，但我们却必须定义大众文化。

英语中文化的定义有260多种，据说是英语词汇中意义最丰富的二、三个词之一。大众文化虽多了“大众”的限定，其含义仍然多得惊人。西方马克思主义法兰克福学派本雅明、霍克海默、阿多诺等理论家都曾对大众流行文化定过义；英国新马克思主义伯明翰学派霍加特、威廉姆斯、霍尔、汤普森从张扬大众文化起家，成为当代大众文化研究的奠基人；英美理论家杰姆逊、费斯克以及法国学者布尔迪厄、波德里亚等也对当代大众流行文化说了不少观点不同，意义却都十分深刻的话，还有一大批媒介通俗流行文化理论家批评家，他们的理解与思考构成了当代大众文化研究的“另类”。

有关大众文化又有这样一些主要说法。

定义一，广受欢迎或者众人喜好的文化；威廉姆斯在《关键词》一书中界定大众文化的四种含义，第一种就是“众人喜好的文化”。广受欢迎或者众人喜好的关键在受欢迎的程度，在达到一定的量的指标。量的重要性毋庸置疑，但反证随手就有，比如唱遍世界的“三高”演唱会是高雅文化还是大众文化？

定义二，一切来自广场而非庙堂的民间的文化，所谓“不登大雅之堂的文化”；发端于巴赫金的平民主义狂欢节理论，流布于世界变革于中国。比如刚刚过去的申办奥运之夜狂欢节或者 XX 歌迷会什么的。

定义三，无产阶级的、革命的、普及的、面向工农兵的大众文化；毛泽东提出或集中代表的“大众化”及“化大众”的革命文化理论与实践；

定义四，资产阶级的国家意识形态，一种以标准化、陈腐老套、保守主义、虚伪、满足浮华幻想的、受操纵的文化工业产品为标志的文化。致力于劳动阶级的非政治化，维护社会的统治权威，制造大众的虚假的需求，是欺骗群众的统治工具。法兰克福学派阿多诺等人的理论。

定义五，次标准文化或剩余文化，即去除了高雅文化之后剩余的那部分文化。高雅文化有没有标准或共识，如果有，那么凡是低于高雅文化标准的文化作品或文化产品与文化实践就是大众文化。无疑，高雅文化与大众文化的确存在着差别，但区别的标准是什么，这个标准由谁来定，又由谁来评判。谁立法，谁起诉，谁判决，谁执行？

定义六，商业消费文化，即那种用于大量消费的，为商业目的“有意迎合大众口味”而大批量生产的消费品，是“商人雇佣技术人员创造的”。大众文化与商业自然有着无法也毋庸避讳的关系，这从肥皂剧卖肥皂，文化明星做广告时就开始了。问题是，它究竟是文化呢还是商业？文化在其中居于何种地位？明星做广告是卖“明星”还是卖货物？文化搭台，经济唱戏？

定义七，美国通俗艺术的意识形态或美国文化的代名词。欧洲人说大众文化，那往往是指“美国特有”的“不安分守己”的通俗文化，是从美国传播到世界各地的文化。绅士英国的“约翰牛”总是轻蔑地指斥牛仔美国的汤姆大叔会有什么“文化”？——美国是大众文化的“家园”，在所有大众文化中“规模最大”，它向世界“预示”了老态龙钟的贵族文化的“消亡”。

定义八，社会统治集团通过精神和道德领导的手段赢得被统治群体赞同而形成和产生的文化；源自葛兰西的文化霸权或文化领导权的理论。采用这种“新葛兰西主义，霸权理论观点的人，将大众文化视为社会被统治群体的反抗力量与社会统治集团的“兼并”力量之间斗争的场所。这里的大众文化既不是自上而下的统治阶级意识形态的强制文化，也不是与之对立的自发的自下而上的“人民”文化，而是两者交战的场所，是以反抗与兼并为标志的领域，是葛兰西所称的“折衷平衡”的内运动。

定义九，来自于人民的文化；人民群众积极创造的他们所需要的一种民间文化。新大众文化论的代表人物费斯克等不同意以霍克海默和阿多诺为代表的大众文化观。对他们先前的否定论文化批评重新进行了审视和批判。费斯克不同意法兰克福学派把批判的矛头指向文化工业对大众意识的控制的观点，不同意把大众只看作被动受控的客体，而认为大众文化中也隐含着一种积极能动的自主性力量。他提出重新理解大众文化，重新审视大众传媒，在某种程度上肯定了大众文化的启蒙性和反叛性。他认为大众文化就是“关于快乐的社会主义理论”，这些快乐的形式是对权利集团控制的严密的技术主义体系的反抗。他认为，民间文化是从下面长出来的，是人们自发的土生土长的表达，是根据自己的需要创造出来的，“几乎没有得到高雅文化的益处”。通俗文化是地地道道的人民的文化，是为人民服务的文化，作为工人阶级的文化是现代资本主义内部象征性反抗的主要表现形式。那么，问题是，谁有资格列入“人民”的范畴，资格由谁来确定？霍尔说，大众文化就是一个争论和确定关于“人民”的政治构成以及他们与权力集团关系的场所。在这里，他们有可能团结起来，组成相对于权力集团的人民。

定义十，伴随着城市化、工业化的出现而产生的城市工业文化；威廉姆斯说，这是一个早在英国工业革命时期就已经进入了英国人思想的文化。因为工业化和城市化的进程从根本上改变了与大众文化有关的各种关系。其实，大众文化发展到后工业时代后，越发展现了其当代城市娱乐文化与产业文化的特征。

定义十一，以当代电子高新科技为传播媒介的，在时间和事件上同步的，全球化的文化。传统的神话已经远去，今天的神话是以电子媒介传播的大众文化、赛博文化。

定义十二，大众文化是不断变换、风行一时的时尚潮流，它常常背离传统，不断求新求异，是以青少年为主体的，波浪式起伏的一种青年亚文化。

定义十三，在后现代消弭了高雅文化和通俗文化差异之后形成的当代文化形式。这是一种不再区分高雅与通俗差异的文化。原先意义上的精英文化将走向终结，代之而起的是经济、政治、科技、商业与文化的全面渗透或互相交融所产生的新型文化。

定义十四，……

十几年过去了，回顾30年来中国大众文化的发展，可以清晰地看到，大众文化的定义史，既包含了西方与中国对大众文化的不同理解，又包含了一段大众文化内涵不断变换的历史；既包含了我国大众文化的不断丰富、复杂、多样化的发展历程，又包含了对这一变化的不同批评的争论、提升、逻辑化的过程；既包含了众声喧哗的新形态文化的普遍实践，也呼唤更具有高度的理论概括与思考。但是，和当年一样的是，面对大众文化这样一个巨大的题目，我的这支拙笔实在很难说清楚如此复杂的问题。

二、大众文化、通俗美学的研究脉络

对于这样一个世界性的难题，许多先哲一直在寻找答案。

西方马克思主义法兰克福学派本雅明、霍克海默、阿多诺等理论家都曾对大众流行文化进行过深入批判；英国新马克思主义伯明翰学派霍加特、威廉姆斯、霍尔、汤普森主张文化唯物主义，成为当代大众文化研究的奠基人；英美西马理论家杰姆逊、费斯克以及法国学者布尔迪厄、波德里亚、英国学者费瑟斯通等也对当代大众流行文化特别是对电视等新的传播媒体进行了深刻的研究，他们的理解与思考构成了当代大众文化研究的“五色土”。

自 50 年代起，上述理论家就致力于大众文化的研究，并把这一研究提高到一个前所未有的理论高度，使之成为活跃的跨学科的理论探索的新的知识空间。这种研究将对制度和日常行为进行的批判分析看作是题中应有之意。并且它已经逐步进入当代意识形态，成为建构当代意识形态的主要动力和机制。阿多诺认为大众文化是体现统治阶级意识形态的文化工业产品，是现代社会中的一种垄断性权力，大众是纯粹被动的文化消费者，是受统治阶级意识形态控制的社会成员，他们注定无法自己解放自己。在阿多诺他们看来，文化工业是资本主义意识形态控制、欺瞒、压抑大众的主要方式，他们利用了千百万大众的意识与无意识，大众只是他们算计的对象，是机器的附属物，而从来没有成为文化的主体。

60 年代，英国伯明翰大学文化研究中心成立，其代表人物霍加特、威廉姆斯以及汤普森对传统马克思主义的经济决定论提出修正，提出文化唯物主义的主张，强调文化主体与文化生产在当代社会中的决定性作用，并将大众传媒研究作为主要的研究对象。出身于工人阶级的威廉姆斯和另一个代表人物霍尔对贬损、混淆大众文化的精英主义进行了分析，认为以传媒为载体的低级庸俗文化形式并不只是由工人阶级消费的，这些文化形式也不是由工人阶级自己创造的。从这里出发，他们对传统的精英文化保持了一种持续的毫不妥协的批判态度。

70年代，在文化研究的“葛兰西转向”后，文化研究中出现一部分“新葛兰西主义霸权理论”观点的学人，他们将葛兰西的文化领导权理论与阿尔都塞的意识形态理论结合起来，与后结构主义的话语理论展开了论战。他们不同意阿尔都塞割裂文化形式文化经验与社会阶级之间紧密联系的观点，也不同意将复杂的社会政经文化关系仅仅归结为文本符码与力必多冲动。他们从葛兰西的文化霸权或文化领导权的理论出发，认为大众文化是社会统治集团通过精神和道德领导的手段赢得被统治群体赞同而形成和产生的文化；他们将大众文化视为社会被统治群体的反抗力量与社会统治集团的“兼并”力量之间斗争的场所。这里的大众文化既不是自上而下的统治阶级意识形态的强制文化，也不是与之对立的自发的自下而上的“人民”文化，而是两者交战的场所，是以反抗与兼并为标志的领域，是葛兰西所称的“折衷平衡”的内运动。

西方马克思主义中持有新大众文化论的代表人物费斯克不同意霍克海默和阿多诺的精英主义的大众文化观。对他们先前的否定论文化批评重新进行了审视和批判。他们不同意法兰克福学派把批判的矛头指向文化工业对大众意识的控制的观点，不同意把大众只看作被动受控的客体，而认为大众文化中也隐含着一种积极能动的自主性力量。他提出重新理解大众文化，重新审视大众传媒，肯定了大众文化自身的反叛性。他们提出，大众文化是来自于人民的文化；人民群众积极创造的他们所需要的一种民间文化。他认为大众文化就是“关于快乐的社会主义理论”，这些快乐的形式是对权力集团控制的严密的技术主义体系的反抗，也是大众以符号形式对权力的抵抗，并反抗和削弱资本主义意识形态。他认为，民间文化是从下面长出来的，是人们自发的土生土长的表达，是根据自己的需要创造出来的，“几乎没有得到高雅文化的益处”。通俗大众文化是地地道道的人民的文化。霍尔说，大众文化就是一个争论和确定关于“人民”的政治构成以及他们与权力集团关系的场所。在这里，他们有可能团结起来，组成相对于权力集团的人民。

大众文化的发展史，既包含了西方与中国对大众文化的不同理解，又包含了一段大众文化内涵不断变换的历史；既包含了大众文化的不断丰富、复杂、多样化的发展历程，又包含了对这一变化的不同批评的争论、提升、逻辑化的过程；既包含了众声喧哗的新形态文化的普遍实践，也呼唤更具有高度的理论概括与思考。批判地借鉴西方的大众文化理论，使我们有了一个借以发展的基础和较高的起点，对建立中国特色的大众文化研究方法和批评话语，具有重要意义。

三、大众文化、通俗美学对中国当代文艺学的影响

无疑，西方的理论具有很强的借鉴意义，也对中国现实产生了巨大影响，但更重要的是中国当代大众文化有其自身发展的语境和路线。离开了中国当代文化发展的实际境况，我们的讨论就会变成空中楼阁。

实际上，我们今天所说的大众文化是一个特定范畴，它主要是指兴起于当代都市的，与当代文化产业密切相关的，以全球化的现代传媒（特别是当代数字传媒）为介质大批量生产的当代文化形态，是处于消费时代或准消费时代的，由消费意识形态来筹划、引导大众的，采取时尚化浪潮化运营方式的当代文化消费形态。它是现代工业和市场经济相对发展的产物。是当代大众大规模地共同参与的当代社会文化公共空间或公共领域的结果，是有史以来人类最广泛参与的，历史上规模最大的文化“事件”。

在我国，“文化研究”实际上早已开始。90年代兴起的中国当代大众文化是在中国由计划经济向市场经济转型时期得到迅速发展的。它与我国当前意识形态的变革和价值观念的转型有着深刻的关联。1980年代到1990年代初，我国学术界主要倾向于批判大众文化的否定面，忽视了大众文化与现代媒介革命、现代数字高科技和现代市场化消费时尚生活的密切联系。

在理论研究领域，大众文化曾一度被正统文艺学或文化学特别是传统的学院研究放逐在理论研究的边缘，被认为是不能登大雅之堂的低俗文艺形式，不具备理论研究的价值。或者囿于传统的学科划分和原有的学科界限，固守文学种类与体裁的藩篱，不敢越雷池一步。实际上，当代文学文化在实践中已大大突破原有的边界，向综合的交叉的新的文艺 / 文化方式推进。它与其他文艺形式和现代传媒结合，创造出了远远超过以往的大众文艺的新的文类与体裁，也借助现代高科技，创造出了新的更为普遍的传播方式。同时，电视文艺、大众音像、流行歌曲、综艺报刊文化和网络多媒体文艺等大众文艺形式实际上已占据当代文化的重要地位，在现实中发挥着不可低估的影响。当代文化研究必须对此做出理论上的概括与总结，打破传统精英主义对大众文化的固有偏见，重新认识、理解和解释当代大众文化、流行文化、时尚文化，以回答现实提出的问题。

当代中国大众文化兴起的30年，作为中国世俗化发展过程中的重要方面，具有开放的、变革的意义。正是大众文化，实际地改变着中国当代的意识形态，

在建立公共文化空间和文化领域上，在社会生活的民主化进程中发挥了积极的作用。

从改革开放开始兴起的中国大众文化是一场解神圣化的世俗化运动。它是市场经济条件下社会整体变革的一部分，它表明了市民社会对自身文化利益的普遍肯定，表明了小康时代大众文化生活需求的合理性，以及它处于上升期的内在动力与相应的批判意识。它在建立初期所表现出来的非政治、非道德价值、非艺术、甚至非审美的某些现象特征正是它对过去时代极端的政治价值观的反拨和对先前政治—伦理一元价值结构的冲击。在变革政治一体化的阶级斗争意识形态上，它具有看似漫漶实则相当坚定的力量。它在结束大半个世纪以来文化作为"附皮之毛"完全依附于政治的传统格局与运作方式上，发挥了重要作用。它以其独特的方式，参与改变了文化与政治的主仆关系，而出现了文化面对经济和政治的"两主一仆"的现实景观。从某种程度上，帮助开辟了当代文化与经济、政治三极并立获得相对独立的社会与制度定位，并对当代政治、经济产生重大影响与制约的可能道路。

大众文化的形成是中国当代市场经济条件下市民（公民）社会成长的伴生物。它开辟了迥异于单位所属制的政治等级空间和家族血缘伦理关系网的另一自由交往的公共文化空间。从歌迷会、球迷会……直到网络上的博客、播客、MSN、QQ群、微博和开心网。它提供了文化的个人空间和个性表达方式。提供了个人在公共空间特别是媒体空间拓展想象、选择趣味、虚拟地实现个人情感生活的某种可能。

大众文化不仅对于改革开放前的僵化意识形态有冲击和批判，更重要的是，当代大众文化的主体是大众，它本能地具有一种依托大众的、趋向民主的品格，指向开放的双向交往的多元化的意识形态。大众文化改变了原有的文化资源分配方式，进行了文化资源的再分配。它开辟或创建了新的公共文化场域，建立了大量新的文化资本及其积累与运作方式，大大改变了原有的单一政治文化资本的拥有方式（不需要经过政治的特许）或独享（专有）方式，创建了适应各种不同层次和等级的文化消费空间和消费方式，使大多数人可以更自由方便快捷地获得自己喜爱的文化资源。大众文化还创建了大众的新的文化时尚与公共文化话题。从一部流行的电视剧，一部MP3，或者一场足球比赛，到服饰、旅游、家居装修，它日用而不察地形塑着现代人的日常生活方式并进而进入一种制度形态。

依托于现代电子媒介的大众文化必然是跨国的、全球的、世界的，又是本土的、民族的、地缘的和社群的。作为公共空间，它是不同意识形态汇集、交流、沟通、共享、对立、冲突的公共场域，又是社群特别是弱势群体和边缘话语的表达场域。文化研究一直致力于关注社会中弱势群体的利益，批判、解构精英主义的文化概念，重新审视文化转型期大众弱势群体在不平等社会现实中的地位变迁。这样，文化研究就发展出了一种尝试重新发现与评价被忽视边缘群体的文化的研究机制。由此决定了文化研究的一个基本原则，即它坚持审美现代性的批判意识和分析方式，不追逐所谓永恒、中立的形而上价值关怀，相反它更关注充满压抑、压迫和对立的生活实践，关注现实语境，对晚期资本主义文化制度形态进行了严肃的不妥协的批判。在文化研究的初期，这种立场表现为对于工人阶级文化的历史与形式的关注，而后来的大众文化研究、女性主义研究、后殖民主义研究等等也都坚持了这一从边缘颠覆中心的立场与策略。可以说，对于文化与权力的关系的关注以及对于支配性权势集团及其文化意识形态的批判、否定和超越，是大众文化研究保持其持久生命力的原动力。

四、最大众的大众文化：网络与数字化的生存方式

电视是当时在中国乃至世界最大众的大众文化。而今天，信息技术的创新和发展成果不断地融入到人类的生存活动之中，从传统文化传播方式（报刊、电视等）到互联网再到手机，人类的文化交流传播形态发生了革命性的变化：真正的新大众文化时代正在来临。

网络与数字化的生存方式已经越来越深入地主宰着当今人类的文化生活。社会学家卡斯特尔曾指出，由于历史演变与技术变迁的汇聚，我们已进入社会互动和社会组织的纯文化模式之中。正是由于网络技术与数字化技术的飞速发展，使我们今天的文化形态不断经历着创新与扩容。正是网络文化，在一定程度上解构了传统的单向性的主流媒体文化，它与今天文化创意产业的发展相适应，在很大程度上解放和发展了文化生产力。

人们不再只是从书本上被动地接受由特定的传播者“制造”的信息。阅读文学，只要掌握简单的操作技术，人人都可以成为亲历事件的文化传播者，参与者，对话者和作者。这种深刻的变化不仅在传播领域影响着人们的信息方式，同时在政治、经济、思想观念，文化艺术等诸领域带来了巨大的变革。数字化的媒体方式征服了包括美国现任总统奥巴马在内的“数字一代”。然而，所有这些都以一种后现代的方式，在不知不觉中改变着我们的生活方式、思维方式、

语言方式、消费方式，我们的一些优秀传统文化经受着冲击，文学、书信、面对面的人际交流、传播的权威性与可信度等，都促使我们从文化的更深层次进行思考。

而更令我们震惊的是，手机文化的大众性和它的影响已经远远超过了以往时代的任何一种文化。国际电讯联盟在2009年底最新发布的报告中指出，手机是人类历史上被接受最快的技术产品。全球已经拥有了46亿手机用户。而中国则已经有6亿人拥有手机。手机文化是当今世界最大众的大众文化。智能手机的迅速发展已经使几年前对手机革命的各种预言成为现实，手机将把人们包装成一个超级信息体，无所不能：手机短信、手机视频、手机音乐、手机广播、手机阅读、手机摄影、手机摄像、手机文学、手机动漫、手机游戏……人们的公共空间早已脱离了最初的空间概念，我们掌中的手机屏幕成为人类交往的一个新的"界面"，而这一"界面"在时空中的自由存在使得我们的话语权和社会身份变得与以往有了很大的不同。人人都可以随时随地利用手机微博发布"本博最新消息"，你也同样可以"发明制造"出"贾君鹏，你妈叫你回家吃饭"这样"JUN"的流行文化用语。

手机作为"第五媒体"在诸多方面已逐渐成为当代社会与人们的日常生活相关度最高的一种文化形式。它不仅延续了"第四媒体"互联网互动传播的特征，而且让这种互动可以弥漫在共时的每一个空间当中，其随身性使它成为一种生活必需品；它病毒式的扩散速度使得它在公共文化交流上可以起到关键的作用；它与网络的结合又使它成为人们获取信息的得力助手；更不用说我们已经用习惯了的短信、照相、摄像、录音、词典等功能……凡此种种，一方面延拓了我们的生活空间，可以摆脱点与线的束缚；另一方面又浓缩了我们的时间，可以在重叠的情境中完成不同的任务。

无论你是否承认，数字文化已经包围了你。人类的文化交流传播范式将发生巨大变化，我们不得不更加关注网络文化和手机文化，关注手机媒体的发展将把我们的文化生活带向何方。

毫无疑问，当代大众文化既是福音又是恶魔。大众文化研究从实践来看，其意义是毋庸置疑的，但当代大众文化在其发生发展的过程中也出现了与其正面功能同样强大的负面影响。比如与文化民主化同时产生的文化的无政府化、电脑黑客、病毒制造、暴力与色情倾向等等以及趣味低下、格调庸俗、追求感官刺激、艺术形式模式化、雷同化等众多问题，存在着与严肃艺术、高雅艺术和主流艺术的诸多矛盾甚至冲突。如何指导和规范大众文化的操作，引导它向更加健康更加高尚的方向发展，向更富艺术意韵的层次提升，是我们面临的另一个重要问题。它也要求我们在实践中予以回答：人类是否还需要对自身命运与精神的终极关怀？

然而，不管大众文化是恶魔还是福音，它都是20世纪冷战结束后人类最重大的历史事件，它的存在改变了我们的生活。它与这一阶段的人类最重大的变革——如经济全球化、意识形态变革、媒体革命、高科技与互联网、新经济浪潮与当代世界文化产业的发展都有着千丝万缕的联系。它的存在是形构当代社会体系与生活实践甚至制度构架的重要方面。

第十四章　身体美学与当代文艺学

身体美学是当代非常时尚而又现实的课题，一个过去的时代里登不得大雅之堂而今天在我们生活的每一个角落都漫漶着的现实，它是与政治、经济、文化有密切联系的一个现象。而关于身体美学的美丽消费的学术探讨则随着全球化的身体转向的现实而汹涌展开。无论是从美学、文艺学，抑或从经济学、从产业、从社会学，还是从日常生活意识形态上来看，身体美学/消费美（美丽？）都是一个对当代中国文艺学的研究产生重大影响的现实。作为消费时代的身体美学，它究竟提出了什么论题，有什么特点，如何对它进行学科归类，它怎样引起文艺学的大论争，并影响到我国文艺学的发展，其中确有一些值得讨论的内容。国内专家金元浦、陶东风、周宪、汪民安曾对相关问题作过研究，《文化研究》上，曾做过专门的讨论；汪民安编选了文集《身体的文化政治学》；金元浦主编的文化研究网（www.culstudies.com）上，也登录了众多文章。关于这个问题的讨论，第四章已经有过描述，这里主要探讨相关观念与跨学科铺展。

一、身体美学与身体美的消费

身体美学，当今世界的一个十分现实的命题，一个漫漶于我们生活的每一个角落的真实课题。

毋庸讳言，对于身体的呵护与管理是今天的消费社会的一个突出特征，也是一个政治、经济、文化三位一体的现象。政治、经济与文化今天已在人们身体（尤其是女性身体）的管理与呵护/消费方式上刻下了自己深刻的印记，成为它们共同书写的对象。而福科等后现代批判理论家则十分注意在身体的管理中寻找现代社会的权力印记。

当代世界消费社会的基本形态对今天的文化产生了重要影响。在当代世界，消费主义漫漶于全球，商品的价值已不再是商品本身是否能满足人的基本需要或具有交换价值，而在于人们对个体欲望的满足。消费成了一切社会归类的基础，也成了一切文化艺术活动的基础。作为市场社会的“经济人”，人们不但消费物质产品，更多地是消费广告，消费类像，消费品牌，消费欲望，也消费符号。文化商品化了，文化进入了消费。这是一个由仿真与幻象架构的“超级实在”比真实还真实的文化世界。消费模糊了物质和精神的界限，也模糊了享乐与艺术的界限。正是这种消费文化无所不在的漫漶，改变了人类数千年来对精神、艺术以及自身生存意义的固有认识和界定，也选择着、创造着、生成着新的文化观艺术观。美国后现代理论家杰姆逊曾经这样描述道：西方消费社会包括：“新的消费类型；人为的商品废弃；时尚和风格的急速变化；广告、电视和媒体迄今为止无与伦比的方式对社会的全面渗透；城市与乡村、中央与地方的旧有的紧张关系被市郊和普遍的标准化所取代；超级公路庞大网络的发展和驾驶文化的来临……”依照这一说法，当代中国许多都市已进入一个准消费时代。艺术活动日益深入地市场化、商业化与产业化；艺术产品的生产无不受制于消费社会的无形的手操控和拨弄。美丽与政治、美丽与经济、美丽与文化都有无法解开的关系，美丽成了产业。

西方美学家艾迪拉多·德·弗恩特在题为《社会学与美学》的一篇文献综述中曾指出：西方的社会正在经历一场深刻的审美化（aestheticization）过程，以至于当代社会的形式越来越像一件艺术品，审美化正在成为当代社会的重要组织原则。

国际美学学会前主席阿莱斯·艾尔雅维茨说：“审美泛化（aestheticization）无处不在。所谓“审美泛化”是指对日常环境、器物也包括人对自己的装饰和美化。进一步说，美学也因此淡化了其形而上学意味，我们知道，即使“形而上学”本身也不像它在60年代、70年代和80年代初那样举足轻重。”

德国美学家艺术理论家维尔什也认为：我们的社会正在经历着一种美学的膨胀。它从个体的风格化、城市的设计与组织，扩展到理论领域。我们今天的审美活动已经超出所谓纯艺术/文学的范围、渗透到大众的日常生活中。

一些后现代主义的研究者也把后现代主义与审美化过程联系起来加以分析。波德里亚在他的一系列作品中强调“符号与商品的交融”、“实在与类像之间的界限的消弭”、“审美的内爆”等，意在突出符号在现代社会中的建构作用。波德里亚提出了“超美学”的概念，所谓“超美学”，指的是“美学已经渗透到经济、政治、文化以及日常生活当中，因而丧失了其自主性与特殊性。艺术形式已经扩散渗透到了一切商品和客体之中，以至于从现在起所有的东西都成了一种美学符号。所有的美学符号共存于一个互不相干的情境中，审美判断已不再可能。”在波德里亚看来，正是现代社会中影像生产能力的逐步加强、影像密度的加大，它的致密程度，它所涉及到的无所不在的广泛领域，把我们推向了一个全新的社会。科恩指出：“我们的时代是一个迷恋青春、健康以及身体之美的时代，电视与电影这两个统治性的媒体反复地暗示柔软优雅的身体、极具魅力的脸上带酒窝的笑，是通向幸福的钥匙，或许甚至是幸福的本质。”

较之于传统文化，身体的凸显尤其体现在如下几个方面：

当代视觉文化对身体和构形性的关注：当代人对身体的关注，尤其是身体外观的重视超越了以往任何时代。所谓身体的美学化，是指当代生活中人们对自己身体外观形态的专注，强调身体符合当代时尚标准的过程，其中关键词是健康与美。当人们物质生活水平提高，温饱问题解决后，形体外观的美化和健康便提上了议事日程。

在消费文化中，躯体被认为是快乐的载体。现实中的躯体越是接近青春、健康、苗条与美丽的理想躯体意象，那么它的交换价值就越高。服饰的设计是被用来赞美躯体的，不像十九世纪那样，服饰的设计是用于遮掩身体的。在维多利亚时代，人们并不认为床上的裸体是美的，一切关于性的活动都应该发生在黑暗中。那时的性手册（如 Stall 的《年轻男性应知》）警告性行为只能一周一次，男女双方不能赤裸地相互面对；而在消费文化中，躯体不再是原罪的容器，世俗化的躯体有越来越多的展示场景——在卧室内、也在卧室外。户外生活方式的流行以及中央控制的空调，使得休闲的服装越来越被接受，这种服装使得人类的躯体形式变得清晰可见。

当然，身体的保养不是消费文化的新发明。在传统社会，宗教社团如修道院要求禁欲，强调锻炼与饮食的控制。但是，禁欲通常意味着身体臣服于“更高的”精神目的。支配性的基督教伦理贬低并压制躯体，基督教的传统颂扬灵魂的美学，而不是躯体的美学。禁欲的养生法克制躯体的性方面而释放灵魂。在消费文化中却相反，性学专家宣称：饮食的控制与锻炼将强化性的威力，锻炼与性的关系现在通过“性锻炼”（sexercise）或“锻炼性”（exersex）等新术语而混合为一。对于裸体的羞耻感在专家与消费利益的批判之下越来越减弱甚至消失。为了享受高强度的快感与满足感，人们甚至使用药剂与各种其他方法，来保持外表的亮丽和生命的强度，并通过摄影摄像（DVD、写真集、美人照）等技术，保存和记录躯体所能达到的理想效果。

二、躯体美作为一种时尚追求走向日常生活

身体美观念的形成和对身体美的追求是一个历史的过程。在西方，富于贵族精神的希腊文化曾对进食制定过科学规范，以期借此达到自制与适度。在中世纪，为了获得灵魂的净化并控制情欲，斋戒是所有基督教常规中最重要的一种。很明显，这些“节食”的形式都可以看作是“自我”完善的一种手段——不论是对基督徒那样的“内在”自我还是对希腊人的那个公共自我——这些形式被建构成一个舞台，在这个舞台上，趋向于人的完美的诸种可能性被努力去实现。当然，禁食程序和禁欲仪式是专为少数贵族或神职人员准备的，因为在那个时代据说只有他们能够达到灵魂的完善。

真正追求身体美是在维多利亚时代后期。从那时起，生活富裕的上层贵族为了追求一种身体美的理想便开始有计划地节食了。19世纪后期，打理身体开始成为中产阶级热衷的事情，节食的目的也变成了追求理想的体重和体型。节食成了一项身体工程而不是心灵工程；脂肪，而不是食欲和性欲，被宣布为敌人，中产阶级开始借助量度数值来评价他们节食的成效。此后，资产阶级的“苗条暴政”便登场了（尤其对妇女们而言），随之而来的是无数改善体型的技巧的发明与使用——节食、运动以及后来的化学和外科手术的手段。

在当今世界，人类背叛了初民时代对女性“巨腹豪乳”的崇拜与追求，放弃了更符合人性的“以肥为美”的审美标准，而建立了日益趋瘦的人体美标准，转向了对“苗条”的反常的极端的永无止境的残酷追逐乃至折磨。何以如此？据说都因为女性的身体能带给人们特别是男性世界“纯洁的愉悦”、“刺激性的快感”或“淫秽”、赤裸裸的“性诱惑”。于是“苗条的焦虑”与“苗条的暴政”一起登场。

英国服装秀杂志《20/20》曾做过这样一个报道，几个十几岁的男孩看到一些时装模特的照片后，发表了一番议论。本来这些模特已经瘦得像笔管一样，但由于摆出了一种姿势，臀部受到力的压迫，身体的一些部位便有点凸起——这本来是最正常不过的任何人身上都有的自然现象：你弯腰，你坐下，肌肉自然会“堆”到一处，除非你骨瘦如柴。可这些年幼的男孩们却会因此反感地声称这些人太胖，原因是没有“骨感”。看到这些，我们惊骇于男孩子们的反应，惊骇于一种普遍的时尚竟然对年幼的孩子们也产生如此的影响。

这就是消费时代西方对身体理想模式的塑造。这种塑造首先是身体美学标准的确立，它体现为当代强制性的身体美的视觉标准，比如女性的苗条、三

维比、皮肤的精致；或男性的健壮、活力和力量。各种身体偶像，从克劳馥德到施瓦辛格，这些真实的个人已经被媒介不断打磨塑造为一种“标准的形象”，而身体的生产和传播实际上正是依照这样的标准去复制。所以当代身体的生产和传播带有明显的标准化性质。

这种模式是通过各种媒介来展示的：通过模特、演艺明星、体育明星、主持人、青春偶像等种种视觉形象来确立或形成普遍规范的；通过诸如选美、健美比赛、体育运动、广告形象、演艺节目、画册画报、偶像形象等媒介方式塑造的。于是一些用于女性身体美学化的关键词被生产出来：瘦身、美白、健康食品、节食、健身等；另外一些用于男性身体美学的关键词也频繁出笼。它们通过文化霸权的形式，借助媒介，在暗中强制性地推出关于身体的规范，形成公众认可的标准，吸引青年趋之若鹜，最终形成一个身体消费的“时尚之场”。这个“时尚之场”魅力无穷，任何人一旦进入了这个场，就会身不由己地随着时尚之潮起起伏伏。

三、美丽作为当代“产业经济”的重要部类

观念的建立，带来了身体的市场运营。今天的美或美丽，不再仅仅是一种艺术形象或形态，也不仅仅是一种美学理念，而是当代“产业经济”的重要部类，美丽成了产业。在我们今天的小康社会中，身体已从自然物转化为商品。在消费社会形态中，身体不只是个人拥有的肉身，而且还是一个生产和流通的符号，更是一个人人“购买”和“使用”的消费品。我们的时代已变为“景象社会”，它已将一切生产、流通和消费行为都转化为形象。商品的消费已从古典的政治经济学转向了当代的符号政治经济学。商品的交换价值不只取决于它的使用价值，更有赖于其形象（美学）价值。从表面上看，人们在化妆品、服装、鞋袜、眼镜、甚至汽车等代步工具上投入了财力和精力，消费的是外在的物质产品，但究其根本，乃是对自身身体的消费，是把自己的身体投入当代巨大的身体工业中去，再生产社会所塑造的身体。由之，一系列的时尚广告策划、市场营销以及瘦身的技术、药品和围绕着它而建立的庞大而多样的工业企业便构成了我们时代的耀眼的风景。

今天与美丽相关的产业范围广泛，如广告、电影、电视、服装、时尚杂志、首饰、装饰、选美、模特、化妆品、美容业、健身、瘦身、减肥、保健品、护肤品业、染发、文身、隆鼻、整形以及会展业等都与美丽经济息息相

关，美丽成了重要的产业部类，成了国民经济中的重要构成部分。去看看哪些巨型商场第一层的最佳层位，大多是首饰与化妆品的天地，试想，如果没有对美的疯狂追求和疯狂消费，没有巨额的利润回报，它们将何以占据如此优越的位置。

美丽产业的发展，甚至影响着一个城市、一个国家的经济发展。厄瓜多尔在成功举办第53届环球小姐大赛后，满怀信心地预计，到2007年，该国的旅游收入会翻上三番。在厄瓜多尔53届环球小姐大赛期间，世界上有15亿电视观众观看了这场大赛。2003年轰动一时的大型音乐舞剧《探戈女郎》更是在全世界刮起了一阵阵的“探戈风”，为阿根廷带来了巨大的效益和荣誉。

一年一度的狂欢节是巴西最盛大的民俗节日，同时也是巴西一项重要的文化产业，每年为巴西带来巨大的经济效益。据报道，在巴西，使用某一化妆品的女士比军队里的男人还要多。在美国，每分钟就有1484管唇膏、2055瓶护肤品在各个商场里售出。对躯体美的追求是人类实现人性欲望与幻想结合的对象与载体，也是商品世界和市场制度煽动、发掘、培养、设计和制作的利润机器。这也是为什么几乎所有的时尚杂志都以美女俊男作封面的原因。

在我国，云南舞蹈家杨丽萍编导的反映云南原生态民族歌舞《云南映象》从2003年8月8日在昆明公演以来，先后在全国公演200余场，并包揽了第四届舞蹈“荷花奖”的五项大奖，在全国掀起了一股强劲的“云南旋风”，大大推动了云南文化产业和旅游业的发展。

“世界小姐”是全球历史最长、规模最大、最具影响力的选美赛事。从宗旨到评选机制，“世界小姐”大赛充满了“产业”的色彩。它由英国娱乐业大亨埃里克·莫利于1951年创办。这项活动原本只是当年英国新年庆典的一部分，后来被英国新闻界冠名为“世界小姐”。埃里克·莫利最初只计划举办一届活动，没想到一发不可收，再加上受次年开始的“环球小姐”评选活动的影响，莫利决定将“世界小姐”也变成一年一度的评选活动。

媒体成就了美丽产业。“世界小姐”的评选活动与现代媒体的炒作分不开。据统计，从2001年第51届“世界小姐”大赛开始，全球通过卫星电视收看评选活动的观众已达20亿人。全世界参与网上投票的网友超过1亿人。世界各国的报纸杂志都争相跟踪报道长达一个月的总决赛花絮和赛事活动，并以显著的版面报道评选结果。

2005年，“环球小姐”、“中华小姐”的评选正在如火如荼地进行。

身体的市场运营依托于现代技术的开掘。当代人发明了古代人无法想象的种种“身体的技术”，用来维护自己关于身体视觉快感的种种规范。所谓身体的技术，包含两个最基本的层面：一是塑造身体的技术，包括当代身体工业的种种发明，化妆技巧、形象设计是身体技术、美容手术等医学手段也是身体技术。

规范建立起来了，天生丽质，符合规范，自然难以自弃。不是天生丽质的，那就只能借助身体技术，这又催生了另一个“美丽产业”——整形美容手术。这些年南美诸国美人辈出，秘诀之一就在于旷日持久的身体改造。在巴西，许多女孩为了参加选美大赛，对自己的全身上下进行改造。2003 年巴西小姐桂冠得主弗朗西妮坦承：整形手术是她获胜的法宝。她不喜欢过去的自己，因为镜子中的自己缺乏魅力。经过大小整形手术 23 次之多的塑造和锤炼，完美的三围和迷人的脸庞使她技压群芳，一举夺魁。如下数据统计也许让人诧异：去年巴西全国接受整形手术的人数高 39 万人，平均每人花在整形手术上的费用更是超过了美国，居世界之冠，这对于一个发展中国家来说，实在是不可思议。而在韩国，银幕上许多炙手可热的大明星，都是人造美女。整形美容业一时间成了时下最热门的行业。

我国也是这样。就在前不久，24 岁的北京女孩郝璐璐在经历了 200 天、近几十次手术之后，成为中国第一“人造美女”。据说这个人造美女的改造工程花费了 30 余万元人民币，整形前和整形后的郝璐璐判若两人。不过，不是每例整形手术都能达到女孩的期望值，23 岁的女演员刘滨艳同样在一家整形中心做了整形手术，希望让自己的下巴更尖一点，脸更瘦一点。但手术后刘滨艳的下巴显得太瘦，她不得不再次接受多次修复手术。当种种“人体技术”把科学技术理性和发明转而用于人自身时，当医学从救死扶伤转向针对人的身体的大规模标准化“生产”时，“野蛮”的一面是不难视见的。

第二个层面是运用身体的技术，亦即在特定社会文化背景中使用自己的身体来进行社会交往和传达意义的种种技术，种种身体语言也是身体技术，舞蹈、走猫步、体育运动、演艺动作，甚至日常生活的体态姿势都是身体技术。毫无疑问，由于当代社会身体越发成为商品，成为消费的对象，新的身体技术就会不断被发明出来，最终反过来成为控制我们自己身体的外部力量。

四、美丽作为日常生活的意识形态

身体美学的合法化，不仅仅限于对身体的外部形态的护理改造，更有其复杂的意识形态内涵。这里，社会的身体被赋予了某种超越身体外观的意义，标准的、理想的和规范的身体范式的合法化过程，是一个值得分析的文化现象。意识形态问题的研究表明，一定社会的阶级的政党的或集团的意识形态，通常经过一个“自然化”和“普遍化”过程，脱离了局部的、地方的和个别的意义，转而成为社会公众的普遍倾向和自然倾向。用吉尔兹的话来说：“人是他自我实现的主体，他从符号模式建构的一般能力中创造出界定自身的特殊能力。或者说，回到我们的主体上来，正是通过意识形态的建构，以及社会秩序的图式意象的建构，人才使自己无论好歹地成为一个政治动物。”即是说，理想的身体形态具有范式功能，虽然当代文化中的身体工业所创造的标准，最初只是少数人的理想和追求，但在这个标准的广泛传播中，这些范式不可避免地被普泛化了，成为绝大多数人甚至普天下人类所共有的身体美的规范。无论是古代或是现代，无论是西方抑或东方，身体美学化的准则似乎是不变的，自然的，普遍的。什么“爱美之心人皆有之”、“美是人的共同追求”等等表述，意在淡化特定时期特定文化甚至特定人群的人体美准则的局部性，转而使之成为一种自然的和普遍的美的观念。这就是身体美学化合法化过程。

身体的标准不但是普遍的美学产物，而且同时也是特定阶层和群体生活方式和价值观的体现。“意识形态就是某种意义，它是由社会的状况必然产生的，并有助于永久维持这些社会状况。我们会感到有一种归属的需要，一种身处某个社会‘阶层’的需要，尽管这种需要很难察觉。实际上这种需要也许是想象性地被赋予的。我们所有人都真实地需要一种社会存在，一种共同文化。大众媒介在某种程度上就提供了这一需要，它能在我们的生活中（潜在地）实现一种肯定的功能。”显然，从这个意义上说，身体问题不只是一个单纯的形体外观问题，而是与社会文化、精神归属、政治理念等一系列上层建筑意识形态相关。

在我们解读身体美学化的意识形态时，我们看到一系列的两难：一方面，身体的美学化是依据社会审美的普遍化、共同美的标准去应和时尚潮流而求同于众，随波逐流的；另一方面，身体的美学化对于每一个体却要独领风骚，树异于众，极力展示个体的独特性；一方面，身体的解放标志了思想的进一步解放，观念的更新和禁区的突破，另一方面，身体的美学化又带来了精神的肉体化庸俗化和平面化；一方面，当代社会解放了身体的束缚和遮蔽，给身体的展露和交往带来了新的自由；另一方面，身体美学化的规范的合法化普遍化，又不可避免地导致了对身体的压制和暴力。正如福柯所说的身体的“监视”和“规训”：一方面我们不断地“监视”自己的身体，时刻注意它与美的身体规范——普遍性的差距，但另一方面暗中起着“霸权”作用的乃是一种看不见的文化权力，它迫使你不得不为之，尽管你似乎是自己乐意的；一方面，在“监视”中，我们通过种种技术“规训”自己的身体，心甘情愿地接受一种身体的美学化实践：隆胸、抽脂、去毛、种毛、拉皮、染发、节食、运动……另一方面，人发明的这些“虐待”和“戕害”身体的“技术”又充满了“暴力”色彩。身体在美学化的实践中走向了它的反面——野蛮的施虐与受虐。有趣的是，在这种普遍美共同美的身体标准之下，暗中实施着的局部策略野蛮的施虐与受虐则强调身体时尚乃是一种关于人自身的理性主义原则的胜利。相传美国歌星卡彭特为苗条而厌食至死，台湾歌星邓丽君身体发福后拒见媒体；杰克逊多次手术后，其族性身份已模糊不清……从时装模特到封面女郎，从广告明星到演艺大腕儿，从选美大赛到媒体亮相，风姿绰约的美女们确证着同一个标准和法则：按照一个标准造自己的身体！结果是，人们存在一种虚幻的满足感，身体美学化的规范也许是一种“恐怖标准”，而把这种标准当作幸福的追求，对于一个社会，对于文化来讲是很危险的。所以有专家不无忧虑的指出：身体的美学化的标准合法化，会不会扼杀我们身体形态的无限多样性呢？其潜在危险绝不亚于一场身体灭绝的战争。

此外，现代社会的人对于操纵别人的感受也极感兴趣。非词语的交流的研究、肢体语言的研究，证明了7000多种面部表情、手势在演说中的重要性。当然，肢体语言的力量常常是在下意识的层次上起作用的。

总之，当代文化所塑造的身体美学规范，以其时尚的形式，悄悄潜入每个追求现代生活时尚的个体观念中，成为控制其消费行为和取向的消费观念和选择。身体的消费性突出了社会身体的符号意义和意识形态特性。另一方面，身体的消费又反过来强化了对身体的意识和苛求。正如马克思所说，生产生产出消费，消费又消费着生产。这种辩证的互动关系把人对自己身体外观的视觉快感合法化了。

五、美丽作为消费时代的归类方式

什么原因造就了消费美丽的时代症候？

当代法国著名思想家波德里亚认为，后工业时代社会主体的构成已发生重大变化，消费的资本主义意识形态构造着当下社会的主体。所以波德里亚宣称，如果说当今的消费社会再也没有过去时代神奇缥缈的神话了，那是因为消费便是它自身独一无二的神话。

为什么说消费是消费社会唯一的神话？波德里亚说，所谓消费成了神话，是说消费就是当代社会关于自身的一种言说，是我们当下社会进行自我表达的一种方式。在这里，消费社会的消费并不是消费什么物质，在某种意义上说，消费唯一的客观事实，恰恰是消费思想，或者说消费一种符号体系。物质产品在被消费前已变成一种信息，客体的意义通过信号系统进入符码秩序才得以建立。消费正是在日常话语和知识话语的狂轰滥炸中，获得大众的自省，进而成为一种常识，一种惯例。

无疑，我们的社会正在作为消费社会去思考并言说。假如今天的人们依然像几百年来那样囤积、吃、消化，那样深挖洞、广积粮，那这个社会就不是消费社会，当然也就不会产生什么消费的神话了。相反，它的确是社会关于自身所坚持的一种自我预言式的话语，是一种全面阐释的符号系统，是一面消费社会在其中极力扮演自己的镜子，一个它在其中提前进行自我反思的乌托邦。

消费社会的基本形态对当代文化产生了重要影响。消费成了一切社会归类的基础，也成了一切文化艺术活动的基础。前面我提到了，作为市场社会的“经济人”，人们不但消费物质产品，更多地是消费广告，消费类像，消费品牌，消费欲望，也消费符号。文化商品化了，文化进入了消费。当代中国都市已进入一个准消费时代。艺术活动日益深入地市场化、商业化与产业化；艺术产品的生产无不受制于消费社会的无形的手操控和拨弄。文化艺术生产机构与传播机构（如出版社、画廊、音乐厅、博物馆等）在种类与性质上已发生变化，各种具有中国特色的文化艺术的中介机构出现；与之相应，“新媒介人”阶层（比如艺术经纪人、传媒中介人、制作人、书商、文化公司经理等）出现，这些“后知识分子”处在精英知识分子和大众之间，他们对艺术家熟悉，又有很强的操作能力，能用消费的方式把艺术推向大众。总之，我国文化艺术场域发生了整体转型，它不再是原来意义上的“文学”和“艺术”了。但我国当代的艺术从总体上看并没有对这种文化的转向作出积极的有实践意义的回应。

我们今天所处的时代是一个符号繁衍扩展的时代，“仿真”或“拟像”成了当代文化秩序的主导形式。它不同于从文艺复兴到工业革命时期作为文化秩序的主导形式，那是一种遵循自然法则的物的制造方式：仿造或仿制；也不同于工业化时代文化秩序的主导形式：那是一种建立在市场法则之上的物的建造与生产。今天，我们的世界正进入一个符号主宰的时代。这个时代的文化秩序建立在仿真的结构法则上。今日的日常生活是超级的真实，超级的现实主义。这种超现实主义不是更虚幻的超离，而是超级的现实，是比现实更真实的真实。

以前被称作虚构、幻象的东西，今天恰恰是人的构造人的预设的蓝本。符号构造着后现代消费的现实，现实反倒成了符号的造物或曰语言的展开物。今天的现实已经在仿真的方式上与超现实合为一体，它已经完全进入自身的游戏领域，它是由符号和幻象构拟的超级真实世界，今天的日常生活已依据幻象审美化或虚构化了，反过来，它比艺术的虚构更真实，再也没有任何虚构能与生活本身相匹敌。

消费源于丰盛。但波氏的丰盛和消费并不是指物质财富、产品和服务的丰盛和消费，而是指消费社会这个被今日大众认同着、使用着、参与着和消费着的形象、符号或意念。恰恰是这种形象、符号和意念，构成了我们时代新部族的新神话。

这神话就是我们这个时代的消费的观念。

这种全新的消费的观念已然沉积为我们社会的一种集体意识。如果没有“集体意识”中对享乐生活的预期和自省式协同增强作用，消费就只会是消费而不会具有社会一体化的力量。它就只能是一种比以往更富有一些，更丰饶一些，分化更细一些的生存模式而已。其实，在过去，那种吃、喝、穿、住的生活或特权阶层的奢侈花费，像项链、珠宝甚至城堡只不过是一部分人的生活方式而已，没有人把它视为集体性价值，也没有人把它视为一种必欲分享的参照性神话。不管过去吃草根的年代还是传统上盛大节日的狂欢，都不同于今日消费社会的这种消费。

波德里亚说，我们的时代是第一个将日常食物开销和“生育”开销都称作“消费”的时代。据称这种消费是面向全体人的。消费神话在20世纪的历史性浮现，与经济学勃兴时代的经济发展观念，以及更早的工业革命和技术时代的技术概念的浮现都是不一样的。它改变了日常的惯例，改变了曾经是天经地义的术语系统，从而也改变了历史本身。

“消费”成了新的社会现实的标志。

确切地说，直到消费成了这个社会的常规惯例，消费才成为我们时代的“领衔主演”。它意味着一次价值意识形态的重构。是这个社会把自己思考为、预设为、筹划为并实践为消费社会的。这是我们观察、分析当下世界的出发点。

我们说这个“丰盛”社会是其自身的神话，是说它以自己的方式，在全局层面上，选择了、想象了、预设并拟定了一种自我证明式的反复叙事的巨大程式。比如美国，这个社会就是依据那种预言模式来进行自我表达的。那是一种巨大的集体自恋，“您所梦想的一切，就是您的”，导致整个社会在其为自身提供的影像中自我混淆、自我陶醉和自我宽恕。在消费社会里，广告越来越具有了这样一种功能：消费者在广告中，就像在神奇的魔镜中一样，时刻能读到自己，读到自己的需要、自己的身体、自己的魅力、自己的美丽动人之处——它们是什么，它们在哪里。他(她)被那铺天盖地的影像、广告、图例所规划、所启发、所引导或所涵养，也许过去他或她一直不明白自己究竟想要什么，现在恍然大悟了，并且立即去实现它。也许他或她早在与生俱来的广告中潜移默化地弄熟了程式和规则，实行起来驾轻就熟。所以，从“想”到“做”其间没有距离，是瓜熟蒂落，是水到渠成。

六、视觉文化影响并造就着身体美学的消费

什么原因造就了身体美学消费的时代症候？

造成了身体美学消费的首要原因是社会形态的改变或曰文化的转向：是消费社会的基本形态对当代文化产生了重要影响。全球化时代的文化的大众化、商业化以及大众传播方式的普及，导致大众日常生活的审美化以及相应的审美活动的日常生活化。

文化的转向中最为抢眼的景观是视觉图像的“转向”。今日的视觉影像铺天盖地，无所不在，它已经“帝国主义式”地占领了文化的大片领地。不管是电视台的“幸运52”，还是电影《十面埋伏》，不管是流行歌曲MTV，还是电视春节联欢晚会，不管是城市白领们翻阅的时尚杂志，还是打工仔喜欢的卡通读物，不管是触目皆是的街头广告，还是热浪叠起的居室装修，我们都离不开影像，我们生活在一个视觉图像的时代。

现代生活是彻底地经过电子或数字媒体中介的生活，媒介改变了我们的生活。媒介是一种生活方式，它影响、改变、形构着我们日常工作、交往、休憩、娱乐以至内在心理世界的活动方式。而消费文化中的躯体知觉是受大量视觉图像支配的。事实上，消费文化的内在逻辑依赖于对消费者消费图像欲望的建构和培植。

视觉文化的基本涵义在于形象或影像占据了我们文化的主导地位。电影、电视、广告、摄影、形象设计、体育运动的视觉表演、印刷物的插图化等等，图像压倒了文字，成为一种文化的“主因”，图像崇拜和狂欢成为新一代的文化范式。

在我们现实的生活世界，视觉图像的霸权几乎无处不在！从主题公园到城

市规划，从美容瘦身，到形象设计，从音乐的图像化（MTV），到奥运会的视觉狂欢，从广告图像美学化，到网络、游戏或电影中的虚拟影像……图像成为这个时代最富裕的日常生活资源，成为人们无法逃避的符号情境，成为我们文化的仪式。年年除夕的春节晚会更是把这种图像文化仪式推向巅峰和极致。

而所有这些视觉图像几乎都离不开身体或曰美丽。

七、悦目的盛宴与审美的空洞

在我们这样一个时代里，如何保持清醒的头脑？是不是这样一种美丽就代表我们真正的对于美的追求？有可能在这样一种所谓美学和美丽的泛滥中我们反而丧失了美。我们看到到处都是美，但是这种美却使我们感觉到一种审美的疲劳。在悦目的盛宴的中心也许是审美的空洞。因为审美在这泛滥的过程中失去了它自身的个性和美的特征，而且在美丽的下面又包含了多少色情、淫秽等等有关美丽的罪恶！在我们当今的时代，当今的中国，美的发展是不平衡的，美的消费更是不平衡的。这给我们带来巨大的困惑。一方面是悦目的盛宴，辉煌、奢华、极度侈靡，一些人去参加一次俱乐部的美容，学学瑜伽，一掷千金乃至万金。但另一方面，中国还有多少人挣扎在贫困线之下，还有多少人根本无法谈及所谓的美。我们社会中存在的巨大的贫困群体几乎与"美丽"无缘。我相信在陈家山煤矿下面历经矿难的矿工们现在不会谈什么"美丽"；那么多打工族漂流族，他们对城市和社会做出了很大贡献，但是他们可能根本上就没有获得美的自主和美的权力。所以，美的权力是不平衡的，因为美的消费是不平等的。就生态方面而言，我们的地球已经被水泥包上了一层壳。我们在看到美丽的玻璃大幕墙的时候，也看到了光的巨大的污染；碧草如茵的人工绿化地洒满了杀虫剂，失去了生物最好的自然生长状态。所以，当我们看到当今消费社会的公共空间中似乎到处都充满着美艳之极的现象时，我们的文化批评、我们的美学批判应当挺身而出，去思考美丽的另一面——丑陋、荒芜、痛苦和污染。正如德国美学家威尔士所说："在今天，公共空间中的艺术的真正任务是：挺身而出反对美艳的审美化，而不是去应和它。艺术的冲击不应像一篇文章面面俱到，而应像流星划落天空。"让我们面对满目的美丽睁大双眼，去思考，去提问，去探索。

在铺天盖地的美丽商业构成对我们外在生活和内在心灵的压迫的时候，我们可能需要对美进行严肃的"瘦身"——思考与反省。因为它久已被"代数化"

和制度化了，我们看惯了，看得太多了，眼睛被磨出了茧，脑子也被磨出了茧。所以，在今天，在自然环境、精神生态和社会发展极不平衡的现实中，在贫富差距如此大的情况下，在到处都是美的泛滥中，是否存有美的缺失和美的空洞？从生态的角度讲，也许我们应该留给审美一块休耕地。

那么，就请留给审美一块休耕地吧，不要把所有的自然都祸害殆尽吧，留给天地一点，留给后人一点！

第十五章 生态美学与我国当代文艺学

我国生态美学经过十多年的发展，已经取得了引人注目的成就，但在与国外生态美学的交流和对话方面却明显不足。生态危机是当前全球所面临的共同问题，理应全人类共同承担。生态美学以生态整体主义观念为基础，突破主客二元论和人类中心主义的理论模式，不仅注重环境的和谐、有序和规律等对人类感知有利的美学因素，也注重生态系统中的不和谐、变化、非平衡的审美因素。其研究内容涉及景观设计和管理、大地艺术、生物系统等问题，回答了生态学与美学的关系问题，已经初步建构起理论结构形态。研究和借鉴国外生态美学的成果，有利于促进中外学术交流和对话，扩大我们的理论视野。我国生态美学的研究大多采用理论分析的方法，而国外生态美学许多采用科学实证的方法，因此中外生态美学研究具有很强的互补性。

但是我们也必须看到，我国生态美学在未来的进一步发展仍然面临着诸多挑战，主要表现在生态美学的必要性、科学性和独立性方面仍然受到诸多质疑，生态美学要成为一门学科，其存在条件仍然很不成熟。从总体上看，我国生态美学基本上是在国内相对封闭的学术环境中发展起来的，缺乏与国外生态美学的积极交流和对话，以至于有许多研究者对国外是否存在生态美学尚有疑问。我们了解较多的是国外的环境美学，而对于国外生态美学则所知甚少，即使有一点介绍，也仍存在着很多盲点。对于国外生态美学的渊源、理论、方法，特别是国外生态美学与环境美学的关系问题，都没有进行认真系统的总结、提升，几乎是空白。因此，我们有必要开展国外生态美学的综合研究，了解国外生态美学的发展状况，学习和借鉴其有价值的成果，以加速和完善我国生态美学的构建。

一、国际上马克思主义生态理论的研究

20世纪70年代，随着全球问题的不断深化以及绿色运动的兴起，人类的生态意识日益凸显，而科技的不断发展和后工业社会的快速崛起，造成了人类和自然的双重危机，人们开始对资本主义制度失望，对马克思主义及其发展前途产生怀疑，如何走出危机，建构新的马克思主义哲学理念，成为亟待解决的问题。在这一历史背景下，西方国家在现代西方马克思主义危机理论的基础上，把生态学与马克思主义相结合，生态马克思主义应运而生。

生态马克思主义是西方马克思主义的最新形态，代表了马克思西方发展的一个新阶段，其理论来源最早可以追溯到20世纪20年代西方马克思主义的奠基人卢卡奇《历史和阶级意识》一书中，卢卡奇提出了“自然是一个社会范畴”以及在社会主义条件下人与自然关系的协调问题。[1]20世纪40年代的法兰克福学派的霍克海默与阿多尔诺合著的《启蒙的辩证法》一书中，也把人与自然的关系及生态问题作为一个理论主题来加以讨论。马尔库塞继承和发挥了卢卡奇等人关于对自然的统治是人对人统治基础的论点，“通过对自然的统治而逐步为愈加有效的人对人的统治提供概念和工具，技术也使人的不自由处处得到合理化——技术合理性是保护而不是取消统治的合理性”；[2]卢卡奇、霍克海默与阿多尔诺、马尔库塞等为生态马克思主义提供了直接的理论来源。

沿着法兰克福学派尤其是马尔库塞的理论传统，生态马克思主义将生态危机及人与自然关系问题作为中心主题来研究，形成了较系统的“生态危机理论”，成为西方马克思主义最具影响力的思潮之一。其代表人物及主要著作有：本·阿格尔的《西方马克思主义导论》、安德烈·高兹的《生态学和政治》和《资本主义、社会主义和生态学》、威廉·莱易斯的《自然的统治》和《满足的极限》、奥康纳《自然的理由》、福斯特《马克思的生态学》、大卫·佩珀的《生态社会主义——从深层生态学到社会主义》等。

生态马克思主义认为，在资本主义制度下，生态危机具有必然性。所以他们对资本主义社会的批判与其生态马克思主义哲学的理论构架是紧密相连的。生态马克思主义对资本主义批判及其相应的核心理论主要有以下几种。

1 朱久昌：《生态学马克思主义理论透视及其启示》，湘潭大学，2006。

2 马尔库塞：《单向度的人》，上海译文出版社1989年版，第142页。

1. 莱易斯和阿格尔生态危机理论：技术理性与文化价值批判

莱易斯和本·阿格尔认为，当代资本主义社会出现生态危机的原因，一是技术的非理性运用，导致人和自然关系的异化；二是全社会范围内宣扬消费主义文化和生存方式，使人们不能正确处理需要、消费和幸福的关系，导致了异化消费，进一步强化人和自然的紧张态势，导致生态危机。

莱易斯发挥了法兰克福学派特别是马尔库塞的观点，并将之与生态学理论相结合，奠定了生态学马克思主义的理论框架。在《自然的控制》和《满足的极限》这两本著作中，他阐述了他的生态危机理论。《自然的控制》一书着重发挥了法兰克福学派关于"双重统治"——对人的统治以对自然的统治为条件的论点，说明"控制自然和控制人之间的不可分割的联系。"[1] 在他看来，"控制自然"的观念是西方哲学文化的传统，其雏形最早可追溯至基督教的上帝创世说。"上帝进行创造的故事宣布了上帝对宇宙的统治权以及人对地球上具有生命的创造物的派生统治权。"。[2]

本·阿格尔在《西方马克思主义概论》中，阐发了生态学马克思主义的生态危机理论以及摆脱危机的社会变革的战略。他的中心论点是：历史的变化已使原本马克思关于只属于工业资本主义生产领域的危机理论失去效用。当务之急是"从马克思关于资本主义生产本质的见解出发，努力揭示生产、消费、人的需求和环境之间的关系"[3]。

2. 奥康纳双重维度理论：生产方式的二重矛盾批判

奥康纳在《自然的理由》一书中，批评传统历史唯物主义理论仅仅从技术关系的维度来规定生产力和生产关系，进而把生产关系仅仅看作是由现有生产工具和技术水平所决定的，导致了技术决定论的倾向。其根本缺陷在于看不到文化价值规范和自然条件对生产力和生产关系的影响。因此，他把"文化"和"自然"维度引入到历史唯物主义理论中，为历史唯物主义走向对资本主义的生态批判奠定了理论基础。[4]

在理论深度上，奥康纳生态学马克思主义将生态环境问题的出现与资本主

1　威廉·莱易斯：《自然的控制》，重庆出版社 1993 年版，"序言"，第 6 页。

2　威廉·莱易斯：《自然的控制》，重庆：重庆出版社 1993 年版，第 27、122 页。

3　本·阿格尔：《西方马克思主义概论》，中国人民大学出版社 1991 年版，第 486 页。

4　王雨辰：《论西方生态学马克思主义的定义域与生态域》，江汉论坛，2007 年 7 月。

义自身的结构性转变，以及与资本主义自身的发展逻辑联系起来研究，从而达到一种历史的和逻辑的深度。在他看来，资本主义社会存在着两重矛盾和危机。第一重矛盾是马克思所说的生产力和生产关系，它们之间的矛盾运动将会引起因需求不足而造成的生产过剩的经济危机。第二重矛盾则是资本主义生产力和生产关系与生产条件之间的矛盾，这一矛盾是由资本主义本性所决定的。[1]

奥康纳认为，资本主义的两重矛盾决定了在生态上具有可持续性的资本主义是不可能存在的。社会结构的变化是历史叙事主题变化的根源，历史叙事形式的变化应到资本主义的发展逻辑中去寻找，即到作为政治、经济、社会及文化生活的综合的社会结构的变迁中去寻找。[2]

3. 福斯特关于马克思生态学理论：制度的反生态性批判

福斯特分别在《马克思的生态学》(*Marx's Ecology*：*Materialism and Nature*)和《反对资本主义的生态学》(*Ecology Against Capitalism*，中译本译为《生态危机与资本主义》)两部著作中通过分析资本主义生产方式的特点，揭示资本主义制度的反生态性质。福斯特强调，资本主义的生产目的并不是建立在满足人们基本生活需要，特别是穷人的需要的基础上的，而是把追求经济无限增长和利润看作是生产的目的，这不仅会导致穷人不得不以破坏自然的方式求生存，而且因为资本对利润的追求是无限的，这就意味着无限扩张的资本主义不可避免地要与有限的生态系统之间发生矛盾冲突，从而导致生态危机。

通过对马克思理论文本的挖掘，福斯特指出马克思的唯物主义哲学在本质上是以实践为基础，探讨人和自然相互联系和物质变换为主要内容的生态唯物主义哲学世界观，这种生态唯物主义哲学世界观的突出特点和优点在于它坚持了自然观和历史观的统一。[3] 福斯特在马克思的“新陈代谢”观念中发现了马克思的生态学思想。“马克思关于城乡之间、人类和自然之间的新陈代谢关系断裂的概念……使他发展了对环境恶化的批判，而这一批判预见了很多当今的生态学思想。”[4]

---

1 王雨辰，郭剑仁：《北美生态学马克思主义对历史唯物主义的重构》，《学术月刊》，2006年4期。

2 [美]詹姆斯·奥康纳：《自然的理由》，唐正东，臧佩洪译，南京：南京大学出版社2003年版，第103页。

3 《福斯特的生态学马克思主义理论评析》，《马克思主义研究》，2006年12期。

4 John Bellamy Foster. Marxs Ecology. in Monthly Review Press，2000，P141—142.

福斯特以生态唯物主义为出发点，从生存技术对人类社会的一般作用以及“劳动进化论”或“基因一文化协同进化论”两个视角来重构马克思的社会观和自然观。福斯特为我们研究现代意义下的自然—社会思想构建起一个理论框架：以制造—使用工具为其骨架的劳动把人与自然关系的进化联结起来，以此为基础，我们可以构造一个动态的社会/人—劳动（技术）—自然系统。[1]

4. 高兹政治生态学理论："经济理性"批判

高兹认为：资本主义的利润动机必然破坏生态环境，资本主义“生产逻辑”无法解决生态问题以及与这些生态问题紧密相连的社会危机问题。在这种资本主义的“生产逻辑”背后隐藏的正是深层次的“经济理性”。经济理性的原则，就是“计算与核算”的原则、效率至上的原则、越多越好的原则。在经济理性的指导下，生产主要是为了交换，那么这种生产必然是越多越好。[2] 基于资本主义生产逻辑与生态环境的矛盾，以及“经济理性”所存在的问题，高兹认为应该用“生态理性”来取代“经济理性”，从而达到人类社会与自然生态的平衡。

高兹把生态学、生态危机和生态运动及时地纳入自己的理论视野，提出了一种“政治生态学”理论。他在《生态学即政治》这一论著中指出，在当代西方，随着科技发展及科技的资本主义使用，出现了严重的生态危机：资源的滥用导致的枯竭，空气、水、土壤的工业污染特别是核污染正摧毁全球的生态体系，世界人口的激增造成巨大的灾难。“人们必须在两种社会之间做出抉择：一种是建立在独裁主义的技术基础上的社会——加强对人和自然的统治；另一种是建立在政治民主的技术基础上的社会——促进个人自主及与自然的协调”。[3] 高兹认为当代社会条件下的社会主义革命可能性来自于生态危机，对于当代资本主义社会的生态危机问题的解决，只能按照民主的、社会主义的方式解决。

综上所述，生态马克思主义揭示当代生态危机的实质，重建马克思主义生态唯物主义哲学，探索解决生态危机的途径。他们指认资本主义制度和生产方式不合理，以及由此带来的科学技术的非理性运用和消费主义价值观与生存方式是当代生态危机产生的根源，认为解决生态危机的途径在于通过激进的生态

1 王雨辰，郭剑仁：《北美生态学马克思主义对历史唯物主义的重构》，《学术月刊》，2006 年 4 期。

2 杨洋：《历史唯物视野下的生态问题》，连云港：淮海工学院学报，第 5 卷第 3 期，2007 年 9 月。

3 高兹：《生态学即政治》，波士顿，19。

政治变革，实现向生态社会主义社会的过渡。[1]然而，他们的研究还不够系统化，他们有的侧重经验研究，对马克思主义思想历史的整体背景和整体概念没有进行重新阐释，没有把自身的经验研究与马克思主义的概念和梳理有机结合，[2]所以生态马克思主义还应当继续加以补充和完善，从而完成重构历史唯物主义的任务。

二、国际上生态美学研究与发展的宏观视野

欧洲有人将捷克学者和艺术家米洛斯拉夫·克里瓦（Miroslav Klivar）称为"生态美学"的首倡者，但由于克里瓦本人采用捷克语写作，他的研究成果并不为更多的人所知。北美许多学者更愿意将生态美学的起源追溯到利奥波德（Aldo Leopold）1949年出版的《沙郡年记》（A Sand County Almanac）一书。在本书中，利奥波德提出了Conservation Aesthetic的概念（我国有人翻译为"环保美学"），虽然这个词不同于后来的Ecological Aesthetics（生态美学），但却包含着生态美学的主要价值观念，以至于美国生态美学家高博斯特（Paul Gobster）在1996年明确指出："有关美学的想法——已有人将它称为"生态美学"——大多源于奥尔多·利奥波德，这在他的《沙郡年记》中达到顶峰。"[3]

当然，国外生态美学的真正开展还是在20世纪90年代。1990年，美国学者理查德·E.切努维斯和保罗·H.高博斯特（Richard E. Chenoweth and Paul H.Gobster，1990）的《景观审美体验的本质和生态》（Nature and Ecology of Aesthetic Experience in the Landscape），从生态美学的角度对景观审美体验进行了实证研究。随后，高博斯特又连续发表了《生态系统管理实践中的森林美学、生物多样性、感知适应性》、《服务于森林景观管理的生态审美》、《〈森林与景观：生态、可持续性与美学〉导言》等多篇重要论文，他也因此成为目前国外颇有影响力的生态美学家。

1　王雨辰：《制度批判、技术批判、消费批判与生态政治哲学—论西方生态学马克思主义的核心论题》，国外社会科学，2007（2）。

2　王雨辰，郭剑仁：《北美生态学马克思主义对历史唯物主义的重构》，《学术月刊》，2006年4月。

3　Paul H. Gobster（1996），Forest Aesthetics，Biodiversity and the Perceived Appropriateness of Ecosystem Management Practive，US Department of Agriculture，Forest Service，Pacific Northwest Research Station，P77—97.

进入21世纪以后，生态美学研究在亚欧美洲许多国家都得到进一步的发展，促进了生态美学研究的多元化发展，初步形成了以以下四个方面为主要内容的理论形态结构。第一、保罗·H. 高博斯特(2007)等人的《共享景观：美学与生态学有何关系》，促希·I. 科瓦克斯(Zsuzsi I. Kovacs，2006)等人的《美学是如何影响我们的生态学的》等文本，研究生态学与美学的内在关联，梳理以生态审美为核心的生态美学的概念模式和话语系统，强调以生态审美体验的参与性为主要特征的生态美学与建立在主客二分基础上的传统审美静观学说的区别。这种对生态学与美学关系的讨论，标志着生态美学研究的成熟。第二，加拿大学者夏庞德(S.R.J. Sheppard，2001)的《超越风景资源管理：正在形成的生态美学理论和可视化管理》等文本，探讨生态美学在景观设计和管理中的作用，探讨美学在影响景观变化上的重要性以及美学与生态学的对立和互补是以何种方式影响着景观的问题，凸现了生态美学的实践品性。第三，德国艺术家赫尔曼·普瑞格恩(Herman Prigann，2004)策划出版的《生态美学：环境设计中的艺术理论及应用》一书作为主要考察对象，从生态美学的角度来研究生态与艺术(大地艺术)的关系，使生态美学与艺术实践紧密地联系在一起。第四，挪威学者诺塔·特勒(Notto Thelle，2005)的《宇宙茫茫，何为我所——挪威渔人与老庄神聊》和美国学者波林斯卡(Wioleta Polinska，2006)的《生态与艺术：东亚传统与西方》等为文本，探讨国外研究者对中国古代生态智慧的借鉴，促进了中外生态美学思想的对话与交融。

从理论基础和观念上看，国外生态美学突破主客二元对立机械论世界观，提出系统整体性世界观；反对“人类中心主义”，主张“人——自然——社会”协调统一。例如德国著名景观设计师奥都·威拉克(Udo Weilacher 2004)在《当今景观设计中的生态美学》一文中指出：在21世纪，我们是否需要“生态美学”这样一门独立的学科？这个问题的答案的关键在于：它应该采取什么形式来使它不同于上个世纪70年代和80年代的原始田园风光式的自然美学。他认为，生态美学必须基于这样的观念：人类作为一种有机生物，是大自然的一部分；但与此同时，作为有教养和有理性的物种，人类有自己的自律意识，从而必须为自己的行为负全责。这种观念也成为许多生态美学家的共同观念。在这种认识之下，梅洛—庞迪的感知现象学、杜威的实用主义哲学、贝特森的控制论也成为生态美学的重要理论基础。

从研究内容上看，国外生态美学开始突破传统的自然美学、环境美学的局限，研究视野从自然和环境扩大到由自然—社会—人构成的整个生态系统，并摒弃了传统美学建立在主客二分基础上的审美静观学说，而强调生态审美体验的参与性。而探讨生态美学在景观设计和管理中的作用成为许多研究者所关注的一个热点问题。如加拿大不列颠哥伦比亚大学森林资源管理学院教授斯蒂芬R. J. 夏庞德（Sheppard，S.R.J. 2001）的《超越风景资源管理：正在形成的生态美学理论和可视化管理》一文通过分析加拿大不列颠哥伦比亚省的林业管理系统的状况，提出了可视化管理理论。主张以该理论为核心，结合生态审美，探索协调工业生产、人民生活和生态可持续发展的林业管理法则。针对最近几年发生在美国理论界的一场关于美学与生态学的关系以及"生态美学"对景观设计和景观管理的影响的可能性的争论，高博斯特等人在《共享景观：美学与生态学的关系》（2007）中探讨了美学在影响景观变化上的重要性以及美学与生态学的对立和互补是以何种方式影响着景观的问题，由此，作者提出了生态美学的概念模式。也有研究者从生态美学的角度来研究生态与艺术（大地艺术、音乐等）的关系，由德国艺术家赫尔曼·普瑞格恩策划出版的《生态美学：环境设计中的艺术理论及应用》（Ecological Aesthetics：art in environment design：theory and application）一书便是这方面的代表。书中收录许多生态艺术和大地艺术作品，并从理论上予以阐发，对生态美学的建设和发展也提出许多宝贵的意见。书中特别提到德国艺术家将一处废弃的煤矿改建为景观公园的例子，对我们具有很大的启发意义。本书也是不多见的以"生态美学"命名的著作。

此外，也有不少的国外研究者关注中国古代的生态智慧。如美国北方中心学院维奥勒塔·波林斯卡（Wioleta Polinstka）的《生态学与艺术：东亚传统与西方交会》论证道教和某些佛教教义（华严宗，禅宗）的宇宙论及其各自的审美实践能够给基督教提供可资利用的生态资源，另外，作者还分析了当代西方环境艺术实例中敏锐的生态信息。作者认为，东亚审美实践充分展示了自然视界。在自然视界中，宇宙各部分都在行使各自独特的职能。根据这个模式，人类的作用不是统治自然，相反，作为宇宙共同体的成员，人类需要顺应宇宙万物。因为东亚审美实践与当代生态艺术一起为我们如何深入领悟环境伦理关系提供了重要的洞见。

在研究方法上，国外不少生态美学研究者采用田野调查的方法，探讨人们对生态的审美体验。像波兰生态美学研究者马尔塔·泽澳莱克（Marta Ziolek，2005）等人发表的以《景观美学与生态美学》为题的调查报告，以波兰国家公园为案例，利用张贴在互联网上的系列照片，收集了人们对于有关景观感受的1016份问卷（答案多达30000个），并证实景观美学和生态美学是一致的。这种研究方法是我国生态美学研究所缺乏的，应该受到我们的重视。

国外生态美学无疑与环境美学有着千丝万缕的联系，起初许多环境美学家（如卡尔松、伯兰特等人）均将生态美学看成是环境美学的组成部分。但随着生态美学的发展，不少研究者开始主张生态美学应该从环境美学中独立出来，以取得独立性的学科地位。简单地说，生态美学研究者认为环境美学仍然是一种人类中心主义，而生态美学则主张生态整体主义。像国际美学学会副会长、土耳其美学家约尔·艾兹恩就持类似的观点。她在2007年9月11日给本人的信中说："环境美学与生态美学的主要区别是，环境美学并不总是关心自然及其健康状态，环境可能是一个更宽泛的概念，它把人类放在中心焦点的地位。生态美学当然也与人类健康的活动有关，但其主要的关注焦点是自然及其良好状态，所有的美学概念和作品（如艺术作品）都必须以某种方式与自然的良好状态相关联。"也就是说，环境美学仍然属于建立在主客二元论基础上的人类中心论。关于这一点，环境美学家伯兰特也不否认。他认为"环境"一词已经成为"二元论的最后一个幸存者"。[1]

我们追溯人类历史的不断发展，会发现人类认识世界的方式也经历了诸多变化，有些变化可谓翻天覆地，虽然我们有时可能会视而不见。在托马斯·库恩（Thomas Kuhn）看来，人类认识看待世界的方式即世界观便可以称为范式（paradigm）。可以说，每个人都有自己认识世界的范式，虽然这些范式可能大同小异。而不同的时代，人类认识世界的范式则截然不同：在古希腊时期，人们通过精密的几何学来认识世界；进入中世纪，人们开始乞灵于上帝；而在文艺复兴启蒙运动之后，人们则完全相信科学和理性的力量。认识世界的范式标志着我们所处的时代，在这个时代中，我们共享着普遍的认识世界的前提。或者就像圣保罗所说的那样："我们是在逻各斯中。"[2]只是每个时代有每个时代的逻各斯罢了。

基于这样的认识，美国生态美学研究者贾森·希姆斯（Jason Simus，2004）在《生态学新范式的美学意蕴》中对以卡尔松为代表的环境美学提出批评，他指出环境美学有这样一个认知前提，即和谐、有序和规律才是积极的美学因素，也就是说通过这些因素我们既可以科学地认识自然界，也可以从审美角度

1 Arnold Berleant, The Aesthetics of Environment, Philadelphia: Temple University Press, 1994, P4.

2 参见《圣经·新约》。

出发，去欣赏自然界。可以说这样的旧范式只承认静态的、平衡的自然。而生态学新范式则强调自然系统中的动态变化，侵扰和非平衡，并且认为这些也可以成为积极的美学因素。这种新范式认为自然界的动荡和进程才是自然界的常态，只有通过欣赏自然界中的进程，而非静止的事物，我们才能体会自然的真谛。

当然，这两种范式并非横空出世。早在古希腊的前苏格拉底时期，赫拉克利特和巴门尼德便分别提出了“万物皆变”和“万物不变”说。前者的著名说法便是，“人不可能两次踏入同一条河流”。而芝诺的“飞矢不动”等三个悖论则为巴门尼德提供了精辟的证明，这些悖论困扰了世人两千余年，直到罗素宣称，他已经一劳永逸的解决了这些悖论[1]。前者可以引申出我们的新范式，而后者则是旧范式的有力说明。我们的科学证明，这两者并非水火不容，而是可以相互补充的。新范式并非要取代旧范式（事实上，新范式也不可能取代旧范式）。平衡、和谐和秩序等因素依然是积极的审美因素，同时失衡、无序和混乱也可以成为我们的审美目标。事实上，如果我们对自然界的历史进行考察的话，我们便会发现，自然界确是变动不居的，是一个动态进程。因此我们需要将注意力转向新范式的混乱、无序和失衡，同时也要适当关注平衡、和谐与秩序。

当然，新范式可能与已成定论的科学知识产生冲突，也就是说，这可能会对我们认识世界的旧有范式产生影响，对此，我们同样要持科学的态度——宽容，随时准备接受新的观点的挑战。善则从之，不善则改之。作者在文中对此也做出了相应论述，即新范式开拓了我们认识世界的眼界。同时我们审美的维度才能得到更好的开发，真正做到欣赏自然，理解自然。

综上，当代国际存在着以生态审美为主范畴确立起来的生态美学，并日益成为一门显学，这就回答了国外是否存在生态美学的疑问。国外生态美学是从自然美学、环境美学中发展而来的，具有从自然到环境再到生态的逻辑相承性，也使它与自然美学、环境美学区别开来。从总体上看，生态美学以生态整体主义观念为基础，突破建立在主客二元论基础上的审美距离说和静观说，使它不同于传统的自然美学；生态美学彻底突破人类中心主义的理论模式，不仅注重环境的和谐、有序和规律等对人类感知有利的美学因素，也注重生态系统中的不和谐、变化、非平衡的审美因素，从而使它初步与环境美学切割开来。

1　罗素：《我们关于外间世界的认识》，上海译文出版社 2005 年版。

国外生态美学的研究内容涉及景观设计和管理、大地艺术、生物系统等问题，初步回答了生态学与美学的关系问题，为生态美学的发展奠定了良好的基础。从比较研究角度来看，中外生态美学在理论基础和观念上具有一致性，但在研究主体和研究方法上既有交叉又有区别。国外生态美学有不少生态学者的介入，在方法上采用田野调查和实证研究，这可以成为我国生态美学发展的借鉴。当然，国外生态美学新范式所强调的生态整体主义如何与“以人为本”的思想相协调，仍然是一个值得探讨的问题。

研究国外生态美学的价值和意义主要体现在以下几个方面：(1)生态美学作为生态文明的一个重要组成部分，在我国生态文明的建设中无疑具有重要的地位。(2)生态危机是当前全人类所面临的共同问题，研究和借鉴国外生态美学的重要成果，有利于促进中外文化学术交流和对话，可以提高对生态问题的关注度，扩大我们的理论视野。(3)弄清国外生态美学的发展过程，认清生态美学与环境美学的区别与联系，可以解决生态美学的独立性问题，这有利于生态美学研究的健康发展。(4)我国生态美学研究大多采用哲学分析的方法，而国外生态美学则大多采用科学实证的方法，因此中外生态美学的研究具有很强的互补性。借鉴国外生态美学的方法，可以丰富我国生态美学的研究方法，可以凸现生态美学的跨学科性质。

三、我国生态美学的研究和发展

20世纪90年代以来，生态美学在我国经过十多年的发展，已取得了引人瞩目的成就。主要标志是：(1)有学术价值和理论创见的学术成果不断涌现；(2)老、中、青三代相结合的合理的学术梯队基本形成；(3)生态美学已经成为许多大学的必修课或选修课；(4)许多学术刊物开设了生态美学专栏；(5)全国性学术会议不断召开。2001年秋，由中华美学学会青年美学学会在西安召开了全国第一次生态美学学术研讨会，生态美学研究进入新的高潮。此后，又由青年美学会主持先后在贵阳、南宁召开了第二次与第三次生态美学学术研讨会。2007年11月3日是第四次全国生态美学学术研讨会，由青年美学学会与中南民族大学文学院、山东大学文艺美学研究中心联合在武汉召开。所有这一切，都极大地推动了生态美学在我国的长足发展。

与此同时，国外生态美学也开始受到我国某些研究者的关注。中国社会科学院主办的《国外社会科学》1992年第11期和12期连载了由俄国学者H.B.曼科夫斯卡娅翻译的《国外生态美学》一文（俄文原文见俄《哲学科学》1992年第2期）。这篇文章对国外生态美学的三大问题：即本体论问题、批判问题和应用问题进行了总体描述，在我国属于首次提出“生态美学”概念和介绍国外生态美学研究的文章。从时间上看，它要早于我国学者李欣复于1994年提出的生态美学这个概念。2005年8月，山东大学文艺美学研究中心在青岛召开“人与自然：当代生态文明视野中的美学与文学国际学术研讨会”，170余位中外学者参加会议。这是我国第一次有关生态美学的大型国际学术研讨会，国外生态美学研究者的加入，有力地促进了中外生态美学研究的交流和对话。2007年，王诺的《国外生态美学研究评述》一文，首次对国外生态美学的观念、发展及对象进行梳理和评述，提出许多有价值的理论命题。

四、曾繁仁生态美学思想的探索与开拓

在对实践美学的反思与质疑中，以曾繁仁教授为代表的生态美学理论产生了广泛的影响。

生态美学在中国当代美学中的出现，绝非空穴来风，而有着坚实的现实基础和深厚的理论依据。应该说，从实践美学到生态美学的发展历程，折射出当代中国学人鲜明的历史责任感和现实批判意识。生态美学不是对实践美学的修修补补，而是在一个与实践美学全然不同的哲学基础上对中国美学的有力推进，是一种全新的美学理论形态。正像曾繁仁所说：生态美学“就是生态学与美学的一种有机结合，是运用生态学的理论和方法研究美学，将生态学的重要观点吸收到美学之中，从而形成一种崭新的美学理论形态”，生态美学“是一种人与自然和社会达到动态平衡、和谐一致的处于生态审美状态的崭新的生态存在论美学观”，[1]“生态美学的提出就是对实践美学的一种改造和超越，是美学学科自身发展的时代需要。”[2]

从生态美学看实践美学，曾繁仁认为其局限性主要表现在以下几点：第一，从哲学基础上看，实践美学是一种机械的认识论，较多关注审美的认识功能，而忽视人的生存状况与价值；第二，在美学理论自身，过分地强调审美是

1 曾繁仁：《生态美学：后现代语境下崭新的生态存在论美学观》，《陕西师大学报》，2002年第3期。

2 曾繁仁：《生态存在论美学论稿》，吉林人民出版社2009年版，第5页。

一种“自然的人化”，相对忽视对象、特别是自然本身的价值，表现出明显的人类中心主义倾向；第三，在美学研究的对象上，固守西方古典美学的“美学是艺术哲学”的传统命题，而将非常重要的“自然”排除在审美之外；第四，在自然审美问题上，受黑格尔轻视自然审美的观点与马克思·韦伯“祛魅”论的影响，在一定程度上无视自然特有的价值以及“自然”在审美中的独有地位；第五，在思维方式上，实践美学总体上没有完全摆脱启蒙主义以来主客和身心二分思维模式的影响。“总之，实践美学总体上是一种以人化为核心概念的、忽视生态维度并包含着浓郁的人类中心主义的美学形态。在当前的形势下，应该说在一定程度上已经落后于时代。对这种美学形态的改造与超越成为历史的必然。”[1] 在这里，曾繁仁集中而全面地指出了实践美学的理论局限，是非常有见地的。

而曾繁仁的生态美学思想就是在认真吸取和总结中、西、马的理论资源的基础上，从上述诸方面全面系统地阐述了生态美学的理论主张，从而完成了对实践美学的超越。

1. 从哲学基础上看，生态美学不同于实践美学的认识论基础，而提出生态整体论（存在论）哲学观，从而突破主客二元论的局限。

曾繁仁认为：“实践美学过于强调审美的认识层面，而相对忽视了审美归根结底是人的一种重要的生存方式与审美所必须包含的生态层面。而生态美学观却将审美从单纯的认识层面带到崭新的存在领域，并将不可或缺的自然的生态维度带入审美领域，这不能不说是一个重要的超越。”[2] 对于生态美学的哲学基础，曾繁仁明确地指出：“生态美学的基本原则就是不同于传统的人类中心的生态整体哲学观。”[3] 曾繁仁也把自己的生态美学称之为生态存在论美学。

曾繁仁认为，海德格尔关于此在与存在关系的探讨，他所提出的“此在与世界”存在论的在世模式，显示了人与自然和谐共生、共在的生态整体观，为克服“人类中心主义”奠定了哲学基础。在世作为此在生存的基本结构是此在的先验规定，它所表示的此在与世界的关系不是空间关系，而是比空间关系更为原始的此在与世界浑然一体的关系。因此，此在与世界的在世模式就绝不是主体与客体的二分模式，海德格尔说：“主体与客体同此在和世界不是一而

1　曾繁仁：《生态存在论美学论稿》，吉林人民出版社 2009 年版，第 4—5 页。

2　曾繁仁：《生态存在论美学论稿》，吉林人民出版社 2009 年版，第 103 页。

3　曾繁仁：《生态存在论美学论稿》，吉林人民出版社 2009 年版，第 34 页。

二二而一的。”[1]在此在与世界的在世模式中，此在是在与周围事物构成的关系性状态中生存与展开的，“某个‘在世界之内’存在者在世界之中，或说这个存在者在世”，就是说，“它能够领会到自己在它的‘天命’中已经同那些在它自己的世界之内向它照面的存在者的存在缚在一起了。”[2]海德格尔称这种“此在”在世之中与同它照面并缚在一起的存在者是一种“上手的东西”，以区别于“在手的东西”。人们在生活中面对无数的东西，但只有真正使用并关注的东西才是“上手的东西”，其他尽管在手但没有使用与关注因而并没有与其建立起真正的关系的东西则只能是“在手的东西”。上手的东西是一种“因缘”，就是说人与自然在人的实际生存中结缘，自然是人的实际生存的不可或缺的组成部分，自然包含在“此在”之中，而不是在“此在”之外。曾繁仁认为：“这就是当代存在论提出的人与自然两者统一协调的哲学依据，标志着由‘主客二分’到‘此在与世界’以及由认识论到当代存在论的过渡。”[3]

曾繁仁先生说：“长期以来，人们在审美中只讲愉悦、赏心悦目，最多将到陶冶，但却极少有人从审美地生存、特别是‘诗意地栖居’的角度来论述审美。而‘栖居’本身则必然涉及到人与自然的亲和友好关系而成为生态美学观的重要范畴。”[4]在曾繁仁看来，海德格尔所提出的“诗意地栖居”，就是当代存在论在生态美学的审美理想方面的具体体现和必然内涵。这是因为海德格尔的“此在与世界”的在世结构中包含着在世界之中居住与栖居之义。海德格尔说：“栖居，即被带向和平，意味着：始终处于自由之中，这种自由把一切都保护在其本质之中。栖居的基本特征就是一种保护。”[5]也就是说，栖居的本质就是自由、保护，就是从此在的生存建构（人的本质）引向“使某物自由”、“保留某物的本质”。此在在生存建构中，一方面依赖世界而居，成为真正的人，一方面还担负着守护、照料的责任。而守护世界，就是守护此在的生存自身。而“人是存在的看护者”这一命题正是当代生态美学的重要旨归。

曾繁仁认为，“诗意地栖居”、“人是存在的看护者”还只是解决了传统认

1 [德]海德格尔著，陈嘉映、王庆节合译：《存在与时间》，北京三联书店2006年版，第70页。

2 [德]海德格尔著，陈嘉映、王庆节合译：《存在与时间》，北京三联书店2006年版，第65—66页。

3 曾繁仁：《生态美学导论》，商务印书馆2010年版，第67页。

4 曾繁仁：《生态美学导论》，商务印书馆2010年版，第317页。

5 [德]海德格尔著，孙周兴译：《演讲与论文集》，北京三联书店2005年版，第156页。

识论中的主客二分的问题，而海德格尔的“天地人神四方游戏说”才彻底突破了“人类中心主义”，从而达到了“生态整体主义”的高度。人在世界中栖居之世界，是天、地、神、人共同栖居的世界，“当人返乡归本、真正栖居之际，大地的拯救、天空的接受、诸神的期待和终有一死的护送，这一四重整体的本质才可以得到保护”，“四方中的任何一方都不是片面地自为地持立和运行的。在这个意义上，就没有任何一方是有限的。或没有其他三方，任何一方都不存在。他们无限地相互保持，成为它们之所是，根据无限的关系而成为这个整体本身。”[1]

与此同时，我们也发现，生态存在论这一理论基础也是源于对马克思、恩格斯理论著作的重新解读中获得的，因此也是当代中国马克思主义美学中的有机组成部分。曾繁仁认为：“马克思、恩格斯创立的唯物实践论就包含着浓郁的生态审美意识，完全可以成为我们今天建设生态审美观的理论指导与重要资源。”[2] 曾繁仁所讲的唯物实践论，强调的这种实践论首先是唯物的，从而与所谓的“实践本体论”区别开来。

在这里，我们也许需要对本体论与存在论在汉语语境中的演变作一点说明，从而看出曾繁仁之所以采用存在论这一概念之真正意图。其实本体论与存在论都是来源于西文的Ontology，但是，在汉语语境下，在我们使用的时候，本体往往被看成是与现象相对的，因此就有了本体与现象的二元对立。为了破除这种二元对立，所以海德格尔《存在与时间》的中译者们有意将其翻译为存在论。[3] 对于这一译名的改变所带来的哲学转向意义，朱立元先生曾明确地指出：一是破除了“本体论”（本质论）“现象、本体”之分，“将哲学之思落足于‘存在’之维度；其二，破除了认识论‘主客二分’，强调‘在世界之中存在’，将认识论框架下主体对客体的认识转折为将‘认识’本身视作此在之在世的一种存在方式，从而恢复了世界的完整性，弥合了‘主体’与‘客体’之间的割裂。”[4] 这种弥合，也正是曾繁仁先生采用存在论这一概念的真实意图。在他看来，海德格尔存在论哲学的提出，标志着西方当代哲学实现了由传统认识论到当代存在论以及由“人类中心”到“生态整体”的转型；而马克思“批判了以费尔巴哈为代

1 曾繁仁：《生态美学导论》，商务印书馆2010年版，第71页。

2 曾繁仁：《生态存在论美学论稿》，吉林人民出版社2009年版，第313页。

3 参见《一些重要译名的讨论》，《存在与时间·附录一》，三联书店1999年版，第496页。

4 朱立元、栗永清：《从“生态美学”到“生态存在论美学观”》，见王德胜主编：《问题与转型》，山东美术出版社2009年版，第400—401页。

表的旧唯物主义只从被动的机械唯物论的认识论去理解事物，仅仅将其看作是一种与主体相对立的认识对象，而不是从人的主体活动的角度，将其看作是只有在人的感性的实践活动中，才能与人发生关系，才能成为被人所理解的对象。这种对事物由客体的直观的把握到主体的实践的把握的转变就是由认识论到存在论的转变。在马克思主义哲学中，实践与存在是同格的，而且物质生产实践是人的存在的第一前提，是最基本的存在方式。”[1] 基于这样的认识，曾繁仁又将马克思主义的唯物实践论称之为“唯物实践存在论。”

由此可见，“存在”这个概念虽然来源于海德格尔，但在实际的运用中，我们发现，曾繁仁又赋予了“存在”新的含义。“存在”，一方面包含着人的存在和生存之义，包含着“诗意地栖居”，“人是存在的看护者”这样的含义，从而将生态美学推进到人的生存状态这样的层面上来；另一方面也包含着世界物质存在第一性的含义，人的存在首先是自然存在物，是物质生产实践存在。这两个方面形成一个整体，构成了生态美学的生态整体论哲学基础。而对于“存在论”的界定，则需要从古代本体论到近代认识论再到当代存在论这一人类哲学的发展历程中去寻找其规定性。当代存在论这一概念的提出，强调的其实就是生态整体论，从而突破了将以往哲学问题都割裂为现象与本质、主体与客体、自然与社会的二分法。所以，我认为曾繁仁的生态存在论与生态整体论只是同一问题的不同表述而已，其目的都是为生态美学找到一个坚实的理论基础。

对马克思的《1844 年经济学哲学手稿》，曾繁仁特别强调马克思所说的“人靠自然界生活”、“人直接地是自然存在物”对于当代生态美学建构的理论价值。他认为，资本主义制度盲目追求经济利益而对自然的滥伐与破坏造成了人与自然的严重对立，“马克思将这种对立现象归之于异化，并对其内涵与解决的途径进行了深刻的论述，给当代的生态审美观建设以深刻的启示”。[2] 马克思在《手稿》中批判了异化劳动使自然界成为同劳动者异己的、对立的状态，劳动者在改造自然的劳动中创造了财富和美，但自己却过着贫穷、丑陋、非自然与非美的生活。另一方面，异化劳动也造成对自然的严重破坏与污染。这种异化，本质上就是人与自然的对立。而要解决这种异化现象，则只能通过“人的自我异化的积极的扬弃，因而是通过人并且为了人而对人的本质的真正占有”，并由此重新建立起人与自然的和谐关系。

1 曾繁仁：《生态美学导论》，商务印书馆 2010 年版，第 280 页。
2 曾繁仁：《生态美学导论》，商务印书馆 2010 年版，第 124 页。

对恩格斯的《自然辩证法》，与以往人们从人与自然的对立、人对自然的支配这样的解读不同，曾繁仁是从人与自然的联系、人与自然的统一这一角度来重新解读的。由此，曾繁仁发现，恩格斯是将自然界看成是“各种物体互相联系的整体”，在这个整体中，由于人类与动植物一样，都是由细胞构成的，“人体的结构同其它哺乳动物完全一致，而在基本特征方面，这种一致性也在一切脊椎动物身上出现，甚至在昆虫、甲壳动物和蠕虫等身上出现（比较模糊一些）”，[1]因此人类并不高于其他动物。这就为生态美学批判人类中心主义从《自然辩证法》中找到了有力的依据。

对于“生态整体主义”，曾繁仁是从以下三个方面予以明确的界定的。（1）生态整体主义是对人类中心主义的突破，从人类可持续发展的崭新角度对人类的前途命运进行一种终极关怀，是从人类的长久生存的角度对人与自然和谐的生态审美状态的揭示。因为人的最终生存一定依托于自然生态，离开了自然生态，人是无法生存的。从这个意义上讲，保护自然环境，其实就是保护人类自身。（2）生态整体主义是对人的生态本性的一种回归。曾繁仁指出：“长期以来，人们在思考人的本性时，涉及人的生物性、社会性、理性与创造语言符号的特性等，但从未有人从生态的角度来考察人的本性。生态哲学与美学则从生态的独特视角，揭示出人所具有的生态本性。包含人的生态本源形、生态环链性和生态自觉性，其中主要是人的生态环链性。人类只有自觉地遵循生态本性，保持生态与生物环链之平衡，才能获得美好的生存。而且，人的生态本性决定了人具有一种回归与亲近自然的本性，人类来自自然、最后回归自然，自然是人类的母亲。因此，回归与亲近自然是人的本性。近代资本主义工业化过程中出现的人对自然的掠夺破坏是人的回归与亲近自然本性的异化。而以生态整体主义哲学为其支撑点的生态美学恰是对人的亲近自然本性的一种回归，其本身就是符合人性的。”[2]（3）生态整体主义是对环境权这一基本人权的尊重。“在良好的环境中享有自由、平等和充足的生活条件，过一种有尊严和福利的生活是基本人权所在。而以生态整体主义哲学为支撑点的生态美学就是力倡在良好的环境中人类‘诗意地栖居’。同时，以生态整体主义哲学为支撑点的生态美学观还倡导人类对其他物种的关爱与保护，反对破坏自然和虐待其他动物的行为，这其实是人的仁爱精神与悲悯情怀的一种扩大，也是人文精神的一种延伸，是人

1 《马克思恩格斯选集》第4卷，人民出版社1972年版，第337页。

2 曾繁仁：《生态存在论美学论稿》，吉林人民出版社2009年版，第107页。

类的生存进入更加美好文明的境界。”[1] 由此可见，曾繁仁的生态整体主义虽然突破了主客二元对立的人类中心主义，却没有完全走向“生态中心主义”，它实际上是生态文明时代的一种新的人文精神，是一种包含了“生态维度”得更彻底、更全面、更具有时代精神的新的人文主义精神。曾繁仁也将此称作是“生态人文主义精神”。我认为这种生态整体主义或“生态人文主义”其实就是马克思在“巴黎手稿”中所说的“完成了的自然主义”和“完成了的人道主义”的统一。也就是说只有彻底的、完成了的自然主义才能使人的生存得到最终的保护，也只有彻底的、完成了的人道主义才能保护自然环境。

生态整体主义的思维方式也必然会在美学范式的转变上有所体现。曾繁仁认为，传统美学的范式偏重于形式美的优美、对称、和谐与比例等等，而生态美学范式则“进入到人的诗意栖居与美好生存的层面”，“它以审美的生存、诗意的栖居、四方游戏、家园意识、场所意识、参与美学、生态崇高、生态批评、生态诗学、绿色阅读、环境想象与生态美育等作为自己的特有的美学范式”。[2]

这种美学范式的转变也必然会带来人们对审美属性的全新认识。实践美学受康德美学的影响，认为审美属性是一种超功利、无利害的静观，从而提出“审美就是这种超生物的需要和享受”、真善美的统一“表现为主体心理的自由感受(视、听与想象)是审美”。[3] 生态美学不反对艺术审美中具有静观的特点，但却力主自然审美中眼耳鼻舌身的全部感官的介入，因此这也为生态整体主义在审美上提供了一个佐证。

2. 在美学的研究对象上，生态美学突破实践美学以艺术为中心的窠臼，而强调人与自然、社会及人自身动态平衡的生态系统。

由于实践美学强调以“自然的人化”为美学研究中心，自然就会导致他们特别强调艺术美，而排斥自然美。因为只有在艺术中，“自然的人化”才得以充分地体现出来。李泽厚明确指出：“美学基本上应该研究客观现实的美、人类的审美感知和艺术美的一般规律。其中，艺术美更应该是研究的主要对象和目的，因为人类主要是通过艺术来反映和把握美而使之服务于改造世界的伟大事业的。”[4] 与实践美学过分强调“自然的人化”不同，生态美学更加追求人与对象

1 曾繁仁：《生态存在论美学论稿》，吉林人民出版社 2009 年版，第 107 页。

2 曾繁仁：《生态美学导论》，商务印书馆 2010 年版，第 4 页。

3 李泽厚：《批判哲学的批判》，人民出版社 1979 年版，第 401、403 页。

4 李泽厚：《美学论集》，上海文艺出版社 1980 年版，第 2 页。

处于中和协调的审美的存在状态。曾繁仁认为，实践美学历来难以准确解释自然美的问题，特别是对于原始的未经人类实践改造的自然，更是难以用“人化自然”的观点解释。曾繁仁还特别指出：“从艺术的起源来看，无数考古资料已经证明，艺术并不完全起源于生产劳动，而常常同巫术祭祀等活动直接相关。例如甲骨文中的‘舞’字，就表现出一个向天祭祀的人手拿两个牛尾在舞蹈朝拜。因此，归根结底，艺术起源于人类对自身与自然（天）中和协调的一种追求。从审美本身来看，也不是一切‘人化的自然’都美，更不是所有非人化的自然就一定不美。”“美与不美，同人在当时是否与对象处于中和协调的存在状态密切相关，美学追求的也恰是人与对象处于一种中和协调的审美存在状态。这就是诗意的人生、诗意的存在，也就是人与自然平衡的‘绿色的人生’。”[1]生态美学克服了“美学是艺术哲学”的传统观念，而将“生态系统”作为美学的研究对象。这就大大拓宽了美学研究的内容，丰富了美学研究的问题视域。

曾繁仁指出：“这里的‘生态系统’不是孤立的与人对立的‘自然’，而是充满生命的包括人在内的‘生态系统’。这样的研究对象既不同于以艺术为研究对象的美学，也与传统的‘自然美’不同。同时，又与西方环境美学中有可能外在于人的‘环境’有着明显的区别。”[2]生态美学反对将艺术作为美学的主要研究对象，纠正了当代美学对自然美的遗忘，但这并不意味着生态美学是以自然作为自己的唯一研究对象，这是因为，在生态美学看来，“人与自然不是主客二分、相互对立的，而是与自然万物共同构成一个统一的整体、一个世界；而且，自然也不具有实体性的属性，不存在一种独立于人的‘自然美’。所谓‘美’都是存在于人与万物的统一整体中，存在于人类活动的时间长河中，存在于存在与真理逐步显现与敞开的过程中。所以我们不是简单地将生态美学的研究对象看作是自然，而是将其看作既包括自然万物，同时也包括人的整个生态系统。”[3]

基于这样一种理念，对人的生态审美本性的研究也构成了曾繁仁生态美学研究的一大重要内容。在他看来，生态美学之所以能够成立，在很大程度上也是由于它揭示了人的生态审美本性。这种生态审美本性，被曾繁仁明确地界定为：“人对自然生态的亲和与审美。”[4]曾繁仁认为，人的这种生态审美本性在马

1 曾繁仁：《生态存在论美学论稿》，吉林人民出版社 2009 年版，第 132 页。

2 曾繁仁：《生态存在论美学论稿》，吉林人民出版社 2009 年版，第 69 页。

3 曾繁仁：《生态美学导论》，商务印书馆 2010 年版，第 292 页。

4 曾繁仁：《生态美学导论》，商务印书馆 2010 年版，第 303 页。

克思的《1844年经济学哲学手稿》中就曾论述过。马克思说："说人是肉体的、有自然力的、有生命力的、现实的、感性的、对象性的存在物，这就等于说，人是有现实的、感性的对象作为自己的本质即自己生命表现的对象；或者说，人只有凭借现实的、感性的对象才能表现自己的生命。"[1]

那么究竟什么是人的生态本性呢？曾繁仁指出，从生态存在论哲学观的独特视角，可以把当代人的生态本性概括为三个方面：第一是人的生态本源性，即人类来源于自然，自然是人类的生命之源，也是人类永享幸福生活最重要的保障之一；第二是人的生态环连性，是指人是整个生态环链中不可或缺的遗患，人人都具有生态环链性，个体一旦离开生态环链，就会失去他/她作为生命的基本条件，从而走向死亡，因此，生态环链性就成为人的本性之一；第三是人的生态自觉性，意思是说人类作为生态环链中唯一有理性的动物，不能像动物那样只顾自己的生存，而对自然万物不管不稳，人类不仅要维护好自己的生存，而且更应该凭借自己的理性自觉维护生态环链的良好循环，维护其他生命的正常存在，只有这样，人类才能最终维护好自己的美好生存。[2]

需要在此特别加以说明的是，生态美学虽然反对将艺术作为美学研究的主要对象，但也并不意味着完全排斥对艺术的研究。从曾繁仁的生态美学研究的整体来看，他的研究对象也确实包括了对文学艺术的研究。例如他对中国传统绘画艺术和传统文学《诗经》的研究，他对国外文学作品像《查特来夫人的情人》、《白鲸》等的解读都是非常深入而细致的。这说明，文学艺术作为人类审美意识的一种表达，并不缺席于当代生态美学的研究对象之中。要之，这种研究和解读也无不是置于生态系统的大背景之下的研究和解读，因此是生态美学的研究和解读。

例如他在对中国传统绘画艺术的解读中，着重发掘的是其中所蕴含的生态审美智慧。他认为"国画"是一种中国特有的"自然生态艺术"，"国画"在绘画的透视上运用一种特有的异于西方"人类中心主义焦点透视"的"散点透视"，"国画"的"气韵生动"的重要美学原则是将大自然作为有生命的灵性之物加以描绘，"国画"特有的"外师造化，中得心源"的创作原则来源于中国古代生态智慧"天人合一"的思想，"国画"所追求的"可行、可望、可游、可居"的艺术目标符合人与自然和谐的精神，"国画"的"意在笔先，寄兴于景"充分展示了

1 《马克思恩格斯全集》（第42卷），第168页。

2 曾繁仁：《生态美学导论》，商务印书馆2010年版，第307—308页。

人与自然的友好关系。

再例如他对美国著名小说家梅尔维尔的代表作《白景》的解读，也是着重于从生态美学的维度来发掘其中所蕴含的生态意义。曾繁仁认为这部作品“以其特有的审美意象不仅给我们提供了人类残酷掠杀自然的恐怖图景，而且也给人类如何正确对待自然以有力的警示”。[1]这是由于《白鲸》这部作品真实地再现了资本主义前期捕鲸业畸形发展所造成的对鲸鱼等自然资源的残酷掠夺，真实地再现了捕鲸船具体掠杀鲸鱼的过程，真实地再现了特定时代捕鲸人疯狂与鲸鱼为敌的行动与心理，真实地再现了导致捕鲸业疯狂发展的西方特别是美国的捕鲸文化，并通过现实主义与象征主义相结合的艺术手法所营造的悲剧气氛给人类发出强烈的警示。

关于生态美学的研究对象，我个人是非常赞成曾繁仁的生态系统论的。生态美学必须研究生态系统的审美现象，否则就不能称其为生态美学。而生态系统本身所涵盖的范围是非常广泛的。我们大体上可以分为自然生态、社会生态和精神生态三大层次系统。由此生态美也就可以分为自然生态美、社会生态美和精神生态美三种类型。对自然生态美的研究侧重于人与自然的审美关系，既包括对非人化的自然即原生态的自然美的研究，也包括人化自然即人的自然环境美的研究；对社会生态美的研究侧重于对人与人、人与社会审美关系的研究，它包括对乡村生态环境、城市生态环境的美学研究，包括经济价值与生态价值关系的研究，包括生态环境管理与评估的研究，也包括对生态审美教育的研究，等等；对精神生态美的研究则侧重于人类自身心与身、灵与肉的审美关系的研究，既包括对人的生态审美本性的研究，也包括身体美学、审美心理学、休闲美学、文艺美学的研究，涉及心理保健、人体健美、休闲娱乐、文学艺术活动等内容。可见，生态美学的研究对象绝非仅仅是自然，而是以生态系统为中心，研究人与自然、人与社会以及人自身的动态平衡系统。其中并不排斥对文学艺术的研究，而是以生态平衡为最高价值的美。

表面上看起来，生态美学的研究对象似乎是无所不包的，但仍有其独特的价值追求和理论旨趣。曾繁仁在将生态美学的研究对象界定为生态系统的审美的同时，又特别指出这种生态系统的美包括自然但不是“自然全美”，从而与“生态中心主义”划清了界限；生态系统的美包含人的因素，但有不同于“移情论”、“人化的自然论”与“风景如画论”，从而将自己与“人类中心主义”划清了

1 曾繁仁:《生态美学导论》，商务印书馆 2010 年版，第 428 页。

界限。总之，生态美学的研究对象既是广泛的，又是独特的，是一种不同于传统美学尤其是实践美学的崭新的美学理论形态。

3. 在自然美问题上，生态美学突破实践美学无视自然特有的价值以及“自然”在审美中的独有地位的片面认识，而强调自然本身特有的审美潜质。

对于自然美问题，实践美学认为，自然是否美完全取决于人的实践，“自然美的崇高则是由于人类社会实践将它们历史地征服之后，对观赏（静观）来说成为唤起激情的对象。所以实质上不是自然对象本身，也不是人的主观心灵，而是社会实践的力量和成果展现出崇高。”[1]这就完全抹煞了自然对象本身特有的包括其潜在审美价值在内的魅力。而生态美学观则在承认自然对象特有的神圣性、部分的神秘性和潜在的审美价值的基础上，从人与自然平等共生的亲和关系中来探索自然美问题，从而完成了对实践美学从“人化的自然”（即“自然的祛魅”）到人与自然平等共生亲和关系（即部分的“自然的复魅”）的超越。[2]2010 年 8 月 12 日，在第十八届世界美学大会上，曾繁仁教授作了《生态存在论美学视野中的自然之美》的专题发言，集中阐述了他关于自然美的看法。他认为：

（1）自然之美不是实体之美，而是自然系统之美。自然之美不是主客二分的客观的典型之美，也不是主观的“观念之美”，而是生态系统中的关系之美。事实告诉我们，自然界根本不存在孤立抽象的实体的客观“自然美”与主观“自然美”。西文中的“自然”（nature）有“独立于人之外的物质世界”之意，但这种独立于人之外的物质世界实际上在现实中是不存在的，在现实中只存在人与自然世界融为一体的生态系统之美。那就是利奥波德在《沙乡年鉴》中所说的“生物共同体的和谐、稳定和美丽”。“生态”有家园、生命与环链之意，所以生态系统之美有家园与生命之美的内涵。那么，在自然之美中对象与主体到底是一个什么样的关系呢？如果从生态系统来看，他们各自有其作用。荒野哲学的提出者罗尔斯顿认为在自然之美中自然对象的审美素质与主体的审美能力，共同在自然生态审美中发挥着自己的作用。而从生态存在论哲学的角度来看，自然对象与主体构成“此在与世界”机缘性关系；如果自然对象对于主体（人）是一种“称手”的关系，形成肯定性的情感评价，构成审美生存的关系，那人与自然对象就是一种审美的关系。

1　李泽厚：《批判哲学的批判》，人民出版社 1979 年版，第 404 页。

2　曾繁仁：《生态存在论美学论稿》，吉林人民出版社 2009 年版，第 102 页。

（2）自然之美不是认识论的“人化的自然”之美，也不是生态论的“自然全美”，而是生态存在论的“诗意地栖居”之美。自然之美不是认识论的“人化的自然”（李泽厚）。原因是：第一，人化的自然并不都是美的，太湖周围“人化”的结果是严重污染了太湖，造成生态灾难；第二，这一理论误读了马克思的哲学与美学观，马克思并不是在美学的意义上讲人化自然与劳动创造美的。他不仅讲了“彻底的自然主义与彻底的人道主义的统一”，而且讲了“按照物种的尺度与内在的尺度建造”的“美的规律”，包含浓厚的生态维度。李泽厚与普列汉诺夫讲狩猎时代没有对植物的欣赏也是不符合实际的，生产方式是审美意识的终极根源但不是唯一根源。事实证明，审美与艺术不仅起源于劳动而且起源于巫术，弗雷泽在《金枝》中详细记述了原始人对树神的崇拜。中国甲骨文中的“蓺”就有植树之意，而《诗经》中的桑间濮上的记述也说明植物在古代人生活中的重要作用。第三，这一理论依据康德的“合规律性与合目的性统一”的理论是以形式符合人的需要为标准，是人类中心主义的，而且康德所说的“形式的合目的性”也是现实中不存在的。

在曾繁仁看来，自然之美也不是生态论的“自然全美”（卡尔松），这一理论完全从自然的角度出发而不考虑人的需要，按照这一理论罂粟花也是美的，违背了生态整体的原则，不利于人类的生存，也是行不通的。自然之美应该是生态存在论的“诗意的栖居”与“家园意识”，就是海德格尔后期所论述的人在“天地神人四方游戏”中获得“诗意的栖居”与“在家之感”。在这里，曾繁仁明确地将“诗意的栖居”与“家园意识”作为生态美学视野中的自然之美提了出来，以区别于传统美学从反映与认识的角度对于自然之美的概括。

（3）自然之美不是传统的凭借视听的静观的无功利之美，而是以人的所有感官介入的“结合美学”。自然之美面对着活生生的自然世界，所以不是康德讲的静观的只凭借视听欣赏的无功利之美，而是在人面对自然世界时以全部感官融入的“结合之美”（伯林特）。

（4）自然之美不是依附于人的低级之美，而是体现人的回归自然本性的本体之美。当代生态批评家弗洛姆认为，生态问题是一个关系到“当代人类自我定义的核心和哲学的本体论问题”。所以，自然生态之美不是黑格尔所说的低于艺术美依附于人的“朦胧预感”的低级之美，而是体现了人的回归自然本性的本体之美，一种“回家之感”。所以“家园意识”体现了人类来自自然、自然是人类的母亲与人类一刻也离不开自然生态的本性特征。

（5）自然之美与中国古代“天人合一”、“天地大德曰生”的’“中和之美”

与“生命之美”恰相契合。海德格尔的“天地神人四方游戏”受到道家“域中有四大人为其一”的天人思想的影响，而“诗意地栖居”又与《周易》之中的“天地大德曰生”、“元亨利贞四德”、安吉之象、择地而居等等思想契合。中国古代美学是在宏观的“天人之和”这个安康的“大家”即“环宇”中人与万物的生生不息，充满生命活力。如民间年画所表现的瑞雪丰年，人畜兴旺。

曾繁仁指出：“生态美学观在自然美的观念上，力主自然与人的‘平等共生’的‘间性’关系，而不是传统的认识论美学的‘人化自然’的关系。”[1] 曾繁仁认为中国古代有大量的符合这种‘间性’关系的生态自然美的作品。如李白的《独坐敬亭山》：“众鸟高飞尽，孤云独去闲。相看两不厌，惟有敬亭山。”这首诗以明白晓畅的语言抒写了主人公与敬亭山在静谧中的“相看两不厌”的朋友般的情感交流，是一种真正的人与山“平等共生”的自然生态之美。

总之，当今的时代已经从工业文明发展到生态文明，经济发展模式、生活方式与思想观念都发生了根本的变革，“人类中心主义”以及与此相关的“人定胜天”等等观念也随之发生变化，审美观念也应发生相应的变革。从生态存在论美学的视角来看，根本不存在孤立抽象的实体性的“自然美”，也没有“人化自然”之美与“自然全美”，只有生态系统中的人的生存之美，诗意栖居与家园之美。

在这里，曾繁仁既不赞成实践美学对自然的人类中心主义观点，也没有完全走向“生态中心主义”。许多生态学家认为，既然自然具有独立于人类的“内在价值”、“内在精神”，那么自然就有独立于人类的美与美感。有的论者将我们过去看作动物本能的动物偶尔进行的啼鸣与展翅等都看作动物独有的美与美感。对于这样的观点，曾繁仁表示也难以接受。他说：“我个人一方面不同意‘实践美学’完全以‘人化的自然’来解释自然美的理论，同时也难以接受从自然的‘内在价值’、‘内在精神’的角度来理解‘自然美’。我认为，还是从生态存在论美学观的角度来理解自然美。也就是说，凡是符合系统整体性，有利于改善人的生态存在状态的事物就是美的，反之，则是丑的。”[2]

众所周知，自然美问题一直是美学研究的一大难题，许多美学研究者都试图从各自的角度对此加以解说，但由于受到各自研究视角的限定，要么在这一问题上走向人类中心主义，要么走向生态中心主义，都无法作出全面而准确的

1 曾繁仁：《生态存在论美学论稿》，吉林人民出版社 2009 年版，第 108 页。
2 曾繁仁：《生态存在论美学论稿》，吉林人民出版社 2009 年版，第 95 页。

把握。而曾繁仁从生态整体论（存在论）美学的角度对自然美的解释，则较好地解决了这一历史难题，显示出生态美学在解决自然美问题上特有的理论优势。他把自然美看成是自然系统之美、是“诗意栖居”之美，非常准确而全面地解答了自然美的本质属性；他认为自然美是靠人的全部感官介入的“结合之美”，非常全面而准确地解答了自然美的欣赏问题；他认为自然美不是依附于人的低级之美，而是体现人回归自然本性的本体之美，在美学史上将自然美价值提到了一个前所未有的高度；他认为人与自然的关系是一种间性关系，这种界定非常恰当地表达了人与自然所应该具有的正确关系。应该说，曾繁仁对于自然美的这种解释与界定既是崭新的，同时又是非常深刻、辩证和全面的。而曾繁仁之所以能够做到这一点，显然要归功于他对中西美学理论的会通与娴熟。尤为可贵的是，曾繁仁首先是在认真吸收中国古代美学资源的基础上来对自然美问题做出解释和解答的，显示出一名中国理论工作者对自己民族文化传统所特有的历史使命感和荣誉感。这跟我们当前某些学者动辄以西方理论为炫耀、惟洋人马首是瞻的作风是很不一样的。

4. 在美学比较研究方面，生态美学突破欧洲中心主义的影响，而对中国传统美学的价值进行了重新定位。

我们知道，西方传统美学历来对包括中国在内的东方美学与艺术持一种否定态度。例如鲍桑奎就认为中国和日本等东方艺术与美学的“审美意识还没有达到上升为思辨理论的地步”。[1]实践美学虽然并没有彻底否定中国传统美学的价值，但由于受到“西体中用”思想的影响，对于中国美学的地位也就难以给予恰当的评价。而生态美学则致力于发掘中国古代美学的生态智慧，并使之与西方当代生态美学与环境美学以及生态文学进行对话、比较研究，从而使中国传统美学的价值得到极大地发扬和光大。

曾繁仁对中国古典美学的解读已经取得了丰硕的成果，像他对《周易》的解读，对儒家美学、道家美学乃至佛教美学的解读，皆可谓发前人之所未发。下面我们仅以《周易》为例，来看一下曾繁仁是如何从生态美学的角度来解读这部中国元典的。

在《试论〈周易〉的‘生生为易’之生态审美智慧》中，曾繁仁先生从两个层面对《周易》的生态美学思想进行了解读。首先，曾繁仁论述了作为《周易》核心内容的“生生为易”的生态智慧，也就是《周易》与生态学的关系；其次论述

1 ［英］鲍桑葵著、张今译：《美学史》，商务印书馆 1985 年版，前言。

了由这一生态智慧所引发出了的生态审美智慧，也就是《周易》与生态美学的关系。

对于《周易》的生态智慧，曾繁仁先生谈到了以下几方面的问题：1.“生生为易”之古代生态存在论哲思；2.“乾坤”、“阴阳”与“太极”是万物生命之源的理论观念；3.万物生命产生于乾坤、阴阳与天地之相交的理念；4.宇宙万物是一个有生命环链的理论；5.“坤厚载物”之古代大地伦理学。曾繁仁认为,《周易》至少表达了这样的生态智慧与观念：人与自然万物是一体的，均来源于太极，均产生于阴阳之相交，并由此构建了一个天人、乾坤、阴阳、刚柔、仁义循环往复的宇宙环链。《周易》还特别对大地母亲的伟大贡献与高尚道德进行了热烈而高度的歌颂，首先歌颂了大地养育万物的巨大贡献，所谓“万物资生”；其次歌颂了大地安于“天”之辅位、恪尽妻道臣道的高贵品德，所谓“乃顺承天”；再次歌颂了大地自敛含蓄的修养，所谓“含弘广大，品物咸亨”；最后歌颂了大地无私奉献的高贵品德，所谓“地势坤，君子以厚德载物”。所有这一切，都证明《周易》这部元典中的确包含着非常丰富的生态智慧，完全可以从生态学的角度来加以解读。

与此同时，《周易》的生态智慧又是一种美学的哲思，是一种生态美学智慧，因而又可以从生态美学的角度来作进一步的解读。在曾繁仁看来，《周易》的生态美学内涵包括以下几个方面：

第一、描述了艺术与审美作为中国古代先民的生存方式之一。《周易·系辞》中说：“圣人立象以尽意，设卦以尽情伪，系辞焉以尽言，变而通之以尽利，鼓之舞之以尽神。”这段话描述了中国古代先民立象、设卦、系辞、变通以及鼓、舞、神等占卜活动的全过程，在这一过程中，包含着艺术和审美活动，或者说，艺术和审美活动渗透在整个占卜过程之中，占卜活动由此也变成了一种审美活动。这种包含着审美活动或具有审美活动性质的占卜活动是古代先民寻求美好生活的一种基本方式，是生态美学整体论思想的体现。

第二、表述了中国古典的“保合大和”、“阴柔之美”的基本美学形态。《周易·乾·象》：“保合大和，乃利贞。”曾繁仁认为，所谓“大和”，是一种乾坤、阴阳、仁义各得其位的“天人之和”、“致中和”的状态。[1] 这不仅是中国古代最基本的美学形态，而且可以说是中国古代最高的审美追求。中国古代的阳刚之美和阴柔之美，都无疑是从这种最基本的美学形态和最高的审美理想中具体生

1　曾繁仁:《生态存在论美学论稿》，吉林人民出版社 2009 年版，第 190 页。

发出来的。所谓大和，其实就是阴阳、乾坤、天地的和谐统一。这种和谐统一，又因为阴阳两仪的各自变化，分化为阳刚之美和阴柔之美。在《周易》中，阳刚之美的集中体现就是“乾”，而阴柔之美的集中体现就是“坤”。相比较来说，《周易》虽也强调阳刚之美，但似乎对阴柔之美更加注重。

第三、阐述了中国古代特有的“立象以尽意”的“诗性思维”。《周易·系辞下》云：“是故《易》者，象也。象也者，像也。”曾繁仁解释说：《易》的根本是卦象，而卦象也就是呈现出的图像，借以寄寓“易”之理。如“观”卦为坤下巽上，坤为地为顺，巽为风为入，表现风在地上对万物吹拂，即吹去尘埃使之干净可观，又在吹拂中遍观万物使之无一物可隐。其卦象为两阳爻高高在上被下面的四阴爻所仰视。《周易》“观”卦就以这样的卦象来寄寓深邃敏锐观察之易理。曾繁仁指出：“《周易》所有的卦象都是以天地之文而喻人之文，也就是以自然之象而喻人文之象。这与中国古代文艺创作中的比兴手法是相通的。”[1]因此说《周易》阐述了中国古代特有的“立象以尽意”的“诗性思维”。这种“诗性思维”也是一种生态整体论思维。

第四、歌颂了“泰”、“大壮”等生命健康之美。曾繁仁先生认为，《周易》所代表的中国古代以生命为基本内涵的生态审美观还歌颂了生命健康之美。如《周易》“泰”卦为乾下而坤上，乾阳在下而上升，坤阴在上而下行，表示阴阳交合，天地万物畅达、顺遂，生命旺盛。再如“大壮”卦，乾下震上，乾为刚，震为动，所以《周易·大壮·象》说：“大壮，大者壮也。刚以动，故壮。”这些都是对宇宙万物所具有的生态健康阳刚之美的歌颂。

第五、阐释了中国古代先民素朴的对于美好生存与家园的期许与追求。《周易·乾·文言》曰：“‘元’者善之长也，‘亨’者嘉之会也，‘利’者义之合也，‘贞’者事之干也。”曾繁仁认为，善、嘉、合与干都是对于事情的成功与人的美好生存的表述，是一种人与自然、社会和谐相处的生态审美状态的诉求。

应该说，上述曾繁仁先生对《周易》生态美学内涵的揭示是非常独到的、确切的。这证明，从生态美学的角度来解读《周易》，的确可以发现许多我们过去所难以发现的新内涵。更为重要的是，曾繁仁对中国元典的解读是为了揭示中国特有的一种美学智慧，以求对当今世界生态问题的解决提供一种参照和借鉴。曾繁仁说《周易》所表现出的思维方式是一种“诗性思维”，是跟西方古典美学（尤其是黑格尔的美学）所表现出的逻辑思辨美学相对的；曾繁仁说这是

1　曾繁仁：《生态存在论美学论稿》，吉林人民出版社2009年版，第191页。

一种生态存在论美学，是跟西方以主客二分为主要运思方式的认识论美学相对的。“诗性思维”也好，“生态存在论”也罢，其实都是为了彰显中国古代美学所特有的理论形态和精神实质，都是为了揭示《周易》美学中所蕴含的生态整体论的独特内涵。事实已经证明，这种生态智慧对于今天解决生态问题无疑都是有益的，而且也为西方当代生态美学、环境美学、生态批评所借鉴，对于我们今天通过中西会通建设当代生态美学也可以成为一笔重要的资源。

除了对《周易》的解读之外，曾繁仁还对儒家美学、道家美学、佛教美学进行了深入的生态美学的解读，他认为儒家的“天人合一”思想、道家的“道法自然”、“万物齐一”的思想、佛教的“众生平等”的思想，都是我国古代人民总结出的非常丰富的生态智慧，而这样的一种生态智慧完全可以与当代西方生态美学相会通。他说：“我们可以以‘天人合一’与生态存在论审美观相会通；以‘中和之美’与‘诗意地栖居’相会通；以‘域中有四大人居其一’与‘四方游戏’相会通；以怀乡之思、安吉之象与‘家园意识’相会通；以择地而居与‘场所意识’相会通；以比性、比德、造化、气韵等古代诗学智慧与生态诗学相会通等等，建设一中包括中国古代生态智慧、资源与话语并符合中国国情的具有中国气派与中国作风的生态美学体系。”[1]

1 曾繁仁：《生态美学导论》，商务印书馆 2010 年版，第 4—5 页。

第十六章 “艺术的终结”与美学、文艺学的变革

在西方与中国学界，“艺术终结”（the End of Art）问题是中国美学界所探讨的最新的热点和焦点问题。追本溯源，艺术终结问题，其最早提出是在1828年，出自于黑格尔的《美学讲演录》（*Vorlesungen über die Ästhetik*）。薛华的《黑格尔与艺术难题》（中国社会科学出版社1986年版）当中对黑格尔的艺术解体论进行了较早的令人信服的解读。有趣的是，与中国的情况类似，黑格尔的艺术终结观念由于英译本的关系（主要是1975年由T. M. Knox翻译的黑格尔*Lectures in Aesthetic*），最初也被翻译和理解为“死亡”（death），[1]然而，这就忽略了黑格尔本人所使用的“终结”（der Ausgang）更为深层的涵义。真正将这个问题引入现代语境的，还是当代美国分析哲学家和美学家阿瑟·丹托（Arthur C. Danto），时间的起点是1984年。另一位同在1984年提出“艺术终结”问题的是德国著名艺术史家、德国慕尼黑大学艺术史讲座教授汉斯·贝尔廷（Hans Belting），只不过他更为关注的是“艺术史终结”（the end of art history）的问题。

艺术终结的观点一经提出，就在欧美学术界和艺术界产生了广泛而深入的影响，关于艺术终结的专题研究在学术杂志上不断出现，关于艺术终结和艺术死亡的文集也陆续出版，至今关于这个问题仍然热度不减当年。在中国的学术界，最早提倡艺术终结观念的是刘悦笛与沈语冰，前者的文章发表于2002年，后者的文章发表于2003年，这时关于艺术终结的文章都是发表于美术类杂志

1 Cutis L. Carter，“A Reexamination of the‘Death of Art’Interpretation of Hegel’s Aesthetics”，in Warren E. Steinkraus and Kenneth L. Schmtz，eds.，*Art，and Logic in Hegel's Philosophy*，Humanities Press and Harvester Press，1980，P83—103.

上的。刘悦笛的《病树前头万木春：评“艺术终结论”和“艺术史终结论”》一文原载于《美术》杂志2002年第10期，该文首先论述了从黑格尔到丹托“艺术两次终结”论提出的过程，进而贝尔廷反诘菲舍尔而得出的“艺术史的两种终结论”的问题，最后提出了“艺术终结者的两难抉择：人还是历史？”的问题。该文得出的结论是：艺术不可能脱离人而有自己独立的命运，人类的终结之处，就是历史的终结之处，可能也才是艺术的终结之处。沈语冰的《哲学对艺术的剥夺：阿瑟·丹托的艺术批评观》一文则连载于《世界美术》2003年第3、4期上，作者深描了阿瑟·丹托的批评观的三个层次，进而提出了自己的观点：首先，阿瑟·丹托的艺术终结论（它意味着艺术叙事的终结）是错误的，因为终结的只是某种宏大叙事（例如格林伯格的现代主义叙事），而不是所有叙事。其次，为阿瑟·丹托的艺术终结论本源于黑格尔的艺术终结论，又得到了后现代主义理论的支持。但是，无论是黑格尔的艺术终结论还是后现代主义的艺术终结论，都不能令人信服。再次，阿瑟·丹托的艺术终结论的哲学基础是英美分析哲学（而且是前期维特根斯坦意义上的分析哲学），因此它可能较精确地描述了西方当代艺术的现象，却给不出关于其原因的解释，也提供不出解决问题的出路。[1]

关于艺术终结的翻译著作，到目前为止，丹托的专著已经被大量的翻译。早在20世纪80年代，由李泽厚主编的“美学译文丛书”的规划当中，计划出版西方美学名著100部，据李泽厚先生自己所言，当中也曾想翻译丹托1981年的著作《平凡物的变形》（*The Transfiguration of the Commonplace*, Cambridge：Harvard University Press，1981），这恐怕是这套译丛当中预选要翻译的最新的一本了。关于艺术终结观念的译著最早出现在2001年，江苏人民出版社出版了《艺术的终结》（欧阳英译），这本书其实就是丹托《哲学对艺术的剥夺》一书的中译本，翻译成中文过程中题目做了修改。到了2007年，丹托的两本专著被接连出版，江苏人民出版社推出了丹托的《艺术终结之后：当代艺术与历史的界限》和《美的滥用》，都由王春辰翻译而成，本来也要一同推出的《平凡物的变形》则由于翻译问题而没有出版。汉斯·贝尔廷的专著的选译《艺术史终结了吗？》出版得更早，由常宁生编译的同名文集收录，湖南美术出版社1999年出版。

国内第一部研究艺术终结的专著出版于2006年，刘悦笛的40多万字的专著《艺术终结之后：艺术绵延的美学之思》分为上下两编，探究了关于艺术终结

1 沈语冰：《哲学对艺术的剥夺：阿瑟·丹托的艺术批评观》，《世界美术》，2003年第3、4期。

的各个理论方面及其前因后果。导言以提出了艺术的“历史限度”的问题，认为艺术终结不仅与历史的终结间接相关，而且还与现代性的终结直接相系。该书从“杜尚难题”开始谈起，从后现代的视野中来重审杜尚难题，杜尚的反艺术成为了引发艺术终结的导火索。从主体部分开始，该书解析了：（1）历史上曾被两度提出的“艺术终结论”，考察了从黑格尔“美学讲演录”的宣判到阿瑟·丹托《艺术的终结》所做的宣言，认为“当代艺术终结论”一方面所侧重的是“艺术终结之后”的艺术形态，另一方面则认为所谓艺术的终结就是逐渐意识到艺术的哲学本质，亦即“哲学对艺术的剥夺”。（2）“艺术史终结论”的方方面面，考察了从菲舍尔《艺术史终结了》到汉斯·贝尔廷《艺术史的终结？》里正式提出“艺术史终结论”的理论。（3）“艺术家死亡论”的各个方面，涉及到福柯“何为作者”、罗兰·巴特“作者之死”和博依斯“人人都是艺术家”的观念。（4）“审美经验终结论”的问题，认定艺术终结问题也带来了对“审美经验终结”问题的深入思考，由此得出一种康德式的“二律背反”。同时考察了从乔治·迪基的所提出的“审美态度的神话”到理查德·舒斯特曼“审美经验的终结”的思想，提出审美经验应该回归到杜威意义上的“整一经验”当中。（5）新近出现的各种美学与艺术理论的终结论，随着当代欧美分析美学的逐渐衰微，其艺术定义的方式变得捉襟见肘，今日艺术理论也开始走向了“自我解构”。[1]

《艺术终结之后：艺术绵延的美学之思》的上编为“艺术终结论的美学沉思录”，下编则为“艺术趋向终结的绵延之途”，深描了以回归生活为主流的三种艺术终结的历史趋向：“从波普艺术到激浪派：艺术即生活，生活即艺术”、“从偶发、行为到身体艺术：复归到身体”、“观念艺术：艺术化成观念与观念变成艺术”和“大地艺术：艺术自然化与自然艺术化”，分别提出了隶属于“生活美学”的“身体过程美学”、“观念主义美学”和“自然环境美学”的问题。结语部分对“艺术终结于何处”及其美学后果进行了多元化的展望，认定艺术将终结于观念、回归到身体、回复到自然当中，[2] 提出要在“自然主义”与“历史主义”张力之间来对艺术定义做出全新的解答。

面对艺术终结问题，实践美学的代表人物李泽厚在阅读过相关研究成果之后，给出了自己的回应，在刊登在《美学》复刊号上的特稿《实践美学短记

1 刘悦笛：《艺术终结之后：艺术绵延的美学之思》，南京出版社 2006 年版。

2 Liu Yuedi, “Concept, Body and Nature: After the End of Art and the Rebirth of Chinese Aesthetic”, in Mary B. Wiseman and Liu Yuedi eds., *Subversive Strategies in Contemporary Chinese Art*, Leiden: Brill Academic Publishers, 2011.

（2005）》里面，作者将艺术终结与黑格尔的历史终结的观念联系起来，“艺术的终结与历史的终结密切相关，都由 Hegel 提出。所谓‘历史的终结’是指资本主义全球化和共和民主制度在世界范围内普遍建立，战争彻底消除，革命不再发生，人类取得永久和平，由小康生活迈入大同世界。今天，急忙干工作，平淡过日子，自我牺牲和彭湃激情都只作为例外的、特殊的情况和要求而出现。英雄时代已经过去，散文生活无限延伸。于是历史宣告终结”，“艺术亦然”。[1]然而，李泽厚认为历史并未终结，由此推导出艺术也不能终结：就今日的世界范围说，历史并未终结。从而艺术也不可能终结。最后，作者从乐观主义的角度对于美学与艺术的未来进行了展望，提出了“第二次文艺复兴”与实践美学未来前景的问题，充满了乐观主义的态度。

周计武在《艺术的终结：一种现代性危机》当中，认为“艺术终结”命题是一个言过其实的修辞，在词源学的意义上，这里的“艺术”概念既有它的时间性——现代，也有它的空间性——西方。艺术终结的命运内在于现代性的逻辑之中。这不仅因为引发艺术终结的那些观念是现代的产物，如“自主性”、“美”、“新”、“先锋”、“媚俗”等，而且因为现代艺术与它所反叛的资产阶级结构之间具有共同的根源。现代艺术充满悖论与危机的原因在于：一方面，现代艺术拒绝秩序、可理解性甚至成功，以自己失败和危机的经验作为“自由”的代价。另一方面，迫于时代的氛围和环境的压力，现代艺术又暗中与大众媒介、技术逻辑和市场化策略调情，不断地把自己非神圣化、对象化，最终使自己消失在世俗的审美光晕之中。所以，“艺术的终结”不仅仅是现代艺术的危机，更是现代性的危机。这种危机有利于我们更好地反思“传统与现代”、“先锋与媚俗”、“自我与他者”等二元对立的文化逻辑。[2]

刘悦笛在《艺术终结与现代性终结》一文中指出，既然艺术与现代性是相伴而生的，因而二者也可能相伴而终结。这意味着，艺术终结不仅仅与宏观的整个“历史的终结”间接相联（如黑格尔所见），也非仅仅微观地与“艺术史绵延”直接相系（如丹托所见），而是同“现代性历史的终结”息息相关（如舒斯特曼所见）。可以说，“艺术”的观念是启蒙现代性的产物，艺术的“观念”是欧洲近代文化的结晶。这是由于，在以欧洲为主导的“现代性”这段历史展开“之前”

1 李泽厚：《实践美学短记（2005）》，滕守尧主编：《美学》复刊第 1 期（总第 8 期），南京师范大学出版社 2006 年版。

2 周计武：《艺术的终结：一种现代性危机》，《厦门大学学报》，2007 年第 3 期。

与“之外”，艺术都没有“产生”出来。这样，一方面，在启蒙时代“之前”作为总体的“美的艺术”观念尚未出场，另一方面，在欧洲文化“之外”，艺术的观念更多是一种“舶来品”，无论是古老的亚洲、非洲还是美洲文化，都原本不存在“艺术”的观念。现代人将所撰的西方艺术史延伸到现代性之先，是获得了“艺术视界”后的反观自身的结果；从现代时期开始所见的亚非拉的古老艺术，亦是有了“艺术视界”后的遥望“他者”的结果。[1]

思考艺术的终结问题，总是同对艺术的过去的反思和对“艺术未来”的展望相互关联的。学者们一方面将视野回溯到在西方语境当中“艺术”概念得以形成的历史语境当中，另一方面又探寻着艺术的未来发展之路，以回答艺术是否“走向终结”的难题。

常宁生在《艺术何以会终结：关于视觉艺术本质主义的思考》一文中，就采取了回溯性的视角。作者认为，要讨论艺术的终结问题必须从艺术的生成与建构开始。任何事物和文化现象都有一个形成、发展与变化，以及对其进行界定与建构的过程。艺术的形成与发展也不例外。一个未被充分认识的事实就是作为抽象的艺术概念是西方文化的一种建构。所谓绘画的死亡与艺术的终结只是一种人为的设定的艺术发展模式与目标的必然结果。现代艺术的主流缓缓地一步一步向前推进，并使自身不断地简约化和概念化，直到发展到废弃了艺术的基本要素。20世纪80年代中期以来，一切艺术流派都消失了，艺术史也不再受到某种内在必然性的驱动。人们感觉不到任何明确的叙事方向。人们也不再争论艺术创作的正确方式和发展方向。所以说，艺术已经进入了一种“后历史”状态。[2]

陆扬在《艺术终结论的三阶段反思》一文当中认为，黑格尔的“艺术终结论”众说纷纭，但它肯定不是把艺术史看作艺术作品的编年史，而毋宁说是把艺术看作一个时代心灵和文化的象征，判定它的合法性限定在艺术作品的感性特征尚未成为精神发展的阻碍之前。黑格尔的上述思想应是预言了蒙特里安的新造型主义，后者可以显示当社会的停滞颓败和艺术的常青不衰构成矛盾时，艺术表征时代的历史使命转变为形式上的破旧立新，这势在必然。但今天的经济全球化语境，正在见证艺术面临的另一种“消亡”危机，对此政府重视并且

1 刘悦笛：《艺术终结与现代性终结》，《艺术百家》，2007年第4期。Liu Yuedi，“Globalization and the End of Art in China”，in *International Journal of Decision Ethics*，vol.1，2008 Fall，P69—89.

2 常宁生：《艺术何以会终结：关于视觉艺术本质主义的思考》，《南京艺术学院学报》，2007年第3期。

担纲起对艺术的资助方略，应是值得重视的解决办法。今天，艺术已不复是黑格尔时代的“高雅文化”，而成为一个广阔的社会活动领域。艺术作为一种人类特有的交流方式和社会现象，应当具有它自己的鲜明特性。这特性无论是黑格尔所强调的历史意识也好，还是蒙特里安期望用纯抽象形式表达的普遍性也好，它与其他社会活动应当见出分别。[1]

朱国华在《认识与智识：跨语境视阈下的艺术终结论》一文中认为，假定讨论艺术终结是可能的，这就意味着艺术存在着一个历史。设定历史发展的可能性，也就相应要求我们思考那些支配或影响历史进程的动力。他认为，文学艺术的概念必须历史化，因而适应于西方的艺术终结的相关论述，未必同样适用来解释中国的文学艺术实践，必须考虑到跨语境条件下的艺术观。艺术作为连接人与世界的通孔，其价值得以实现的条件或形式，也同样可以分别理解为认识与智识。由于认识内部包含在一种辩证运动的张力，所以对西方人来说，艺术是历史性的，因而它也可以导致终结；但是智慧的逻辑却是无偏无倚而允执厥中，无所确立而无不确立，因此除了形式技术之外，很难讨论其历史，而形式的创新始终向未来开放，所以，原则上说艺术是不可能终结的。[2]

中国美学界对于“艺术终结”的问题关注度非常高的。对于中国的艺术界和思想界，阿瑟·丹托的艺术终结观念可谓姗姗来迟。在丹托 1984 年提出艺术终结而一鸣惊人的整整 20 年之后，这个观念才开始在中国产生应有的影响。这也许是理论在各个国家之间旅行的“迟到”。然而，丹托的艺术终结观念，尽管“姗姗来迟”，但却“恰逢其时”。这是由于，艺术终结问题的展开，始终是同两个问题相关的，一个就是“分析美学”的理论研究，这是因为艺术终结问题就是由分析美学家们所主导的问题；另一个则是“艺术史”的实际发展，丹托在中国今天这么被关注，这恰恰是以本土艺术创造和艺术批判走到了这一步为历史景深的。

这就需要我们一方面继续深入对“分析美学”进行深入探讨，另一方面又要对艺术史的发展予以深度关注。在提出“艺术终结”后的丹托的学术发展，所展现出来的正是丹托的一整套的“艺术史哲学”观念，他的以分析美学为内核的“艺术哲学”与他的艺术史哲学是相互规定的。丹托给中国美学的启示正在于此——“艺术终结”难题既是理论的问题，也是实践的问题，既然是艺术

1　陆扬：《艺术终结论的三阶段反思》，《艺术百家》，2007 年第 4 期。
2　朱国华：《认识与智识：跨语境视阈下的艺术终结论》，《文艺研究》，2008 年第 3 期。

哲学的问题，也是艺术史的问题。那么，“艺术终结”之后中国美学该走向何方，究竟怎样将美学的视角延伸到艺术界，究竟怎样给予当代艺术发展以美学的解答，这也是新世纪的中国美学所亟待解答的难题。[1]

关于“艺术终结”的观念

丹托 1984 年提出的“艺术终结”（The End of Art）论，在全球，特别是对于处于转型期的中国文化艺术界产生了重大影响。

历史上提出“艺术终结”的第一人是黑格尔。这种观念最初出自于黑格尔的《美学讲演录》（*Vorlesungen über die Ästhetik*），就在最后一次柏林大学授课的前一年也就是 1828 年，黑格尔为艺术首度签发了“终结判决书”。

实质上，在黑格尔美学那里，是两种东西将艺术逼上了“终结之途”：一个是黑格尔身处时代的整体艺术和文化状况，这是黑格尔所“感”的；另一个则是思想体系方面的“内在背谬”，这是黑格尔所“思”的。在前一方面，黑格尔认为，“艺术却已实在不再能达到过去时代和过去民族在艺术中寻找的而且只有在艺术中才能寻找到的那种精神需要的满足，至少是宗教和艺术联系得最紧密的那种精神需要的满足。”[2] 黑格尔充分意识到了艺术在现实中的职能，那就是满足所谓民族的“时代精神”（Zeitgeist）的需要，而在其所身处的时代的艺术却难以实现这种功能。当这种现实的职能不能得以充分实现的时代，亦即“内在理念”超逾“外在形式”之时，艺术便必然走向了终结。因而，在所处的近代“市民社会”的时代（也就是艺术发展到“喜剧”阶段而最具散文气息的时代），黑格尔才做出了“我们现时代的一般情况是不利于艺术的”这个著名判断。

在后一方面，黑格尔认为就艺术的“最高的职能来说，艺术对于我们现代人已是过去的事了。因此，它也丧失了真正的真实和生命，已不复能维持它从

1　目前，新世纪以来从“生活审美化”、“审美现代性”到“艺术的终结的热点问题”已经开始得到系统的整理，这主要体现在艾秀梅的《日常生活审美化研究》（南京师范大学出版社 2010 年版）、陈定家选编的中国学者文集《审美现代性》（中国社会科学出版社 2011 年版）和吴子林选编的中国学者文集《艺术终结论》（中国社会科学出版社 2011 年版），其中《审美现代性》一书还将论文分为“问题意识与提问方式”、“审美现代性的诸多面孔”、“审美现代性的理论意义”和“建构‘全面的现代性’”四个版块，这都为下一步对于这些崭新问题做出反思提供了坚实基础。

2　黑格尔：《美学》，第 1 卷，朱光潜译，商务印书馆 1979 年版，第 14 页。

前的在现实中的必需和崇高地位，毋宁说，它已转移到我们的观念世界里去了。”[1]这主要讲的则是“艺术向观念”的转化。在黑格尔看来，艺术“要把精神从有限世界的内容和形式的束缚中解放出来，要使绝对真理显现和寄托于感性现象，总之，要展现真理”。[2]从更高层面来看，黑格尔“横向”地视哲学为艺术与宗教二者的统一，使作为知识活动的哲学成为艺术和宗教的思维之共同概念（哲学将艺术的所谓“客体性相”转化为思维的形式，又将宗教的所谓“主体性”净化为思维的主体性）；“纵向”地把绝对精神的发展安排为从艺术、宗教到哲学发展的“三段论”，艺术和宗教在哲学中才发展为最高形式。

总之，“艺术终结”既包涵黑格尔对近代市民社会的文化和艺术现实的不满，但更是一种绝对理念或者说主体自我意识运作的逻辑结果，正是主体性不断向上的自我发展，导致了黑格尔眼中哲学对艺术地位的直接剥夺。

在黑格尔宣判“艺术解体”156年之后，丹托在1984年重提了黑格尔这个“历久弥新”的命题，被称为“二次终结论”。然而，二者的基本差异在于：首先是对于“终结”的理解不同，丹托认为他不认为艺术发展到不再需要艺术了，在丹托的文本里面，终结至少存在三种含义：（1）艺术已完成其规划从而在技术上不再有可预期的突破；（2）艺术进入到了无进化的阶段；（3）艺术按照既定规划进化而不会成为什么别的东西。[3]其次，丹托主要将终结命题作为“历史命题”来看待，而在黑格尔那里则主要是“形而上学命题”，[4]艺术通过进化而将人们带入了哲学的核心地带。在丹托看来，“谈论艺术的终结将是可能的，至少谈论作为一种进步规律（progressive discipline）的艺术终结是可能的”。[5]

在1984年，丹托前后发表两篇文章，先发表的是《哲学对艺术的剥夺》（The Philosophical Disenfranchisement of Art）一文，但该文却并没有吸引多少人的关注，但《艺术的终结》（The End of Art）一经抛出，却引起了轩然大波。这两篇文章的立意并不相同，可以说，前一篇说的是“遭受哲学压制的艺术”，后一篇则是说“艺术逐渐演变为艺术哲学”。尽管表面上二文是矛盾的，甚至

1 黑格尔：《美学》，第1卷，朱光潜译，商务印书馆1979年版，第15页。

2 黑格尔：《美学》，第3卷（下），朱光潜译，商务印书馆1981年版，第334页。

3 Noël Carroll，Review，in *History and Theory*，Vol. 27，No. 3，1988.

4 Arthur C. Danto，*Unnatural Wonders：Essays from the Gap Between Art and Life*，Vancouver：Douglas & McInture Ltd.，2005，P7.

5 Arthur C. Danto，*The Philosophical Disenfranchisement of Art*，New York：Columbia University Press，1986，P97.

路数刚好相反，但实际上，《艺术的终结》后一篇恰恰是对《哲学对艺术的剥夺》的认可，而后者算得上是对艺术的权力的“最全面的剥夺”，而且这种策略确实是亘古未有。[1]所以，丹托的终结理论之所以引发如此大的争议和反响亦是应当。

《艺术的终结》这篇论文的原型，是作者参加一次艺术界的研讨会提交的短文。后来，丹托应“沃克当代艺术研究所”之邀，在关于未来的讲座中做了“艺术终结”的演讲。这个演讲对于20世纪80年代中期艺术界的沉闷状态就好似一颗炸弹，随后雷尔·朗(Berel Lang)就编辑了那本著名美学论集《艺术之死》(*The Death of Art*，1984)，找了许多对话者对于丹托此文的主题进行了回应，进而也在接受者那里混淆了“艺术的终结”与“艺术的死亡”之间的区别，但这恰恰不是丹托的原意。

丹托曾这样辩解道：“我们(指贝尔廷与丹托)都没有力图将我们的观察，作为对我们时代的艺术所进行批判性的判断……我们都没有谈到艺术之死，尽管在《艺术之死》这个文集里我自己的文本成为了目标性的文件。《艺术之死》这个标题并不是我的，我只是说特定的叙事已走向了终结，我想这已在艺术史中被客观地意识到。不再有艺术这并不是我的观点……走向终结，是指的叙事，而非叙事的主体。”[2]文中提到的德国艺术史家汉斯·贝尔廷(Hans Beling)，与丹托一道在1984年“异曲同工”地提出了终结问题，不过他更关注的是“艺术史的终结”。按照丹托的理解，被叙事化的艺术并没有死亡，而关于艺术的叙事本身却终结了。这种终结不仅是作为再现性的视觉表象的传统叙事的终结，也不只是随后的现代主义的叙事的终结，而是全部的“宏大叙事”(master narratives)的终结，艺术世界的客观解构被展现为一种“极端的多元主义”(radical pluralism)。[3]

在《艺术的终结》里面，丹托在一个半世纪后又在表面上回到了黑格尔那里：“假如艺术会继续让我们惊异的这样一种历史可能性不再有了，从这种意义上说，艺术的时代已从内部瓦解了，用黑格尔惊人而忧伤的话说：一种生

1 Jane Forsey, “Philosophical Disenfranchisement in Danto's ‘The End of Art’”, in *The Journal of Aesthetics and Art Criticism*, Vol. 59, No.4.(Fall, 2001).

2 Arthur C. Danto, *After the End of Art*: *Contemporary Art and the Pale of History*, Princeton: Princeton University Press, 1997, P4.

3 Arthur C. Danto, *After the End of Art*: *Contemporary Art and the Pale of History*, Princeton: Princeton University Press, 1997, PXV.

存方式已衰老了，结果又会怎样呢？”[1]后来，丹托自我辩解说：的确，按照黑格尔的历史哲学“一切伟大的、世界的历史事实和事件似乎都发生两次”，马克思补充说“第一次发生是作为悲剧，第二次则作为闹剧”；但他之所以在1984年重复了黑格尔1828年的思想，是“宁愿在这种重复中看到历史必然性的被认可，而不愿看到闹剧般的重新上演”，[2]所以在这里坚持“对话含义”（conversational implicature）的观念是正确的。其实，丹托重提黑格尔的时候，就是在与之进行积极的对话，因为历史具有对话才有结构，从而才能阐发出其间真正的“历史含义”（historical implicature）。

在丹托看来，他也是在“历史地预测艺术的未来”，这同黑格尔不谋而合。这样，就不必仅仅囿于艺术去思考“何为未来艺术品”的具体问题，甚至也完全可以去假定“艺术本身并无未来”。正如黑格尔从“大历史”的视角感叹古希腊和中世纪晚期艺术不复返一样，丹托的思考里面的关键词是“历史”，或者说他关注的最终是“艺术—历史”的关系。丹托也正是由此出发理解黑格尔的，他认为，黑格尔所说的“辉煌时代”和“黄金时代”的艺术是作为“一个历史阶段（historical moment）而结束的，虽然他本人也并没预言不再有艺术品”。[3]如此看来，无论是黑格尔还是丹托，都没有认为“艺术从此没有了”，而指的是“艺术动力”与“历史动力”之间不再重合。这正是黑格尔给予丹托的“历史性”的启示：艺术与历史的发展不再是同向的，或者说艺术根本失去了历史的方向，历史的维度里面将不再有艺术。

在这个意义上，丹托倒像是在重复着相同的命题：

而现在，历史与艺术坚定地朝不同方向走去，虽然艺术或许会以我称之为后历史的样式（post-historical fashion）继续存在下去，但它的存在已不再具有任何历史意义（historical significance）。现在，几乎无法在一种哲学史框架外思考这一命题了，如果艺术未来的紧迫性并不以某种方式出自艺术界本身的话，那就很难认真看待它了。在今日，可以认为艺术界本身已丧失了历史方向，

1　阿瑟·丹托：《艺术的终结》，欧阳英译，江苏人民出版社2001年版，第78页。Arthur C. Danto, *The Philosophical Disenfranchisement of Art*, New York : Columbia University Press, 1986, P85.

2　阿瑟·丹托：《艺术终结之后的艺术》，美国《艺术论坛》1993年第4期，王春辰译，译文参见《世界美术》，2004年第4期。

3　阿瑟·丹托：《艺术的终结》，第77页。Arthur C. Danto, *The Philosophical Disenfranchisement of Art*, New York : Columbia University Press, 1986, P83.

我们不得不问这是暂时的吗？艺术是否会重新踏上历史之路，或者这种破坏的状态就是它的未来：一种文化之熵。由于艺术的概念从内部耗尽了，即将出现的任何现象都不会有意义。[1]

由此可见，丹托所要宣告的是：既然艺术的自身的能量都耗尽了，那么，它不走向死亡还能走向何方呢？不过，黑格尔所说的“解体”指的是作为感性显现之理念式微，而丹托所谓的“耗尽”，则意味着当代艺术的发展对传统“艺术”概念的抛弃，艺术已经不能成其为艺术本身了。或者从“唯名论”的角度观之，被冠以“艺术”之“名”的下面的“实在”，被从内部加以消耗直至趋近于穷尽，那么，“艺术”概念本身也就被“掏空”了，即“名不副实”了。

然而，丹托也并非简单地重复“同一种声音”，因为他是置身于20世纪后半叶的历史思潮中来反思艺术的，这便与黑格尔拉开了距离，从而赋予了艺术终结以崭新的意义。这就是一种历史解释学的问题，即使同一命题出现在不同的历史语境里，也会具有不同的“历史含义”。

但艺术走向哪里，针对于此，丹托在《艺术的终结》时期却没有给我们一个更为明确的说法，他似乎只是负责死刑的宣布——“我的目的是表明：我们已进入一个后历史的艺术时期，对艺术不断自我革命的需求现已消失。类似于曾确定了我们这个世纪（指20世纪）艺术史的那一连串令人惊异的震撼，不会也不应再出现了”。[2]这种震撼，主要是由现代主义艺术运动及其余脉所带来的。的确，丹托道明了这样的事实，现代主义艺术的内在驱动力日益被“耗尽”而枯竭，花样翻新的现代主义艺术史成为了过去时态。于是，丹托在这里划定了一个界限：“在历史之内”与“在历史之外”。“在历史之内”的，是终结前的艺术；“在历史之外”的，则是终结后的艺术，或者说就是“后历史”的艺术。

那么，所谓“后历史的艺术时期”（post-historical period of art）究竟是什么样的时期？在丹托那里，这话又绕回来了，这一时期的艺术就是没有“历史意义”的时期。“后历史”并不是没有历史，而指的是没有“历史意义”。如此可见，丹托恐怕难逃“循环论证”的指责，同时，他也无法与艺术创作还在继续这样的历史事实相悖。因而，他就退一步来为自己辩护：“当然，艺术创作会继续下去。但生活在我想称之为艺术后历史时期中的艺术创造者，将创作出缺乏历史重要

1 阿瑟·丹托：《艺术的终结》，第77—78页；Arthur C. Danto，*The Philosophical Disenfranchisement of Art*，New York：Columbia University Press，1986，P84.

2 阿瑟·丹托：《艺术的终结》，第6页；Arthur C. Danto，*The Philosophical Disenfranchisement of Art*，New York：Columbia University Press，1986，PXV.

性或意义的作品，而这种历史重要性或意义正是我们长久期待的。”[1] 总之，丹托所要说的主要意思是，根据艺术的发展走向，艺术超逾出了历史发展的阈限，而走向所谓的“后历史”阶段。

按照丹托的意见，既然艺术“终结”自身了，艺术终结后“作为实践”的艺术状态也趋于明了，那么，“作为艺术”的艺术究竟“终结”在何处呢？

在此，丹托又回到了黑格尔那里，无论在（丹托所聚焦的）“艺术—历史”问题上，还是在（黑格尔所最终关注的）“艺术—哲学”问题上，二者似乎都有着“异曲同工”之妙。或者说，黑格尔被从马克思到阿多诺（T.W. Adorno）继承下来的“时代—艺术”思路，被海德格尔（MartinHeidegger）所关注的“艺术—观念”思路，又再度在丹托那里汇流了。质言之，无论理论还是实践，艺术都终结在“哲学”里面。

这样，艺术的“两次终结论”的提出者，皆惊人一致地认定艺术最终要“化入”哲学，或者说，艺术丧失了自身的规定性之后，将会以一种“哲学的形式”出现。在很大意义上，这都不是艺术主动地投降，而是哲学对艺术的“剥夺”（Disenfranchisement）！

丹托相信他关于“艺术终结”的文字，其实是“一种剥夺艺术权利的形式”，“它假定自身的哲学就是艺术所追求的，结果艺术通过最终成为哲学来实现其使命”，艺术随着它本身的哲学的出现而终结。[2] 所以，丹托在许多地方都在重复一个意思，那就是“艺术已变成哲学，艺术实际上由此完结了”。这个想法是一贯的，从《艺术的终结》直至而今都没有多少改变。这种想法最为充分的表达，出现在丹托《哲学对艺术的剥夺》一文中，本文原来是他 1984 年 8 月在蒙特利尔举办的“世界美学大会”上的演讲稿，这次会议的主题恰恰就是“艺术与哲学的转变”。

这里就不得不回溯到那位古希腊的哲人柏拉图（Plato），因为他才称得上“哲学—艺术之争”的始作俑者。然而，这位名垂千古的欧洲哲人，却令人争议地将艺术实践与创作现象混为一谈，加倍地偏离了哲学所强调的实在。但无论怎样，按照柏拉图（影响了其后两千年）的范式，艺术和哲学这二者，是同工匠所掌握的那种实践知识是相反的，因为实践知识所造就的能人充其量只是会

---

1 阿瑟·丹托：《艺术的终结》，第 102 页；Arthur C. Danto，*The Philosophical Disenfranchisement of Art*，New York：Columbia University Press，1986，P111.

2 阿瑟·丹托：《艺术的终结》，第 98 页；Arthur C. Danto，*The Philosophical Disenfranchisement of Art*，New York：Columbia University Press，1986，P107.

摹仿而已。这样，在丹托看来，其中的重要性就在于“把艺术与这位哲学家或许会屈尊进入的实践和政治的领域隔离开来”。同时，我们都知道，柏拉图将绘画规定为“模仿的模仿”或“影子的影子”，[1]也就是认为绘画是对摹仿了理念的实物的再度摹仿。这在丹托看来便具有了独特的意味：作为映像的艺术留在次要现象的范围内，这表明“没有什么会因艺术而产生”，如同柏拉图形而上学的产生相应确定了艺术地位一样。进而，可以推导出这样的结论：“由于柏拉图的艺术理论就是他的哲学，由于自古以来的哲学就存在于柏拉图遗嘱添加的附言里，哲学本身或许只是对艺术的剥夺——因而把艺术与哲学分开的问题或许能同询问没有艺术的哲学会是怎样的哲学这一问题相提并论”。[2]

这便涉及到柏拉图的抨击所具有的两个阶段：

> 第一个阶段……是要建构一种实在从中合乎逻辑地排除了艺术的本体论。第二个阶段力求尽可能地合理解释艺术，以便理性逐渐征服感觉的领域，苏格拉底的对话是一种戏剧性再现的形式，被纳入概念后，理性的实体就作为驯服的实在展现在这种形式中。……自从这种复杂的侵犯（哲学已知或会知的一次深刻的胜利）产生以来，哲学史就时而选择分析性的努力，来使艺术昙花一现，并消除它的危险；时而选择通过艺术所为看作与哲学本身所为相同（只是略显笨拙而已），来使艺术得到某种程度的合法性。[3]

丹托在此深刻地洞见到了柏拉图思想的内在罅隙，同时也看到了欧洲哲学史上“哲学—艺术之争”的外在悖谬。一方面，柏拉图作为形而上学的政治家，不仅把诗人“驱逐”出了理想国，而且将艺术逐出了理念领域，从而规避了艺术本体论的建构；但另一方面，却又要为艺术提供合理性的证明，将艺术从本体论上转到次要和衍生的实体领域，让人们接受没有艺术位置的世界图景，从而获得一种使艺术避免伤害的“辉煌方式”。这样，哲学史上就出现了两种对待艺术的根本态度：一种是消除艺术对哲学直接“侵犯”的道路，艺术虽然不再有

1 Plato, *Republic*, translated by Robin Waterfield, Oxford : Oxford University Press, 1993, 597a—597e.

2 阿瑟·丹托：《艺术的终结》，第6—7页；Arthur C. Danto, *The Philosophical Disenfranchisement of Art*, New York : Columbia University Press, 1986, P7.

3 阿瑟·丹托：《艺术的终结》，第6—7页；Arthur C. Danto, *The Philosophical Disenfranchisement of Art*, New York : Columbia University Press, 1986, P7.

危险但却若隐若现；另一种则是直接将艺术与哲学视为“同一”，丹托认为这便是黑格尔的策略，其实，更为重要的代表应该是谢林(Schelling)，因为只有他将“艺术哲学”作为“哲学工具总论和整个大厦的拱心石”。[1]

由此，丹托推论如下：“所以，把艺术视为哲学变形的历史存在之哲学，指出哲学就是艺术的变形，而这是对黑格尔的理论的巨大反讽：柏拉图抨击的第二部分还原成柏拉图抨击的第一部分，而坚决反对艺术的哲学，最终也坚决反对自身了。”[2]具体来解析，哲学似乎陷入到了自造的“圈套”之中，如果“艺术产生不了什么”并只是哲学伪装形式的话，那么“哲学也就产生不了什么”。这样，在丹托所处的现时代，最初攻击艺术的哲学论据的那个结构转而质疑了哲学事业。对艺术哲学进行的哲学治疗，反过来，这种步骤也能治疗某种瘫痪的哲学。可见，这位哲学家的真正意图仍是“为了哲学的艺术”，而非单纯意义上的“为了艺术的哲学”。

但无论怎样，艺术终结在哲学里面了，或者说，艺术被“哲学化”(philosophization)了。丹托认定，杜尚的启示，正在于此。“杜尚作品在艺术之内提出了艺术的哲学性质这个问题，它暗示着艺术已经是形式生动的哲学，而且现在已通过在其中心揭示哲学本质完成了其精神使命。现在可以把任务交给哲学本身了，哲学准备直接和最终地对付其自身的性质问题。所以，艺术最终将获得的实现和成果就是艺术哲学”。[3]这样，艺术就终结于自身身份之“哲学化”的自我意识中，但这并不是说，需要来生产哲学上的纯粹艺术品。艺术哲学的全部必须是艺术。这艺术无论体现什么样的本质，都能用一种真正的定义来表达，具有必要和充足的条件。艺术哲学必须与所有现在的和曾经存在过的艺术都一致。从现时代的情况来看，艺术无疑已经被哲学所渗透了，使得我们无法将艺术和哲学二者区分开来，也就是把艺术从美学使之陷入的冲突中解脱出来。

这样，丹托实际上是在完成柏拉图第二阶段的计划——“永远以哲学取代艺术”。最终，丹托唱出了这样的挽歌——“艺术”走出了“历史”，而走进了“哲学”——“当艺术使自身历史内在化时，当它开始处于我们时代而对其历史有

1 谢林：《先验唯心论体系》，梁志学、石泉译，商务印书馆 1977 年版，第 15 页。

2 阿瑟·丹托：《艺术的终结》，第 16 页；Arthur C. Danto，*The Philosophical Disenfranchisement of Art*，New York：Columbia University Press，1986，P17.

3 阿瑟·丹托：《艺术的终结》，第 15 页；Arthur C. Danto，*The Philosophical Disenfranchisement of Art*，New York：Columbia University Press，1986，P16.

了自我意识，因而它对其历史的意识就成为其性质的一部分时，或许它最终成为哲学就是不可避免的了。而当它那么做时，好了，从某种主要的意义来说，艺术就终结了！”[1]

还有重要的是，在丹托那里，“终结”（end）并不等于“终止”（stop）。丹托的最亲密的理解者也直接把“艺术的终结”等同于“艺术的死亡”，丹托之所以在艺术界这般有名，恐怕还是同这种原则性的“误解”相关。这样，“正在终止之物”（something stopping）与“行将终结之物”（something to an end）便被丹托区分开来。“终止”偏重于一种对外在事件的强迫制止，“终结”则是一种内在事件的自行完满后的结束。前者就好像一首曲子或一种叙事尚未演奏或叙述完，就被强行叫停；后者按照丹托本人的比喻，就好像一首曲子或一种叙事已经完成，没有什么别的东西可以再继续了，或者说再继续也没有什么意义了。

“艺术终结之后”的美学与文艺学探索

沿着丹托的思路，可以追问，“艺术终结之后的艺术”究竟应保持何种存在状态？几乎是在《艺术的终结》的十年多后，丹托才给出了明确的答案。这便是他在1997年出版的那本专著《艺术终结之后》里所要解决的，这本书的副标题就是“当代艺术与历史藩篱”，意思明显还是前者对后者的超逾。本书的主体架构源自1995年的春天，丹托受邀到华盛顿进行讲座，对讲稿进行了扩充后而成文并结集。

打开历史的视野，丹托眼中的艺术史更具有哲学意味。他认为，当艺术走向终结获得了“自身身份”的哲学意义后，那么，以19世纪后期的某一时刻为开端的“史诗探索”就已结束了。当然，这里的“史诗”应该是个比喻的说法，是对具有“历史意义”的一段艺术史的整体比喻。绘画虽然仍在“史诗般作品”中扮演着重要角色，但是其作为绘画的身份却在19世纪后期受到了两方面的质疑：一方面是技术的挑战，另一方面是文化的挑战。技术的挑战来自电影技术和照相术的历史性登场，照相术侵略性地承担了绘画原本肩负的很大一部分功能，电影虽来自绘画但却远远地将绘画抛在身后。这样，文化的挑战也应用而生，欧洲千年来的“真实再现的理想”遭遇了挑战，印象派所具有的艺术史

1　阿瑟·丹托：《艺术的终结》，第15页；Arthur C. Danto，*The Philosophical Disenfranchisement of Art*，New York：Columbia University Press，1986，P16.

逆转作用正在于此。同时，欧洲本土文化也要对外来文化（如日本和非洲）中的“艺术理想”加以“应战”，1912 年艺术里抽象的兴起就是对这种挑战的回应。

这样，丹托的结论就是，某种自 1300 年以来的绘画理念已经终止了。经过了 20 世纪绘画运动的巨大努力，其所提出的问题便成为——用哲学理论的形式来回答，绘画现在应该是什么？[1]实际上，丹托将“终结点”定位在了 1960 年代，因为，艺术就在这个时期找到了他所要极力找寻的东西：此时的艺术必须被理解为是“拥有自己的哲学”的艺术。

在这种情境下，丹托所谓“后历史艺术”渐入佳境：“七十年代是一个迷人的时期，其艺术史还不很清楚，但是我认为，它肯定是后历史艺术的第一个完整十年，它的特征是没有一个单一的运动，如五十年代的抽象表现主义或六十年代的波普艺术——或从错觉角度来说，八十年代的新表现主义。所以很容易把这十年一笔勾销，因为这十年什么都没发生，但事实上这十年所发生的事是一切事（everything）。这是一个金色的时代，对于度过这十年的人来讲它好像除了不是金色时代以外什么都是。我的看法是，赋予它特点的正是后历史的客观多元主义结构：不再寻求艺术的材质真理（material truth）。或者相反，大量艺术家继续接受那样的物质主义理想，艺术本质上构成了这种理想，但是他们感受到不再对他们感兴趣的任何东西作出反应，他们寻求他们感兴趣的不论它是不是真正的艺术。”[2]

如此看来，“后历史艺术时期”的基本特质便昭然若揭了。如上所见，“你可以做一切事”几乎定义了 1970 年代。因为艺术家们被解放了出来，“可以做任何事情或每一件事”，在许多情况下，这个口号在实践中都具有政治的合法性。换言之，在丹托看来，“后历史艺术时期”的标志就在于：这个时代的一切东西都是可能的，或者说，任何东西都是可能的。因为丹托眼里的“艺术界”看待自己经历了某种历史，其中没有什么是必然的，也没有什么是必须的，这

1 当然，丹托的主要论述领域是绘画，但是丹托其实关注的仍是整个艺术问题，绘画更多只是一种切入点（艺术的变化似乎在造型艺术领域更为明显），比如在《艺术终结之后》里面，他在谈到波普艺术的盒子、罐头瓶与日常用品的区别时，还提到了音乐（music）与噪音（noise）之间的区别、舞蹈（dance）与运动（movement）之前的区别，文学（literature）与一般写作（mere writing）之间的区别。Arthur C. Danto, *After the End of Art : Contemporary Art and the Pale of History*, Princeton : Princeton University Press, 1997, P35。

2 阿瑟·丹托：《艺术终结之后的艺术》，美国《艺术论坛》1993 年第 4 期，王春辰译，译文参见《世界美术》，2004 年第 4 期。

是一种可能性的和许可性的领域。

丹托希望，后历史艺术是按照“客观多元主义”的条件而创造的，所谓“客观的多元主义”的含义还是指“艺术不再有必须走的历史方向”，至少对艺术史而言正是如此，“没有比其他任何东西更真实的历史可能性”，这便是所谓“艺术熵”或“历史无序的时期”（丹托在此已将“文化之熵”平移到了艺术领域）。于是，丹托就从一种历史哲学的视角重新透视了艺术史。

早在《艺术的终结》里面，丹托所使用的哲学方法论，竟到处都充满着黑格尔的痕迹，特别是“三段论”（在扬弃前两者基础上辩证发展出“第三者”的方法）被近乎精纯地得以运用，丹托在该文里给自己设定的探索结构是这样的：

> 过去的七八十年间，艺术界疯狂的冒泡正是某种事物（它历史的神秘变化过程仍有待认识）的最终发酵现象，这种情况是可能的吗？……我首先勾画艺术史上两种更为人熟知的模式……令人感兴趣的事实是，虽然第一种模式主要适用于模仿的艺术，绘画、雕塑及电影，但第二种模式能包括它们，并且还能包括模仿难于表示其特征的大量艺术。最后的模式以如此广泛的方式适用于艺术，从而使艺术是否终结的问题获得了如艺术这一术语本身一样宽广的参照，……确实，解释存在于以下事实中，即绘画与其他艺术（诗歌和表演，音乐和舞蹈）的界限已彻底动摇了。……问题的答案是肯定的，由于已变成哲学，艺术实际上完结了。[1]

在这里，丹托所提出的最后的“第三种模式”，当然就是适用于阐释“艺术终结”的模式了。那么，前面两种“艺术史模式”究竟为何呢？按照丹托的意见，第一种叙事模式，“主要适用于模仿的艺术”，代表人物从艺术史的创始者瓦萨里到当代的代表贡布里希（E. H. Gombrich）不一而足。在这种艺术史模式里面，“进步观念”成为绝对的主导，甚至19世纪的绘画作为不断进步的行为还被当作人类真能进步的证据，这竟然是著名科学哲学家库恩的看法。“艺术史的进步模式”源自于瓦萨里，按照贡布里希的看法就是“把风格史当作对自然外观的逐步征服”的模式，这显然是一种“欧洲中心主义”的观念。

艺术史，至少是贡布里希所构想的那种绘画史，实际上已经终结了——丹

1　阿瑟·丹托：《艺术的终结》，第78—79页；Arthur C. Danto，*The Philosophical Disenfranchisement of Art*，New York：Columbia University Press，1986，P85.

托直接提出了这个惊人的观点。他之所以先对贡布里希发难，就是因为，上面提到的那种进步观念不仅体现于那本通俗而闻名天下的《艺术的故事》里面，而且在贡布里希的全部著作里，如《图像与眼睛》、《秩序感》乃至著名的《艺术与错觉》里都存在。[1]从“模仿”这个雄霸欧洲两千多年的观念来着眼，这种进步观念主要与“视觉复制”相关，这其实就是贡布里希《艺术与错觉》里面反复论证的“制作与匹配”的模式。这也正符合一种进步的逻辑，“正是对概念性艺术的图示进行的连续的、系统的矫正，直至运用新的模拟技巧匹配现实取代制作为止”。[2]其实，以模仿为主的视觉艺术史，正是在逐步地寻找一种“匹配”，亦即画家通过掌握技巧而得的视觉经验与真实对象提供的那种视觉体验之间的“匹配”。于是，“真实的视觉经验”与“绘画的视觉经验”之间的距离缩小，就标志着绘画的进步，并且，通过肉眼区别两者的不同程度，就能度量到这种进步究竟达到了何种程度。

这样，艺术便以一种“科学”所希望的方式，获得了“可证明”的进步，它承认视觉在此只是为人类心智完成一种“对再现的隐喻”。可见，丹托洞见到了艺术史进步观的两种内在特质：其一，是“科学范式”在其中起着重要作用，正如科学史亦被理解为再现与现实距离的逐渐缩小；其二，是“乐观主义”在其中成为基础，这种观念认定只要一点点地接受光明就能认知所有的未知领域，恰似绘画最终能显示一切那样，其背后的“假定”是——人类最终能认知一切事物。

从艺术史上看，“艺术史线性的或进步的样式（linear or progressive model）”，就这样先在绘画和雕塑，后在早期电影和后来的有声电影里面找到了“最佳范例”。由此，丹托推测“艺术进步的历史会倒退……直到（我推测）知觉相等物完全从艺术中消失。我们获得一种纯描述性的艺术为止，在这种纯描述的艺术中，言语取代了知觉刺激”。[3]所谓“倒退”，就是一种逆向流动，也就

1　其实，贡布里希的思想是很复杂的，未必如丹托看得那么绝对，因为贡布里希虽然以“再现”为主轴（以1960年的《艺术与错觉：绘画再现的心理学研究》、1982年的《图像与眼睛：绘画再现的心理学研究续》为代表），但同时以“装饰”（以1978年的《秩序感：装饰艺术的心理学研究》为代表）与“象征”（以1972年的《象征的图像：文艺复兴时期艺术的研究之二》为代表）作为两翼。但从更高的角度看，所有这些著作里面那种对人类进步观念的信任的确是共同的，这被丹托抓住后穷追不舍。

2　贡布里希：《艺术与错觉》，林夕，李本正，范景中译，浙江摄影出版社1987年版，第171页。

3　阿瑟·丹托：《艺术的终结》，第91页；Arthur C. Danto，*The Philosophical Disenfranchisement of Art*，New York：Columbia University Press，1986，P99.

是同进步观相反的方向而动。理由在于，“在每一知觉范围的 R 都能从技术中产生一个相等物时，艺术就会完结了，正如在 19 世纪，由于真有一种可能性使每一事物都被认识时，科学就会完结一样。……的确，自从制造知觉相等物的问题不再怎么困扰我们以来，我们或多或少放弃了艺术这种样式，而且在叙事成为一种艺术事实时，无论如何会有某些明确的限制出现。……我想提个哲学观点，只要艺术哲学依据知觉相等物技术的成功或失败来表述，就难于获得一个令人感兴趣的一般艺术定义”。[1]

第二种艺术史模式，则是来自于表现观念，丹托在此提出的代表性美学家就是大名鼎鼎的克罗齐，在 1902 年出版了《作为表现科学的美学》的克罗齐。这种模式可以适用于模仿之外的大量艺术。按照丹托的理解，以克罗齐为巅峰的表现观念，其实，就是“把知觉相等物的理论纳入感觉，使得预测出各种脱节，然后把这解释为由于感情。它好像承认情绪状态中的强烈特征，即感情，是涉及或指向某种对象或事态的；由于克罗齐假定艺术是种语言，而语言是一种交流形式，当作品能展示所表达的感情针对什么对象时(例如艺术家之妻)，就会产生感情交流。那时，现实显示这一对象的方式和可能显示它的方式间的脱节只是知觉相等物所针对的，知觉相等物不再标志着被艺术进步或艺术家制造的假象的精湛技术所遮盖的距离，而是存在于外化或客观化了的艺术家对表现对象的感情中。”[2]

这样，在丹托看来，这种表现观念的逻辑，真的站不住脚。假如像克罗齐那样把艺术视为“直觉即表现”或感情交流，那么结果是，由于表现的观念与相互的“不可比性”相伴，所以艺术也就恰恰不能历史了。或者说，“艺术表现理论的成功，也就是艺术表现理论的失败。它的成功由以下事实构成：它能以一种统一的方式，也就是感情表现，来解释艺术的一切。它的失败由以下的事实构成：它只有一种解释艺术的一切范式。”[3] 于是，按照“表现”的观念所见的艺术史，无非就是一个接一个的艺术家的生平史，因为艺术成为了每一个独特艺术家的相对物，殊不知许多艺术史都依据这种范式写就的。

---

1 阿瑟·丹托：《艺术的终结》，第 89 页；Arthur C. Danto，*The Philosophical Disenfranchisement of Art*，New York：Columbia University Press，1986，P97.

2 阿瑟·丹托：《艺术的终结》，第 93 页；Arthur C. Danto，*The Philosophical Disenfranchisement of Art*，New York：Columbia University Press，1986，P101—102.

3 阿瑟·丹托：《艺术的终结》，第 98 页；Arthur C. Danto，*The Philosophical Disenfranchisement of Art*，New York：Columbia University Press，1986，P107—108.

最终，丹托认定，由于“不再有理由把艺术看成具有进步的历史”，因此，第一种艺术史模式，亦即“模仿性再现观念连续发展的可能性”完全不存在了；同样，第二种艺术史模式，亦即“表现观念连续发展的可能性”也完全不存在了。只要把艺术想成再现，那么就能把艺术想成具有某种“实现进步样式的历史”；同样，只要把艺术视为表现或感情交流，那么，艺术家表现感情这个事实也仅仅是事实而已，即使艺术史有某种历史，也不会是关于艺术本质的。从历史上看，也是如此。“模仿论”及其艺术史模式，针对的是对模仿适用的艺术，“表现论”及其艺术史模式，则解释了模仿之外的大量艺术，但20世纪的艺术的最新发展又如何来解释呢？

这就涉及到丹托的第三种艺术史模式。这种模式是“与时俱进”的，因为“看起来仿佛我们这个世纪（指20世纪）艺术的要旨，就是拒绝所有不具有普遍性的合适答案的同时，追寻其自身身份的问题。利用康德著名公式的意思来说，艺术就像是无法满足任何特殊概念的某种概念式的东西”。[1]这种看待事物的方式，就引发出“另一种艺术史样式”，丹托称之为“以教育小说的叙事为范例”的样式。这个比喻最初总是让人费解，所谓“教育小说”，就是德语里面那个“Bildungsroman”，意指那些主人公获得自我意识后就终结了的小说。黑格尔的《精神现象学》不就是一部哲学版的“教育小说”吗？当精神获得自我意识时，历史便终结了。同理可证，当艺术史具有了反思“何为艺术”的自我意识时，艺术也就终结了。

这就必须区分出两种艺术史终结观念，贝尔廷已经在前面提到了这种重要的区隔（亦即“作为历史”与“作为学科”的艺术史的差异），那就是“作为历史”——的艺术史终结与“作为叙事”——的艺术史终结并不同一。无论是贝尔廷还是丹托，从最根本的意义上说，他们所见的艺术史的终结都皆意指后者，尽管被更多的人们按照前者的意思来“误读”！

丹托这样论述艺术终结与艺术史终结的关系：“哲学的观念是指出：艺术的终结，这意味着，艺术史的特定叙事的终结，这种叙事一直依据的是一直内在的历史（internal history），瓦萨里是我所知的一个好的范式（黑格尔是另外一个）。”[2]这里的论述，存在两个要点：其一，当哲学观念下放到艺术史理念

1 阿瑟·丹托：《艺术的终结》，第100页；Arthur C. Danto，*The Philosophical Disenfranchisement of Art*，New York：Columbia University Press，1986，P110.

2 Arthur C. Danto，*Encounter & Reflections*：*Art in the Historical Present*，Berkeley：University of California Press，1990，P339.

之中，就形成了艺术史终结的观念，这种观念并不是就“作为历史”的艺术史的终结而言的，而是指“作为叙事”的艺术史的终结，亦即艺术史叙事的终结。其二，丹托与贝尔廷一样，都将艺术史叙事终结之前的具有“霸权”地位的艺术史叙事模式，追溯到了那位欧洲著名的艺术史大师到瓦萨里那里，还有那位崇尚“宏大叙事”的德国老教授黑格尔，也被纳入到被批判的艺术史叙事模式代表的行列当中。

丹托定位了两个重要的年头——1550年和1828年。1550年就是瓦萨里《大艺术家传记》完成的那一年。丹托认为，“瓦萨里的强有力的叙事，给了我们一个很好的例子，我们拥有一种艺术的历史理论，这使得我们理解了大量我们不愿放弃的这种艺术史的意义”。[1] 进而，从1600年到2000年，亦即从瓦萨里确定艺术史叙事的基本范式至今，这四百年的短暂历史，一直被丹托视为一种退化到终结的过程，依据这个过程形成的观念，“绘画从此后一直被视为愉悦的存在”被解构掉了。其中，按照的贝尔廷意见，巴洛克的艺术史理论，或许根本就没有形成。丹托更多是从艺术叙事的角度来看待瓦萨里的，他认为，瓦萨里的构架是没有预见之途径的，它基本上是反革新(Counter-Reformation)的，只有一条沿着叙事道路去行进的方式，这一方式就是传统艺术史的叙事方式。

类似的是，瓦萨里和黑格尔，分别是贝尔廷为艺术史学所设定的边界的头尾两端。这两个重要的艺术史上的人物，前者开启了传统艺术史观念的基本范式，在后者那里，这种艺术史观念居然达到了登峰造极的程度。贝尔廷认为，那位艺术家埃尔韦·菲舍尔所宣布的终结了的艺术史事业，其实，就起始于瓦萨里1550年完成的著作《大艺术家传记》所体现的艺术史观念。按照这种肇源性的观念，历史被视为人类生活的一面镜子，这本书是要为读者解释各种事件发生的过程，这样就能在艺术遗产中“甄别优劣”，并洞见出“一种艺术风格及其兴衰的本质和原因”。

受到传统艺术史的“历史性的陈述模式”的支配，一种进步的历史观得以真正成形：“历史性陈述的模式和艺术观念本身之间的相互关系在19世纪以前很久就被建立起来了。……历史的发展就是这样，既可以被解释为向预先假定的规范的趋进，因而被看作是进步的，也可以被解释为一种从规范的退离，因而是在衰退。在这种模式下，艺术作品仅仅相当于一个中间的阶段，一个向着

1　Arthur C. Danto，*Encounter & Reflections*：*Art in the Historical Present*，Berkeley：University of California Press，1990，P337.

规范的完善不断发展路线上的中间站。尽管每一个作品自身是完整的，但它在朝着规范发展的方向上总是保持着开放的结局。这样一种(事物发展的)规范将会打乱艺术作品的静态的特征，然而这个规范在未来的完善的可能性中确实可能的，它使每一个艺术成果相互关联，并置于一种历史性的进程之中……"[1]

瓦萨里正是这种艺术进步观的始作俑者，这毋庸置疑。他的《大艺术家传记》乃是艺术史学的肇源之作。不过，瓦萨里艺术史观特殊的地方，在于他按照文艺复兴时代的历史编纂学规范，设计了一种"理想的或古典美"的标准。这样，向着规范的不断完善，就成为了向着一种普遍的古典主义的历史性进步，任何其他艺术样式都必须以古典主义的风格规范作为高度标准，并以此来衡量其自身的价值。这种观念被艺术史家温克尔曼(Winckelmann)几乎全盘继承了下来，只要想一想他的"高贵的单纯，静穆的伟大"的古典艺术标准，[2]还有从这种艺术标准出发所作的比较和判断，就会知道，瓦萨里的艺术史观通过温克尔曼这些艺术史上的路标式人物被逐步确定了下来。深描艺术的兴盛与衰落之势，是他们共同的理论任务。这是一点。还有一点，瓦萨里的古典主义观念还呈现在，他依据当时生物学意义上的(生长、成熟和衰亡的)循环思想，用这种思想的重复性来重新阐释了艺术发展模式的"再生或复兴"。其中的潜台词便是，艺术的循环发展到古典阶段方为顶点。只要想一想文艺复兴时代的整个历史(包括艺术走势)的倾向，就会理解那种"旧瓶装新酒"的方式，古代循环与近代循环之间的类似性之寻求，都带有特定时代历史观的痕迹。

总体观之，丹托和贝尔廷是有共同点的，他们都起身反对一种"艺术史线性的或进步的样式"。丹托甚至逆艺术变迁而动，直接"推测艺术进步的历史会倒退"！按照丹托的看法，艺术中对抗着进步的范式，亦即它一个接一个地散落在一连串的个别活动中，所以，艺术史决无某种可以推测的未来。贝尔廷则认为，历史性陈述的模式和艺术观念本身之间的相互关系，早就被建立起来，但在这种历史发展模式占据统治的语境下，大多数这样的艺术史家在写作时从未感到有必要反思他们的"进化模式"，或者审视现代主义乃至后现代艺术所暗示出的历史断裂。

实际上，他们对艺术史的反思虽是异曲同工的，但是，丹托更趋向于一种

1 汉斯·贝尔廷:《艺术史终结了吗？》，常宁生译，湖南美术出版社 1999 年版，第 295—296 页。

2 [德]温克尔曼:《古代艺术史》，《世界艺术与美学》第 2 辑，文化艺术出版社 1983 年版，第 360—366 页。

走向零散化的“历史非决定论”，而贝尔廷则是一位坚定的“历史主义者”。与丹托的“后历史”观念迥异，贝尔廷一直认定艺术并不能脱离历史而发展。他的观念可以概括为那一句话——“艺术的形式是一种历史的形式”。这是由于，艺术作品一方面所见证的不仅是艺术而且是人，另一方面还见证了未失去与人的联系的世界，这样人类在其有限的世界观和有限的表达范围中才能揭示他的历史性。

在《艺术终结之后》，丹托的艺术史哲学又有所发展。从公元的纪年来说，丹托在自己内心将西方艺术史划分出三段，亦即三个主要时期，第一个时期大约是从1300年左右开始，第二个时期大约是从1600年开始，第三个时期大约是从1900年开始。[1]这是他对整个西方艺术史观照后的结论，艺术史被切开为三段，但更重要的是丹托如下的划分，这种划分是依据艺术史的叙事逻辑而得出的。

无论如何划分，我们都发现，丹托实际上深得黑格尔著名三段论的精髓，在一系列的艺术史考量里面都运用自如，且看丹托如下两段论述里面另一种形式的划分：

> 西方艺术史分为两个主要的时段，我们称之为瓦萨利的时段与格林伯格的时段。两者都是进步主义的。瓦萨利，具像性地来诠释艺术，随着时间的推移，可以看到它越来越好地“征服了视觉的表象”。当移动的影像证明比绘画更能描摹现实的时候，关于绘画的叙事就终结了。现代主义开始通过要求绘画依据于此做些什么了吗？这开始查明它自身的身份。格林伯格依据艺术条件的鉴别来定义了一种新的叙事，特别是绘画艺术与其他任何一种艺术有哪些差异。[2]

因而被勾勒出的是，艺术史的大师的叙事……是一种模仿的时代，随后就是意识形态的时代，再随后就是我们的后历史的时代，在最后这个时代，所有的东西都伴随着品质而逝去了。每一个时代都以一种不同的艺术批评结构作为特征。在传统或者摹仿时期里的艺术批评，是建立在视觉真理的基础上的。在意识形态时代里的艺术批评结构……特征性地将其自身什么是艺术的哲学理

1　Arthur C. Danto，*Encounter & Reflections*：*Art in the Historical Present*，Berkeley：University of California Press，1990，P340.

2　Arthur C. Danto，*After the End of Art*：*Contemporary Art and the Pale of History*，Princeton：Princeton University Press，1997，P125.

念，建基在被接受（为真理）的艺术与其他不是真的艺术之间的排他性的区分之上。后历史时期被哲学与艺术之间的分离方式所标志，这意味着，在后历史时期的艺术批评必须像后历史艺术自身那样是多元的。[1]

在此，我们能够看到丹托心目中艺术史"大叙事"的整体结构。在第一段论述里面，丹托先将艺术史区分为"瓦萨利的时段"和"格林伯格的时段"两个时段；在第二段论述里面，则继续区分出"模仿的时代"——"意识形态的时代"——"后历史的时代"这三个时代。其实，这出现在同一本书的两种区分是一致的。因为，所谓"瓦萨利的时段"也就是"模仿的时代"，所谓"格林伯格的时段"就是"意识形态的时代"，它们都是持"进步主义"观念的艺术叙事阶段，关键是而今出现的第三种叙事模式："后历史的艺术叙事模式"。

如果大致将艺术发展史归入其中的话，可以说，"模仿的时代"大致相当于前现代艺术时期，"意识形态的时代"大致相当于现代主义艺术时期，那么，"后历史的时代"也就大致相当于当下还在延续的后现代艺术时期了。必须指出，丹托这里的艺术发展史主要是就造型艺术而言的。在模仿的时代，无论是艺术家还是欣赏者都还是按照"具像的原则"来看待艺术的，但随着人们逐渐掌握了相关的规律，特别是运动图像技术的到来，使得艺术的历史得到了深入的转切。[2] 因为，在诸如电影这种有赖于技术的艺术大发展之下，电影制造幻象的能力已经完全超越了画家的手创，这便使得人们不得不重新思考绘画的本质。这样，瓦萨里式的历史持续进入到移动图像，其中，完全的叙事被作为表象的技术后果而组构起来，而后绘画却逐渐走向更哲学化的道路。与此同时，在现代主义艺术运动之初，也就是在所谓的"格林伯格的时段"或"意识形态的时代"，19 世纪原始艺术（primitive art）对西方艺术界的入侵所带来的挑战，亦同西方文明信仰之衰落直接相关，这确定了原本那种艺术史叙事的终结。[3] 在这里，丹托所举出的艺术家是保罗·高更（Paul Gauguin），因为丹托相信现代主义的几乎所有策略，都能在高更的艺术革新中找到踪迹（事实并非如此）。这

1 Arthur C. Danto，*After the End of Art*：*Contemporary Art and the Pale of History*，Princeton：Princeton University Press，1997，P47.

2 丹托将瓦萨里的艺术史模式加以普泛运用，特别是向前拉伸了时间，将瓦萨里 1550 年建基的模式拉到 1300 年（丹托心目中）艺术史开端的时期，并直至 1900 年左右现代主义开启之时为止。

3 Arthur C. Danto，*Encounter & Reflections*：*Art in the Historical Present*，Berkeley：University of California Press，1990，P340—341.

样，艺术史叙事的前两个阶段都被勘定了下来，它们内在的动力便是上一节所批判的线性历史进步观念，这从现代主义艺术要求“创新、创新、再创新”的力量里足可见一斑。

前两种艺术史叙事模式，被丹托视为两条失误的道路：“第一条失误道路，就是通过图像化来紧密地确定艺术。第二条失误道路，就是格林伯格的唯物主义美学，其中，艺术厌恶了通过图示内容所确信的东西，因而厌恶了错觉。”[1] 由此可见，先前的艺术史叙事——瓦萨利的时段和格林伯格的时段——按照目前理解艺术史的方式，它们并没有“以适当的哲学形式”提出关于“艺术本质”的问题。而丹托的潜台词则是：潜在于整体艺术史下面的目标，似乎就是以适当的哲学形式来阐明“什么是艺术的本质”的问题。

这里的关键是，第三个阶段的艺术史叙事模式，亦即丹托所谓的“后历史”的艺术叙事模式的出现。这种叙事模式，对前两种叙事模式无疑产生了巨大的颠覆，其中，最根本的颠覆就在于对“进步主义”的反驳和遗弃。当然，当历史不再被视为由低向高、逐步上升的发展过程的时候，当历史的不可逆的进化被悬隔的时候，当后现代的时间观念走向了零散和碎裂的时候，不得不说丹托也具有某种后现代主义所独具的心态。所以，在他看来，现代主义就是一系列“本质主义”（essentialism）的呈现，哲学家们曾称之为对艺术本质是什么的“具有说服力的定义”，而今却再度受到了置疑。这种置疑显然来自对“现代”的怀疑。现代主义时期，在此被视为一种具有“异质性”的时期，它在作为艺术的事物等级当中得以呈现。然而，在20世纪60年代，丹托发现了沃霍尔的艺术。沃霍尔说明了，任何事物，如果成为艺术品，都能与看似好像不是艺术品的东西相匹配，所以，艺术与非艺术的区别并不在通常所见的那样——每一个东西都能撞击我们的眼睛。而一旦人们意识，我们要寻找这些东西表面熵的区分化特征（differentiating feathers），那么，“我们就身处在一种哲学的非历史（unhistorical）氛围当中。而一旦艺术制造者超出了发现艺术本质的任务，就可以发现艺术超离了历史。”[2]

在后历史时代，艺术的叙事，重点就是要回到艺术本质的问题。丹托认为，“艺术真的是什么与何为艺术的本质的问题”非常重要，“正如我所见，这

1 Arthur C. Danto，*After the End of Art*：*Contemporary Art and the Pale of History*，Princeton：Princeton University Press，1997，P107.

2 Arthur C. Danto，*Encounter & Reflections*：*Art in the Historical Present*，Berkeley：University of California Press，1990，P344.

个问题的形式是：在艺术作品与非艺术作品的东西之间，当它们之间的区别并不在于兴趣的知觉的时候，如何做出这二者之间的区分？"[1]这样，在丹托的视域里，某一叙事说明了被给定时期中艺术史是如何进步的原因，在于它包含了艺术是关于什么和什么是叙事的概念。换言之，艺术史的每一叙事都提出了其自身的艺术本质的概念。为了支持这种观念，丹托认为每一时期都有其自身的风格，这些风格被有些反常地理解就组成了该时期的艺术的定义。

我要以有些反常方式来运用风格一词，目的是为了得到我要讲述的历史。我将用这种方式来用这个词：一种风格就是艺术品的主要部分所分享的一系列特质，如果进一步被哲学地定义的话，它就是成为一件艺术品的东西。在一个伸展的历史时期，一件艺术品，特别是视觉艺术品，被想当然地认为是一种摹仿…… "摹仿"被认为是一种从亚里士多德到十九世纪直至二十世纪对什么是艺术的问题的标准的哲学解答。于是，我所用的摹仿，就是一种风格……伴随着现代主义的出现，摹仿成为一种风格，或者如我所称的，叫做宣言的时代……如我所见，当哲学与风格分离的时候，这个宣言的时代就走向了终结，因为"什么是艺术"这一问题的真实形式出现了。这大约是发生在1964年左右。[2]

丹托的意思是，叙事必须提供一种从某一叙事到下一叙事的艺术史的目标，这一目标必须在1964年得以现实化（这同前面提到的沃霍尔展出的作品直接相关），这也就是他宣称艺术终结的时候。根据理解者的阐发，其中包含的意思有："（1）艺术史的每一个时期都被其自身的叙事所统治，这叙事在特定的艺术史时期中都测量着进步；（2）每一个叙事都包含着什么是艺术的概念。这使得某一艺术史时期成为可能——艺术史的特定叙事——走向了终结。当艺术品得到被叙事（当摹仿的时代过程中所发生的，当艺术品得到了完美的图示再现，或者在现代主义的过程中，以哲学的适当形式提出"什么是艺术的本质"的问题的时候）所详细说明的目标的时候，一个时期就终结了；（3）一旦"什么是艺术的本质"的问题被以哲学的适当形式提出，事实上，现代主义就终结了。"[3]

1 Arthur C. Danto, *After the End of Art*: *Contemporary Art and the Pale of History*, Princeton: Princeton University Press, 1997, P35.

2 Arthur C. Danto, *After the End of Art*: *Contemporary Art and the Pale of History*, Princeton: Princeton University Press, 1997, P46.

3 Sondra Bacharach, "Can Art Really End ?", in *The Journal of Aesthetics and Art Criticism*, Vol.60, No.1,(Winter, 2002).

实际上，丹托的解释，确定了测量艺术史从某一叙事到下一叙事的“进步的标准”，这的确是可能的。这样，在特定艺术史时期之内的测量进步的准绳，也就是一种测量从某一时代到下一时代进步的准绳。每个时代的艺术史叙事开始后，叙事不仅仅提供了特定艺术史时期的叙事，而且也提供了一种——适用于所有来自先前时期之先前艺术品的——艺术史叙事。举例说明，比如表现主义与形式主义都是这样的理论，它们都宣称能够对所有先前的艺术史时期的作品进行评论并与之相适应。特别是克里夫·贝尔(Clive Bell)与罗杰·弗莱这样的形式主义理论，认为他们的诸如“有意味的形式”的观念，尽管是阐释印象派和后印象派绘画中得出的结论，但也同样适用于先前的艺术史。更扩展来观之，艺术史的现代主义叙事解释了现代主义过程中的作品，它以适当的哲学形式尽力来阐明“什么是艺术的本质”的问题。另外，这种叙事也再度解释了来自先前艺术史时期的艺术品，诸如来自丹托所谓瓦萨利的时段的艺术，也是可以按照目标被现代主义理论所阐明的。在特定时期之内，不仅存在着测量艺术进步的标准，而且，艺术的进步从瓦萨利的时段直至现代主义一直在移动着。

在丹托的这种解释之中，我们从一种叙事移动到另一种叙事，我们将一直看到先前的叙事是虚假的或错误的。因为，每一个新的叙事都声称已经发现了适当的或匹配的理解道路，不只是理解其自身时期的艺术品，而且也理解来自整体艺术史的作品。这样，我们就能得到丹托内心中艺术史叙事的基本构架：

历史阶段	前现代时期	现代主义时期	后现代时期
时间顺序	从1300年到1880年	从1880年到1965年	从1965年至今
艺术史时段	模仿的时代 (Era of imitation)	意识形态的时代 (Era of ideology)	后历史时代 (尚不明确的当前时代)
艺术史大师叙事	瓦萨里时段	格林伯格段 (后瓦萨里时段)	当代时段 (没有大师叙事的时段)
艺术的历史趋势	艺术使得自身意识到作为“美的艺术”(fine art)而存在。“模仿—艺术”(mimetic-art)为了更忠实于活生生的可见经验而努力，乃至要准确地再现视觉经验。	“后—模仿艺术”(post-mimetic art)从“视觉向内心”转换，通过一系列的风格，来寻求“表现”和“自我探求”而非制造错觉。现代主义是被宣言所标识的时代，具有进步和历史必然性的意义。	这是多元文化的艺术(multicultural art)时代，艺术的本质被看作是一个对可能性开放的领域。这是一个不再有“大师叙事”的艺术时代，缺少制作艺术的风格而只有对风格的借用。

如此看来，丹托的艺术史观念也昭然若揭了。首先，艺术史能被分成不同

的时期，每一个时期都有其自身的叙事来统治该时期的艺术。某个被给定的时期的叙事，都描述了指向该时期过程中的艺术进步的目标，都详细说明了该时期过程中的艺术的内在发展。每一叙事都要搞清楚：某一特定艺术史时期是如何进步的并走向什么样的终结的。叙事及其目标详细说明了承继的、真实的艺术史的时期。其次，正因为每一个时期都被不同的叙事所统治，这种叙事图绘了这一时期过程中的艺术进步，每一个时期同样也有其自身的区别性的艺术批评。某种叙事提供了理解被给定时期过程中的艺术发展的途径。

当然，丹托提供给叙事的说明，只适用于艺术史中的特殊时期。但是，丹托也声称要提供一种艺术史哲学，这根据于这种可能性：将不再有艺术史的叙事，将不再有艺术史的时期。的确，他要提出一种艺术史的新说明，以来阐明所有艺术史的终结都是可能的。

重思美学："美的滥用"

在2003年，丹托出版了《美的滥用》一书，作为他晚期的代表作，丹托本人对这本书非常看重，认为这是他的美学三部曲的最后一部，认为这是他回到了反思"美学"的重要专著。早在2002年，丹托就曾发表过与本书同名的文章，[1]对于美的问题开始进行重思。然而，丹托本人的看法并不完全准确，因为这本书除了继续重复此前的创建之外，丹托只指明了当代分析美学的某种发展趋势——那就是美与艺术的彼此分离。换言之，丹托回到了对美的问题的反思，而这个问题在20世纪60年代之后的分析美学当中已经变得不重要了，而丹托却旧话重提：

> 在《平凡物的变形》中我所提出的两个条件，可以简缩为"如果x代表一种意义，它就是件艺术品"，其主要优点恰恰是其缺点。我的具有原型的定义（proto-definition）当中所缺少的，如我所知，正如60年代的所有定义中缺少的，都是对美的任何提及，这是20世纪初概念分析家（conceptual analyst）所提出的首要条件。美既已从20世纪60年代的高级艺术中消失了，又从那十年间的高级艺术哲学中消失了。如果任何物都可能成为艺术品，那么美就不可能成为任何艺术定义的一部分，特别是当不

1 Arthur C. Danto，"The Abuse of Beauty，" *Daedalus*（Fall 2002），P35–56.

是每一件物都是美的时候。美可以作为某一析取项(disjunct)被列在欣赏词汇表当中，……20世纪60年代以来，美罕有地出现在艺术期刊上都难免受解构主义式的窃笑。[1]

然而，在以艺术为绝对研究核心的分析美学的视野当中，这种重寻美的努力仍是与对艺术的探讨结合在一起的。分析美学总是将自身与艺术哲学等同起来，但是在丹托那里所用的“美学”内涵似乎总是关乎“美”的。早在《平凡物的变形》的第4章《美学与艺术作品》(Aesthetics and the Work of Art)和《哲学对艺术的剥夺》的第二章《艺术品的鉴赏与阐释》(The Appreciation and Interpretation of Works of Art)当中，丹托都曾从哲学的角度探讨过美学与艺术的关联。

一方面，在丹托看来，艺术与美学是偶然相关的，二者的关联无关于艺术的本质。当代“美”的命运，就是同上世纪60年代后期产生的艺术是相关的，也就是同“艺术终结之后”的艺术状态是相关的。如前所述，在丹托划定的艺术终结之后的事实，还有他所划定的“艺术时代”之前的事实共同表明，“艺术与美学之间的联系是一种历史偶然性，它并不属于艺术的本质的一部分”。[2]这意味着，美学与艺术的关联是在欧洲启蒙时代被联系起来的，丹托认定这种历史关联是一种历史的偶然，这的确是欧洲文化的产物，这从非西方文化的角度就可以看到。但丹托仍更进一步，认为艺术的本质并非与美学是内在相关的，而是在“非美学”的语境当中发展的(早在杜尚那里所创造的就是一种“非美学的艺术”)。

另一方面，“美学既不属于艺术的本质，也不属于艺术的定义”。[3]根据20世纪艺术哲学的贡献，或者依据60年代至今的当代艺术状态，可以看到，某种东西之所以成为好的艺术品，并不是不需要是美的。简言之，好的艺术未必是美的。丹托认为，只是“启蒙运动”赋予了美以至高无上的地位，而这种影响力却持续至今，丹托认为“美的概念”就将阴霾一样笼罩着艺术哲学。这通过反例就足以证明，诸如“恶心”、“卑贱”甚至“愚蠢”都可以在当代艺术当中扮演重要的角色，而且事实证明，它们也已经扮演了压倒了美的重要的角色。

1 Arthur C. Danto, *The Abuse of Beauty*, Chicago and La Salle：Open Court, 2003, P25.

2 Arthur C. Danto, *After the End of Art*：*Contemporary Art and the Pale of History*, Princeton：Princeton University Press, 1997, P25.

3 Arthur C. Danto, *The Abuse of Beauty*, Chicago and La Salle：Open Court, 2003, P59.

正是在当代艺术实践的基础上，完全可以断言，美学既不能被用以去界定艺术之为艺术，也与艺术的本质规定是毫无关系的。

尽管美没有在分析美学的艺术定义和本质观念当中得以（消极意义上的）“滥用”，但是，在现实生活当中却被（积极意义上的）“滥用”了。这就与丹托对于美的领域的划分，除了（聚焦于艺术的）艺术美与（以自然为中心的）自然美之外，还应存在“第三领域之美”（Third Realm Beauty）。

与这个崭新的美的领域相关，丹托赋予了其一个崭新的范畴——“美化”（beautification）。显然，这个概念与当代欧美学界所用的“审美泛化”（aesthetization）这个术语是不同的，但是其内涵确实相似的，丹托的用语从“美”而非“审美”而来。按照丹托的意见，“第三领域的美就是某种事物只有通过旨在美化的行动才使之拥有的美。总之，这就是美化的疆域。在这个疆域里面，事物的美就在于它们是被美化的”。[1] 进而，丹托提出了这个领域是不可能被黑格尔那种“清教式”的哲学所关注的，恰恰因为黑格尔的形而上诉求以及将美学等同于艺术哲学的倾向。比较具有新意的是，丹托对这“第三领域之美”的存在还进行了初步的探索，它既与处于所谓“最高地位”上的艺术没有内在的关联，而且该新领域的基本性质也不能仅仅以“美”来规定。相反，丹托看到了这个领域属于社会生活领域的复杂性，认为该领域更多是与“道德方面的考虑”是内在相关的，甚至还具有某种“政治因素”被包含在内，而这些都是晚近时期才能被人们所认识到的。遗憾的是，丹托只是看到了这个领域的无限前景，但是囿于艺术的视角使其在这方面难以有新的建构。

然而，在丹托的思想的深处，始终仍认为生活较之艺术更为重要——“这恰恰因为艺术自身与其它生活是密不可分的。当人们把美置于生活语境内的艺术中时，如果预言美将是未来的问题，就是含蓄地说，整个生活都将是未来的重要问题，而美则在这种生活当中扮演觉得。”[2] 这也与我们所说的“生活美学”实际上也是内在相通的。

述评：从“本质主义”与“历史主义”的悖论看

从总体上，如何看待丹托的美学观点？这的确是一个难题，因为他的思想

1 Arthur C. Danto, *The Abuse of Beauty*, Chicago and La Salle : Open Court, 2003, P68.

2 Arthur C. Danto, *The Abuse of Beauty*, Chicago and La Salle : Open Court, 2003, P124.

展现出来丰富性可能还要进一步加以阐释，的确也由此发生了许许多多的论争。[1] 我们还是要从西方与非西方的两个角度来看。

首先从非西方的角度来看，我们以艺术终结问题为例说明。当艺术终结从当代欧美文化内部"自发"地、"内源式"地生成之后，它随着"全球化"的脚步，而迅速"介入"其他非西方的文化境遇的时候，必然经历了一个又一个"后发"的、"外源式"的历史性转换过程。如是观之，"艺术终结"问题就可以被转化为两类：一类是以欧美后现代文化所领衔的"先发"艺术终结，它从产生之初发展到当下都带有"欧美中心主义"的色彩；另一类，则是由前者所唤起的世界其他地区的——"后发"艺术终结，特别波及到东亚、南美和北非这些地区。这样，依据逻辑推演所设想的如下后两种"全球化模式"就不复存在：其一，由欧美文化所首倡而后才波及全球许多地区，由于文化语境的差异，从而展现出问题被变异后的各种性质；其二，欧美世界与世界各地（或许只是几个地区）是几乎"共时性"地提出了终结问题的，由文化的差异而展现出一种"趋同"的倾向；其三，随着欧美文化的全球化的汹涌奔腾，世界各地的"艺术终结模式"变得一模一样，全球化就等同于文化和艺术的"同质化"。

显然，如果承认历史文化处于不同的阶段（这里并不存在对"先发"与"后发"的价值判断），承认艺术终结问题最初是欧美后现代文化的成果，那么，就可以否定第二种情况。如果不承认"全球化"就等于世界文化的"一体化"，它还要包容多元文化的"共生"内涵在里面，那么，就可以否认第三种情况。这样，唯一存在的第三种情况就是历史的实情。当代艺术终结问题，都是由世界某一地区率先创生出来，具体来说，经过由丹托和贝尔廷在 1984 年的首倡，这个问题才逐渐先是（几乎是同步地）拓展到整个欧美世界，再又随着被推波助澜而继续延展和蔓延，从而被世界各地的不同文化所内在涵化和加以变化。

实际上，欧洲近代文化所孳生出来的，恰恰就是两个东西——"思辨美学"和"自律艺术"。而无论是"思辨美学"还是"自律艺术"，对古老的东方文化来说，都是舶来品。当然，对于非洲和北美的土著文化，还有后来的各大洲的土著文化而言，也都是外来物。在古老的东方，古典东方文化里面的审美对

---

1 这些围绕丹托的艺术终结论展开辩驳与论争的文章，诸如参见 *History and Theory*，Vol. 37，No. 4，*Theme Issue 37*：*Danto and His Critics*：*Art History*，*Historiography and After the End of Art*（Dec.1998）. 后来，在美国的《美学与艺术批评》杂志 2001 年冬季号（第 59 卷，第 1 期）上面，又围绕着丹托的一个具体的观点"视觉本身是否有历史性"进行了论战，丹托自己对视觉的历史性的否定也遭到了许多学者的反对。

应物因其自身的“泛律性和综合性”，而同欧洲艺术及其后来的发展大异其趣。起码，根据东方的古老经验，艺术就并未被纯化为一种“美的艺术”，而是融化在其他技艺活动形式之中。多数东方国家的古代情况都类似于此，甚至许多东方国度根本就没有艺术这类的东西(只有一些与实用密切相关的技艺之类的相关形式)，这就又同欧洲文化的境况绝对不同了。甚至像非洲原始文化里的器物，那些曾对高更、毕加索的现代主义艺术产生重要影响的所谓“艺术品”，如果还原到土著的文化情境里面，也并不是现代意义上欧洲审美的意指物，而恰恰是欧洲文化对非洲的一种戴着有色眼镜的“返观”和“误读”。

这样，问题就来了。既然大多数国家原本没有“艺术”，而只有比艺术范围更大的审美意指物，那么，当“艺术”这种事物舶来之后，就必然经历一个逐渐完善自身过程。无疑，“前现代——现代主义——后现代”的发展辩证法在欧美文化那里是充分展来的。在欧美文化的内部，“艺术终结”的提出，也就是从前现代、现代主义直到后现代发展的“必然结果”，这就是为什么“艺术终结”问题被调用到后现代的语境当中。相形之下，即使对于东亚、北非、南美这些文化来说，更不要说那些更为后发性的文化，却处于不同层级的艺术走向完善的发展阶段。这样，由此的结论是：“艺术的终结”更多是就欧美当代艺术和美学状态而言的，放在全球化的语境里面，并不具有“普世性”。这正是由于，每种文化的艺术都处于不同的历史阶段，不可能面临着同样的问题。那种将欧美问题视为全球问题的，只是一种世界范围内的“剧场假相”。因此，“艺术的终结”，并不是一个“全球化”的问题。

更具体地说，在以欧洲为主导的“现代性”这段历史展开“之前”与“之外”，艺术都没有“产生”出来。这样，一方面，在启蒙时代“之前”作为总体的“美的艺术”概念尚未出场，另一方面，在欧洲文化“之外”，艺术的观念更多是一种“舶来品”，无论是古老的亚洲、非洲还是美洲的土著文化，都原本不存在“艺术”的“观念”。现代人将所撰的西方艺术史延伸到现代性之先，是获得了“艺术视界”后反观“自身”的结果；从现代时期开始所见的亚非拉的古老艺术，亦是有了“艺术视界”后反观“他者”的结果。艺术的生长与发育，的确还是“全球性”的问题，这是毋庸置疑的。然而，艺术的终结，却并非是全球同步的。这就需要展望：未来的各种艺术，在走向终结的征程上，是一同撞线的呢？还是先后撞线的呢？对此，恐怕只能给出“或然判断”：既然各种艺术的起始是不同的，是处于不同的历史过程里面的，那么，艺术的未来的终结，也可能就是在不同的时刻、不同的地点渐次出现的。

再从西方的观点来看。在英美分析美学的语境当中，丹托的艺术终结观点，必然受到许多美学家们的质疑，无论这些美学家是持传统的艺术观念，还是持现代主义抑或后现代艺术观念，都会对丹托这种激进的观念做出反驳。[1]其中，最重要的一位美学家，或者说打击到了丹托理论要害的美学家就是卡罗尔，丹托在《丹托与其批评者们》这本书里面高度赞扬了他的对手卡罗尔对他的解释。可以说，由此而形成的"丹托—卡罗尔"之争，具有重要的美学价值乃至哲学意义。

按照卡罗尔的分析，丹托的艺术终结，既与艺术的"自我定义"相关，又内在维系于分析美学对于"语言"的关注，其内在的逻辑是这样推导出来的：[2]

1. 如果 x 是前卫艺术，那么 x 的条件便揭示了所有艺术的条件（前提）
2. 绘画是前卫艺术（前提）
3. 如果绘画要提出艺术自我定义的任何，那么它必须是可以言说的（前提）
4. 绘画在本质上是不可言说的（前提）
5. 因此，绘画不能提出艺术自我定义的任务（由 3 和 4 得出）
6. 如果绘画不能提出艺术自我定义的任务，那么，我们就达到了绘画艺术之终结（前提）
7. 因此，我们就达到了绘画艺术之终结——这便是绘画的条件（从 5 和 6 得出）
8. 因此，我们就达到了艺术的终结——所有的艺术都已终结（从 1、2 和 7 得出）。

实际上，卡罗尔反对丹托，首要的指责就在于指出：丹托是在狭隘的"循环论证"中来论述其艺术终结的论题的。[3]因为，依据卡罗尔的理解和阐释，丹托的艺术终结命题，必定预先假定或者先在设定了一种"艺术基本理论"。丹托之所以用艺术终结命题去补偿他自己的艺术基本理论，其中的深层原因，就在于否定未来存在"反例"的可能性，从而使得他自己的观念保持自洽与和谐。

---

1 Noël Carroll, "The End of Art ? "; Robert Kudielka, "According to What : Art and the Philosophy of the End of Art", in *History and Theory*, Vol. 37, No. 4, *Theme Issue 37 : Danto and His Critics : Art History, Historiography and After the End of Art* (Dec.1998).

2 Noël Carroll, "The End of Art ? ", in *History and Theory*, Vol. 37, No. 4, *Theme Issue 37 : Danto and His Critics : Art History, Historiography and After the End of Art* (Dec.1998).

3 Noël Carroll, "Essence, Expression and History : Arthur Danto' s Philosophy of Art", in *Danto and his critics*, ed. Mark Rollins, Oxford : Blackwell Publishing, 1993, P 79—106.

还是先来回顾一下丹托的艺术哲学观念。丹托认为，一件艺术品的“定义性特征”（the defining features），就在于它的显明的特质，尤其是“要成为一件艺术品就要(i)关于某物的，并且(ii)体现其意义”[1]。显然，这样的艺术定义是独特的，反而，在丹托之前，艺术主要的基本定义导致了自身的衰落和失败。正如艺术史所证明的，在未来创造的任何艺术都可能提供出一种基本艺术定义的反例，这定义是有赖于艺术品的显明特质的。比如说，在欧洲历史最悠久的“模仿说”，它作为一种艺术的基本定义方式，就面临诸如新写实主义艺术实践的质疑。既然新写实强调摹本与原本的近乎等同(尽管实际上并不可能)，这在学理上就抹煞了摹本模拟原本的摹仿性关系，它显然需要另外一种新的话语来解释。这便是“模仿说”的反例，一种从正面发展到了极端的反例。当然，更不用说浪漫主义兴起以后，对艺术“模仿说”的反面攻击的那些反例了。同理可证，随着历史发展，直面艺术的“表现说”，也出现了大量的反例，使得艺术的基本定义无法做出回答。

同时，卡罗尔后来还有一段对丹托艺术基本定义的解释：“丹托没有直截了当地陈述他的艺术定义，但是他似乎确实相信某物只要满足以下条件，它就是一件艺术作品：(1)它是关于某物的，(2)它反映了这个事物的某些态度和观点(这就是丹托通过艺术品的风格属性所表明的)，(3)其方式是通过隐喻性的省略，(4)这种省略依赖于来自历史理论的艺术界背景中的某些省略性的素材(这种素材正是丹托通常视为艺术理论的东西)，并且(5)它使观众对正在讨论的作品省略地提出的这些隐喻做出解释。”[2]遗憾的是，卡罗尔并没有对此做出具体的阐发。

但卡罗尔始终坚持认为，丹托一直在维护他的艺术哲学的适当性，所以才能由此提出艺术史哲学的相关阐释。因而，在丹托的艺术史哲学背后却存在着一种“潜藏程序”（the hidden agenda），这种程序的作用，使得丹托的艺术哲学可以免受任何反例的影响。根据“丹托—卡罗尔”之争旁观者的眼光，卡罗尔相信丹托所作的论述是这样的：“(1)艺术史已经走向终结(根据丹托的艺术史哲学)。(2)如果艺术史已走向终结，那么，对艺术的基本定义就不再能有未来的可能反例。(3)因而，一种艺术的基本定义是可能的，这并不与未来的

1　Arthur C. Danto, “The End of Art: A Philosophical Defense”, in *History and Theory* 37 (1999), P127—143.

2　Noël Carroll, *Beyond Aesthetics: Philosophical Essays*, Cambridge: Cambridge University Press 2001, P98.

可能反例相悖。”[1]卡罗尔由此称这就是所谓的“潜藏程序”，显而易见，“循环论证”这种指责主要依赖于这种诊断。似乎丹托自己对这种“友善的批评”也十分欣赏，他提到卡罗尔“在我的艺术有历史性的终结的观点与在《平凡物的变形》中提出的艺术哲学之间具有内在的关联。他的思想是这样的：艺术哲学的历史，通过来自艺术世界的反例，已是某一种哲学理论被另一种所推翻的历史。只有弥补了反例的理论，才能经受起时间的考验。那么，在我自己理论的范围内，将不再有艺术史，这是多么的合适……我很欣赏这种批评。”[2]这里的关键，就在于“反例”是否能为一种艺术基本定义所杜绝，丹托的本质主义的思路是一直都是在延续着的。

然而，在丹托强调自己是哲学上坚定的本质主义者的时候，他对于“艺术终结之后”的观念仍带有非本质主义的色彩。一方面，根据本质主义的理论诉求，“艺术永远是一样的——某物要具有充分和必要条件成为艺术，而不用考虑时空。”[3]但另一方面，根据当代艺术的实际，丹托却承认后历史时代出现“极端多元主义”是必然的，所谓“一切皆可（everything is possible），其含义就是指对于视觉艺术品像什么没有任何先验的限制，如此这般，任何的视觉之物都能成为视觉作品。这就是生活在艺术终结之后的部分真实意义。它特别意味着艺术家完全可以挪用过去的艺术的诸多形式，出于所表现的目的，他们可以使用洞窟画、祭坛画、巴洛克肖像画、立体主义风景画、宋代风格中国山水画抑或任何其他的东西。”[4]这样，人人都可以使用一切东西——如音响、影像、摄影、表演、装置——来加以创造，与艺术的超时空本质比照而言，这必然构成“本质主义”与“反本质主义”的悖论。

这种悖论，其实还可以被置换为——“历史主义”与“非历史主义”——的悖论。具体而言，按照反驳者的意见，丹托所“确定的并不是艺术的永恒本质，而是在被称为理论时代的艺术的显明特征”，因为他将艺术必要条件当作艺术

1 Sondra Bacharach，“Can Art Really End ？”，in *The Journal of Aesthetics and Art Criticism*，Vol.60，No.1,（Winter，2002）.

2 Arthur C. Danto，“Learning to Live with Pluralism”，in *Beyond the Brillo Box*，New York：Farrar，Straus & Giroux，1992，P229.

3 Arthur C. Danto，*After the End of Art*：*Contemporary Art and the Pale of History*，Princeton：Princeton University Press，1997，P95.

4 Arthur C. Danto，*After the End of Art*：*Contemporary Art and the Pale of History*，Princeton：Princeton University Press，1997，P198.

的本质的做法本身就是错误的。更为重要的是，“丹托的哲学显示为被限定在历史当中而不是超越历史的”。[1]这种观感已经崭露出丹托思想的矛盾，丹托就自认为：“作为一位本质主义者，最有独创性的思想在于，我真地需要一种在艺术终结理论中到达顶峰的历史主义（historicism）。”[2]

照此而论，一方面是被限定在历史当中，“后历史阶段”的艺术并不是将艺术超越在时间之外了，而是说在历史之后的艺术受到线性历史的限制，超出了传统历史阶段划分的那种存在状态（但“后历史”仍是以历史为前提的）。丹托不仅强调了后历史时期的艺术自身是多元的，而且就连艺术批评也必须相应的艺术一样是多元的，“当前艺术世界的多元主义决定了理想的艺术家就是多元主义的”。[3]但另一方面，丹托的这种历史诉求却仍是本体论的追问，这是同他对艺术本质的“超历史”思考是相关的。他自己就认为，“艺术中存在一种超历史的本质（transhistorical essence），遍及所有地方而且一直如此，但它只能通过历史来显现自身。”[4]这又必然构成了“历史主义”与“非历史主义”的悖论。

但无论怎样，丹托美学的总体倾向就是“本质主义”与“历史主义”的结合。这是由于，“本质主义与历史主义的结合有助于定义视觉艺术的现时刻的状况”。[5]但是，如果从他理论本身的矛盾来看，如果不解决“本质主义”与“历史主义”的悖论，他的美学或许永远会保持着一种悖论的张力。

1 Noël Carroll，“Essence，Expression and History：Arthur Danto’s Philosophy of Art”，in *Danto and his critics*，ed. Mark Rollins，Oxford：Blackwell Publishing，1993，P90.

2 Mark Rollins（ed.），*Danto and his critics*，Oxford：Blackwell Publishing，1993，P 205—206.

3 Arthur C. Danto，*After the End of Art*：*Contemporary Art and the Pale of History*，Princeton：Princeton University Press，1997，P114.

4 Arthur C. Danto，*After the End of Art*：*Contemporary Art and the Pale of History*，Princeton：Princeton University Press，1997，P28.

5 Arthur C. Danto，*After the End of Art*：*Contemporary Art and the Pale of History*，Princeton：Princeton University Press，1997，P197.

后记

这是一个拖了太长时间才付梓的著作，一方面是我总想对它再加修改，觉得还有好多内容没有包括，还有好多论述需要深入；另一方面是各种委托各种新的任务纷至沓来，使我患上了当下的时髦病——拖延症。想来感到十分惭愧。

又是岁末，新年来临，正在处理此书文字，同窗好友崔元和兄微信来贺新年，有词一首，曰：

满江红　羊年怀古

又换枯荣，春至也，尽是影踪。东风过，林梢岚起，河湾冰融。山川千载盼花开，古道万里待草生。望爆竹，呼啸破夜幕，惊古城。

千古事，已尘封；空凭吊，也伤情。想敕勒川低，北海草青。苏武牧羊汉家骨，鲜卑铁骑匈奴风。逢佳节，捎问候一语，雁归程！

看到同窗好友元和兄妙词，即刻在手机上微信唱和一首。虽不及，也可略表心意。词曰：

满江红，羊年问今

枯荣轮迴，今又春，道是天聪。东风破，新光入窗，霾色稍轻。万民自古重团圆，千里长路归客拥。抢红包，指端皆在屏，乐其中。

此刻事，当下情。何凭吊，今者雄。盼天清气朗，咨意西东。天意从来高难问，一骑绝尘卷雄风？能知否，问明日泰岳，谁克功？

新年唱和，游戏也，不敢当真，一当真，就会发现，与词律时有不谐。

回到正事。本书作为山东大学文艺美学研究基地的重大项目“马克思主义文艺美学观念对中国当代文艺学建设的影响研究”（05JJD750.11-44006）成果之一：《继承与反思——马克思主义文艺美学观念对中国当代文艺学建设的影响》，从一开始就受到曾繁仁先生的热情支持和指导，陈炎先生和谭好哲先生也给予了各种帮助。

在后期结项中，杨建刚、贾伟等都给予了许多具体帮助，使得项目顺利结项并出版，在此我谨向各位表示衷心的感谢。

本书由金元浦确定研究的框架结构和章节安排，由金元浦、刘悦迪、李庆本分别完成。

本书的前言、绪论、第十章、第十一章、第十二章、第十三章、第十四章由金元浦撰写；

本书第一章、第一章、第二章、第三章、第四章、第五章、第六章、第七章、第八章、第九章由刘悦迪撰写；

本书第十五章由李庆本撰写；

本书第十六章由刘悦迪撰写；

全书由金元浦统一修改、审阅。王林生也参与了本书的校对、排版等工作。

本书责任编辑朱前前为此书的出本付出了许多心血，历经怀孕、分娩、哺育等时段，仍关心、记挂、催促此书的出版，使我十分感动，在此深表谢忱。

金元浦

2015 岁末于海淀三灯阁